삼국지 10

오장원(五丈原)

삼국지 10
오장원(五丈原)

1판 1쇄 펴냄 2020년 2월 26일

원 작 나관중
편 저 요시카와 에이지
번 역 바른번역
출 간 하진석
출판사 코너스톤
주 소 서울시 마포구 독막로3길 51
전 화 02-518-3919
ISBN 979-11-90669-02-3 04830

삼국지

천 하 패 권 을 다 투 는 영 웅 들

⑩

오장원

차례

◆◆◆

중원을 향하여

1

촉나라 대군은 면양(沔陽, 섬서성陝西省 면현沔縣. 한중漢中) 서쪽
까지 진격했다.

"위나라는 관서의 정예병을 거느리고 장안(長安, 섬서성 서안
西安)에 진을 친 뒤 대본영을 두었다."

여기까지 다다르자 이 정보가 확실해졌다.

천하에서 손꼽히는 험준한 땅인 촉나라 벼랑길을 넘어 면양
까지 온 것만으로도 군마는 기운이 빠졌다. 공명은 면양에 도
착하자 마대(馬岱)를 제주(祭主)로 임명했다.

"이곳엔 죽은 마초(馬超) 묘소가 있다. 이제 우리 촉군이 북
벌을 위해 떠나니 지하에서 백골이 된 자신을 한탄하고 이승을
그리워할 터. 제를 올려야겠다."

그 틈에 병마를 쉬도록 배려했다.

그러던 어느 날 위연(魏延)이 의견을 올렸다.

"승상, 제게 5000기를 내주십시오. 제사나 지내는 사이에 장

안을 궤멸시키겠습니다."

"계책에 따라 정할 터인데…."

"이곳과 장안은 말을 달리면 열흘 만에 닿을 수 있는 거리입니다. 허락해주신다면 진령(秦嶺)을 넘고 자오곡(子午谷)을 건너 적의 허를 찌르고 혼란에 빠트려 식량을 불태우겠습니다. 승상은 야곡(斜谷)에서 출발하셔서 함양(咸陽)까지 진출하시면 위나라 하후무(夏侯楙) 따위는 일격에 대파할 수 있습니다."

"안 될 말이구나…."

공명은 쉬 받아들이지 않았다. 잡담처럼 가볍게 흘려들으며 일갈했다.

"만약 적진에 지혜로운 자가 있다면 병사를 시켜 골짜기에 있는 벼랑길을 끊어놓을 터. 그러면 네 휘하 병사는 아무도 살아 돌아오지 못하겠지."

"잘 닦인 큰길로만 가면 위나라 대군에게 얼마나 손해를 입을지 모릅니다."

"음…."

공명은 고개를 주억거렸다. 위연이 하는 말에 긍정하는 듯이 보였다. 그래도 공명은 본인이 생각한 대로 진군했다. 농우(隴右) 대로로 나가 정공법을 취했던 것이다.

이 노선은 위나라가 한 예상에서 한참 빗나갔다. 위나라는 공명이 지략에 능하다는 선입견 탓에 기발한 전법을 쓰리라 믿고 다른 샛길에도 병력을 나누어 철두철미하게 대비했지만 의외로 촉군은 당당하게 정면 승부를 걸어왔다.

"일단 서강(西羌) 병사로 공격해보자."

하후무는 한덕(韓德)을 불러들였다. 한덕은 위군이 장안에 본영을 두자 공을 세우려고 서량 쪽 강족(羌族) 병사 8만 기를 이끌고 참가한 외곽 군 대장이다.

"봉명산(鳳鳴山)으로 나가 촉나라 선봉을 막아라. 이번 전투는 양국이 치르는 첫 격돌이니 앞으로 사기가 달렸다. 혁혁한 공을 세워야 한다."

하후무가 격려하자 한덕이 품은 기개가 용솟음쳤다.

한덕은 아들을 넷 두었다. 한영(韓瑛), 한요(韓瑤), 한경(韓瓊), 한기(韓琪)는 하나같이 활 솜씨와 승마술이 뛰어났고 힘이 장사였다.

"8만 강병에 걸출한 아들이 넷이다. 이 정도면 촉군을 혼비백산하기에 충분하리라."

자신만만해진 한덕은 전장으로 발걸음을 내디뎠지만, 이번 명령이 위나라 직속 병사에게는 아무런 해를 입히지 않고 촉나라 선봉을 시험적으로 공격하려는 하후무 계책에 지나지 않았음을 꿈에도 깨닫지 못했다.

한덕은 바라던 대로 촉군 선봉과 봉명산 아래서 맞닥뜨렸지만, 서전에서 네 아들을 모조리 잃었다.

하필이면 상대는 촉나라 노장 조운이다.

"조운을 보았다!"

장남 한영이 군사들 사이에서 외치니 한덕은 네 아들과 함께 그 길을 따라 추격했고 이윽고 조운이 먼저 말 머리를 돌렸다.

"애송이 녀석, 이걸 원하느냐?"

조운은 창질 한 번으로 한영 목숨을 앗았다.

"이 늙은이가, 감히!"

한요, 한경, 한기는 세 방향에서 협공했지만, 순식간에 한경과 한기도 목숨을 잃었고 조운은 유유히 철수했다.

홀로 남은 한요가 허겁지겁 쫓아가 등 뒤에서 내리쳤지만, 어떻게 알았는지 조운은 과감히 몸을 돌려 한요를 말안장으로 끌어당기며 외쳤다.

"아아, 살생도 질렸다."

이번에는 한요를 움켜쥔 채로 생포해서 돌아가는 게 아닌가.

해서 아비 한덕은 전의를 상실하고 장안으로 패주하였다.

2

등지(鄧芝)는 그날 거둔 승리를 축하한 후 조운을 다시 보게 되었다.

"이미 칠순을 넘기셨는데 전장에서 젊은 대장 셋을 베시고 그것도 모자라 생포까지 해 오시다니⋯. 젊은 사람도 따라잡지 못할 활약에 혀를 내두를 따름입니다. 이러니 성도를 출발하기 전 승상이 뒤에 남아 도읍을 돌보라 하셨을 때 불만을 토로하실 만하지요."

조운은 시원스럽게 웃었다.

"그리 고집을 부렸으니 오늘은 실력 발휘를 좀 했네. 허나 이 정도를 공적이라며 마음 놓을 조운이 아닐세. 아직 내 실력까지 나이를 먹지는 않았네그려."

등지는 세세한 전황을 적어 전초전에서 거둔 기쁜 소식을 후진에 있는 공명에게 화급히 보냈다.

한편, 위군은 등골이 오싹했다. 특히 하후무 도독은 장안 관아를 떠나 직접 대군을 이끌고 봉명산으로 들이닥쳤다.

"한덕이 일패도지한 걸 보니 우리가 적을 얕본 게 아니더냐. 대거 진격하여 공명의 선봉을 쳐부수지 않으면 촉군은 승리감에 기세등등해질 터."

하후무는 잘 길들인 백마에 올라 찬란한 황금 투구를 쓰고 위제 사촌다운 귀공자 자태로 날마다 깃발 아래서 전장을 요모조모 살폈는데 항상 적군의 노장 조운이 당당하게 오가는 모습을 보고 호언장담했다.

"좋다. 내일은 내가 직접 저 늙은이를 상대하겠다."

뒤에 잠자코 있던 한덕이 맞받아쳤다.

"당치도 않은 말씀입니다. 저자는 제 아들을 넷이나 무찌른 노장입니다. 그 이름도 유명한 상산의 조운이란 말입니다. 어찌 감당하시겠습니까?"

"아니, 넷을 다 잃었단 말이냐? 그렇다면 어찌 부모 되는 사람이 보고만 있느냐?"

한덕은 고개를 푹 숙였다.

"기회를 엿보고 있습니다만…"

한덕은 치욕스러운 기색이다.

다음 날 한덕은 커다란 도끼를 꼬나들고 전장을 화려하게 누볐다. 그러다 조운과 맞닥뜨리자마자 이름을 밝히며 싸움을 걸었지만 10합도 겨루기 전에 조운 창끝에 내걸리는 수모를 겪었다.

부장(副將) 등지도 조운 못지않게 활약했다. 겨우 나흘 동안 치른 전투로 하후무 군용은 반신불수가 될 판이다. 하후무는 전세를 가다듬기 위해 모든 병력을 20리쯤 후퇴시켰다.

"막강한 장수로다."

하후무는 군사 회의에서 마치 남 얘기하듯 조운이 뿜어내는 위용을 칭찬했다. 위제가 사랑하는 금지옥엽다운 대범함인지 무엇인지 모르겠다는 표정으로 장군들은 하후무 얼굴을 물끄러미 바라보았다.

"참으로 강하다. 예전에 당양(當陽) 장판교(長坂橋)에서 천하에 떨친 호기와 용맹은 익히 들었지만 아무리 영웅이라도 칠순 먹은 백발노인이다. 저렇게까지는 아니리라 생각했는데 한덕이 휘두르는 커다란 도끼조차 조운을 만나 무용지물이 된 모습을 보니 두려워할 만한 노장임을 알겠다. 촉나라 선봉군을 쳐부수려면 조운을 무찌를 계책부터 세워야겠다."

이 말을 중심으로 회의에 회의를 거듭했다.

계책을 강구한 위군은 다시 전진하기 시작했다.

"젖비린내 나는 하후무를 한 줌 거리로 만들어주마!"

조운은 위군을 맞이하며 선봉을 향해 비호같이 뛰어들었다.

"뭔가 이상합니다."

등지가 간언하여 멈춰 세웠건만 조운은 그대로 돌진했다.

가는 곳마다 적을 무찔러 쾌승을 거두었지만 뒤돌아보니 퇴로가 막힌 게 아닌가. 이날 위군이 신위장군(神威將軍) 동희(董禧)와 정서장군(征西將軍) 설칙(薛則)이 이끄는 두 군대에 각각

2만 기를 붙여 깊숙이 매복한 탓이다.

등지와 멀어지고 부하도 뿔뿔이 흩어진 조운은 적에게 쫓기고 화살에 몰리며 날이 저물 때까지도 혈로를 뚫지 못했다.

하후무 기수가 높은 구릉 위에 서서 조운이 서쪽으로 달리면 서쪽을 가리키고 남쪽으로 달음질치면 남쪽을 가리키느라 동분서주했다.

"아, 내가 노화에 굴복하지 않아 하늘이 예서 죽게 하는가…."

말도 지치고 조운도 기진맥진하여 쓰러지듯 나무등치 근처 솟은 돌에 걸터앉았다.

그러고는 솟아오르는 저녁달을 올려보며 홀로 통곡했다.

3

별안간 돌이 우르르 쏟아져 내렸다. 빗발치듯.

연이어 집채만 한 바위가 데굴데굴 굴러떨어졌다. 눈사태처럼.

"앗, 적인가?"

조운은 숨 돌릴 겨를도 없이 지친 말에 채찍을 휘둘렀다.

그러자 밝은 달빛이 교교히 비친 들판에 군마 한 무리가 거침없이 달려오는 게 아닌가. 새하얀 전포에 백은 갑옷 차림은 조운도 낯익은 대장이다. 그 사람은 이성을 잃고 손을 휘저었다.

"이보게! 장포가 아닌가?"

"아아, 노장군이십니까?"

"어찌 이곳으로?"

"승상 명입니다. 어제 등지가 보낸 승전 보고를 듣자마자 사달이 났다시며 즉시 저희에게 구조 명령을 내리셨습니다."

"아, 귀신같은 통찰력이다. 귀공이 왼손에 든 그 머리는?"

"이곳으로 오는 도중에 격파하여 벤 위나라 대장 설칙 수급입니다."

장포가 달빛 속으로 설칙 수급을 들어 올리며 빙그레 웃는데 반대쪽에서 또 다른 군세가 질풍처럼 달려왔다.

"앗, 위군인가?"

"관흥일 것입니다."

기다리니 과연 관흥이 이끄는 군세다. 선친 관우가 남긴 유품인 청룡도를 옆에 끼고 안장에는 역시 수급 하나를 붙들어 맨 게 눈에 띄었다.

"노장군을 구하러 오는 도중에 앞을 가로막는 위병을 쳐부수고 대장 동희라는 자의 목을 가져오는 길입니다."

"형님도입니까?"

"자네도?"

두 사람은 수급 둘을 서로 보여주며 달빛 아래에서 껄껄 웃었다.

조운은 눈물을 글썽이며 장포와 관흥을 격려했다.

"참 믿음직스럽네. 이 노골에 붙어 있는 한목숨 따위가 무슨 대수겠는가? 동희와 설칙 두 대장 목이 떨어졌다는 소식을 들으면 적진은 궤멸 직전에 놓일 터. 그 허를 놓쳐서는 안 되지, 안 돼. 나는 괘념 말고 그대들은 무너지는 위군을 쫓아 하후무

목을 단칼에 베게."

"정 그러시다면…."

"실례하겠습니다."

두 장수는 병사들을 이끌고 쏜살같이 내달려 이내 시야에서 사라졌다.

조운은 그 뒤를 배웅했다.

"어느덧 저리 대성했구나. 장비와 관우도 지하에서 가슴이 벅차겠구나. 생각해보니 저 둘은 내게 조카뻘인데…. 시대는 변했다. 국가에서 높은 장수이자 조정 중신인 이 몸도 나이가 들면 저런 젊은이에게 이길 수 없는 노릇. 부끄럽구나. 죽기 좋은 곳을 바랄 뿐…."

조운도 이윽고 채찍을 들어 뒤따랐고 노구를 이끌어 추격전 한복판에서 눈부신 활약을 보여주었다.

부장 등지도 어디에선가 홀연히 나타나 가세하니 기세가 역선되었다. 한때 뿔뿔이 흩어졌던 촉나라 병사도 여기저기서 우렁찬 함성을 올리며 하나둘 집합했다.

동틀 녘부터 이튿날까지도 위군은 멈출 줄 모르고 패주하느라 동분서주했다.

하후무는 변변히 버텨보지도 못했다. 아버지 하후연과는 다르게 귀족스런 기질이 다분했던 하후무. 하후무 부하들은 모래산이 무너지듯 도망치는 모습조차 현란했다. 남안군(南安郡, 감숙성甘肅省 난주蘭州 동쪽) 성으로 들어가서는 각처에 흩어진 대군을 모아 철벽같은 수비를 부탁했다. 남안은 견고하기로 유명한 성이다. 머지않아 속속 남안으로 몰려온 조운, 관흥, 등지,

장포 등이 사방을 에워싸고 온 힘을 다해 공격하며 수십 일 동안 밤낮으로 함성을 올렸지만, 석벽에 박힌 돌 하나 흠집 낼 수 없었다.

이윽고 공명이 남안성 진지에 발을 들여놓았다.

거느린 군사도 많지 않았다.

출발하기 전에 면양, 양평(陽平), 석성(石城) 방면에 군사를 나눠 배치한 뒤 본인은 중군만을 이끌고 온 것이다.

"내가 와서 다행이다. 모두에게 일을 맡겼다면 위나라는 작전을 따로 세워 한쪽은 한중을 치고 한쪽은 이쪽 공격군 배후를 쳤을 터. 하마터면 그대들 군사와 내가 끌고 온 중군이 둘로 나뉠 뻔했단 말이다."

등지가 먼저 입을 열었다.

"그렇습니다. 하후무는 위나라 부마(駙馬). 그러니 하후무를 생포하면 나머지 대장 100명이나 200명을 포박하는 것보다 낫습니다. 무슨 좋은 계책이라도…."

"일단 오늘 밤은 쉬고 내일 이로운 지형을 한번 살펴보자."

공명은 그날 치른 전투를 매듭지었다.

4

남안은 서쪽으로 천수군(天水郡)과 이어지고 북쪽으로 안정군(安定郡)과 통한 험준한 지역에 자리한다.

공명은 이튿날 꼼꼼하게 지형을 둘러본 후 관흥과 장포를 유막으로 불러 계책을 내렸다.

숙달된 인물을 골라 가짜 사자로 세우고 이들에게도 계책을 일러주는 것도 잊지 않았다. 준비 기간이 끝나자 드디어 남안성 공격을 개시했다. 그러고는 끊임없이 뜬소문을 퍼트려 적군 귀까지 들어가도록 심리전을 펼쳤다.

"땔나무를 쌓고 초약을 준비해 화공으로 함락한다는군."

하후무는 여봐란듯이 비웃으며 두려워하지도 않았다.

"공명, 공명하지만 결국 그렇고 그런 자로구나."

남안 북쪽에 이웃하여 위치한 안정성(安定城)은 위나라 최량(崔諒)이 지켰다. 최량은 전부터 이 지방에서 태수를 지내던 자였는데 하루는 성문으로 다가온 사자가 목청껏 소리쳤다.

"저는 하후무 부마 장군으로 배서(裴緒)라는 사람인데 화급을 다투는 일인지라 사자로 발걸음 하였습니다. 얼른 태수에게 고해주십시오."

최량은 즉시 배서를 만나 캐물었다.

"무슨 일로 온 사자인가?"

"남안이 위태로워 시급합니다. 그러니 저를 사자로 보내 안정군과 천수군에 원군을 요청하는 바입니다. 속히 군내 병사를 동원하여 공명 뒤를 습격해주십시오. 귀 군이 공격하는 날을 기하여 성안에서도 불길로 신호를 올려 안팎에서 촉군을 협공하는 작전이니 부디 실수 없으시기를 바랍니다."

"알겠습니다. 하후 부마가 보낸 친서는 지참하셨습니까?"

"물론입니다."

배서는 땀으로 흠뻑 젖은 내의 안에서 흥건히 젖은 격문을 꺼내어 내밀었다.

"천수군 태수께도 같은 내용을 촉구해야 하니 이만 물러가겠습니다."

그러고는 향응도 사양하고 곧바로 말을 내달려 물러갔다.

가짜 사자일 줄은 꿈에도 모르고 최량이 병사를 그러모아 원군을 준비하는데 이틀 후 다른 사자가 와서 성문에 알렸다.

"천수군 태수 마준(馬遵)이 번개같이 출발하여 이미 촉군 뒤에 결집했건만 안정성은 무엇을 망설이는가? 하후 부마가 하달한 명령을 얕보는 처사인가?"

'부마'는 위나라 황제 일족이다. 최량은 벌벌 떨며 출발을 재촉했다. 허나 안정성을 나와 70리를 전진해 밤이 이슥하자 전방에서 화염이 하늘을 태우는 게 아닌가.

"무슨 일이지?"

척후병으로 내보낸 군사들 생사조차 모르는데 촉나라 관흥군이 맹렬히 달려들었다.

"벌써 적이 닥쳐오는가?"

화들짝 놀라 퇴각하는데 뒤에서는 장포 군대가 우레 같은 함성을 올리며 죄어왔다. 최량이 지휘하는 전군은 지리멸렬하였고 최량은 몇 되지 않는 부하와 샛길로 우회하여 안정성으로 회군했다.

"앗? 저 깃발은?"

이럴 수가! 안정성을 올려다보니 온통 촉나라 깃발이 나부끼는 게 아닌가.

"쏘아라, 쏘아!"

성 위에는 촉나라 대장 위연이 목이 터져라 궁수를 격려하는 모습도 눈에 띄었다.

"아뿔싸!"

이제 와 적이 세워놓은 용의주도한 계략을 간파한 최량이 제 몸 하나 건사하여 피할 방법밖에 없어 천수군으로 도망치는데 병마 한 무리가 북소리와 함께 길을 막아섰고 그 즉시 한쪽 숲 속에서 학창의를 입고 윤건을 쓴 공명이 사륜거 위에 단정하게 앉아 다가왔다.

최량은 눈앞이 캄캄했다. 낙마하듯 말에서 고꾸라지며 그대로 땅에 납작 엎드렸다. 공명은 항복을 받아들이고 최량과 함께 진지로 발걸음을 가벼이 놀렸다.

며칠 후 공명은 최량을 불러들여 정중하게 물었다.

"남안에는 지금 하후무가 들어가 총대장 자리에 앉아 있지만, 남안 태수와 그대는 어떤 교우를 나누었소?"

"이웃한 군이기도 하여 제법 친밀합니다."

"그 사람은?"

"양부(楊阜) 집안과 아우뻘 되는 사람으로 양릉(楊陵)이라 하는데 저와는 형제처럼 지냅니다."

"양릉은 그대를 신용하오?"

"물론 그러리라 믿습니다만."

"그렇다면…."

공명은 최량에게 바싹 다가가 친히 설득했다.

"남안성으로 들어가 양릉에게 이해득실을 설명하여 하후무를 생포해주시오. 귀공뿐 아니라 벗을 위하는 일이기도 하오."

5

최량은 고개를 떨구었다. 침통한 안색으로 한동안 생각에 잠겼다가 이윽고 결연히 입을 열었다.

"가겠습니다. 그 분부를 완수해 보이겠습니다."

"어려운 일이지만 성사되면 귀공 한 몸만이 누릴 홍복(洪福)으로 그치지는 않을 것이오."

"그 대신 승상, 이곳 안정성 포위를 풀어주십시오."

"좋소이다."

공명은 즉시 전군을 20리 밖으로 물렸다.

비밀스러운 사명을 띠고 최량은 남안성 땅을 밟았다. 그러고는 남안 태수 양릉과 이런저런 이야기를 나누었다. 둘은 막역한 친구였다. 최량은 있는 그대로 벗에게 전했다.

"무슨 소리! 이제 와 위나라로부터 받은 은혜를 저버리고 촉나라에 항복 따위를 하겠는가? 오히려 그대가 맡은 비밀 임무를 기회 삼아 이 계책이 담긴 의표를 찌르고 공명에게 역으로 한 방 먹이면 어떻겠나?"

애초부터 최량도 그럴 심산이었다. 두 사람은 함께 하후무 앞으로 당당하게 나아갔다.

하후무는 기뻐하면서 귀가 솔깃해 물었다.

"어떻게 공명이 세운 계책을 역이용할 텐가?"

양릉이 먼저 말머리를 열었다.

"수고스럽지만 최량이 다시 한번 공명 진영으로 돌아가는 것이지요. 그러고는 이렇게 말하는 것입니다. '양릉을 만나 항복을 권하니 양릉도 촉나라에 투항할 마음은 굴뚝같지만 애석하게도 성안에는 마음을 털어놓고 일을 도모할 용사가 적으니 경계가 삼엄한 하후무 부마를 생포할 수 없다'고 말입니다."

"음…."

"그러니 단번에 성사시키고 싶으면 공명이 몸소 병사를 이끌고 입성하라 권합니다. 안에서 문을 열어 맞이하면서 성안을 교란하여 소동을 일으킬 테니 그사이에 부마를 노리면 손쉽게 생포할 수 있다고 부추깁니다. 물론 공명을 어루꾀기만 하면 구워 먹든 삶아 먹든 그자 운명은 우리 손에 들어오겠지요."

"신통하다. 하늘이 내린 묘책이로구나."

미리 말을 맞추고 최량은 성을 나왔다. 그러고는 공명을 계책에 끌어들이려 필사적으로 노력했다.

공명은 철석같이 최량을 믿는 듯 하는 말마다 연방 고개를 끄덕였다.

"그러면 먼젓번에 촉군에 투항한 병사 100여 명이 있으니 그 병사들과 함께 가면 어떻겠소? 그 병사들이라면 그대 부하니 그대를 위해서라면 수족이 되어 목숨을 아끼지 않고 도울 것이라 굳건히 믿소만."

"좋습니다. 승상도 강병(强兵)을 이끌고 함께 성안으로 섞여 들어가면 어떠십니까? 한번에 대사를 이루려면 아무래도…."

"호랑이 굴에 가야 호랑이 새끼를 잡는 법. 물론 이 공명도 그 정도 용기는 있으나 우리 군 대장인 관흥과 장포를 먼저 그대 군대에 합세시키겠소. 그 후에 신호를 주면 나도 즉시 성문으로 달려 들어가리다."

관흥과 장포와 동행한다는 게 거북하여 최량은 망설였지만, 동행을 기피하면 의심받을 게 분명했다. 일단 성안에서 두 사람을 없앤 후 공명을 어루꾀어 목적을 달성하는 수밖에 없다. 최량은 마음을 정하고 단단히 다짐을 받았다.

"알겠습니다. 그러면 성문에서 신호를 보내자마자 승상도 지체 없이 열어둔 문으로 돌진해주십시오."

해 질 녘을 재어 병사 한 무리가 남안성 아래로 출발했다. 미리 약속한 대로 양릉은 망루에 나타나 호통쳤다.

"어디 군대냐?"

최량도 그 목소리에 화답하듯 준비한 활을 1발 쏘았다.

"우리는 안정에서 달려온 아군이오. 자세한 내용은 화살에 편지를 묶어 전하겠소."

양릉이 그 편지를 펼쳐서 읽어보았다.

신중한 공명은 관흥과 장포 두 장수를 감시자로 내 부대에 심어두었다. 허나 성안에서 둘을 죽이기란 별일도 아니다. 일전에 세운 비밀 계책은 그 후에 실행할 수 있으니 염려 말고 성문을 열어라.

편지를 보이자 하후무는 손뼉을 쳤다.

"오호라! 공명은 이미 우리가 역으로 놓은 덫에 걸려들었으니 어서 두 놈을 죽일 채비를 서둘러라."

그러고는 건장한 병사 수백에게 창검을 숨기도록 명령한 다음 천막 그늘에 매복해두었다. 최량을 비롯한 관흥과 장포가 입성하기만을 학수고대했다.

6

"자, 들어오십시오."

양릉은 중문까지 몸소 마중 나갔다. 중문 바로 뒤에는 성 중심에 해당하는 본채와 누각이 있고 그 앞에 펼쳐지는 넓은 정원에는 전시에 쓰는 천막을 설치해놓았다.

"실례하겠소이다."

관흥이 먼저 발을 내디뎠다. 다음으로 장포를 통과시키려고 최량이 몸을 비켰다.

"그럼, 먼저…."

장포도 빈틈없이 몸을 스치며 앞으로 어깨를 내밀었다. 그러더니 느닷없이 고함치며 최량을 베어 쓰러트렸다.

"최량! 네 임무는 끝났다!"

동시에 관흥도 앞서 가던 양릉에게 덤벼들어 불시에 그 등을 칼로 찌르고 우렁차게 외쳤다.

"관우 장군의 아들 관흥을 순순히 들였으니 이 성이 처할 운명은 다했다. 너희는 개죽음을 자초하지 마라!"

그러고는 종횡무진 혈전을 벌이며 힘이 다할 때까지 성안을 휘저었다.

최량이 안심하고 데리고 온 옛 부하 100여 명도 촉나라 진영에 사로잡힌 동안 공명이 베푸는 인덕에 감화된데다 성안으로 향하기 전에 은상을 약속받은지라 난리가 벌어지자마자 명령을 받은 대로 사방팔방으로 내달리며 혼란을 틈타 불을 놓았다.

또 불길을 보고 관흥과 장포를 시해하는 작전이 끝났다는 신호로 지레짐작한 문지기 병사는 안에서 성문을 활짝 열어젖혀 바로 코앞까지 와서 대기하던 공명이 이끄는 촉군을 기어코 맞아들였다.

성안에 있던 위군은 전멸했다! 하후무도 방어에는 손도 쓰지 못한 채 수행 무사 한 무리만을 이끌고 간신히 남문으로 빠져나갔다.

허나 탈출구라고 생각한 남문 쪽 외길이야말로 미리 끝을 막아놓은 구덩이에 불과했다. 빠져나갈 틈도 없이 촉나라 병사 한 무리가 요란하게 북을 울리며 길을 가로막더니 착착 둘러쌌다.

"여봐라, 공명 휘하 아문장군(牙門將軍) 왕평(王平)이 기다린 지 오래다!"

촉나라 병사는 심복 장수까지 빠짐없이 목을 베고 하후무 부마는 맨손으로 사로잡았다. 공명은 남안에 위풍당당하게 입성했다.

그날로 법령을 발포해 민심을 안정시키고 하후무는 함거에 포로로 가둔 뒤 여러 대장을 전각에 모으고 공훈을 표창했다.

성대한 연회를 열고 축하주를 나누는데 그 자리에서 등지가 질문했다.

"아, 승상께서는 어찌 처음부터 최량의 속임수를 간파하셨습니까?"

"마음으로 마음을 읽는다. 그다지 어려울 까닭이 없다. 직관적으로 그 사내가 진심으로 항복하지 않았다고 눈치챘으니 그 덕에 계책을 세웠을 뿐이다."

"저희도 최량이 하는 거동이 수상쩍었습니다. 승상께서 최량에게 명하여 최량이 바라는 대로 남안성으로 들여보내셨을 때는 대체 어찌 되려는지 내심 걱정했습니다만, 결과를 알고 나서야 전체 모습이 그려지는 듯했습니다."

"대개 적이 나를 속이려 할 때는 이쪽 계략도 실행하기 쉽고 십중팔구 걸려드는 법. 해서 최량이 거짓말을 한다는 생각이 들어 부러 성안에 풀어줘 보았다. 그러자 되돌아오니 성안에서 계책을 세웠다는 사실을 알아차렸다. 더욱이 관흥과 장포가 동행하는 걸 거절하지 않고 마지못해 데리고 들어간 점도 최량이 거짓을 꾸몄다는 증거였으니 나는 최량의 말을 믿는 모습을 보여서 되레 그 거짓을 역이용하는 계책을 썼다. 그 계책이 그다지 복잡한 기교 없이 결과를 얻은 비결이다."

공명은 자신이 치른 전투를 가감 없이 평가했다.

"아쉽게도 이 계책에서 부족한 점이 있다. 바로 천수성 태수 마준이다. 마준에게도 같은 계책을 썼지만 무슨 까닭인지 성에서 나오질 않았다. 즉시 그쪽으로 진격해 천수까지 함락하여 3군을 완벽하게 공략해야 한다."

공명은 남안에 오의(吳懿)를 남겨두고 안정을 수비하는 데 유염(劉琰)을 파견하여 위연과 교대한 뒤 전군 장비를 재정비하여 천수군을 향해 힘차게 출발했다.

아리따운 장부 강유

1

그보다 전에 천수군 태수 마준은 숙장(宿將)과 중신을 소집하여 이웃 군으로 원군을 파견할지 논의했다.

그때 주기(主記) 양건(梁虔)이 의견을 개진했다.

"하후 부마는 위나라에서 아끼는 금지옥엽입니다. 바로 곁에 있으면서도 남안을 위급 상황에서 구하지 않으면 후에 반드시 죄를 추궁당할 것입니다. 즉각 병사를 갖추고 마땅히 구원책을 마련해야 합니다."

그러던 차에 위군의 배서라는 사람이 하후무 사자라며 찾아왔다. 물론 그 사내는 일전에 안정 성주 최량에게도 찾아간 가짜 사자다. 마준은 그 사실을 알 까닭이 없으니 시기도 시기인지라 지체 없이 대면했다.

배서는 오늘도 땀에 젖은 서한문을 꺼냈다.

"조속히 배후를 공격해 공명 군을 무찔러주십시오."

그러고는 안정성에서 촉구한 말과 똑같이 부탁했다.

서한문을 펼치니 안정성에서 꺼낸 문서와 같다. 하후무 친서라고 철석같이 믿었으니 마준은 삼가 받들었다.

"우선 객실에 들어 쉬시지요."

사자를 위로하고 중신에게 자문을 구하는데 배서는 이튿날 아침 다시 성으로 발걸음 하여 반 협박조로 알리고 돌아갔다.

"시간을 다툴 만큼 절박한 비상사태에 한가롭게 의논하며 시간을 흘려보내니 불안하기 그지없소. 있는 그대로 하후무 부마에게 보고할 테니 공명 배후를 치든 말든 마음대로 하시오. 나는 갈 길이 바쁘니 예서 인사드리겠소."

마준도 당황하고 중신들도 적잖이 놀랐다. 후환이 두려워서다. 하여 즉시 병사를 이끌고 원군 파견을 서두르겠다고 배서에게 약조했다.

"모쪼록 하후 부마에게는 말씀을 잘 전해주십시오."

그 자리에서 서약서를 써서 배서 손에 맡긴 것이다.

"좋소. 그리 전하겠지만, 안정군에 있는 최량은 이미 병사를 보냈소이다. 늦는 일 없이 전군을 동원하여 공명 후방을 위협하시오."

배서는 거만한 태도로 거듭 당부하고 천수성을 뒤로했다.

그날로 방문이 나붙었다. 천수군 각지에서 장병이 속속 괴어들었다. 이틀이 지나 집결이 끝났고 마준도 드디어 성을 나서려던 참이다.

당일 아침 성안 무장각(武將各)에 도착했던 천수군 토박이 대장 가운데 한 사람, 그 모습이 나비처럼 가련하고 아름다운 젊은 장수가 뛰어들어 와 소리쳤다.

"출진하지 마십시오! 출진하시면 아니 됩니다!"

젊은 장수는 마준이 걸터탄 말을 붙들며 힘껏 길을 막았다.

사람들은 눈이 휘둥그레지면서 웅성거렸다.

"강유(姜維)가 미쳤나 보다."

가만히 보고 있자니 젊은 무사는 더욱 목소리를 높였다.

"이 성을 나가시면 태수는 두 번 다시 살아 돌아오지 못하십니다. 태수는 이미 공명이 쳐놓은 계략에 빠지셨습니다."

강유는 몸을 던지며 간언을 멈추지 않았다.

나이가 스물도 되지 않았을 홍안의 젊은 무사다. 이 사람이 누구인지, 어디서 온 자인지 모르는 사람들이 주위에 물었다.

"저자는 대체 누구요?"

동향 사람이 주변 사람들에게 답해주었다.

"여기 천수군 기성(冀城) 사람으로 이름은 강유, 자는 백약(伯約)이라는 유망한 젊은이요. 아버지 강경(姜冏)은 아마 오랑캐와 전쟁을 치르다가 전사했을 거요. 홀어머니를 모시는데 효심이 지극한 아들이라고 고향에서도 평판이 자자하다오. 강유어머니도 훌륭한 부인으로 한밤중에 쓸쓸히 비치는 등불 아래서 바느질할 때도 항상 아비 없는 강유를 옆에 앉히고 손을 놀리는 틈틈이 아들이 책 읽는 소리를 듣거나 고금 역사를 가르쳤고, 낮에는 낮대로 밭을 일구면서 무예를 독려하며 병마를 배우게 했다지요. 아들 강유도 천재라고 할까? 열대여섯 살 때 이미 고향에서는 그 어떤 학자나 경험이 풍부한 어르신이라도 강유가 가진 재주와 식견에는 혀를 내두르며 '기성의 기린아'라고 부를 정도였다오."

사람들이 풍문을 나누면서 술렁거리며 구경하는 사이 저 너머 태수 마준은 출진을 미뤘는지 말에서 내려 많은 대장과 일족 사이에 강유를 데리고 성안으로 발걸음을 되돌렸다.

2

강유는 배서를 만나지도 않았건만 배서가 가짜 사자라는 사실을 천수성에 오자마자 즉시 간파했다.

"무릇 전쟁 국면을 넓게 보고 수뇌부 지휘자를 살피며 병사를 어떻게 움직이는지 유심히 관찰하면 시골에 있어도 그 정도는 압니다. 공명이 꾀하려는 계책은 태수를 천수성에서 유인해내어 도중에 매복시킨 병사로 격퇴하는 한편 군사가 없는 이 성의 허를 찔러 기습 부대를 보내 안팎을 동시에 섬멸한 뒤 천수군을 점령하려는 수작입니다. 참으로 뻔한 계략입니다."

강유는 마준과 그 일족에게 손바닥 보듯 적의 속셈을 시원스레 풀이했다.

"만약 강유가 출진을 막지 않았다면 나는 눈뜬장님처럼 적이 파놓은 함정 속으로 걸어 들어갈 뻔했구나."

"그렇습니다."

마준은 수긍하며 이제 와 전율하면서 강유가 해준 충언에 만강(滿腔)의 사의를 표했다.

이 일은 마준이 나이 어린 강유를 오랜 숙장처럼 신뢰하는 계기가 되었다.

"오늘 겪을 위기는 간신히 피했지만, 내일 다가올 어려움은 어찌 대처하면 좋겠는가?"

강유에게 자문을 구했다.

이내 강유는 성 뒤편을 가리켰다.

"눈에 보이지는 않지만, 저 성 뒷문에 있는 산에는 이미 촉군이 새까맣게 숨어 있습니다. 태수 군이 성을 나서는 순간 빈틈을 노릴 준비를 하는 것입니다."

"뭐라? 복병?"

"염려치 마십시오. 상대 계책을 헤아리면 역으로 적의 힘을 이용하여 쓰러트릴 수 있습니다. 청컨대 태수께서는 아무것도 모르는 척 다시 출진을 알리셔서 성 밖을 50리쯤 나가신 후 곧바로 성으로 되돌아오십시오. 저는 따로 5000기를 이끌고 요해에 매복한 뒤 뒷산에 매복한 적이 우리 허를 찌르려고 내려오는 순간 달려들어 섬멸하겠습니다. 만약 그 안에 공명이라도 있어준다면 우리가 노리는 대로 풀리는 것입니다. 반드시 생포해야 합니다."

강유가 내뱉는 말에는 씩씩한 기개가 넘쳤다. 홍안의 미소년이라 해도 좋을 젊은 무사였다. 일족과 대신 사이에는 아무리 천성이 남보다 뛰어나고 무기 병법에 통달한 자라 해도 한 성과 군을 뒤흔들 수 있는 흥망을 약관의 젊은이 한마디에 맡기기는 무모하다는 의견도 내놓았다. 마준은 강유에게 적잖은 감명을 받은지라 소소한 의견은 괘념치 않았다.

"만약 강유의 통찰이 적중하지 않아 작전이 어긋나더라도 아군에게는 아무 손실도 없다. 강유가 올린 계책을 한번 써보자."

마준은 다시 포고를 내린 뒤 그날 오후가 지나 출진을 개시하였고 남안성 후방을 무찌르러 간다고 주창하며 성 밖 30~40여 리까지 전진했다. 한편, 공명의 명을 받아 천수산 뒤편에 깃발을 숨기고 매복했던 조운 병사 5000기는 마준이 출진한 직후 뒷문을 향해 번개같이 진격했다.

"성안은 병사가 적어 빈집과 마찬가지다. 저 성을 밟아 쳐부숴 단숨에 성 위로 촉군 깃발을 휘날리자!"

그러자 성문 안에서 온 성을 뒤흔드는 웃음소리가 들려오는 게 아닌가.

"아니지, 성안에는 병력이 꽤 남아 있다. 주인이 출타 중인 성이라 깔보는 불찰을 저지르지 마라!"

조운이 사기를 북돋우는데 이미 따라오는 아군은 없을 산 위쪽 바위에서 함성이 올랐다. 아차, 하며 뒤돌아보는 사이에 흙모래, 돌덩이, 통나무 등이 눈사태처럼 쏟아져 내렸다.

"적인가?"

태세를 가다듬을 여유도 없었다. 별안간 다른 쪽 늪에서도 꽹과리와 북을 울리며 병사 한 무리가 기습해 왔다. 천하의 조운도 손과 발을 둘 데가 없었다.

"서쪽 계곡은 넓다! 서쪽 늪으로 옮겨라!"

호령했지만 동시에 성안에서 쏜 활이 빗발처럼 날아들어 이미 쓰러진 부하가 그 수를 헤아릴 수 없었다.

"촉나라 늙은 장수야, 도망갈 생각 말아라. 천수의 강유가 여기 있다!"

호통치며 말을 타고 쫓아 달려드는 젊은 무사가 있어 조운이 말을 멈추고 바라보니 꽃잎이 무색할 정도로 아름다운 장수다.

"목을 치기엔 딱하지만 원한다면야…."

조운은 일격에 끝낼 생각으로 맞이한 기색이었지만 그 젊은 이가 휘두르는 창술은 이 세상에서 만나볼 수 있는 솜씨가 아니다!

불꽃을 튀기며 싸우기를 40여 합, 노련한 장수 조자룡도 이길 수 없다고 판단했는지 별안간 등을 보이며 도망치기 시작했다.

3

성을 나서는 척했던 마준은 성 밖 30리쯤 갔을 때 등 뒤에서 오른 봉화를 보았으므로 곧 전군을 회군했다.

이미 강유가 파놓은 기략에 빠져 풍비박산이 나 뿔뿔이 도망친 조운 군은 평평하고 넓은 길을 찾아 패주했는데 그곳에서조차 회군하는 마준을 만났고 앞뒤로 적을 맞아 철저히 참패했다. 다만 촉나라 유격군에 해당하는 고상(高翔)과 장익(張翼)이 지원군으로 와준 덕에 가까스로 퇴로를 확보했고 조운은 겨우 패잔병을 거둘 수 있었다.

"보기 좋게 당했습니다. 지더라도 이만큼 보기 좋게 지면 오히려 유쾌합니다."

공명 얼굴을 보자마자 이 노장군은 과시욕도 패자가 부릴 수 있는 오기도 아닌 솔직한 심정을 담담하게 전했다.

공명은 두 눈을 동그랗게 뜨고 생각지도 못했다는 표정을 지었다.

"어떤 인물이 우리가 짠 심오한 계략을 간파했단 말인가?"

"아, 강유입니다."

그러고는 적 안에 '강유'라는 젊은 장군이 있다는 말을 듣자 숨죽여 물었다.

"강유란 대체 어떤 자인가?"

강유와 동향 사람이 있어 즉시 그 내력을 소상히 밝혔다.

"강유는 홀어머니를 모시는 효자입니다. 지혜와 용기가 넘치고 학문을 좋아하며 무예를 익히면서도 교만하지 않고 고향에서 존중받으며 어른들을 공경하는 참으로 상냥한 소년입니다."

"소년? 설마 동자는 아니겠지. 몇 살이나 먹었는가?"

"스물을 넘지 않았을 것입니다."

조운도 덧붙여 말을 이어 나갔다.

"그렇습니다. 스물은 안 되었을 듯합니다. 몸집도 작고 나비처럼 고운 무사였습니다. 제 나이 일흔이 되었지만, 오늘날까지 강유 같은 창술을 본 건 난생처음입니다."

공명은 혀를 내두르며 통탄했다.

"허허, 천수군을 촉나라 손안에 넣었다 여겼는데 뜻밖이로군. 영웅의 싹이 이런 촌구석에 있을 줄이야…."

그러고는 군용을 재정비하고 다른 날을 골라 신중히 몸소 천수성으로 전진했다.

"무릇 성을 공격할 때는 처음 진격하는 날을 가장 중요하게 여긴다. 하루 공격해 함락시키지 못하고 이틀 공격해 점령하지 못한 채 이레고 열흘이고 날이 지나면 지날수록 무너트리기 어려워진다. 수비군은 자신감이 붙는 반면, 공격군은 사기를 잃으니 서로가 느끼는 피로감부터 차이를 더해간다. 이까짓 작은 성, 무사들을 격려해 단번에 쳐부수자."

선봉군, 중군, 각 부를 담당하는 부장에게 공명은 훈시한 뒤 천수성으로 들이닥쳤다.

해자를 건너고 성벽에 달라붙는 선봉군의 돌격 기세는 맹렬했다. 하지만 성안은 적막했고 항전도 없었다. 이미 촉군 한 무리가 성벽 높은 곳에 위치한 망루를 점령한 듯 보이기도 했다.

그때 느닷없이 굉음이 울리며 사방에 있는 성루에서 화살과 돌이 빗발치듯 공격군 위로 쏟아져 내렸다. 게다가 해자 부근에 있던 병사 위로는 커다란 통나무와 돌덩이가 땅을 울리며 떨어지는 게 아닌가.

낮 동안에만 촉군 측 사상자가 어마어마하게 성 아래에 쌓여갔다. 더욱이 한밤중에 이르자 주변 일대 숲과 민가는 활활 타오르는 화염으로 변했고 함성과 북소리가 옆에서도, 뒤에서도, 성안에서 터져 나오니 사방은 적이 만든 불 고리, 꽹과리와 북이 빚어내는 굉음으로 뒤덮인 듯했다.

"얄미울 만큼 훌륭한 전술이다. 유감스럽지만 우리 병사는 지쳤고 저들의 사기는 점점 높아진다. 내일을 기하는 게 상책이다."

결국, 공명도 총퇴각을 명할 수밖에 없었다. 본인도 급히 사륜거를 되돌렸다.

아뿔싸! 때는 이미 늦었다. 가는 길목마다 뱀의 혀 같은 불길이 날름거리며 가로막았다. 하나같이 적이 숨겨둔 복병이다. 이리 철두철미하게 계산하다니! 그제야 생각해보니 적은 성안이 아니라 성 밖에 있었다. 물러서기 시작한 촉군은 단번에 무너져 내렸고 끊임없이 옥죄는 적의 포위망 아래 여기저기에서 붙잡혀 섬멸당하니 목이 베인 병사 수를 일일이 셀 수 없었다.

공명이 탄 사륜거조차 화염에 휩싸여 불길 속에서 헤매다 하마터면 적에게 에워싸일 뻔했으나 관흥과 장포가 어찌어찌 구하여 구사일생으로 살아났을 정도다.

허나 하늘은 아직 밝지 않았고 앞길 가득 치솟는 불길은 저너머 어둠에 가로놓여 있었다.

4

"누구 진인지 살피고 오너라."

공명이 내린 명령을 받고 앞으로 달려 나간 관흥은 이윽고 돌아와 보고했다.

"저들이야말로 진짜 강유 군대입니다."

멀리 화마 같은 진영을 바라보던 공명은 탄식을 금치 못했다.

"아, 보통 전술과는 다르다고 생각했다. 엄청난 대군처럼 보이지만 이렇다 할 숫자는 아닐 터. 대장 지휘만으로 그렇게 보이는 게지."

좌우에 설명하는 사이 불길은 벌써 원을 그리며 야금야금 닥쳐왔고 뒤쪽 이편저편에서도 화살이 비처럼 날아왔다.

"싸우지 마라. 우리 방비는 이미 무너졌다. 그저 병사가 입을 손실을 최소로 줄이며 퇴각하라."

공명도 도망갈 궁리만 하며 적이 쳐놓은 포위에서 빠져나가려 무진 애썼다.

멀리 진을 물리고 아군이 입은 손해를 헤아리니 예상보다 타격이 컸다.

싸우면 반드시 승리하는 공명도 처음으로 쓰라린 패전을 맛보았다. 일방적인 승리만을 거두어서는 참된 전쟁관은 물론 패배를 떨치고 일어날 힘도 생기지 않는 법.

공명은 자기 자신을 모멸하듯 입술을 잘근잘근 깨물며 혼잣말을 중얼거렸다.

"강유 하나도 이기지 못하는 인간이 어찌 위나라를 물리칠 수 있겠는가…."

심사숙고! 공명은 갑자기 안정군 출신 사람을 불러 물었다.

"강유는 효심이 무척이나 깊다고 들었는데 모친은 지금 어디 있는가?"

"기성에 삽니다."

"그래? 천수군 군자금과 군량을 비축해두는 땅은 어딘지 아는가?"

"상규성(上邽城)일 겁니다."

그 뒤 공명은 생각한 바가 있는 듯 위연에게 군을 이끌고 기성으로 향하라 명했고 따로 조운을 불러들여 상규를 공격하라 지시했다.

이 소식이 천수성으로 전해지자 강유는 슬퍼하며 태수 마준

앞에 엎드려 청했다.

"저희 어머님께서는 기성에 계십니다. 만약 적에게 무슨 일이라도 당하시면 자식 된 도리를 다하지 못합니다. 기성을 위급에서 구하며 아울러 어머님 신변을 지키려 하니 부디 제게 3000기와 잠시 본성을 떠날 수 있도록 말미를 주십시오."

물론 강유는 허락을 얻었다. 길을 서둘러 가던 도중 위연 휘하 병사와 맞닥뜨렸지만, 위연은 굳이 이기려 들지 않고 흩어져 도망쳤다.

기성에 다다르자 강유는 곧바로 고향 집에 남았던 어머니를 보호하며 현성을 굳게 지켰다. 한편, 조운은 상규 현성으로 향했는데 천수에서 출발한 양건이 군사를 이끌고 구하러 왔으므로 이번에도 일부러 패배하여 통과시켰다. 모두 공명 지시에 따른 예비 작전이다.

공명은 남안에 사신을 보냈고 미리 포로로 잡아두었던 위나라 황제 일족, 하후무 부마를 그 땅으로 이송했다.

"부마, 그대는 목숨이 아깝지 않은가?"

공명이 물으니 온실 속 화초처럼 자라 선친 하후연과 닮은 점이라고는 눈을 씻고 찾아볼 수 없는 하후무가 눈물을 흩뿌리며 입을 열었다.

"승상의 자애로 둘도 없는 목숨을 살려주신다면 하늘 같은 은혜는 잊지 않겠습니다."

"지금 기성에 있는 강유가 내게 서간을 보내 하후무를 넘겨주면 자신도 촉나라에 항복하겠다는 뜻을 전했다. 해서 지금 그대를 방면하려는데 기성으로 가서 강유를 데려오겠는가?"

"풀어만 주신다면 기꺼이 다녀오겠습니다."

공명은 하후무에게 음식과 옷을 내주고 말을 내린 뒤 진지에서 놓아주었다.

하후무는 새장에 갇혔던 새가 하늘로 날아오르듯 홀로 말을 재촉했다. 그러자 도중에 수많은 피난민을 만났다. 말을 세우고 한 사람에게 물었다.

"너희는 어디 백성인가?"

"기성 사람들입니다."

"피난은 왜 가는가?"

"현성을 지키던 강유가 촉나라에 항복하는 바람에 위연 군이 마을에 불을 지르고 약탈을 일삼으니 난폭함이 이루 말할 수 없어 그 땅에서 살고 싶어도 견딜 수가 없습니다."

5

하후무는 촉나라 편에 설 생각은 털끝만큼도 없었다. 풀려난 걸 기회 삼아 위나라로 도망칠 심산이다.

"강유도 이미 촉나라에 항복했단 말인가. 그렇다면 기성에 가도 별수가 없겠구나."

하후무는 부리나케 말 머리를 돌려 천수성으로 달려갔다. 역시 길 가는 도중에 수많은 피난민과 부딪혔다. 그 피난민들에게 물어봐도 이구동성으로 강유가 한 배신과 촉군이 저지른 약탈 상황을 호소하는 말이 처음에 들었던 내용과 같았다.

"아, 강유의 변심은 사실이었구나…."

하후무는 마음을 비우고 천수로 걸음을 재촉해 성 아래에 다다라 문을 두드리며 외쳤다.

"나는 부마 하후무다. 문을 열어라!"

태수 마준은 깜짝 놀라 하후무를 곧바로 맞이해 들였다.

"대체 어떻게 무사히 돌아오셨습니까?"

"정말 강유는 가증스러운 자다. 강유의 변심은 의심할 여지가 없다."

부마는 천수까지 오는 길에 겪은 일과 들은 풍문을 자세히 설명하며 분노했다.

그러자 양서(梁緒)가 단호히 버티며 반박했다.

"지금 상황에서 강유가 적에 항복했다니 믿을 수 없습니다. 헛소문이겠지요."

밤이 되자 촉군이 천수성 사방으로 난 문을 에워싸고 잡목을 쌓은 뒤 불을 놓더니 장수 하나가 선두에 서서 목이 쉬도록 외쳤다.

"성안에 있는 놈들아, 잘 들어라. 이 강유는 하후 부마를 구하려고 촉나라에 몸을 팔아 목숨을 구걸했다. 너희도 아까운 목숨을 헛되이 버리지 말고 나와 함께 촉나라에 투항하라!"

마준과 하후무가 성루 위에서 바라보니 갑옷이며 말이며 연령대까지 강유가 틀림없는데 어딘가 말하는 내용은 납득할 수 없었다.

"아, 성루 위에 계신 분은 하후무 부마가 아니십니까? 부마께서 제게 촉나라에 항복하라, 촉나라에 항복하면 목숨을 살릴 수 있다며 몇 번이나 편지를 보내시니 저는 이렇게 촉나라에 몸을 던졌건만 그 몸 하나만 달랑 피해 이미 천수성에 의탁하셨을지 어찌 알았겠습니까? 기억하십시오! 이 원한은 활과 화살로 되갚을 것입니다!"

성 아래에서 강유는 온갖 욕을 퍼부으며 공격했지만, 새벽이 가까워지자 지쳤는지 병사를 모아 철수해버렸다.

물론 그 사람은 진짜 강유가 아니다. 연령대와 체격이 비슷한 자를 골라 공명이 세운 가짜다. 한밤중 어지러운 군사들 속에서 해자를 사이에 두고 보았으니 마준과 하후무는 진짜와 구분하기 쉽지 않았다. 이로써 두 사람은 강유에게 커다란 의혹을 품게 되었다.

한편, 진짜 강유는 여전히 기성에 틀어박혀 공명 군에게 포위당한 상태다.

성안에 웅거하며 직면한 가장 큰 고통은 워낙 서둘러 온 탓에 군량을 반입할 틈이 없었고 기성 안에도 열흘을 버티기 어려운 식량밖에 없다는 점이다.

그러던 어느 날 성안에서 세심히 관찰해보니 많은 수레가 식량을 가득 싣고 촉나라 치중대(輜重隊) 호위를 받으며 매일같이 성 밖으로 난 북쪽 길을 통과하는 게 눈에 띄었다.

"저 치중대를 기습해야겠다."

결국, 뜻을 정하고 군량을 탈취하러 나갔다. 이 상황이야말로 강유가 공명 손아귀로 떨어지는 첫걸음이다.

왕평, 위연, 장익 등 복병에게 당한 강유는 두 번 다시 성으로 돌아갈 수 없었다. 데리고 나온 군사들은 대부분 목이 베였고 남은 수십 기마저 장포 군을 돌파하는 사이 전멸당해 이제는 강유만이 살아남아 도망갈 길도 막막해지자 결국 천수성으로 내달렸다.

"나는 기성의 강유다. 원통하지만 기성은 함락되었다. 문을 열어다오."

성문 아래 서서 외치자 뜻밖에도 성루 위에서 마준이 욕하며 몰아붙였다.

"그 입 다물라! 네놈 뒤로 멀리 촉나라 군사가 보이잖느냐? 나를 속여 문을 열게 한 것도 모자라 촉군을 끌어들일 심산이겠지. 이 보잘것없는 배신자야! 무슨 낯으로 예까지 왔느냐!"

강유는 간담이 서늘해져 성 아래에서 낱낱이 그간 겪은 사정을 호소했지만 외치면 외칠수록 마준은 분노하며 호통쳤다.

"어젯밤에는 옛 주군에게 활을 들이대더니 오늘은 독사 같은 혀를 놀리느냐! 에잇, 저 수상한 놈을 쏘아라!"

마준은 주변에 있던 궁수를 재촉했다.

"이건 또 어찌 된 영문인가?"

어안이 벙벙한 강유는 눈물을 머금고 하는 수 없이 쏟아지는 화살을 피해서 더 멀리 장안 쪽으로 말 머리를 향했다.

6

병사도 없고 성도 없으니 이제는 둥지 잃은 새와 같은 강유다. 단신으로 장안을 향해 달리기를 수십 리, 가는 길 저 끝에 돌연 수천 군마를 펼쳐 길을 가로막는 자들이 있었다. 촉나라 대장 관흥이 이끄는 군사다.

"아뿔싸, 벌써 예까지 들이닥쳤는가?"

몸은 기진맥진하고 마음은 서글펐다. 게다가 홀로 남았으니 전술이라 할 것도 없어 말 머리를 돌려 급히 다른 길을 향해 가는데 또다시 한쪽 수풀을 헤치고 나오는 사람들이 있었다.

"왔구나, 강유. 어디로 가려느냐?"

저마다 떠들어대며 북소리를 맞추면서 강유를 둘러쌌다.

가만 보니 주르륵 선 깃발을 젖히고 저쪽에서 사륜거가 전진해 왔다. 수레 위에는 학창의를 입고 윤건을 쓴 사람이 백우선을 들고 쉴 틈 없이 권유했다.

"강유! 어찌 기꺼이 항복하지 않느냐? 죽기는 쉽고 살기는 어려우니 네가 이만큼 성의를 다했으면 가문을 욕되게 하지 않은 것이다."

놀랍게도 공명 뒤에는 기성에 두고 온 모친이 가마에 실린 채 많은 장수의 보호를 받는 게 아닌가.

뒤쪽에서는 관흥 군이 착착 닥쳐왔고 앞쪽에서는 이 대군이 버티는 형국이다. 게다가 적에게 사로잡힌 어머니를 본 강유는 가슴이 미어져 말에서 뛰어내리자마자 대지에 엎드리고는 모든 일을 하늘에 맡겼다.

그러자 공명은 곧바로 사륜거에서 내려 강유 손을 잡아 어머니 곁으로 이끌었다.

"나는 융중(隆中)에서 거하던 초려를 나온 뒤 오랫동안 천하를 빛낼 재능을 가진 인물을 마음속으로 찾았다. 조금이나마

터득한 내 병법을 누군가에게 전수하려는 희망이 있어서다. 지금 그대를 만났으니 이 공명이 바라는 소원을 이룬 듯하다. 앞으로 내 곁에 남아 그 충심과 용맹을 촉나라에 바치지 않겠나? 그러면 나도 보답하여 이 몸에 웅숭깊게 쌓아둔 모든 걸 쏟아 그대에게 나누겠다."

모자는 공명의 은혜를 느끼고 눈물을 철철 흘렸다. 강유는 그날 이후로 즉시 공명을 사사하고 일신을 촉나라에 두었다.

함께 본영에 돌아간 공명은 다시 한번 강유를 불러 정중히 예를 갖추고 물었다.

"천수성과 상규성을 빼앗을 방법은 무엇인가?"

"화살 1발이면 충분합니다."

공명은 빙긋 웃고는 곧 옆에 있던 화살을 집어 강유에게 건넸다. 강유는 필묵을 청하더니 즉석에서 쓱쓱 편지를 2통 적어 내려갔다.

강유와 안면이 있는 윤상(尹賞)과 양서(梁緒)에게 보내는 서한이다. 강유는 그 서한을 화살에 묶어 천수성 안으로 쏘아 보냈다.

성안에 있던 병사가 그 화살을 주워 마준에게 보였다. 마준은 그 글을 읽고는 당황하며 하후무 부마에게 내보였다.

"성안에 있는 윤상과 양서도 강유와 내통하는 모양입니다. 어찌 조치할까요?"

"큰일이다. 일이 벌어지기 전에 알게 되어 그나마 다행이고. 두 사람을 즉시 처단하라."

곧 사자를 보내 윤상을 먼저 부르려던 참인데 윤상과 친분 있는 자가 그전에 윤상 집으로 득달같이 달려가 앞으로 벌어질 일을 전하고 말았다.

윤상은 기겁하여 친구 양서를 찾아가 회유했다.

"개죽음당할 바에야 차라리 성문을 열고 촉군을 불러들여 공명을 따르는 편이 낫지 않겠나?"

이미 마준이 내린 명을 받은 군사가 저택을 포위하여 죄어 오는지라 두 사람은 뒷문으로 도망쳐 나와 성문으로 달음박질했다.

그러고는 안에서 문을 열고 깃발을 흔들어 촉군에게 신호를 보냈다. 준비를 끝내고 기다리던 공명은 정예병을 들여보냈다.

하후무와 마준은 방책을 세울 여유도 없이 겨우 100여 기를 이끌고 북문으로 도망쳐 나가 결국 강족 국경까지 패주했다.

상규를 지키는 대장은 양서 아우 양건이다. 결국, 양건은 형에게 설득당해 적에게 항복했다.

이에 3군과 싸워 다 평정했으므로 촉나라는 군용을 재정비하여 대거 장안으로 진격했는데 그에 앞서 공명은 모든 군사를 위로했으며 항복한 장수 양서를 천수 태수로 추천하고 윤상을 기성 영(令)으로 세웠으며 양건을 상규 영으로 임명했다.

"어째서 하후무 부마를 쫓지 않으십니까?"

여러 장수가 묻자 공명은 일갈했다.

"부마 같은 자는 기러기 1마리에 지나지 않는다. 지금은 강유를 얻었으니 봉황을 맞이한 것과 같다. 병사 천(千)을 얻기는 쉬우나 장수 하나를 얻기는 매우 어려운 법. 지금은 기러기를 쫓을 여유가 없구나."

기산 벌판

1

촉군은 무위를 점점 널리 드날렸다. 천하무적이던 촉군 모습
은《삼국지연의》에도 생생히 기술해놓았다.

> 촉나라 건흥(建興) 5년 겨울, 공명은 이미 천수, 남안, 안정 3군
> 을 공격하여 앗으니 온통 그 위세를 떨쳤고 대군은 이미 기산
> (祁山)을 향해 나와 위수(渭水) 서쪽에 진을 치니 사방팔방에서
> 낙양(洛陽)으로 급히 달리는 파발은 눈이 펄펄 날리는 듯했다.

때는 위나라 대화(大化) 원년이다.

국가 회의에서 국방 총사령이라는 막중한 임무를 일족인 조
진(曹眞)에게 명했다.

"신은 재주가 없으며 노령이라 도저히 그 소임을 완수할 수
없습니다."

조진은 완고히 사의를 표했지만 위제 조예는 받아들이지 않

왔다.

"그대는 일족 종형(宗兄)인데다 선제께서 홀로 될 짐을 부탁하시며 친히 유조를 내린 분이 아니오? 하후무도 이미 패하여 위나라에 국난이 닥쳐온 지금, 그대가 거절한다면 누가 총대장을 맡아 전장으로 나가겠소?"

왕랑도 함께 거들었다.

"장군은 사직의 중신입니다. 마다하실 때가 아닙니다. 장군이 출진하신다면 저도 미약한 재주나마 장군을 수행하여 죽을 힘을 다할 각오로 함께 강적을 무찌르겠습니다."

왕랑이 하는 말에 마음이 움직여 조진도 결국 뜻을 정했다. 부장에는 곽회(郭淮)가 뽑혔다.

조진에게는 대도독을 상징하는 절월(節鉞, 천자가 적을 토벌할 장군에게 믿음과 권력의 상징으로 내리는 손 깃발과 도끼 – 옮긴이)을 하사하고 왕랑은 군사(軍師) 임무를 맡으라고 명했다. 왕랑은 헌제 때부터 황실을 섬긴 자로 당시 나이 76세였다.

장안 군사 20만 기는 화려하고 아름답게 출진했다. 선봉을 맡은 선무장군(宣武將軍) 조준(曹遵)은 조진의 아우다. 부선봉을 맡은 장수는 탕구장군(盪寇將軍) 주찬(朱讚)이다.

대군은 어느새 장안 땅에 접어들었고 이윽고 위수 서쪽에 진을 쳤다.

왕랑이 먼저 입을 열었다.

"생각하는 바가 있으니 대도독께서는 내일 아침 웅대하게 진을 펼치고 깃발 아래서 위엄을 갖춘 후 제가 하는 행동을 유심히 지켜봐 주십시오."

"군사는 어떤 계책을 세웠는가?"

"백지상태입니다. 아무 계책도 없습니다. 다만 세 치 혀를 놀려 공명을 설득하고 그 양심으로 위나라에 항복하도록 만들어 보겠습니다."

나이 여든에 가까운 노 군사는 어딘가 자신감에 가득 차 기개가 가히 하늘을 찔렀다.

이튿날 아침이 밝아왔다. 양쪽 군대는 기산 앞에 진을 여봐란듯이 쳤다. 산과 들은 옅은 봄기운에 휩싸여 말간 태양이 떴고 이쪽저쪽에서 나부끼는 깃발과 반짝반짝 빛나는 갑옷은 피어오르는 연기 속에서 번쩍거리니 천하에 보기 드문 장관이라고 할 만한 대진(對陣)이다.

북이 세 번 울렸다.

잠시 검과 활을 멈추고 개전에 앞서 한마디 하겠다는 약속 신호다.

"위나라 위세는 웅장하기 그지없다. 지난번 하후무 진용과는 비교도 되지 않는다."

공명은 사륜거 위에서 사뭇 감동스럽다는 듯이 바라보았다. 휙 하고 진영 문에 내걸린 깃발이 열리자 사륜거는 관흥과 장포 등의 호위를 받으며 중군을 나와 적진 정면에 멈춰 섰다.

"약속에 따라 한나라 제갈 승상이 여기 섰다. 왕랑은 당당히 나와라."

저편을 향해 냅다 소리쳤다.

위군 진영 문에 놓인 깃발이 살짝 흔들렸다. 흰 수염을 기른 사람이 검은 갑옷에 비단 소매를 늘어뜨리고 천천히 말을 몰아

가까이 다가왔다. 바로 일흔여섯의 군사 왕랑이다.

"공명, 내 한마디 할 테니 귀를 열고 들어라."

"왕랑 아닌가? 아직도 살아 있는 모습을 보다니 희한하구나. 내게 할 말이 무어냐?"

"그 옛날 양양(襄陽)에서 이름난 선비들은 하나같이 그대 이름을 입에 올렸다. 그대는 도(道)를 아는 사람이요, 천명이 무엇인지를 깨우쳤으니 이 시대 사람이 무엇을 해야 하는지 누구보다 정확히 알 것이다. 그런데도 융중에서 괭이를 들고 책이나 읽던 서생이 시류를 조금 탔다고 느닷없이 구름을 얻은 듯 명분 없는 전쟁을 일으키다니, 대체 무슨 짓이냐?"

"누가 명분 없는 전쟁이라 말하더냐! 나는 칙명을 받들고 세상에 날뛰는 역적을 토벌한다. 한나라 대신이 어찌 공공연히 백성을 고통에 빠트리겠느냐?"

"허허, 새파란 애송이가 지껄이는 입놀림에 헛웃음이 날 뿐이구나. 공명, 그대는 위나라 대황제를 가리켜 은근히 그런 말을 했겠지만, 천운은 끊임없이 변화하며 덕이 있는 사람에게 돌아가기 마련이다. 환제(桓帝)와 영제(靈帝) 때부터 천하는 분열되어 다투었고 수많은 영웅이 스러지고 일어나 이를 제패할 왕이라 자칭했다. 오직 태조 무제(武帝)만이 백성을 어여삐 여기시어 천지 사방을 깨끗이 쓸어내시고 팔방으로 난 온 세상을 멍석처럼 둘둘 말아 결국 대위국(大魏國)을 세우셨다. 천하 모두가 무제가 베푼 덕을 우러르며 지금에 이르렀으니 이는 권력으로 움켜쥔 게 아니라 덕에게 돌아온 천명에서 비롯한 덕분이다. 하물며 네 군주 현덕은 어떠했느냐?"

2

왕랑은 박학다식하여 뭇사람으로부터 존경받는 대학자다. 위나라 대들보인 경세무략(經世武略)의 인물로서 그 이름이 천하에 널리 알려졌다.

서전에 앞서 그 왕랑이 자부심에 찬 언변을 떨치며 진두에 서서 공명을 향해 대설전을 청한 것이다.

왕랑이 언두에 설파한 건 위나라 정의다. 위나라를 부흥시킨 태조 조조와 촉나라 현덕을 비교하여 두 사람이 이룬 순행과 역행을 논파하면서, '조조가 천하 만국 위에 선 일은 요(堯)가 순(舜)에게 세상을 양보한 예와 마찬가지므로 하늘이 내린 뜻에 응하고 사람을 따른 것이지만, 현덕에게는 그 덕이 없음에도 스스로 한조 후예라는 말 따위로 계통만을 근거하여 속임수와 위선만을 취해 촉나라라는 한구석을 앗아 오늘을 이룬 것에 지나지 않는다. 이는 오늘날 중국 사람들 마음에 비춰보아도 명백하게 비판받을 일'이라 일갈한 것이다.

왕랑은 설전을 위한 기세를 더 날카롭게 벼리고 대논진을 펼쳐 현덕에 이어 공명을 향해 혀끝에 세운 칼날을 돌렸다.

"너도 현덕이 부리는 위선에 현혹되어 그릇된 패도(覇道)를 따르며 타고난 재능을 올바로 펴지 않고 스스로 관중(管仲)과 악의(樂毅)에 견주다니 당치도 않은 애송이 말이며 세상 사람들의 웃음거리에 불과하다. 진정 옛 주군이 남긴 유언을 받들어 촉나라에 남은 현덕 자식을 소중히 여긴다면 어찌 이윤(伊尹)과 주공(周公)을 본받아 분수를 지키고 스스로 잘못을 고쳐

덕을 쌓으며 세상을 바르게 다스려 공을 세우려 노력하지 않느냐? 네가 현덕이 남긴 자식을 지키려는 충절은 기꺼이 옳다 인정하고 칭찬할 만하지만, 무력과 침략을 일삼아 위나라를 공격하려는 마음을 먹는다면 구제할 수 없는 호란(好亂)의 역적이요 촉나라 녹을 먹고 촉나라를 멸망시키는 자가 아니고 뭐란 말이냐? 옛사람도 말했다. 하늘을 따르는 자는 흥하고 하늘에 거스르는 자는 망한다고. 지금 우리 대위(大魏)는 용감한 군사가 100만이요, 대장이 1000명에 이르니 적들은 계란으로 태산을 치려는 것과 같다. 헤아리건대 너희는 썩은 풀 더미에 붙어 실속 없이 깜빡이는 반딧불이 따위일 뿐이니 어찌 우리처럼 교교히 빛나는 천상의 달빛에 닿겠느냐?"

왕랑은 숨도 돌리지 않고 논하고는 끝맺었다.

"네가 제후 지위와 촉주를 위한 안녕을 정녕 기원한다면 갑옷을 벗어 항복 깃발을 내걸어라. 그러면 두 나라 백성이 다 평안할 것이요 수많은 군사도 피를 보지 않고 함께 찬란한 봄날을 만끽할 수 있다. 거부한다면 촉나라는 즉시 천벌을 받아 그 어느 누구도 살아서 본국 땅을 밟지 못할 것이다. 그 죗값은 다 네 이름으로 받으리라. 공명, 마음을 차분히 가라앉히고 대답하라."

왕랑은 소문처럼 당당했으며 전투에 임하는 위나라 명분을 똑똑히 밝혔다.

아군과 적군 모두 숨을 죽이고 귀를 기울였는데 특히 촉나라 군사들까지 이치에 맞는 말이라며 입 밖에는 내지 않아도 감탄해 마지않는 눈치다.

지각 있는 촉나라 대장들은 큰일 났다 싶었다. 적이 해대는 변론에 매혹되어 촉나라 삼군이 이리 감탄하는 상태라면 설령 전투를 개시한다 해도 승산이 없다.

공명은 무어라 설할 것인가, 어찌 대답할 것인가?

곁에 선 마속 등도 걱정스러운 눈빛으로 사륜거에 탄 공명 옆얼굴을 빤히 바라보았다.

"…"

공명은 산보다 고요한 모습이다. 시종일관 묵묵히 미소를 지은 채….

마속은 예전에 언변에 능한 계포(季布)라는 영웅이 진두에서 한고조를 논파하고 그 병사를 물리친 예를 떠올렸다. 왕랑은 그 효과를 노린 듯했다.

'어서 공명이 무슨 말이라도 반론을 펼치면 좋으련만…'

마속이 그 어느 때보다 초조해하는데 이윽고 공명이 천천히 입을 열었다.

"뚫린 입이라고 말은 참 잘도 하는구나, 왕랑. 네 언변은 훌륭하다. 안타깝게도 그 논지는 자가당착에 빠진 기만에 지나지 않는다. 들을 가치도 없는 궤변이란 말이다. 그렇다면 먼저 말로 깨우쳐주마."

공명은 시원스러운 목소리로 받아쳤다.

"너는 한조 옛 신하니 위나라에 얹혀살며 그 늙은 육신을 부지한대도 마음 깊은 곳에는 일말의 양심이라도 있으려니 생각하여 처음에는 노인을 공경하는 마음으로 대했다. 그랬거늘 벌써 심신이 썩어 빠져 지금처럼 대역무도한 말을 거리낌 없이 토해낼 줄은 정녕 몰랐구나. 가엾도다. 한창 잘나가던 수재도 위나라가 사육하니 천치가 되어버렸구나. 너 하나를 앞에 두고 말하려니 맥이 다 빠진다. 위군과 촉군, 양쪽 군사들이여! 잠자코 내 말을 들어라."

3

논리는 명석하고 목소리는 낭랑한데다 기교도 없이 차분하게 공명은 죽 논지를 펼쳤다.

"돌아보면 옛날 환제와 영제가 나약하셨던 탓에 한나라 대통이 점차 혼란해지고 간신이 활개를 쳐 논밭과 들은 해마다 흉흉해지니 여러 주가 소란스러워 결국 난세가 시작되었다. 그 뒤에 동탁(董卓)이 세상에 나와 일단 평화를 되찾았지만, 함부로 조야(朝野)의 뜻을 사사로이 하더니 이어서 사구(四寇, 동탁 잔당 이각, 곽사, 번조, 장제 네 사람─옮긴이)의 난이 일어나 가엾은 한제를 민가에서 유랑하게 만들고 민생을 고난의 구렁텅이에 빠트렸다."

공명은 말을 잠시간 멈추었다.

안으로 감정을 누르고 밖으로 평정을 유지하려는 듯 가만히 양 소매 매무새를 가다듬고 백우선을 무릎 위에 고쳐 잡고는 말을 이었다.

"견디려니 눈물이요, 입에 올리자니 두려움 천지다. 그 무렵 겪은 참상으로 말하자면 조정에는 사람이 있어도 없는 것과 같아 썩은 나무를 짜서 궁궐을 짓고 섬돌마다 낙엽이 쌓였으며 짐승 같은 관리에게 의관을 입혀 녹을 먹이니 정사를 의논하는 자리는 이리 심보에 개 같은 소행을 일삼는 패거리가 입으로 도를 떠들며 배로는 사리사욕을 채우려는 마당에 지나지 않았다. 종의 얼굴에 시녀 무릎을 한 무리가 앞다투어 도를 논하고 사사로이 정치를 꾀했다. 이 말세를 보라. 사직은 폐허가 되고 만백성은 도탄에 빠지니 이를 통탄하는 진실된 이들은 재야에 숨어버렸다. 왕랑이여, 귀를 파고 똑똑히 들으란 말이다."

공명은 목소리를 높였다.

그 목소리는 종달새처럼 높고 맑게 하늘까지 울려 퍼졌다.

"젊은 시절 나는 온 세상이 혼탁한 모습을 보고 상심하여 양양 교외에 들어앉은 채 때가 오리라는 하늘의 뜻을 믿고 묵묵히 책을 읽으며 밭을 갈았다. 방금 네가 말한 대로다. 허나 그때 사람들은 누구나 은밀히 이를 갈고 팔을 걷어붙이며 당시 조정 신하와 위정자가 저지르는 부패와 타락에 분노했다. 나는 처음부터 너를 누구보다 잘 알고 있었다. 너희 가문은 대대로 동쪽 바닷가에 살면서 조상이 한조의 높고 큰 은혜를 입었고 너또한 효렴(孝廉)으로 천거되어 조정에 나간 뒤 은혜로운 대우를 받아 간신히 한 사람 몫을 발휘하였다. 그런데도 조정이 위태로운 틈에 헌제께서 각지로 유랑하실 때 나라를 바로잡고 간신을 제거하여 천자 마음을 진실로 평안케 해드렸다는 공은 듣지 못했다. 오직 시류를 엿보며 권력을 쥔 자에게 아첨을 떨어 약아빠진 이론을 세우고 왜곡된 글을 지어 바치니 역적이 부르짖어 대권을 훔치는 도구로 삼을 뿐이다. 권력을 팔아 영예로운 작위를 사고 권력으로 대궐 같은 집에서 산해진미를 먹고 마시며 오늘까지 일흔여섯이라는 기나긴 삶을 버틴 괴물로 살았으니 바로 너, 왕랑이 아니더냐? 설령 우리 촉나라 총대장이 아니더라도 세상에 사는 한 백성으로서 네 살을 씹고 개와 닭에게 피를 주어도 모자란 심정이다. 다행히 하늘에서 이 공명을 세상에 나오게 하심은 하늘도 한조를 버리지 않으셨다는 증거다. 내 지금 황공하게도 칙명을 받들어 충성스럽고 용맹한 우리 촉나라 병사와 생사를 걸고 여기 기산 벌판에 나섰다. 너는 권력에 알랑대는 한낱 늙은 신하가 아니더냐? 시시비비를 밝혀 이 세상을 광명으로 이끄는 전쟁은 네가 자랑하는 앞잡이 처세술이나 말재주만으로는 승리할 수 없는 법. 집 안에 틀어박혀 식량이나 축내며 늙은이가 부릴 법한 탐욕에 빠져 지냈다면 살려주었으련만 어찌 어울리지도 않는 갑옷을 걸치고 진영 앞에 나와 무턱대고 설치느냐? 그 행동만으로도 다시없는 천하 구경거리가 되었는데 이 벌판에 송장으로 내버려지면 무슨 면목으로 황천에 계신 한 황제 스물네 분을 알현하겠느냐? 썩 물러가라, 이 늙은 역적아!"

마지막에 날린 늠름한 일갈은 논적(論敵)의 폐부를 송곳처럼 꿰뚫은 듯했다.

결론적으로 한조를 대신하여 일어선 촉나라 조정과 위나라 조정 중 어느 쪽이 옳은지에 대한 문제였지만, 정통론만으로는 위나라에는 위나라 주장이 있고 촉나라에는 촉나라 논거가 있었으니 결말이 나지 않는 입씨름이다.

해서 공명은 이념 싸움을 피하고 오로지 군중 심리를 겨냥한 것이다. 공명이 말을 마치자마자 촉나라 삼군은 와아! 하고 소리 높여 변론을 지지하며 그 마음을 공명이 설파한 말 위에 무게 있게 실었다.

그에 반해 위나라 진영은 찬물 맞은 불티처럼 기가 죽었다. 게다가 왕랑은 공명이 쏟아낸 통렬한 말에 피가 거꾸로 솟고 기가 막혔는지 수치로 가득 차 고개를 푹 숙였나 싶더니 짧은 신음을 내뱉고는 말 위에서 고꾸라져 숨이 끊어졌다!

4

공명은 백우선을 높이 들고 다음으로 조진 도독을 불러냈다.

"일단 왕랑 시신을 후진으로 거둬야 할 터. 말미를 주겠다. 나는 남에게 닥친 상사(喪事)를 틈타 허겁지겁 승리를 얻으려는 사람은 아니다. 내일 진영을 새로 꾸려 결전을 벌이겠다. 너도 제대로 병사를 꾸려 다시 나와라."

그러고는 사륜거를 과감하게 돌렸다.

믿고 의지하던 왕랑을 잃자 조진은 전초전부터 기가 팍 꺾였다.

부도독 곽회는 조진을 북돋우기 위해 필승 작전을 열심히 역설했다.

조진도 마음을 다잡고 곽회가 해주는 말을 수긍하며 그 비밀스러운 작전을 준비했다.

공명은 그 무렵 유막 안으로 조운과 위연을 불러들여 명했다.

"두 사람이 함께 병사를 모아 위나라 진영을 야습하라."

위연은 공명 얼굴을 말끄러미 바라보며 답했다.

"실패로 끝날 것입니다. 조진도 병법에 관해서는 뛰어난 인물이므로 상을 치르는 아군 진영을 우리가 야습하리라는 정도의 예상과 대비는 했을 터."

공명은 그 말을 듣고 위연을 깨우쳤다.

"나는 오히려 우리가 야습하리라는 사실을 조진이 알아주길 바란다. 조진은 이미 기산 뒤편에 병사를 매복시킨 채 숨죽이고 기다릴 것이다. 우리 야습 병사를 끌어낸 뒤 그 틈에 이쪽 본진으로 돌진하여 일거에 격파하기 위해서다. 그러니 부러 조진이 바라는 대로 너희를 보내는 것이다. 도중에 이상한 점이 있으면 즉시 이렇게 이렇게 하여라."

공명은 무슨 말인가를 속닥였다.

이어서 관흥과 장포 두 사람에게 각각 군사를 내주어 험준한 기산으로 보냈고, 그 뒤에 마대, 왕평, 장억에게는 따로 계책을 내려 본진 부근에 매복시켰다.

아무것도 모르는 위군은 대장 조준과 주찬 등 2만여 기를 은밀히 기산 후방으로 우회시키고 촉군 동정을 꼼꼼하게 살폈다.

그러자 즉시 정황이 전해졌다.

"적장 관흥과 장포가 이끄는 두 군대가 촉나라 진영을 나와 우리 군을 야습하러 움직였다."

조준 등은 그 사실을 간파하자마자 작전이 바라던 대로 들어맞는다고 기뻐하며 번개처럼 산 그림자에서 나와 촉나라 본진을 급습했다.

적의 뒤를 노려 병사가 출진해 허술해진 진영을 공격하려는 작전이다. 어쩌면 좋은가? 공명은 이미 그 뒤의 뒤를 노리는 혜안을 발휘했다.

위나라 군세가 와! 하고 함성을 지르며 밀물처럼 촉나라 본진에 돌입해보니 영채 사방 문에 나부끼는 깃발만 보일 뿐 병사라고는 그림자조차 보이지 않았다. 그뿐 아니라 여기저기에 산처럼 쌓인 마른 장작에서 느닷없이 타닥타닥 불길이 일어나니 화염이 하늘을 태우고 땅 위에 소용돌이쳤다.

"으악! 적에게도 꿍꿍이가 있다. 퇴각, 퇴각하라!"

주찬과 조준은 목이 터져라 고함치며 군사들을 몰아세웠지만, 어찌 된 영문인지 위군은 조금도 물러서지 않고 오히려 자진해서 불 속으로 밀려들었다.

그도 그럴 것이 이미 위군 뒤에는 온통 촉군이 밀물처럼 들이닥쳤고 위나라를 격멸하겠다며 후미부터 맹공을 가해 왔다.

야습하는 척 나섰던 장억, 장익 등도 화급히 회군하여 마대와 왕평 등에 가세해 후방을 끊으며 위나라 전군을 독 안에 든 쥐 신세로 만드는 데 성공했다.

조준과 주찬 휘하 군사는 죄다 아까운 목숨을 버렸고 화염 속에서 불타 죽는 병사도 그 수를 헤아릴 수 없었다. 두 대장조차 수백 기만을 이끌고 가까스로 불구덩이에서 도망쳐 돌아왔을 정도다.

퇴각하는 도중에도 조운이 이끄는 군대가 길을 막고 철저하게 섬멸하려 드는데다 위나라 본영으로 돌아와 보니 그곳도 관흥과 장포로부터 기습을 당해 모든 군사가 혼비백산하는 형국이다. 이 전초전은 위나라가 참담한 패배를 맛보는 것으로 시작하여 괴멸 상태로 끝나니 대도독 조진도 부득이 멀리 후퇴하여 어마어마한 부상자와 패잔병을 일단 거두고 전군을 재정비하는 사태에 이르렀다.

서부 제2전선

1

당시 중국 사람들이 '서강 오랑캐'라고 부르던 곳은 오늘날 청해성(青海省) 지방, 대륙에서 유럽과 아시아를 경계 지을 때 그 척추를 이루는 드넓은 고원 지대에 사는 티베트인과 몽골족 혼합체로 이루어진 왕국인 듯하다.

그런데.

그 서강 왕국과 위나라는 조조 시대부터 교역을 해왔고 서강이 공물을 바쳐 예를 갖추기도 했다. 이종족(異種族)이 가장 영광스럽고 기쁘게 생각하는 위계영작(位階榮爵)을 조정 이름으로 서강에 내리니 이를 은혜롭게 여겼던 것이다.

그때 위나라 예제(叡帝)는 조진이 기산에서 대패했다는 소식을 듣고 공명 대군이 만만치 않은 세력임을 간파하고 멀리 사신을 파견하여 서강 왕국 철리길(徹里吉)에게 교서를 보내 행동을 촉구했다.

고원에 있는 강군(强軍)을 일으켜 공명 뒤를 위협하고 서부 경
계에 제2전선을 구축하시오.

동시에 조진이 같은 목적으로 파견한 사자도 입국했다. 귀중
한 보물과 진귀한 그릇 등 선물을 서강 최고 무관 월길(越吉) 원
수와 문관 아단(雅丹) 재상에게 보냈다.

"조조 이후로 은혜를 입은 위나라가 위기에 봉착했습니다.
싫다고 거절할 수는 없습니다."

두 문무 고관이 한 건의에 따라 국왕 철리길은 즉시 강군(羌
軍) 출병을 허락했다.

월길 원수와 아단 재상은 25만 장정을 그러모아 이윽고 동
쪽 저지대를 향해 진격했다.

서강 고원을 내려가자 황하와 양자강 상류를 이루는 맑은 물
이 산과 산 사이를 구불구불 흘렀다. 두 강물은 대륙으로 흘러
나가면 짙은 황색으로 탁해지지만, 그 주변에서는 과히 흐리지
않은 맑고 깨끗한 계곡물이다.

평화에 싫증을 낼 정도였던 고원의 용맹한 병사는 '공명'이
라는 이름을 들어도 어느 정도 되는 인물인지 몰랐고 강족 군
대가 쓰는 무기는 오랑캐답지 않게 우수했는지라 대부분 이미
촉군을 무찔렀다는 기세로 진격했다.

유럽, 터키, 이집트 등 서양과 교류가 활발하여 중국 대륙보
다 앞서 그 문화적 영향을 받았던 강족 군대는 이미 무쇠로 외
관을 치장한 전차나 화포 등을 구비한 지 오래고 아라비아 혈
통이 흐르는 우수한 말을 갖추었으며 노궁과 창검도 뛰어났다

고 전해진다.

군대 짐바리는 낙타를 이용했는데 낙타 위에서 장창(長槍)을 내세우고 달리는 부대도 있었다. 낙타 목이나 안장에는 수많은 방울을 늘어트렸는데 그 무수한 방울과 무쇠 전차 바퀴가 굴러가면서 나는 소리는 고원 병사들 피를 끓어오르게 하는 데 충분했다. 이 대군이 이윽고 촉나라 경계 서평관(西平關, 감숙성)에 다다랐을 무렵 기산과 위수 사이에 있던 공명에게 아닌 밤중의 홍두깨처럼 파발이 날아왔다.

"서부 쪽 움직임이 심상치 않으니 서둘러 지원군을 보내주십시오."

공명도 그 소식에는 퍼뜩 안색이 변해 생각에 잠겼다.

"음, 누구를 보낼 것인가…."

"저희가 바로 적임자입니다."

공명의 혼잣말을 듣고 관흥과 장포가 자청했다.

사안은 시급하고 갈 길은 멀었다. 게다가 번개같이 들이쳐 단숨에 무찌르지 않으면 전군이 불리하다는 사실도 안다.

이 상황에서 젊은 장수들이야말로 막강하겠지만 아쉽게도 두 사람 다 서부 지리에 어두웠다. 해서 공명은 서량주(西涼州) 출신 마대를 붙여 5만 병사를 내주고는 즉시 출발시켰다. 낮게 뜬 소나기구름이 광야를 달리듯 원군은 서쪽을 향해 출진했고 머지않아 서강 군 대부대를 마주했다.

"서강 군은 제대로 된 장비를 갖추었다. 쳐부수기에는 벅찬 상대란 말이다."

고지에 서서 적의 세력을 한눈에 살펴보고 온 관흥은 혀를 내두르며 마대와 장포를 향해 한숨 섞인 생각을 전했다.

"철차(鐵車) 부대라고 해야 할지, 뭐랄까 강철로 에워싼 전차를 늘어세웠소. 철차 주위에는 고슴도치처럼 못 같은 가시를 한쪽 면에 심고 안에는 병사가 들어가 운전하는가 봅니다. 어찌 그 철차들을 격멸할 수 있겠소이까? 호락호락하지 않은 강적이오."

2

"관흥답지 않군."

마대는 되레 관흥이 보고하는 말을 가볍게 넘기며 격려했다.

"한번 싸워보지도 않고 적에게 기가 죽었는가? 내일은 일전을 벌여 저쪽 실력을 가늠해보세. 평가는 그 후에 해도 늦지 않네그려."

이튿날 벌인 전투에서 촉군이 오히려 적병인 서강 군에게 호되게 시험당하고 농락당했다.

패배 원인은 뭐니 뭐니 해도 서강 군이 보유한 철차 부대가 발휘한 위력이다. 그 기동력 앞에서는 촉군이 떨치는 무예와 용맹도 빛을 바랬다.

기마전이나 보병전에서는 절대적인 우위를 점했지만, 서강 군은 패색이 보이면 곧바로 강철 고슴도치를 수없이 내보내 종횡무진하며 피로 물든 바퀴 자국을 그렸는데, 떼 지어 모이는 촉병을 깔아뭉개고 차창으로는 연노를 쏘며 거침없이 적진을 누볐다.

그때 월길 원수가 손에는 쇠몽둥이를 꼬나들고 허리에는 보석과 화려한 무늬로 장식한 활을 맨 채 사나운 말을 몰고 진두에 나타남과 동시에 서강 측 사격 부대가 늘어서서 활을 들고 하늘이 어두워질 정도로 검은 화살을 쏘아댔다.

그 탓에 촉나라 병사는 뿔뿔이 흩어져 달아나다가 도처에서 섬멸당했고 관흥은 특히 적의 표적이 되어 온종일 혈로를 뚫지 못해 도망치다가 월길 원수가 휘두르는 쇠몽둥이에 하마터면 박살 날 뻔한 적도 수차례다.

"아, 그 혼란 속에서 전사했단 말인가?"

먼저 본진으로 돌아간 마대와 장포는 밤이 깊어도 관흥 모습이 보이지 않자 절망에 휩싸였다. 그런데 그 관흥이 밤이 이슥하여 홀로 말을 걸터타고 만신창이가 된 모습으로 돌아온 게 아닌가.

"오늘만큼 무서운 일을 당한 적은 없었네그려."

관흥은 가슴에 사무쳐 서강 군이 떨친 맹위를 술회했다.

"도중에 어느 산골짜기 근처에서 하마터면 적장 월길 부하에게 둘러싸여 죽을 위기에 처했는데 괴이하게도 그때 하늘에서 아버지 모습이 보이는 듯하더니 순식간에 엄청난 힘을 얻어 한쪽 혈로를 뚫은 다음 무아지경이 되어 예까지 돌아왔다네."

평소 모습과는 정반대로 진심으로 자신이 겪은 참패를 인정했다.

"그대만 패전한 게 아니네. 우리가 이끄는 군사들도 대패했어. 병력 손상은 반수에 달할 걸세. 이 책임은 우리 모두 함께 져야 하이."

마대가 씁쓸하게 그날 있었던 전과를 말했지만 장포는 분노 섞인 눈물을 훔칠 뿐이다. 게다가 이튿날 전투에서 이번 패전을 뒤집을 만한 계책도 자신도 없었다.

"어차피 승산이 희박하다는 사실을 알고 이 이상 부딪친다면 용맹을 가장하는 것일 뿐 참된 용맹은 아니네. 나는 패군을 추슬러 요해지에서 물러나 일단 적을 막을 테니 두 사람은 부리나케 기산으로 달려가 제갈 승상을 뵙고 좋은 의견을 구하게. 그때까지는 수비만 하며 달포든 두 달이든 돌부리에 달라붙어서라도 버텨보지."

마침내 마대가 전장에 남기로 결정했다.

관흥과 장포에게도 지금은 그 방법밖에 떠오르지 않아 두 사람은 밤낮으로 말을 달려 기산을 향해 발길을 서둘렀다.

기산에서 벌인 전초전에서는 촉군 위에 눈부신 축복이 내렸건만 앞서 서부 방면으로 상당한 병력을 나누었는데 대패했다는 소식을 들은 공명 미간에는 심상치 않은 불안과 초조라는 그림자가 깃들었다.

이때야말로 수장이 내리는 판단 하나가 앞으로 닥칠 판도를 결정하는 중대한 갈림길이 되는 법이리라. 공명은 하룻밤을 두고 바로 다음 날 명령을 내렸다.

"지금 이곳 기산에서 조진은 수세에 몰렸고 우리가 전투 주도권을 쥔 형국이다. 우리가 싸우지 않으면 조진도 움직이지 않는 형세니 여러 장수는 내 빈자리를 단단히 지켜라. 계책을 펼쳐 먼저 적을 자극하지는 마라."

그러고는 직접 서평관으로 향하겠다는 뜻을 밝혔다. 새로 편성한 군사 3만여 기에 강유와 장익 두 장수를 더한 뒤 관흥과 장포도 거느리고 서부 전선을 지원하러 부리나케 내달렸다.

눈썹이 휘날리도록 서평관에 도착한 공명은 마중 나온 마대가 해주는 안내를 받아 고지에 올라 서강 군 군용을 한눈에 조망했다. 그러고는 익히 들은 무적 철차 부대를 이어놓은 진영을 바라보고는 껄껄 웃으며 곁을 보고 물었다.

"헤아리건대 기계 힘일 뿐이다. 이까짓 물건을 부리는 적을 쳐부수지 못해서 어찌한단 말이냐? 강유는 어찌 생각하느냐?"

3

강유는 일언지하에 대답했다.

"적에게 용맹함은 있을지 몰라도 지략은 없습니다. 기계 힘이 있어도 정신력은 없다는 얘기입니다. 승상이 이끄는 지휘와 우리 군사 힘으로 격파하지 못한다면 되레 이상한 일입니다."

"음…."

공명은 본인 뜻이 그렇다는 듯이 고개를 주억거렸다. 그러고 나서 산을 내려와 진영에 들어서더니 여러 장수를 만나 일갈했다.

"지금 붉은 구름이 들판에 솟아오르니 겨울 북풍이 곧 눈을 흩뿌릴 것이다. 우리 계책을 펼칠 수 있는 적기다. 강유는 군사를 이끌고 적 가까이 진격하여 내가 흔드는 붉은 깃발을 보면 즉시 후퇴하라. 다른 장수에게는 나중에 지시를 내리겠다."

강유는 즉시 유인전을 지휘하는 선봉장이 되어 서강 군에게 서서히 접근했다. 그 모습을 본 월길 원수 중군은 철차 부대를 사나운 소처럼 밀며 진격하더니 강유 부대를 휩쓸려 일사분란하게 움직였다.

강유 군은 달아나다 버티고 다시 도망쳤다.

승리에 기세등등해진 강족 대군은 오늘이야말로 촉군을 가차 없이 쳐부수겠다며 전선을 점점 확대하였고 급기야 공명이 주둔하는 본진까지 들입다 달려들었다.

전투 중반 무렵부터 공명이 예언한 대로 함박눈이 펑펑 내렸고 매서운 북풍이 휘몰아쳐 점차 그 지역 특유 눈보라로 변하려 몸부림쳤지만, 강유 휘하 병사는 그 펄펄 내리는 눈송이처럼 앞다투어 진영 문 안으로 뛰어들었는데 서강 군을 막아 싸우는 자는 눈을 씻고 봐도 없었다.

무쇠로 무장한 사나운 소는 힘들이지 않고 진영 문을 돌파하여 10대, 20대, 30대 줄지어 진입하기 시작했다. 이어서 기마 2000명, 보병 3000~4000명도 함성을 올리고 눈사태처럼 우르르 몰려 들어갔다.

아뿔싸! 병영 여기저기에는 얼어붙은 깃발과 희뜩거리는 눈발만 보일 뿐 병사는 눈에 띄지 않았다. 그뿐 아니라 눈바람인지 마른 잎이 내는 소리인지, 아니, 어디에서 시작됐는지도 모를 묘하게 아름다운 소리가 들려오지 않는가.

"뭐지? 기다려라. 깊숙이 들어가지 마라."

월길 원수는 불길했는지 아군을 제지했다. 그러고는 말 위에서 귀를 기울이다가 소스라치게 놀라 몸을 떨며 중얼거렸다.

"거문고인가? 이 전장에 거문고 뜯는 소리가 들리다니⋯."

그러고 보니 꿍꿍이속이 있을 것이다. 공명인지 뭔지 전략에 밝은 자가 새로 정예군을 이끌고 왔다고 들었다.

"방심하지 마라! 앞뒤를 경계하라!"

월길 원수는 핏대를 세워 경고하며 의심에 사로잡혀 후퇴도 진격도 하지 못한 채 눈보라 속에 엉거주춤 서 있었다.

그러자 뒤에 따라온 후진을 이끄는 아단 재상이 그 말을 듣고 호탕하게 웃으며 엄명을 내렸다.

"공명은 속임수에 능하다 들었소. 그대 마음을 미혹하려고 부리는 어린애 장난 같은 계략이오. 무엇을 망설이고 무엇을 두려워한단 말이오? 이미 광야에 쌓인 눈이 10자나 되오. 퇴각이 되레 더 고생스럽소이다. 철차 부대를 앞세워 무차별하게 진영 안을 내달리고 그 뒤에 이곳을 점령하여 오늘 밤에 쏟아지는 대설(大雪)을 견디는 게 상책이오. 만약 공명을 발견하면 이 기회를 놓치지 말고 반드시 사로잡으시오."

월길 원수는 그 말에 한껏 고무되어 병사를 나누어 진영 사방에 있는 문을 막은 뒤 철차 부대에 명을 내렸다.

"다시 맹렬히 진격하라!"

오로지 공격만을 가하며 남아 있는 적병을 섬멸하는 데 초점을 맞추었다.

이때 한 무더기 듬성한 숲 깊숙한 곳에 울타리로 둘러싸인 병영이 하나 더 보였다. 그곳에서 황급히 남쪽 문을 향해 도망치는 사륜거가 눈에 들어왔다. 장수 5~6기와 100명쯤 되는 소대가 호위할 뿐이다.

"저자다! 공명이 분명하니 쫓아가서 이 몸이 직접 붙잡겠다."

강족 부장들이 일제히 말을 몰아 달려 나가려 움직거렸다.

"기다려라, 수상하다!"

월길 원수가 막았지만, 아단 재상은 비웃으며 몸소 앞서 나가며 맹렬히 지시했다.

"설령 공명에게 기만술이 있다 쳐도 우리 군사가 이 승리 판도 위에 올려놓고 쫓으면 아무것도 아니다. 적의 총대장을 눈앞에 두고 눈감아줄 수는 없는 법. 놓치지 마라!"

"와…."

공명을 태운 사륜거는 그사이 남쪽 책문을 나가 진영 뒤에 이어진 숲속으로 아슴푸레 숨어들어 갔다.

"그냥 보내지 마라!"

강족의 기마, 전차, 보병 등은 눈을 차고 눈투성이가 되어 새하얀 연기를 일으키며 눈 괴물처럼 뒤쫓았다.

4

그때 강유 군이 다시 남쪽 울타리 밖에 나타나 강족 대군이 남문으로 나와 공명을 추격하는 움직임을 방해하려는 태세를 취했다.

"성가신 조무래기 장수로군. 저놈부터 해치워라."

이 말을 신호로 서강 군은 강유에게 달려들었다. 강유는 홀룡히 항전했지만, 병사 수가 처음부터 비교되지 않았다. 거의 성난 파도 앞에 인 먼지처럼 쫓겨 흩어졌다.

점점 기세가 오른 서강 군 수만은 듬성한 숲길을 중심으로 공명을 태운 사륜거를 추격하는 데 박차를 가했다.

"더 멀리는 못 간다!"

숲을 빠져나가는 순간 새하얀 눈밭만이 시야에 가득 찼다.

이쪽에 보이는 언덕과 저쪽에 펼쳐진 평야 사이가 띠처럼 좁다란 늪을 이루었다. 기마대와 보병 일부는 즉시 뛰어내려 다시 건너편으로 올라갔지만 사나운 소처럼 둔중한 철차 부대는 조금 늦은지라 줄지은 철차가 한 무더기가 되어 그 늪을 건너려 괴어들었다. 그 순간 철차 무리가 움푹 팬 땅바닥에 닿기가 무섭게 눈보라를 일으키며 쿵! 하고 무시무시한 굉음과 함께 시야에서 감쪽같이 사라져버렸다.

"으악! 떨어졌다!"

"구덩이다!"

속속 뒤에서 따라 내려가던 무쇠 소를 탄 병사들은 절규하며 수레를 멈추려 노력했지만, 경사면에 쌓인 눈 위에서 미끄러지는 수레바퀴는 멈출 줄을 몰랐다.

어이쿠! 하고 허둥대면서도 빤히 보이는 함정 속으로 미끄러져 떨어지고 또 그 위에 미끄러져 떨어지니 길 하나에서만도 철차 수십 대가 홀연히 땅 위에서 사라졌다.

이 길뿐 아니라 곳곳에서 똑같은 참극이 벌어졌다. 아닌 게 아니라 그 지형을 다시 살펴보니 완만한 경사면에 움푹 팬 땅으로 보였던 지대는 태곳적에 있었던 대지진 때 갈라졌을 법한

긴 단층(斷層)으로, 몇 리나 이어지는 단층 위에 판을 깔아 흙을 끼었고 다시 섶 등으로 뒤덮은 곳에 오늘 아침부터 큰 눈이 내려 누가 봐도 단층으로는 보이지 않았을 뿐이다. 기마나 보병 등이 달려서 건너는 정도로는 단층이 영향을 받지 않으니 강족이 주요 병력으로 의지하는 철차 무리 절반 이상이 그 함정으로 내팽개쳐진 형국이다.

계략이 착착 들어맞자 촉군은 꽹과리와 북을 울리고 함성을 내지르며 들판 가장자리, 숲 그늘, 진영 동서 양쪽에서 한번에 떨치고 일어났다.

마대는 혼자서 아단 재상을 생포했고 관흥은 원한이 사무친 월길 원수를 말 위에서 단칼에 베어 울화를 시원하게 풀었다.

강유, 장익, 장포 등이 벌인 활약도 나무랄 데 없었다. 기동전 (機動戰)을 위주로 철차 힘을 믿고 우쭐대던 서강 군이었으니 이 지경이 되자 대부분 적에게는 손도 못 대고 촉나라 병사가 휘두르는 대로 피를 이편저편에 흩뿌렸으며 남은 자들은 예외 없이 항복했다.

공명은 아단 재상을 묶은 뒷짐결박을 풀고 정중하게 사리를 깨우쳤다.

"촉나라 황제야말로 대한(大漢)의 정통이시오. 나는 칙명을 받들고 위나라를 토벌하려 나섰으나 결코 강국(羌國)에는 아무 야심도 품지 않았소. 그대들은 위나라에 기만당했소. 돌아가서 강국 왕께 똑똑히 전해주시오."

그러고는 포로 병사들을 무죄 방면해주고 본국으로 돌려보냈다.

서부 전선을 매듭짓는 즉시 공명은 기산을 향해 말 머리를 되돌렸다. 도중에 표를 적어 성도에 사자를 보내고 후주 유선에게 승전 소식을 아뢰었다. 이때 결정적인 기회를 놓친 자는 위수에 진을 친 조진이다.

　조진이 내린 어리석고 둔한 판단은 만회하기 어려운 불찰로 이어졌다. 조진이 공명이 부재한다는 걸 눈치채고 기산으로 움직였을 때 공명은 이미 서부 쪽 골칫거리를 해결하고 회군할 무렵이다.

　게다가 그사이 기산에서는 공명이 남긴 계책을 철저히 고수하여 오히려 촉군을 공격할 때마다 쓰라린 패배를 맛보았고 이윽고 서부 방면에서 돌아온 공명 군이 좌우로 포위해 옥죄니 여기저기로 타격을 입어 위수에서도 총퇴각해야 하는 사태로 번졌다.

　조진은 처음부터 자신 없는 막중한 임무를 맡았던지라 상심할 뿐 차선책도 없이 낙양으로 파발을 연방 띄우며 중앙에서 조달해주는 원조와 지령만 바랐다.

닭 우는 집에 벌어진 경사

1

위수를 떠난 파발은 빗발치듯 낙양으로 날아와 급보를 연일 전했다.

하나같이 패전 소식이다.

위제 조예는 핏기를 잃어가며 근심에 가득 차 물었다.

"지금 이 나라를 구할 자는 누구인가?"

화흠이 진언했다.

"이제부터는 어가를 친히 위수로 향하시어 삼군의 사기를 드높이는 길밖에 없습니다. 대장 몇 사람을 교체한들 적을 우쭐하게 만들 뿐입니다."

태부(太傅) 종요(鍾繇)는 반대 의견을 개진했다.

"지피지기(知彼知己)면 백전백승(百戰百勝)이라는 옛말도 있습니다. 조진은 애초부터 공명을 상대하기에는 역부족이었습니다. 지금 황제께서 친히 출병하셔도 우리 결점을 채울 만한 효과는 기대하기 어려우며 만일 그 상황에서 다시 패한다면 일국의 존망과 바로 직결됩니다. 이럴 때야말로 재야에 숨은 인물을 등용하시어 인수를 내리시고 공명을 궁지에 몰아넣는 게 상책입니다."

종요는 위나라에서 중요한 위치를 차지하는 원로다.

"재야에 숨은 인물이란 대체 누구를 가리키는가?"

예제는 기탄없이 고하라며 소리 높였다.

"사마의입니다. 지난해 적이 놓은 이간질에 말려들어 항간에 떠도는 말을 믿고 사마의를 추방하신 건 돌아볼수록 애석한 일입니다. 지금 사마의는 고향 완성(宛城)에서 한가히 지낸다 합니다. 그 크고 뛰어난 재주를 저버린다면 국가적으로 손해입니다. 지금이야말로 다시 불러들여야 할 때입니다."

예제 표정에 후회하는 기색이 역력히 떠올랐다. 평소 마음에 걸리던 일이다. 종요가 그 아픈 곳을 과감히 지적하니 낯빛이 어두워졌다.

"아, 짐이 평생에 저지른 과오였소이다. 원망을 품고 향촌 깊숙이 은거하는 사마의가 갑자기 명을 받들겠소?"

"칙사를 내리시면 우국에 대한 정이 남다른 사람이니 반드시 어명에 따를 것입니다."

황제는 그 말을 받아들여 칙사에게 평서도독(平西都督) 인수를 들고 칙명을 받들게 하여 시급히 말을 전했다.

그대가 나랏일을 우려하여 남양 여러 도(道)에 흩어진 군마를 규합한 뒤 날을 정하여 장안으로 나온다면 짐은 난가(鸞駕, 옥개에 붉은 칠을 하고 황금으로 장식하였으며, 둥근기둥 4개로 작은 집을 올려놓고 사방에 붉은 난간을 단 임금이 거동할 때 타던 가마 – 옮긴이)를 준비해 장안으로 향하여 그대와 다시 만나 함께 공명을 격파하겠다.

그 무렵이다.

기산 진영에 있던 공명은 연전연승이라는 기회를 놓치지 않고 일거에 위나라 핵심부를 공격하려고 준비 중이다.

그러던 차에 백제성(白帝城)을 지키는 이엄(李嚴) 아들 이풍(李豐)이 별안간 찾아왔다.

'혹시 오나라가 움직였다는 뜻인가? 그렇다면 예삿일이 아니다.'

백제성이 차지하는 지리적 위치를 고려해 공명은 그리 생각했지만 불러들여 만나보니 이풍은 그런 기색은 조금도 비치지 않았다.

"오늘은 아버님을 대신하여 기쁜 소식을 전하러 왔습니다."

"그래?"

"예전 관우 장군께서 형주에서 패했을 때 재앙의 원인이었던 맹달을 기억하십니까? 촉나라에 반하고 위나라로 도망쳤던 맹달 말입니다."

"잊을 리가…. 그 맹달이 또 무슨 짓을 벌였느냐?"

"상세한 일은 이렇습니다."

이풍이 하는 말은 이러했다.

"맹달이 위나라에 항복한 뒤 당장은 조비가 믿고 총애했지만 조비가 죽은 뒤 새 황제인 조예 대가 되어서는 거들떠보지 않게 되었답니다. 최근에는 무슨 일이든 하찮은 인물 취급을 받고, 촉나라 신하였던 탓에 시기와 의심에 찬 눈초리가 따가우니 불평불만에 가득 차 불행한 심경이랍니다. 맹달 부하도 지금은 고국을 그리워하는 자가 많으며 기산과 위수에서 벌어진 전황을 듣자마자 왜 촉나라를 떠났는지 절절하게 후회하는 눈치입니다."

그런 까닭에 맹달은 그 마음을 소상히 서간에 담았다 했다.

부디 이 마음을 제갈 승상에게 전해주시오.

그러고는 다시 옛 주군을 섬길 수 있도록 주선해줄 사람으로 백제성 이엄에게 의지해온 상황이다.

2

이풍은 경위를 대강 전한 뒤 말을 이어 나갔다.

"해서 아버님이 맹달을 한번 만났습니다. 맹달이 말하기를, 본심은 위나라가 다섯 갈래로 대군을 일으켜 촉나라로 들이치려 했을 때부터 정하였으니 승상이 마음속 깊이 헤아려주시리라 믿는다. 모쪼록 되돌아갈 수 있도록 중재해주었으면 한다. 만약 이 청을 들어준다면 이번에 제갈 승상이 장안으로 공격해 들어올 때 신성(新城), 상용(上庸), 금성(金城) 군사를 모아 즉시 낙양을 공격하여 머지않아 위나라 모든 영토를 무너뜨리겠다하였답니다."

"음, 근래에 드문 경사로구나!"

공명은 손뼉을 치며 더없이 기뻐했다.

"맹달이 충심을 되찾고 촉나라를 도와 우리 군사가 밖에서 공격하는 한편 맹달이 안에서 들고일어나 낙양을 치면 천하 판도는 그날로 새로 짜일 터."

공명은 이풍이 들인 노고를 위로하며 유막에 있는 장수들과 함께 조촐한 주연을 베풀었다. 때마침 그 자리에 파발이 소식을 전했다.

"위왕 조예가 완성으로 칙사를 파견해 조용히 지내던 사마의를 평서도독에 봉하고 다시 세상으로 나오기를 강력히 촉구하는 듯합니다."

그 소식을 듣고 간담이 서늘해진 공명은 술기운까지 단번에 가셨다. 곁에 있던 참군(參軍) 마속이 오히려 의아하다는 듯이 물었다.

"승상, 어찌 그러십니까? 겨우 사마의 같은 놈에게 그리 놀라실 걸까지야…."

"아니다. 그렇지 않다."

공명은 무겁게 고개를 저으며 마속을 타일렀다.

"위나라에서 인물다운 인물은 사마의뿐이다. 이 공명이 내심 두려워하는 자도 사마의 한 사람뿐이다. 지금 맹달이 내통해온 걸 함께 기뻐했지만, 그마저도 자칫하면 뒤집힐지 모른다. 좋지 않은 때에 좋지 않은 사람이 나서는구나…."

"그렇다면 급히 사신을 보내 맹달에게 그 요지로 주의를 주면 어떻습니까?"

"물론 서둘러야 한다. 곧 파발을 준비하라 명하고 사자를 뽑아두어라."

공명은 자리를 뜨고 맹달에게 보내는 서간을 재빨리 작성했다. 급사는 그날 밤 즉시 출발하여 맹달이 있는 신성으로 발걸음을 서둘렀다.

"아, 공명이 기별을 주었다! 이엄이 내 의지를 제대로 전했나 보구나."

맹달은 희색이 만면하여 편지를 펼쳐보니 투항은 허용했지만, 마지막 문장에 쓰인 문구가 다소 거슬렸다. 위제 명에 따라 사마의가 완성에서 군사를 일으켰다는 소식으로, 그뿐이라면 괜찮았겠지만 사마의가 펼치는 지략을 적잖이 칭찬하며 그 지략에 대처할 만한 계책을 여러모로 세세히 주의를 알리는 내용이다.

"소문처럼 제갈량은 의심이 많은 인물이다…."

맹달은 비웃으며 귓등으로 흘리고 서간을 닫았다. 그러고는 공명에게 띄우는 답장을 적어 사신 편에 돌려보냈다.

학수고대하던 공명 손에 이윽고 맹달이 띄운 답장이 도착했다. 공명은 서간을 쓱 읽자마자 주먹에 움켜쥐었다.

"어허, 어찌 이리도 생각이 얕은가…."

그러고도 화가 풀리지 않는다는 듯이 눈물을 머금고 한동안 천장을 말끄러미 올려보았다.

"승상, 어찌 한탄하십니까?"

"마속인가? 이 편지를 보아라. 맹달이 보낸 서간에 따르면 설사 사마의가 자신이 지키는 신성으로 들이닥친다 해도 낙양에 들어가 임관식을 거행한 뒤 출병하는 데 빨라도 달포쯤 걸린다, 그사이 삼엄히 수비하며 지킬 테니 염려하지 말라고 썼다. 득의양양하여 사마의 따위 아무것도 아니라며 저 혼자 느긋하게 호언장담하는구나. 이제 글렀다. 안되겠다."

"어째서입니까?"

"상대가 방비하지 않는 곳을 치고 뜻하지 않는 곳으로 나아간다. 이 정도 병법을 활용하지 못할 중달이 아니다. 중달은 낙양 상경을 뒤로 미루고 곧바로 완성에서 맹달을 공격할 터. 공격까지 걸리는 일수는 내가 다시 맹달에게 경고 파발을 보내 도착할 시간보다 훨씬 빠르다. 사태는 이미 늦었단 말이다."

3

장탄식하며 대사(大事)는 이미 끝났다고 말했지만, 공명은 포기할 수 없는지 경고 서한을 쓰자마자 재차 신성으로 파발을 날렸다.

"밤낮으로 말을 달려서 전하라."

이때.

고향 완성 시골에서 두문불출하던 사마의는 관직에서 물러난 후 한가로운 나날을 보내는 호호야(好好爺)로 변하여 장남 사마사(司馬師), 차남 사마소(司馬昭)와 함께 근심 없는 생활을 누렸다. 아들 둘은 대담하고 지혜로웠으며 병서를 웅숭깊이 연

구하여 사마의 눈으로 보아도 장래가 촉망되는 젊은이다.

오늘도 사마사와 사마소가 부친 서가에 들어섰는데 아버지 안색이 아무래도 좋지 않았다. 해서 사마소가 먼저 물었다.

"아버님, 무슨 걱정이라도 있으십니까?"

"음, 아무 걱정도 아니다."

중달은 마디가 굵은 손가락을 빗 삼아 듬성하면서 긴 구레나룻을 쓸어내렸다.

형 사마사가 아버지 얼굴에 드리운 어두운 그림자를 들여다보며 입을 열었다.

"저는 알겠습니다. 아버님 가슴속에는 지금 울분이 끓어오르는 게지요."

"시끄럽구나. 너희가 아는 척할 문제가 아니다."

"아니요! 짐작건대 아버님은 천자가 부르지 않는 걸 한탄하십니다."

"뭐라?"

그러자 아우 사마소가 큰소리치며 단언했다.

"그렇다면 속을 태우실 일이 아닙니다. 분명히 옵니다. 가까운 시일 내에 부름을 받으실 겝니다."

사마의는 눈을 동그랗게 뜨고 자기 자식이지만 넋을 잃고 바라보았다.

"오오, 우리 집안에도 기린아가 태어났구나…."

그로부터 며칠도 지나지 않은 날이다. 과연 칙사가 사마 가문에 발걸음 하였다.

물론 사마의는 대명(大命)을 받들며 일족과 측근을 모아 즉시 완성 길마다 격문을 배포했다.

평소 사마의라는 이름을 흠모하고 그 풍문을 들었던 사람이 적지 않았다. 사마의 고향은 순식간에 군마로 가득 찼다. 게다가 중달은 병사가 예정한 인원에 도달하기를 유유자적 기다리지 않았다.

그날부터 행군을 개시했다. 모병에 늦은 병사는 나중에 뒤쫓아 가면서 군에 속속 합류했다. 그러니 사마의를 따르는 행렬은 전진할수록 군사가 점점 늘어나는 모습이다. 어째서 이렇게 길을 서둘렀을까? 사실 중대한 원인은 어디에 있는가. 사마의는 시골에 은둔하면서도 위나라와 촉나라에서 벌어지는 전황을 환히 꿰뚫었으며 최근 신성에 있는 맹달이 배반할 조짐이 있다는 말도 은밀히 전해 들은 까닭이다.

사마의에게 그 소식을 밀고한 사람은 다름 아닌 금성 태수 신의(申儀) 집에서 일하는 신하다. 맹달은 금성과 상용 두 태수에게 벌써 그 기밀을 털어놓고 슬슬 낙양을 교란시킬 계책을 꾸미는데 돌입한 상황이다.

사마의는 중대사로 간주했다.

만약 그 모략이 성사된다면 위나라는 아무리 대국이라 해도 내부부터 붕괴할 것이다.

사실 사마의가 며칠 동안 고뇌했던 까닭은 그 점을 우려했던 탓이다. 관직에서 물러난 이후 일찍이 우울한 기색이라고는 없던 부친의 평소 모습에 비추어 재빨리 원인과 닥쳐올 시운을 감지했던 사마 집안 두 형제도 아버지보다 나으면 낫지 못하지 않은 자식이었다.

"맹달이 꾀하는 반역을 미연에 알았다. 위나라가 처한 국운과 천자가 누릴 홍복(洪福)에 경사스러운 일이다. 오늘 사마 일가가 나서지 않는다면 낙양과 장안이 한번에 무너지리라."

사마의는 이마를 치며 경사를 위해 출발한 군대라 칭하고는 낙양이 아닌 신성을 향해 길을 서둘렀다.

두 아들은 우려를 표명했다.

"아버님, 한번은 낙양으로 가셔서 직접 궐하에 엎드려 정식으로 칙명을 받드시는 편이 좋지 않습니까?"

"좋고말고. 지금은 그럴 틈이 없다."

사마중달이 부리나케 서둘렀던 까닭은 아니나 다를까, 공명이 우려하며 예상했던 점과 완벽히 일치했다.

낙양에 생기가 돌아오다

1

사마의 군은 당시 이틀 걸릴 거리를 하루에 전진했다고 하니 대단히 신속한 행군이다.

게다가 중달은 행군에 앞서 참군 양기(梁畿)라는 자에게 명하여 수많은 첩보 부대를 신성 부근에 잠입시켜 어떤 소문을 조작했다.

"사마의가 이끄는 군대는 낙양으로 상경해 천자 칙령을 받든 후 공명을 격파한다. 그때 공을 세워 명성을 얻고 싶은 자는 모병에 응해 사마의 군에 붙어라."

물론 그 말은 신성에 있는 맹달을 방심하게 하려는 모략으로, 중달이 이끄는 대군은 이 예고를 전한 뒤 오로지 신성을 향해서만 발길을 놀렸다.

도중에 위나라 영지를 출발해 장안으로 향하던 우장군 서황(徐晃)과 마주쳤다. 서황은 중달에게 회견을 요청한 뒤 의심스러운 듯 물었다.

"위제께서 이미 장안으로 출병하시어 조진에게 촉구하여 공명을 쳐부수려 움직이셨는데 온 거리에 사마 도독은 낙양으로 향한다는 풍문만이 무성하오. 어째서 군이 지금 황제도 아니 계시는 도읍으로 올라가시오?"

중달은 서황 귀에 입을 바싹 들이대고 사실을 밝혔다.

"소문은 소문일 뿐. 내가 지금 서둘러 가는 곳은 바로 맹달이 지키는 신성이오."

"옳거니!"

서황은 무릎을 탁 쳤다.

"나도 귀군에 합류하여 장안으로 향하던 군사를 되돌려 한몫 돕고 싶은데 어떻소?"

"감히 청하지는 못했으나 바라던 바입니다."

곧바로 사마의는 서황에게 선봉군 일익을 맡겼다.

그때 첩보 부대에 있던 참군 양기가, 공명이 맹달에게 보낸 편지를 몰래 베껴서 보냈다.

편지를 읽은 중달은 간담이 한 웅큼 되었다.

"위험하다, 위험해. 만약 맹달이 공명이 해주는 충고를 순순히 따른다면 만사가 물거품으로 돌아가리라. 능력이 있는 자는 앉은자리에서도 1000리 밖을 내다본다는 말이 과연 사실이구나. 우리가 꾀한 심오한 이치까지 공명은 꿰뚫어보다니…. 한시라도 급히 서둘러야 한다."

하여 사마사와 사마소 두 아들을 격려하여 행군에 박차를 가해 밤낮을 가리지 않고 길을 서둘렀다.

이 정황 속에서 그 사실을 조금도 깨닫지 못한 자가 있었으니 바로 맹달이다.

"조만간 공명과 합류하자."

금성 태수 신의와 상용의 신탐(申耽) 등에게 대사를 털어놓은 뒤 밀약을 맺었다는 사실에만 안심하며, 신의와 신탐이 한통속이 되어 위군이 성 아래로 도착하면 순식간에 내응하여 맹달을 혼비백산하게 만들겠다고 벼른다는 사실은 꿈에도 생각지 못했다.

"사마의는 낙양으로 나가지 않고 장안으로 향한 듯합니다."

신성에서 활동하는 세작은 각지에서 듣고 온 정보를 일일이 맹달에게 보고했다.

"처음에는 낙양으로 상경한다고 알렸지만, 도중에 서황 군을 만나더니 위제가 도성에 없다는 사실을 알고 다음 날부터 길을 바꿔 장안으로 전진하는 듯합니다."

간혹 상세한 정보도 있었다.

맹달은 들을 때마다 기뻐했다.

"모든 일이 내가 생각한 대로다. 자, 날을 정해 낙양으로 쳐들어가자."

맹달은 신탐과 신의에게 파발을 보내 이 내용을 알리며 몇 월 며칠 군사 회의를 연 뒤 그날 바로 대사를 위해 일거에 나아가자며 아주 상세한 내용까지 미리 말을 맞추었다.

어느 날 아침.

약속한 날이 오지도 않았을 때다. 새벽에 내린 어둠을 뚫고 성벽 아래 한편에서 요란한 꽹과리와 북소리가 잠을 깨우는 게 아닌가. 맹달은 소스라치게 놀라 갑옷을 걸치자마자 성루 위로 달려 올라갔다. 보아하니 위나라 우장군 서황의 깃발이 새벽바람 속에서 해자 부근에 또렷이 보였다.

"아, 어느 틈에!"

순간 활을 쥐고 그 깃발 아래로 보이는 대장에게 피웅! 하고 1발을 쏘았다.

얼마나 박복한 무운이란 말인가.

서황은 그날 아침 공격하기도 전에 이마 정중앙에 활을 맞고 말에서 고꾸라졌다.

2

첫 싸움 첫발부터 대장을 잃은 서황 군은 급습해 온 기세가 단번에 꺾이더니 선봉을 이루던 전군이 와아! 하고 패주했다.

성루에서 그 모습을 지켜본 맹달은 용기를 되찾고 외쳤다.

"우리가 계획한 대사가 탄로 난 듯하지만, 저쪽 궁수 머릿수는 대수롭지 않다. 게다가 대장 서황은 겨우 화살 1발에 맞아 죽었다. 서황 군세를 쫓아버리는 사이 금세 상용과 금성이 이끄는 원군이 올 터. 병사들은 모두 성문 밖으로 나가 겁에 질린 공격군을 한 놈도 남기지 말고 몰살하라!"

그러고는 금성으로 급한 명령을 보냈다.

성안에 있던 병사들은 문마다 뛰어나가 위나라 병사를 졸졸 쫓아다니며 하나둘 무너트렸다.

"아, 통쾌하구나!"

맹달도 말을 몰며 적군을 베어 쓰러트리고 쫓아 흩뜨리며 끝없이 추격했다.

이상하게도 쫓으면 쫓을수록 적병은 빽빽이 많아졌고 자욱이 전장에 핀 먼지와 함께 적진은 두터워졌다. 어찌 된 일인가? 맹달이 문득 뒤돌아서서 천군만마 위로 펄럭대며 밀려 들어오는 큼지막한 깃발을 바라보니 화려한 비단에 시커멓게 수 놓인 '사마의'라는 세 글자가 보이지 않는가.

"아뿔싸. 서황 군만이 아니었단 말인가?"

서둘러 회군하려 움직였을 때 맹달 군의 대오는 이미 형편없이 흐트러진 상태. 맹달은 신성으로 돌아가 성문을 향해 목청껏 외쳤다.

"빨리 문을 열어라!"

"와아."

답하며 문을 열어젖히고 우르르 달려 나온 자들은 신탐과 신의가 이끄는 군대다.

"이 반역자, 네놈 운은 다했다!"

"순순히 천벌을 받아랏!"

느닷없이 들이친 자들은 다름 아닌 아군으로 의지하던 두 사람이다.

맹달은 기겁하며 호통쳤다.

"사람을 착각하지 마라!"

허나 신탐과 신의 두 장수는 한껏 비웃으며 욕을 퍼부었다.

"너야말로 갈팡질팡하다 이쪽으로 돌아온 어리석음을 깨달아라. 저걸 보아라, 성 위에서 높이 펄럭이는 건 촉나라 깃발이냐, 위나라 깃발이냐? 황천길로 가는 선물로 똑똑히 봐두어라."

성곽 위에서는 이보(李輔)와 등현(鄧賢) 등 위나라 장수들이 빗발치듯 활을 쏘느라 정신없었다.

맹달은 야비하게도 다시 도망쳐 내달렸지만, 신탐에게 추격당해 무장 최대 수치인 등 뒤에서 내리친 칼을 맞고 외마디 절규를 내지른 뒤 말굽 아래 귀신이 되었다.

사마의는 단 하루 만에 승리를 거두었다. 투항하는 군사를 추스르고 아군을 정비한 후 북소리 한 번에 여섯 걸음씩 걸으며 당당히 신성에 입성했다.

맹달 수급은 낙양으로 보냈다.

사마의는 이보와 등현에게 신성을 지키도록 지시하고 신탐과 신의 군대를 합쳐 장안을 향해 발걸음을 재촉했다.

맹달 수급이 낙양 거리에 효시되며 죄상과 전황이 알려지자 촉군이 온다며 겁에 질렸던 낙양 사람들은 갑자기 봄이 찾아온 듯 생기를 되찾았다.

"사마의가 떨치고 일어났대."

"맞아, 사마중달이 다시 위군을 지휘한다더군."

이미 장안까지 행차했던 위제 조예는 그대로 사마의를 기다렸고 행궁에서 사마의 모습을 보자 옥좌 가까이 들게 하여 은혜로운 칙령을 내렸다.

"사마의인가. 일찍이 그대를 내치고 고향에서 쓸쓸한 시간을 보내게 만든 건 짐이 사리에 어두워 적의 모략에 놀아나서였소. 지금은 뼈아프게 후회하오. 그대는 짐을 원망하지 않고 위나라 국난 속으로 달려 나왔고 게다가 그 길에 이미 맹달이 어

루꿰는 반역을 무찔렀소. 만약 그대가 결의하여 일어나지 않았
다면 위나라 두 도읍은 한번에 결딴나 사라졌을지 모르오. 참
으로 기쁘지 그지없구려."

사마의는 감격에 찬 눈물을 흘리며 넙죽 엎드렸다.

"칙명을 받들지 못하고 도중에 서둘러 전쟁을 시작했습니다.
분에 넘치는 일을 저지른 죄가 가볍지 않아 홀로 두려워하던
차에 과분한 말씀을 내리시니 신은 몸 둘 바를 모르겠습니다."

"아니오, 아니오. 질풍 같은 계책과 천둥 같은 공격이었다오.
옛 손자나 오자보다 낫소. 병사(兵事)는 기회를 좇는 법. 앞으로
시급할 때는 짐에게 고하지 않아도 되오. 부디 경이 품은 뜻대
로 처리하시오."

황제는 파격적이고도 전례 없는 특권을 부여하며 금으로 만
든 절월(節鉞, 절부월節斧鉞이라 하며, 절은 수기手旗같이 만들고 부
월은 도끼같이 만든 것으로, 군령을 어긴 자에 대한 생살권生殺權을
상징 – 옮긴이) 1쌍을 내렸다.

높은 누각에서 거문고를 뜯다

1

위나라는 그야말로 대진용을 갖추었다.

신비(辛毗)의 자는 좌치(佐治)인데 영주(潁州) 양적(陽翟) 태생으로 빼어난 재능을 갖춘 인물이라는 평판이 일찍부터 자자했으며 지금은 위주(魏主) 조예의 군사(軍師)로서 언제나 옥좌 바로 곁에서 황제를 받들어 모셨다.

손례(孫禮)의 자는 덕달(德達)이고 호군(護軍) 대장인데 전장에 나간 조진이 이끄는 대군에게 정예병 5만을 더해 힘을 보탰다. 사마의는 총 병력 20만을 장안 관문에서 바깥으로 배치하여 부채꼴 진을 쳤다. 그 장관은 눈이 부실 정도였다.

중달 군 선봉장으로 천거된 장수는 하남(河南) 장합(張郃)으로 자는 준의(儁義)다.

"장합을 등용하고 싶습니다."

중달이 촉망하여 특별히 황제에게 직접 간언하며 청한 뛰어난 장수다. 중달은 장합을 유막으로 불러들였다.

"무턱대고 적을 칭찬하려는 말은 아니지만, 이 중달이 보는 한 공명은 세상을 뒤덮을 만한 기상과 능력이 있는 영웅이자 이 시대에 손꼽을 만한 일인자니 공명을 무찌르기는 참으로 쉽지 않소."

사마의는 닥쳐올 대전을 앞두고 진심을 밝힌 뒤 말을 이어 나갔다.

"만약 내가 공명 자리에 있고 위나라를 공격해 들어간다면 이 지역은 산과 계곡이 험준하고 10여 갈래 길로 이어져 있으니 자오곡을 이용해 장안으로 진입할 수 있도록 작전을 짤 것이오. 허나 공명은 그리하지 않을 듯하오. 지금까지 치른 전쟁을 복기해보면 공명이 병사를 부리는 방법은 참으로 조심스러웠소. 어떤 상황에서도 지지 않을 불패의 땅을 골라 싸웠으니 말이오."

중달이 하는 말은 공명 마음을 손바닥 위에 올려놓고 설명하는 듯했다.

'영웅은 영웅을 아는 법인가.'

장합은 넋을 잃고 경청했다.

"헤아리건대 공명은 야곡(미현郿縣 서남쪽 30리 야곡관斜谷關)으로 나가 미성(郿城, 섬서성 군현)을 제압하고 그곳부터 병사를 나누어 기곡(箕谷, 부하성현府下城縣 북쪽 20리)으로 향할 터. 허니 우리는 격문을 띄워 조진 군대가 하루빨리 미성을 굳건히 지키도록 유도하고 다른 한편으로 기곡 길목에 기병(奇兵)을 매복시켜 진격해 오는 공명을 쳐부수는 게 중요하오."

"도독은 어찌 움직이려 하십니까?"

"극비인데…."

중달은 소리를 한껏 낮췄다.

"진령(秦嶺) 서쪽에 가정(街亭)이라는 고지대가 있다는 걸 아시오? 그 옆에 있는 성을 열류성(列柳城)이라 부르오. 이 성과 산은 한중의 목구멍과 같은 곳이라오. 그렇지만 조진에게 그다지 날카로운 통찰력이 없음을 안 공명은 분명 거기까지 병사를 보내지는 않았을 게요. 그러니 장합, 그대와 나는 다른 한편에서 서둘러 진격하여 열류성을 치는 것이오. 참으로 유쾌하지 않소?"

"아, 귀신같은 계책입니다. 분명 단칼에 적의 폐부를 찌를 수 있습니다."

"우리가 가정을 얻으면 공명도 한중으로 후퇴할 수밖에 없소이다. 군량을 운송하는 길이 가정에서 끊기니 말이오."

"농서(隴西) 여러 군도 식량이 끊기면 무너져서 퇴각하는 길밖에 없지요. 도독이 세운 뛰어난 계책을 누가 감히 짐작이나 하겠습니까?"

"아니오, 계책만 듣고 그리 성급히 기뻐하지 마시오. 상대는 제갈공명이라오. 맹달 같은 치와는 하늘과 땅 차이지. 경거망동하지 마시오."

"명심하겠습니다."

"1리를 전진하면 10리 밖으로 척후를 보내고, 10리를 전진하면 적의 복병을 샅샅이 살피며 행동은 담대하고 머리는 치밀하게, 돌다리도 두드려보며 나아가시오."

"명심, 또 명심하겠습니다."

"그러면 이제 채비를 하시오."

장합을 선봉으로 돌려보낸 뒤 중달은 서기에게 명하여 격문을 작성하고는 조진 본영에 보내 작전 방침을 알리는 한편 엄중히 경고했다.

공명이 짜놓은 유인책에 말려들어 함부로 움직여서는 아니 됩니다.

기산(감숙성 공창鞏昌 부근) 일대 산악과 광야를 위나라와 촉나라 천하가 나뉘는 경계로 삼아 바야흐로 제1기 전쟁을 전개하려는 참이다.

이 지형, 이 광대한 천지는 공명이 선택한 전쟁터다. 이 대격돌에서 선수를 친 촉군이 지리적 우위를 점했다.

신성이 함락되었다는 소식은 공명 가슴에 한 줄기 슬픈 가락처럼 전해졌다. 공명은 그 기별을 들었을 때 좌우에 있는 사람들에게 일갈했다.

"맹달의 죽음은 이제 안타까워할 거리가 못 된다. 사마의가 이토록 재빠르게 대군을 갖추고 온 이상 가정을 통하는 길이 가장 염려된다. 사마의는 다른 어느 곳보다 가정을 노릴 것이다. 가정은 우리에게 식도와 같다. 하루라도 망설일 수 없는 노릇. 누군가에게 조속히 가정을 지키도록 명해야 하는데…."

2

'아, 누구를 보낸단 말인가….'

공명 눈은 여러 장군을 둘러보며 물색하는 듯했다.

그러자 그 얼굴을 우러르며 참군 마속이 곁에 있다가 앞으로 나와 간곡히 청했다.

"승상, 저를 보내주십시오."

"…?"

공명은 마속을 돌아보았지만, 처음에는 안중에 두지 않는 모습이다. 허나 마속은 열렬히 희망했다.

"설사 적장 사마의와 장합이 아무리 세상에서 견줄 자가 없는 명장이라 해도 본인도 여러 해 동안 병법을 배웠고 약관을 지났건만 아무 공도 없어서는 세상을 마주하기 부끄럽습니다. 헤아리건대 가정 하나 지키지 못할 정도라면 장차 무문에 든다 한들 아무 쓸모도 없을 것입니다. 부디 저를 파견해주십시오."

평소 친분에 기대면서 거의 매달리듯 되풀이하여 열망을 표했다.

마속은 공명을 부친처럼 따르고 스승으로 공경했다. 공명도 자상한 아버지처럼 마속이 성장하는 모습을 여러 해 동안 죽 지켜봤다.

마속은 오랑캐와 벌인 싸움에서 전사한 마량의 어린 아우다. 마량과 공명은 문경지교를 나누던 사이여서 마량 유족을 거두어 정성껏 돌보았는데 특히 마속이 가진 재주와 기량을 남달리 총애했다.

'이 아이는 재주가 지나치니 중요할 때는 기용하지 마시오.'

죽은 현덕은 일찍이 공명에게 충고했지만, 공명이 베푸는 사랑은 어느새 그 말조차 잊었다. 마속이 가진 뛰어난 재능은 젊음에 넘쳐 환히 빛났으며 군사와 관련 있는 계책과 전략 등도 모르는 게 없어 공명 문하에서 으뜸가는 인재라는 사실은 자타가 공인할 정도다. 그러니 장차 대성할 모습을 내심 기대하며 지켜보던 게 공명 심경이다.

지금 이 순간!

공명은 마속이 어리며 마속이 맡기에는 지나치게 무거운 임무라고 승상으로서는 판단했지만 쓰라린 전투와 강적을 겪게 하는 것도 장래가 촉망되는 인재를 단련시키는 일이며 장차 대성하기 위한 과정이라고 생각을 고치는 등 그 미묘한 심리 사이에서 번뇌했다. 헌데 마속이 떼를 쓰듯 간곡히 청하는 말을 듣자 마음속에 자리한 작은 사랑이 꿈틀 움직여 천하의 공명도 심사숙고할 틈 없이 무심코 입을 열고 말았다.

"정녕 가겠느냐?"

마속은 얼굴에 화사한 혈색을 비치며 그 말이 떨어지기가 무섭게 대답했다.

"가겠습니다."

패기에 넘쳐 맹세했다.

"실수한다면 저는 물론이고 일가 친족에게 벌을 내리셔도 원망하지 않겠습니다."

"진중에는 농이 없다고 했다."

공명은 엄숙하게 다짐하며 몇 번이고 거듭하여 경고했다.

"적장 사마의든 부장 장합이든 호락호락한 상대는 아니다. 이를 명심하여 실수 없이 일을 처리하라."

더불어 아문장군 왕평에게도 명했다.

"그대는 매사에 삼가 행동하며 적어도 경솔한 무사가 아님을 나도 분명히 안다. 그러니 마속의 부장으로서 특별히 함께 보내겠다. 가정이라는 요지를 반드시 사수하라."

공명은 공을 들였다. 주요 도로이자 목구멍에 해당하는 가정 부근 지도를 펼쳐놓고 지형과 진을 칠 방법을 세세히 설명하기 시작했다.

"먼저 나서서 장안을 공격하려 들지 마라. 이 긴요한 땅을 통제하며 적군 한 사람이 하는 왕래도 놓치지 않는 게 장안을 점령하기 위한 기본이다."

공명은 꼼꼼하게 가르쳤다.

"알겠습니다. 분부에 어긋남 없이 사수하겠습니다."

마속은 부장 왕평과 함께 2만여 병력을 이끌고 가정으로 서둘러 출발했다.

마속 일행을 배웅한 뒤 하루를 두고 공명은 다시 고상을 불러들여 1만 기를 맡기며 명했다.

"가정 동북쪽 산기슭에 열류성이라는 땅이 있다. 너도 열류성으로 진격하여 혹시 가정이 위험하다고 판단되면 즉시 병사를 일으켜 마속을 구하라."

공명은 왠지 모르게 안심할 수 없었다. 군사적으로 중대한 사안에 대처하는 찰나에 불현듯, 희미하게나마 '사사로운 정'이 개입했다는 점을 스스로도 의식했고 그 부분에 마음이 놓이지 않았으리라.

3

'가정'이라는 요지를 중시한 공명은 그래도 대비가 부족하다고 판단했는지 위연을 후방 부대로 출발시켰고 조운과 등지가 이끄는 군대도 엄호군으로서 기곡 방면에 급파했다.

그러고는 자신이 이끄는 본군은 강유를 선봉으로 삼아 야곡을 출발해 미성으로 향했다. 먼저 미성을 취하고 장안으로 뻗은 진격로를 뚫기 위한 태세다.

한편, 마속은 가정에 도착하자마자 곧바로 지세를 둘러보고는 웃음을 터트렸다.

"아무래도 승상은 신중이 지나치시다. 산이라 해도 대단한 산도 아니고 겨우 한 사람이 지날 수 있을 정도로 비좁고 나무꾼이 쓸 법한 몇 갈래 길이 있을 뿐인 이 가정 따위에 어째서 위나라가 대군을 이끌고 들이닥치겠는가? 전부터 승상이 짠 작전은 언제나 도가 지나치게 신중하여 오히려 아군에게 의혹을 불러일으켰다."

그러고는 산 위에 진을 치라고 명하니 부장 왕평은 엄중히 경고했다.

"승상이 분부하신 요점은 산속 오솔길에 난 모든 입구를 봉쇄하고 차단하는 것입니다. 만약 산 위에 진을 친다면 위군에게 기슭을 포위당해 그 사명을 다할 수 없습니다."

"그건 아녀자 의견일 뿐 대장부가 취할 바가 아니오. 이 산이 낮다고는 해도 삼면은 깎아지른 듯한 낭떠러지요. 만약 위군이 온다면 바싹 끌어들여 무찌르기에 안성맞춤인 하늘이 내린 험준한 지세란 말이요."

"승상은 대승을 거두라고는 명하지 않으셨습니다."

"분별없이 혀를 놀리지 마시오. 손자도 말했소. '이쪽을 사지에 놓은 뒤에야 산다'고. 나는 어릴 적부터 병법을 배웠고 승상조차 일을 처리하실 때 이 몸에게 계책을 상의하셨소이다. 그런 내가 명하는 대로 잠자코 따르기나 하시오."

"그렇다면 장군은 산 위에 진을 치시지요. 나는 5000기를 나누어 따로 기슭에 진을 쳐 기각지세(犄角之勢, 앞뒤에서 적을 몰아침을 비유적으로 이르는 말 – 옮긴이)에 대비하겠습니다."

마속은 노골적으로 불쾌한 기색을 표했다. 대장으로서 위엄이 깎였다는 기분이 들었다. 그 심리 한편에는 특별히 주장으로 선발되어왔으며 평소 공명으로부터 남다른 총애를 받는다는 기분이 젊은 가슴에 가득 차 우쭐거릴 만했다. 왕성한 기개라 할 만한 허영, 과시욕, 자부심이었다.

진을 치려 하자마자 주장과 부장이 의논으로 시간을 보내는 사이 가까운 군에 사는 백성이 벌써 그 지역에서 흩어져 도망가며 알렸다.

"위군이 온다! 위군이 쳐들어온다!"

맙소사, 더는 미룰 수 없는 노릇이다.

"당장 산 위에 진을 쳐라."

마속은 자기 의견을 고집하며 지휘를 내렸고 본인도 가장 꼭

대기로 기어코 올라갔다.

왕평은 군사 5000기를 이끌고 완고하게 산기슭에 진을 치기 시작했다. 그러고는 두 사람이 친 포진을 자세히 그려 파발을 띄워 공명에게 호소했다.

'직접 명령을 하달하여주십시오.'

마속은 진을 다 치고 산기슭을 보며 이를 바득바득 갈았다.

"왕평 녀석, 기어이 내 지시를 따르지 않는구나. 개선한 뒤에는 반드시 승상 앞에 나가 놈이 분수에 넘치는 행동을 하며 군율을 거역한 죄를 물으리라."

다음 날, 또 그다음 날.

잇따라 아군 고상과 위연 등이 열류성 부근부터 가정 뒤쪽으로도 후방 부대를 배치하고 음으로 양으로 지원하며 위군을 견제한다는 소식이 들려오니 마속은 한층 커다란 반석 위에 자리를 잡은 듯한 기분에 빠져 100만 대군도 삼켜버릴 기세로 위군을 기다렸다.

"좋다! 위나라 군대가 밀려오면 한달음에 내려가 일격에 무찌르겠다!"

이때 위나라 사마의는 가정에는 촉군 측 병사가 아무도 오지 않았으리라 예상하던 참이다.

이런 세상에, 앞서 출발한 사마소는 선봉에 나선 장합을 만나 이미 가정에는 촉나라 깃발이 나부낀다는 소식을 들었다.

"그렇다면 나 혼자만이 내리는 판단으로 섣불리 손쓸 수는 없다."

사마소는 화급히 회군하여 부친에게 그 내용을 전했다.

"아, 역시 공명이로다. 귀신같은 눈. 신속함…. 이미 늦었단 말인가?"

중달은 간담이 내려앉아 한동안 망연했다.

4

사마의는 본진을 조금 움직여 가정, 기곡, 야곡 세 방면으로 빈틈없이 촉각을 곤두세웠다.

"조용히, 아주 조용히 따르라."

어느 날 밤, 사마의는 10기쯤만 이끌고 최전방으로 잠행길에 올랐다.

달빛을 이용해 은밀히 적진 가까이에 빙 둘러선 산을 돌아보고 이윽고 고지 한 곳에서 촉나라 진용을 바라보았다.

"아, 어찌 된 일인가?"

한순간 말을 잇지 못하더니 좌우를 둘러보며 일갈했다.

"고마운 일이로다. 정녕 하늘이 도왔는가? 촉나라는 산 위쪽 낭떠러지에 진을 치고 알아서 패배를 기다리는 형국이구나."

그러고는 본진으로 돌아가기가 무섭게 유막에 참군을 불러 모으고 물었다.

"가정을 지키는 촉나라 대장은 대체 누구인가?"

"마속입니다."

대답을 들은 사마의가 쿡쿡 웃음을 터트렸는데 그 기쁨은 보통이 아니었다.

"천려일실(千慮一失, 1000번을 생각하다가 한 번 실수한다는 뜻으로, 슬기로운 사람이라도 여러 생각 가운데 잘못되는 게 있을 수 있음을 이르는 말－옮긴이)이라더니 공명도 사람을 부리며 실수를 다 저지르는구나. 산을 지키는 촉나라 대장은 멍청이다. 북을 한 차례 치는 동안 쳐부술 수 있겠구나."

사마의는 장합에게 추상같이 명했다.

"산 서쪽 10리 기슭에 촉나라 진영이 하나 있소. 그대는 그곳을 공격하시오. 나는 신탐과 신의 두 부대를 지휘하여 산 위에 있는 명줄을 끊어놓겠소."

중달이 '산 위에 있는 명줄'이라 본 건 사실 진영에 없어서는 안 될 '물'이다.

그 물을 산 위에 자리 잡은 촉군은 병사들이 산 아래에서 일일이 길어다 먹었다. 위나라 장합은 중달이 내린 뜻에 따라 이튿날 이른 아침부터 군사를 이끌고 왕평 군을 고립시키는 데 집중했다. 왕평이 산 위에 진을 친 아군과 연락하지 못하도록 차단하는 동시에 사마의가 촉군 측 물 긷는 통로를 봉쇄할 때 방해하러 나오지 못하도록 중간 길을 끊은 것이다.

잠시 뒤.

사마의는 몸소 위나라 대군을 이끌고 가정 산기슭을 열 겹스무 겹으로 착착 에워쌌다. 그사이에 함성과 꽹과리, 북소리가 구름을 움직이고 땅을 울렸다.

산 위에 진을 친 마속은 산기슭을 위풍당당하게 바라보았다.

"붉은 깃발을 흔들면 일제히 기어오르는 위군에게 달려들어 싹 쓸어버려라!"

유리한 땅을 차지했으니 필승하리라는 기개가 하늘을 찌를 지경이었지만 어찌 된 일인지 위군은 함성과 북소리만 요란할 뿐 산 위로는 공격해 올라오지 않았다.

"겁을 먹은 모양이구나. 그렇다면 우리가 하산하여 가루로 만들자!"

마속은 공을 세우는 데만 급급했다. 촉군은 오솔길마다 달려 내려갔고 마속은 몸소 위나라 대장 둘의 목을 베고 산 위로 다시 돌아갔다. 아군은 전초전에서 이겼지만, 대부분은 돌아오는 길에 기운이 다 빠져버렸고 산길을 다시 올라야 했으므로 추격하러 나온 새 부대에게 처참하게 습격당했다.

"오늘 전투는 일단 승리다."

마속은 여전히 눈앞에 벌어진 승부에만 얽매였는데 당장 그날 밤부터 물이 궁해졌다.

"뭐라? 물길이?"

아연실색하여 깨달았을 때는 이미 늦었고, 그 후로 탈환을 꾀할 때마다 헤아릴 수 없을 만큼 연달아 피해를 입었다. 날이 갈수록 산 위에 진을 친 군마는 갈증에 시달렸다. 밥 지을 물도 없는 지경이라 군량조차 생으로 씹어 삼키거나 불에 구워 먹을 수밖에 없었고 야속하게도 기다리는 비는 내리지 않았다.

"아무래도 물을 길어다가 먹어야겠습니다."

그사이 어두운 밤중에 물을 길으러 하산한 병사들은 여태껏 감감소식이다. 습격을 당했는가 싶었지만, 하산하는 속속 위나라에 투항했다는 사실을 나중에 들었다.

결국에는 엄청난 병사가 무리를 지어 위나라에 차차로 항복하니 산 위에서 겪는 고달픈 상황은 사마의까지 알 정도였다.

"때가 됐다. 공격하라."

위나라는 총공격을 개시했다.

"도망칠까 보나!"

마속은 각오를 다지고 서남쪽 길로 우르르 내려왔다. 사마의는 부러 길을 열고 궁지에 몰린 쥐와 다름없는 촉군을 통과시켰는데 그 대군이 산을 벗어나기가 무섭게 자루에 몰아넣듯 포위하여 섬멸을 야무지게 해댔다. 가정에 파견한 후방군이던 위연과 고상은 그 사실을 알고 50리 밖에서 지원하러 나섰지만, 도중에 사마소가 쳐놓은 복병을 만났고 또 한쪽에서 촉나라 왕평도 불현듯 나타나니 촉나라와 위나라가 뒤엉켜 싸우는 대혼전이 전개되어 문자 그대로 뒤죽박죽이었다. 마치 구름 속에서 싸우는 듯 막막하여 어느 쪽이 이겼고 어느 쪽이 졌는지조차 온종일 파악하기 어려울 정도다.

5

결국, 가정에서 벌어진 격전은 촉나라 대패로 끝을 맺었다.

산기슭에 진을 친 왕평과 후방 부대 위연, 열류성까지 나가 있던 고상 등이 일제히 떨치고 나와 마속 군을 도왔지만 애석하게도 마속 군 본진 자체가 수십 일 동안 산 위에 머무르며 물이 곤궁해 고통받는 바람에 병사와 말이 녹초가 된 상태였다. 마속 군은 싸울 힘도 없이 흩어져 도망치기만 하며 위군이 쳐놓은 포위 아래 손쉬운 먹잇감으로 전락했다.

그래도 들판을 내달리고 산을 오르며 사흘 낮 사흘 밤 동안 전쟁이 지른 불길은 시뻘겋게 타올랐다. 위연이 마속을 구출하기 위해 움직이리라는 사실까지 간파한 사마의는 사마소에게 명하여 그 측면을 당당하게 쳤다. 종당에는 장합까지 엄청난 기습 부대를 이끌고 나타난 게 아닌가.

"이름 높은 촉나라 대장 목을 치리라!"

장합 군은 철벽같은 포위망을 뚫으며 위연을 옥죄려 노력했지만, 측면에서 지원한 왕평 군과 고상 군도 있어 뜻을 제대로 달성하지는 못했다.

위연 군은 적지 않은 피해를 입었고 왕평 군도 만신창이로 패배했다.

"이리된 이상 어찌 사태를 수습할지 일단 열류성에 모여 도모합시다."

나흘째 되는 날 아침이 되어서야 겨우 패잔병을 추스를 수 있었고 고상이 내놓은 의견에 따라 서둘러 열류성으로 하나둘 움직였다.

안타깝게도 그 도중에 다시 생각지 못한 새 적군과 맞닥뜨렸다. 조진 휘하 부도독 곽회가 이끄는 군대다.

곽회는 대도독 조진과 함께 기산 앞에 진을 치고 공명이 지휘하는 본군과 대치했지만, 곧 가정을 함락하리라는 소식을 들었다.

'사마의가 공을 독차지하다니, 아니꼽구나.'

그러더니 비열한 의도를 품고 느닷없이 열류성을 앗으러 발걸음 한 것이다.

"새 적군과 치르는 전투는 자살행위나 다름없다."

위연과 고상은 부리나케 말 머리를 돌려 양평관(陽平關)으로 내달려 지키려 애썼다. 곽회는 그 사실을 알아차리고 쉽게 열류성에 입성할 수 있을 거라 예상하고 성 아래까지 접근했는데 성 위로 폭연과 석포 소리가 오르더니 무시무시한 수를 자랑하는 깃발이 펄럭이는 게 아닌가.

"앗, 촉군이 남아 있었단 말인가?"

보아하니 하나같이 위나라 깃발이고 유독 눈에 띄는 다홍색 커다란 기에는 금실로 수놓은 글자가 또렷한데 평서도독 표기 장군 '사마의'라 쓰여 있었다.

"곽회, 무엇하러 왔는가?"

나부끼는 깃발 옆에서 소리가 들려 자세히 들여다보니 사마의가 성루 높이 설치한 난간에 기대서서 듬성한 수염을 바람에 날리며 껄껄 웃지 않는가.

두 눈이 튀어나올 지경이다.

'아, 나는 도저히 이 사람에게 미치지 못하는구나….'

곽회는 마음을 다잡고 입성하여 대면을 청하고 감탄과 순종을 표하며 정중히 절했다.

"가정이 무너진 이상 공명도 패주할 수밖에 없을 것이네. 자네는 속히 군사를 이끌고 공명을 쫓아가 무찌르게."

중달이 내리는 명령을 곽회는 순순히 따랐고 재차 성을 나섰다. 사마의는 이어서 휘하 장합을 불러 지시했다.

"적군 위연과 왕평 무리는 패군을 이끌고 양평관을 지킬 터인데 그 술수에 휘말려 경솔히 따라가 공격하면 그 즉시 공명이 추격하여 대세를 만회하려 움직일 것이오. 병법에서도 돌아가는 군사를 덮치지 말고 궁지에 몰린 외적을 뒤쫓지 말라고 경계하오. 그러니 우리는 이제 오히려 샛길을 이용해 촉군 뒤로 우회하는 길을 택합시다. 그대는 산길을 지나 기곡으로 진격하고 촉군이 우르르 무너져도 전멸시킨다는 등 조급히 뒤쫓지 마시오. 무기, 군량, 병마, 갑옷 등을 거두고 재빨리 야곡을 앗아 세력을 넓히고 머지않아 서성을 점령한 뒤 재차 다음 작전에 돌입하는 거요. 서성은 산간 지역에 자리 잡은 작은 현이지만 촉나라 군량을 비축해두었을 터. 원정길에서 유랑하는 촉군이 양식을 빼앗기면 촉군이 맞이할 패퇴는 필연적이니 우리 군은 굳이 희생을 치르지 않아도 되오."

장합은 명을 받들고 엄청난 수에 달하는 위나라 병사를 이끌고 기곡으로 발걸음을 옮겼다.

신탐과 신의 두 사람을 열류성에 남겨두고 사마의도 전진에 합류했다.

사마의가 짜는 전법은 이기면 이길수록 견실해졌다.

그 무렵 공명이 처한 처지와 유감스러운 마음은 어땠을까? 아니, 그보다 먼저 왕평이 보낸 파발이 서한과 함께 가정 포진을 그린 도면을 가져왔다.

"마속, 이 멍청한 녀석!"

공명은 언뜻 보더니 말문이 막힌 듯 당혹스러운 얼굴로 눈살을 찌푸렸다.

6

"그만큼 누누이 설명했건만…."

후회를 모르는 공명도 이때만큼은 참담한 눈물을 흘리며 혼 잣말을 내뱉었다.

"마속 이 필부가 결국 제 발로 우리 군을 모조리 함정에 빠트 린 건가…."

그러고는 아랫입술을 피가 맺힐 정도로 악물었다.

장사(長史) 양의(楊儀)는 일찍이 본 적 없는 공명이 짓는 원 통한 모습에 주저하면서도 위로를 담아 물었다.

"무엇을 그리 한탄하십니까?"

"이걸 보아라."

공명은 왕평이 보낸 서한과 지도를 내던지며 대갈했다.

"풋내기 마속 녀석이 중요한 길목에 해야 하는 수비는 내버 려 두고 굳이 산 위쪽 위태로운 땅에 진을 쳤다. 이 무슨 어리석 은 짓인가. 위군이 기슭을 둘러싸고 물 긷는 길을 끊으면 그대 로 끝장 아닌가? 아무리 어리다 해도 이렇게까지 생각이 얕을 줄은 정녕 몰랐도다."

"그렇다면 제가 즉시 승상 명이라 전하고 급히 포진을 바꾸 겠습니다."

"글쎄. 때를 놓치지 않으면 다행이지만 적은 바로 사마의다. 필시…."

"밤낮없이 서두른다면…."

양의가 군사를 정비하는 사이에 파발, 또 파발이 쇄도하며 가정에서 패배한다는 소식과 열류성을 빼앗겼다는 보도 등을 잇달아 고했다.

"큰일을 그르쳤다. 아아…"

공명은 하늘을 우러르며 통곡했다.

"내 잘못이다!"

그러더니 이 한마디를 홀로 외쳤다.

"관흥 있느냐? 장포는?"

황급히 불려 나온 두 장수가 공명 앞에 섰다.

"무슨 일이십니까?"

"각자 3000기를 이끌고 무공산(武功山) 샛길에 자리 잡아라. 위군을 보아도 공격해서는 안 된다. 그저 북을 울리고 함성만 질러라. 적이 알아서 패주할 것이나 뒤쫓지 말고 공격도 하지 마라. 적의 그림자를 끝까지 지켜본 후에야 양평관으로 들어가라. 양평관이다."

"잘 알겠습니다."

"장익을 들라 하라."

공명은 이어서 장익을 유막으로 불러들였다.

"너는 군사 한 무리를 인솔하여 검각(劍閣, 섬서성과 감숙성 경계) 쪽 길 없는 산에 길을 만들어라."

공명은 이내 슬픈 어조로 말을 토해냈다.

"나는 이제 돌아가겠다."

공명은 이미 총퇴각밖에는 길이 없음을 깨달았다. 은밀히 기별하여 회군을 준비하는 한편 마대와 강유 두 사람을 최후방군으로 선택하여 비통한 얼굴로 명령했다.

"그대들은 산속에 숨었다가 적군이 오면 막아내면서 도망쳐오는 아군을 알뜰살뜰 거두어 기회를 틈타 회군하라."

또 마충(馬忠)이 이끄는 부대에도 명을 하달했다.

"조진 진영을 측면에서 공격하라. 조진은 그 기세에 겁먹을 테니 압도적으로 군사를 움직이지는 않을 터. 그사이에 우리는 사람을 보내 천수, 남안, 안정 3군에 군관민을 옮겨 한중으로 들어갈 것이다."

퇴각은 이런 식으로 준비하였다.

공명은 5000여 기를 끌고 최선봉에 서서 서성현(西城縣)으로 나아갔다. 그러고는 서성에 비축해둔 군량을 망설임 없이 한중으로 이송하는데 갑자기 연락병이 소리 높여 전했다.

"큰일 났습니다. 사마의가 직접 50여만 대군을 이끌고 똑바로 이쪽을 향해 밀려들어 옵니다."

공명은 아연실색했다. 좌우를 돌아보니 의지하던 주요 대장은 너나없이 여러 방면으로 나뉘어 이렇다 할 장수가 없었다. 남은 이들은 문관뿐이다.

그뿐 아니라 일찍이 데리고 온 5000여 병력도 그 절반은 군량 이송을 위한 치중대로서 한중을 향해 먼저 출발시켰는지라 서성현을 휘두르는 작은 성을 둘러보면 휑하니 소수 병력만 헤아릴 수 있다.

"위나라 대군이 구름처럼 보인다. 저들이다, 기슭부터 세 갈래 길에 밀물처럼 보이는 것들이 위나라 병력이고 위나라 깃발이다…."

성안에 있는 병사들은 허둥댄다기보다 되레 어안이 벙벙하여 정신을 차리지 못했고 얼굴에 핏기가 가신 채 부들부들 떨었다.

"아아! 오기는 잘도 오는구나. 가지런하기도 참 가지런하구나. 위군 기세는 어쩌면 저리 정연하고 무시무시한가."

공명은 성루 위에 서서 적이지만 훌륭하다 감탄하며 조수처럼 밀려오는 공격군을 말끄러미 바라보았다.

7

작은 성과 적은 병력….

아무리 막는다 한들 싸운다 한들 시야에 가득 찬 위나라 대군을 상대하자니 해일 앞에 놓인 흙벽만 한 방어력도 기대할 수 없었다.

공명은 높은 성루에서 위군 쪽으로 몸을 향한 채, 상심과 낭패에 휩싸여 묘지에 부는 바람처럼 죽기만을 기다리는 성안에 있는 병사들에게 늠름하게 명을 내렸다.

"서쪽 문을 열어라. 활짝 열어두어라. 성문마다 물을 뿌리고 휘황하게 횃불을 밝혀 귀인을 맞이하듯 깨끗이 청소하라."

그러고는 한층 소리를 높였다.

"무턱대고 소란을 피우는 자는 목을 베겠다. 정숙하게 깃발을 정돈하라. 부서마다 깃발 아래 서서 움직이지 마라. 고요한 숲처럼 가만있어라. 특히 성문을 지키는 병사들은 한가롭게 둘러앉아 적이 다가오면 꾸벅꾸벅 조는 듯이 보여야 한다."

명령을 끝내자 공명은 평소에 쓰는 윤건을 화양건(華陽巾, 도가道家나 은거 생활을 하던 사람이 쓰던 쓰개의 하나 – 옮긴이)으로 고쳐 매고 옷도 학창의(鶴氅衣)로 갈아입었다.

"거문고를 대령하라."

그러고는 동자 둘을 데리고 성루 맨 꼭대기로 올라갔다.

높은 누각에 올라 사방으로 난 문을 열어젖히고 향을 피운 후 단정히 앉아 거문고를 뜯기 시작했다.

어느새 물밀 듯이 덮쳐 온 위나라 선봉군은 멀리서 그 모습을 바라보고 수상쩍은 기색을 감지하고는 즉시 중군에 있는 사마의에게 상황을 알렸다.

"뭐라? 거문고를?"

중달은 믿지 않았다.

몸소 말을 내달려 선봉으로 향했고 바싹 성벽 아래까지 다가가 내다보았다.

"아아, 제갈량…."

올려다보니 높은 누각 한 층에서, 달이 환히 빛나는 곳에 향을 피우고 거문고를 뜯으며 침착한 모습으로 홀로 웃음 짓는 사람 그림자가 있었다. 공명이다!

청아한 거문고 소리는 바람과 함께 장난치듯 난간에 감돌고 밤하늘에 뜬 달을 향해 내뿜더니 땅 위에 가득한 병사들 귀에 이슬처럼 흘렀다.

"…?"

사마의는 까닭도 없이 부르르 몸을 떨었다.

'어서 들어오시오.'

누군가를 마중이라도 할 듯 눈앞에 있는 성문이 여덟 팔(八)자로 활짝 열려 있지 않은가.

게다가 여기저기 물을 뿌려 청소해놓은 부근에 횃불도 맑게 피운데다 문을 지키는 병사들까지 무릎을 모으고 조는 게 눈에 띄었다.

사마의는 그 자리에서 선봉군 위로 채찍을 휘둘렀다.

"물러나라! 퇴각이다!"

깜짝 놀라 차남 사마소가 항의했다.

"아버님, 거짓 계책입니다. 어찌 후퇴하라 명하십니까?"

"아니다."

사마의는 세차게 고개를 저었다.

"사방으로 난 문을 활짝 열고 저런 짓을 하는 까닭은 나를 화나게 하여 우리를 유인해 들이려는 계책이다. 섣불리 행동하지 마라. 상대는 제갈량이다. 헤아리기 어렵고도 어려우니 퇴각이 상책이다."

결국, 위나라 대군은 밤을 꼬박 새워 잇따라 물러났다.

공명은 손뼉을 치며 웃어젖혔다.

"천하의 사마의도 감쪽같이 제 꾀에 제가 넘어갔구나. 만약 사마의가 이끄는 50만 병사가 성으로 닥쳐오면 거문고 하나가 무슨 소용인가? 아, 하늘이 진정 도우셨도다."

그러면서 덧붙여 부하에게 말했다.

"성안에 있는 병사는 고작 2000명이니 만약 겁에 질려 도망갔다면 벌써 생포됐겠지. 다행히 사마의는 이 성에서 물러났고 지금쯤 북쪽 산으로 발길을 돌렸을 터이니 미리 매복시켜둔 우리 관흥, 장포 군의 습격을 받아 따끔한 맛을 보고 있을 게다."

공명은 즉시 서성에서 나와 한중으로 발걸음을 옮겼다. 서성
현에 사는 벼슬아치와 백성도 공명의 덕을 흠모하여 대부분 한
중으로 길을 떠났다.

공명이 내다본 예견은 적중하여 사마의 군은 북쪽 산 협곡에
들어서자마자 촉나라 복병에게 습격을 당했다. 그곳에서 승리
를 거둔 관흥과 장포는 굳이 추격하지 않고 적이 버리고 간 엄
청난 병기와 식량만을 꼼꼼하게 거두어 한중으로 서둘러 이동
했다.

기산 쪽 선봉에 있던 조진이 지휘하는 위나라 본군도 공명이
달아났다는 소식을 듣자 갑자기 동요하며 추격하려 들었지만,
마대와 강유 두 장수가 이끄는 병사들이 기다리는지라 불시에
처참히 토벌당했다.

그때 위나라는 대장 진조(陳造)를 잃었다.

8

한중에 들어서자 공명은 바로 전령을 보내 기곡 쪽 산속에
주둔하는 조운과 등지에게 소식을 전했다.

"나는 한중으로 무사히 후퇴했소. 귀 군이 다하는 노고를 심
심하게 위로하오. 경들도 무탈하게 한중으로 돌아오기를 진심
으로 기원하오."

기곡은 국경에서 가장 험준한 길이다. 더욱이 아군은 한중으

로 다 후퇴했으니 두 장수는 엄호라는 명목 아래 산속에 고립됐던 군대를 이끌게 된 것이다. 조자룡은 천군만마 같은 노장으로서 서서히 퇴각 준비를 채비했다.

등지 군을 먼저 출발시켰고 자룡은 남아 계곡에 숨었다. 위나라 부도독 곽회는 이때를 놓칠세라 맹렬히 추격했다.

"기산에 버려진 외톨이들이 퇴각하려 움직인다. 한중으로는 한 놈도 살려 보내지 마라."

그러고는 부하 장수 소옹(蘇顒)에게 날랜 기마병 3000기를 내주어 그 좁은 길을 날듯이 달려가도록 독려했다.

"조운이 여기 있다. 오는 놈은 누구냐?"

느닷없이 신비한 모습을 한 노장이 창을 꼬나들고 소옹 앞에 나타났다.

"앗, 조운이 이런 곳에!"

소옹은 부들부들 떨며 두려워하면서도 병사들을 한껏 격려해 싸웠지만 결국 조운이 내지르는 창에 맞았다.

"입만 동동 살았구나."

조운은 후퇴를 야금야금 계속 진행했다. 그러자 이번에는 곽회 부하 중 대장 만정(萬政)이 더 많은 병력을 이끌고 쫓아오는 게 아닌가.

"예가 좋겠다!"

조운은 이끌던 부하에게 명했다.

"너희는 30리 앞에 있는 봉우리에서 기다려라. 뒤따르겠다."

조운은 직속 무사 몇만을 주위에 남기고는 모두 봉우리 쪽으로 먼저 보냈다.

그러고는 험준하고 좁은 길이 난 고개 위에 일부러 세워둔 무사 인형처럼 떡하니 준비하고 기다렸다.

이윽고 만정이 도착했지만, 그 모습을 올려다보고는 감히 가까이 갈 엄두조차 내지 못했다. 해서 곽회를 만나 호소했다.

"조자룡은 예전 모습을 조금도 잃지 않았습니다. 필시 엄청난 손실을 입을 것입니다."

허나 곽회는 무리하게 조운에게 맞섰다.

"기린이 늙으면 노마만 못하다지 않느냐? 왕년에 호기로운 영웅이었다 해도 지금 무얼 할 수 있단 말이냐?"

길 좌우는 깎아지른 어두운 절벽이고 조운은 언덕 위에 서서 좁은 입구를 막아선지라 많은 군사도 쓸모가 없었다.

달려 올라가는 자, 맞서는 자 모두 조운이 휘두르는 창에 연기처럼 붉디붉은 피를 흩뿌리며 쓰러져갔다.

이윽고 날이 저물었다. 적이 겁에 질린 모습을 본 조운은 말을 몰고 앞으로 진격했다.

"저기, 움직였다."

만정은 곧바로 뒤쫓았다.

어느 숲속까지 왔을 때였다.

"왔느냐?"

조운의 그림자가 와락 덤벼들었다. 만정은 당황한 나머지 말을 걸터탄 채로 골짜기에 떨어졌다.

"게까지 명줄 끊으러 가기는 참 번거롭구나. 진영으로 돌아가면 곽회에게 전하라. 반드시 언젠가 다시 만날 거라고."

결국, 조운은 아군 병사는 단 한 사람도 잃지 않고 조용히 한중으로 회군했다.

그 후.

사마의는 촉군이 깃발을 거두고 한중으로 도망가는 모습을 끝까지 지켜본 뒤 즉시 서성으로 군을 옮기고는 아직 그 땅에 남아 있던 백성을 불러 모아 훈계했다.

"적을 따라 한중으로 도망쳐 흩어진 백성은 위나라 인덕을 모른다. 너희는 선조부터 살아온 이 땅을 벗어나서는 안 된다."

그리고 나서 공명에 대해 자못 궁금한지 백성에게 물었다.

"공명은 어떻게 정치를 펼쳤는가? 성에 있을 때 모습은 어떠 했는지 궁금하구나"

연로한 백성이 앞으로 나왔다.

"도독께서 대군을 몰고 이 서성을 치려고 나타나셨을 때 공명 휘하에는 약졸이 2000명밖에 없었습니다. 그때는 어찌 그리 급히 군사를 거두셨습니까? 저희는 이상하다 생각했습니다."

그제야 비로소 공명의 계책을 알아차린 사마의는 그 자리에서는 얼굴색 하나 변하지 않았지만, 나중에 홀로 하늘을 우러르며 장탄식했다.

"나는 이겼다. 허나 공명에게는 미치지 못했구나."

그러고는 각지에 있는 요해를 엄중히 지키도록 지시한 뒤 이윽고 장안으로 개선 행진을 시작했다.

마속을 참하다

1

장안으로 귀환한 사마의는 황제 조예를 알현하고 즉시 진언했다.

"농서 쪽 여러 군에 있던 적은 남김없이 소탕했습니다만 촉나라 병마는 여전히 한중에 머무르는 상태입니다. 위나라가 누릴 안녕과 평안을 확고히 했다고는 단언할 수 없습니다. 만약 신에게 촉나라를 토벌하라 칙령을 다시 한번 내리신다면 불초사마의, 천하의 병마를 이끌고 기꺼이 촉나라로 들어가 적의 뿌리를 끊어놓겠습니다."

황제는 수긍하며 사마의가 올린 방책을 기쁘게 허락하려 했지만, 상서(尙書) 손자(孫資)가 적극적으로 간언했다.

"옛 태조 무조(武祖, 조조를 가리킴 – 옮긴이)께서 장로(張魯)를 평정하실 때 여러 신하에게 주의를 주셨는데, 남정(南鄭) 땅은 하늘이 만든 감옥이며 야곡은 500리 바위굴과 같으니 무력을 쓸 만한 곳이 아니라고 하셨습니다. 지금 그 곤경을 무릅쓰고 촉나라로 쳐들어간다면 내정에서 일어난 혼란을 엿본 오나라가 우리 허를 치고 공격해 올 게 분명합니다. 모든 국경 수비를 견고히 하고 국력에 충실을 기하여 촉나라와 오나라가 파탄 나기를 기다리는 게 상책입니다."

황제는 양쪽 주장 사이에서 망설이며 물었다.

"사마의, 어찌 생각하시오?"

중달은 굳이 반박하지 않았다.

"그 또한 다수 의견이며 손쉬운 방법입니다."

하여 손자가 올린 방침을 채택하고 장안을 수비하는데 곽회와 장합을 남겨두고 그 밖의 주요 도로를 수비하는 데 만전을 기한 뒤 황제는 낙양으로 환궁했다.

이때 공명은 한중에 머물렀는데 공명으로서는 일찍이 겪은 적이 없는 참패라는 쓴잔을 삼키며 뒷수습을 하느라 눈코 뜰 새 없이 바빴다.

대부분 부대는 속속 한중으로 회군했지만, 아직 조운과 등지 부대가 돌아오지 않은 상황이다.

두 부대가 무사 귀환하는 걸 확인하기 전까지는 일신의 노고를 돌볼 수 없다며 공명은 매일 노심초사 기다렸다.

"아직인가…."

조운과 등지가 이끄는 두 부대는 이윽고 한중으로 모인 전군 중에서 맨 마지막으로 험한 길을 가까스로 헤치고 도착했다. 그 고생과 고군분투가 얼마나 끔찍했는지는 두 부대 병사의 참담한 모습만 보고도 미루어 짐작할 수 있었다.

공명은 몸소 마중하며 조운이 겪은 노고를 대대적으로 치하했다.

"듣자 하니 장군은 등지 부대를 앞서 보내고 본인 부대는 뒷전으로 물렸다 하더이다. 게다가 언제나 적과 맞붙어 싸우며 후방의 후방으로서의 임무를 수행하고 돌아오셨다 들었소. 세월이 갈수록 향기를 발하는 무문의 꽃이여, 그대 같은 사람이야말로 진정한 대장군이오. 참으로 애썼소."

그러고는 영내에 있는 황금 50근과 비단 1만 필을 상으로 내렸다.

허나 조운은 완강히 거절하며 받지 않았다.

"삼군이 한 조각 공도 세우지 못하고 돌아가는 마당이라 이 몸이 지은 죄가 가볍지 않거늘 오히려 은상을 내리신다면 승상의 상벌은 명정하지 않다는 비난을 받을 것입니다. 황금과 비단은 당분간 곳간에 되돌리시기를 바라옵고 겨울철이 다가오니 물자가 부족할 때 여러 군사에게 조금씩이라도 나누어 주신다면 추위가 닥친 군영 안에 따스한 기운을 불러올 것입니다."

공명은 진심으로 탄복했다. 일찍이 옛 주군 현덕이 이 사람을 후히 중용하고 도탑게 신임하던 까닭을 새삼스레 공감했다.

훈훈한 감동과 반대로 공명 가슴에는 일찍부터 해결하지 못한 고통스러운 숙제가 남았다. 마속 문제다.

마속을 어찌 처분해야 할지….

"왕평을 불러라."

어느 날, 공명은 처단을 내리기 위해 엄숙한 말투로 명하여 군사 재판을 열었다.

왕평이 득달같이 들어왔다.

"전후 사정을 말하라. 숨김없이 당시 경위를 설명해보라."

공명은 가정에서 겪은 패인을 왕평 죄로는 보지 않았으나 마속에게 부장으로 딸려 보낸 장수니 그 진술부터 엄중히 들으려는 것이다.

2

왕평은 거짓 없이 당당히 진술했다.

"가정에 친 포진은 현지로 향하기 전부터 승상께서 특별히 지도하셨으므로 저는 만사에 빈틈이 없도록 신중을 기했습니다. 하지만 뭐라 해도 저는 부장 자리에 있고 마속은 주장이었으며 마속은 제 말을 귓등으로도 듣지 않았습니다."

군법 재판이다. 왕평으로서는 신변과 관련 있는 큰일이기도 하여 마속을 감쌀 수 없었다. 왕평은 기탄없이 주장을 펼쳐 나갔다.

"처음 현지에 도착했을 때 마속은 무슨 생각을 했는지 산 위에 진을 치자고 주장했습니다. 저는 최선을 다하여 그 잘못을 지적하다가 급기야 마속의 분노를 샀고 제가 이끄는 군사들만 산기슭 서쪽 10리 부근에 남아 버렸습니다. 허나 위나라 군대가 구름처럼 공격해 오니 5000기만으로는 도저히 맞서 싸울 수 없었으며 산 위에 진을 친 본군도 물 보급이 끊겨 사기를 잃고는 잇따라 촉나라를 떠나 위나라에 투항하러 나오는 병사가 끊이지 않을 지경이었습니다. 가정은 모든 작전 지역에서 급소에 해당하는 지역이었습니다. 일단 가정에 친 방어가 무너지니 위연, 고상, 그 밖의 지원군도 대부분 어쩔 도리가 없었습니다. 그 뒤에 이어진 참담한 정황은 다른 장수에게 들으시기를 청합니다. 저는 처음부터 끝까지 승상 뜻을 그르치지 않으려 노력했고 최선의 주의를 기울여 대사에 임했으니 그 점만큼은 하늘과 땅을 우러러 한 점 부끄럼이 없습니다."

"좋다. 물러가라."

진술한 내용을 적은 뒤 공명은 위연과 고상을 불러 내 일단 조사를 마쳤다.

"마속을 불러라."

그러고는 마지막으로 관리에게 명해 마속을 대령하라고 일렀다.

마속은 장막 앞에 처연히 꿇어앉았다. 그냥 보기에도 풀이 죽은 모습이다.

"마속….."

"예."

"너는 어린 시절부터 병서를 읽었고 재능이 뛰어나 곧잘 지휘관으로서 책략을 암송하니 나 또한 가르치는데 인색하지 않았다. 헌데 가정을 수비하기에 앞서 내가 정성을 다해 계획에 대한 골자를 전수했는데도 돌이킬 수 없는 과실을 저질렀으니 어찌 된 까닭이냐?"

"예….."

"예라고 대답할 때가 아니다. 가정은 우리 군의 목구멍과 같다, 한목숨을 걸어서라도 막중한 임무를 받들어 사수하라고 출병하는 순간까지 입이 마르도록 당부하지 않았느냐?"

"면목이 없습니다."

"쯧쯧쯧. 젖비린내 나는 애송이 같으니라고. 너도 이제 어른이 되었다 싶었는데 생각지도 못한 풋내기였구나."

낙심하며 통탄하는 공명의 혼잣말을 듣자 마속은 평소 받았던 총애로 거만해졌던 마음이 울컥 치솟아 얼굴이 시뻘게져서 외쳤다.

"왕평이 무슨 말씀을 드렸는지는 모르나 위나라 대병력이 그 정도로 밀려왔으니 어느 누가 맞섰더라도 막아내기 어려웠을 겁니다!"

"그 입 다물라!"

공명 얼굴에는 순간 성난 표정이 확 피어올랐다가 사라졌다.

"왕평이 치른 전투와 네가 겪은 패배는 문젯거리로 삼지 못할 만큼 다르다. 왕평은 산기슭에 작은 요새를 쌓고 촉군이 무너진 뒤에도 소대 대오를 갖추어 흐트러짐 없이 정연하게 진퇴를 거듭했다. 해서 적도 한때는 촉군에는 복병이 있거나 계책을 세워놓은 것 같다고 의심하며 일부러 접근하지 않을 정도였다. 이는 촉나라 전군을 뒤에서 엄호하는 결과로 이어졌다. 그에 반해 너는 준비 초기부터 왕평이 해주는 간언은 듣지도 않고 고집을 부리며 산 위에 거점을 두는 어리석음을 범하지 않았느냐?"

"그렇습니다. 병법에서도, 높은 곳에 거점을 두고 낮은 곳을 보면 파죽지세를 이룬다고 하였습니다…."

"멍청한 녀석!"

공명은 귀를 꽁꽁 틀어막고 싶은 표정이다.

"어설픈 지식이로다. 참으로 너를 위해 있는 말이다. 이제 와무슨 말을 하겠느냐. 마속, 유족은 네 사후에도 이 공명이 무탈하게 보살피겠다. 너는…. 너는…. 사형에 처한다."

사형을 선고한 공명은 얼굴을 돌리고 모여 있는 무사들을 향해 명했다.

"속히 군법을 행하라. 이놈을 끌고 나가 진영 문밖에 세워놓고 목을 베어라."

3

마속은 넋을 잃고 곡지통하였다.

"승상, 승상! 제가 잘못했습니다. 제 목을 베는 게 대의를 바로 세우는 길이라면 이 마속은 죽어도 여한이 없습니다."

죽음을 선고받은 후부터 마속이 지닌 선한 성품이 내비쳤다. 그 말을 들은 공명도 눈물을 감추지 못했다.

가차 없는 무사들은 일단 명을 받자 마속을 강제로 진영 문밖으로 끌고 나가 즉시 참형에 처하려 들었다.

"기다려라. 잠시 멈추어라."

때마침 외부에서 들어오던 성도의 사자, 장완(蔣琬) 목소리다. 장완은 막 그 자리에 도착하여 상황을 보고는 당황하여 진영 안으로 들어가자마자 공명을 달랬다.

"승상, 이처럼 천하가 어지러울 때 마속처럼 유능한 무사의 목을 어찌 베십니까? 국가 손실이 아닙니까?"

"아아, 장완인가. 자네 같은 인물이 그런 질문을 하다니 그야 말로 이해할 수 없군그래. 손자도 말했네. 천하에 승리를 얻으려는 자는 법을 명확히 밝혀 따른다고. 세상이 나뉘어 싸우고 사람과 사람 사이에 지켜야 하는 도가 어지러운 때 법을 버리면 무엇으로 세상을 바로잡을 수 있겠는가…. 심사숙고하라! 그것도 웅숭깊게."

"마속은 아까운 인재입니다. 참으로 안타깝습니다. 그리 생각지는 않으십니까?"

"사사로운 정이야말로 가장 무거운 죄며 마속이 범한 죄는 오히려 그보다 가볍네. 아까운 인재니 단연코 베어야 하네. 아직 참하지 않았느냐? 무얼 그리 꾸물거리느냐? 어서 목을 가져 와라, 어서."

공명은 가까이 있던 신하를 보내 재촉했다.

그러자 얼마 지나지 않아 생전 모습을 찾아볼 수 없는 마속이 목만 덩그러니 남아 공명에게 바쳐졌다. 언뜻 본 공명은 소 맷자락으로 얼굴을 가리고 바닥에 엎드려 통곡했다.

"용서해다오. 진짜 죄는 내가 사리에 밝지 못해서이거늘…."

때는 촉나라 건흥 6년 여름. 마속은 39세였다 한다.

마속의 수급은 즉시 진영마다 효수되었고 군율을 적은 문장도 함께 내걸렸다.

그 뒤 실로 몸을 꿰매고 관을 갖추어 후하게 장례를 치렀다. 마속 유족은 오래도록 공명 보호 아래 불편함 없는 생활을 약속받았다. 그래도 공명 마음은 결코 달랠 수 없었다.

'죄는 내게 있다.'

공명은 자책하여 스스로 몸에 칼날을 겨누고 싶을 정도였다. 허나 숨 돌릴 틈도 없이 촉나라에 위험이 시시각각 닥쳐왔다. 더욱이 선제가 남긴 당부도 지켜야 한다. 공명은 본인이 맡은 중책을 떠올리며 죽고 싶어도 죽을 수 없다는 집념을 새삼 다잡았다. 하여 이 방법을 취할 수밖에 없었다.

공명은 표를 적어 성도로 돌아가는 장완에게 맡겨 촉제 앞에 바쳤다.

전문은 참회하는 문장으로 가득 찼다고 묘사할 수 있을 정도다. 이번 가정에서 치른 전쟁이 대패한 원인은 전적으로 자기 불찰이었다는 점과 무수한 국가 병사를 잃은 죄를 뼈져리게 뉘우치며 뜻을 전했다.

> 신 제갈량은 삼군 최고 자리에 있어 아무도 신이 저지른 죄를 벌할 수 없습니다. 해서 제 스스로 벼슬을 3등급 격하하고 승상 직책은 다시 궁중에 바치려 합니다. 부디 신 제갈량의 한 치 목숨만은 잠시 허락하여주옵소서.

황제는 대패했다는 소식에 몹시 가슴 아파하던 차에 공명이 적어 올린 표를 읽고는 괴로워하며 칙사를 파견하여 전했다.

"승상은 국가에서 큰 원로요. 한 점 허물이 있다고 어찌 벼슬 자리를 낮출 수 있겠소. 부디 원래 직분에 남아 사기를 북돋으며 나라를 다스려주오."

"이미 마속을 참하고 법이 지닌 존엄성을 명백히 밝혔건만 제 스스로 군법을 흐린다면 장차 군기를 바로잡고 촉나라 국정을 맡을 수 없습니다."

공명은 아무리 설득해도 예전 직위로 돌아가지 않았다.

조정에서도 하는 수 없이 공명의 바람을 수용하여 승상 칭호를 폐하고 새 직책에 임명했다.

"앞으로는 우장군으로서 병사를 총지휘하라."

공명은 삼가 그 명을 받들었다.

4

아무리 막강한 나라라도 한번 대패를 겪으면 그 뒤로는 사기가 쇠하고 민심이 사그라지기 마련이다.

그래도 촉나라 백성은 기가 꺾이지 않았다.

"다음엔 어찌 될지 두고 보자고!"

오히려 적개심으로 활활 타올랐다.

공명이 눈물을 삼키며 마속을 참한 일이 죽은 마속을 영원히 살린 셈이다.

그때 20만 모든 병사가 이 소식을 듣고 눈물을 흘렸다.

《양양기(襄陽記)》에서도 확인할 수 있다.

그 덕에 패군에서 흔히 나타날 법한 군령과 규율을 거스르는 태만은 엄하고 바르게 잡혔으며 공명 스스로 자리를 낮추고 자책하는 자세도 전군에 배치한 장수와 병사들 마음속 적개심에 불을 지폈다.

"대장의 허물은 전군의 허물이다. 우리 제갈량 한 분에게 죄를 돌릴 수는 없다. 두고 보아라!"

마속의 죽음은 개죽음이 아니었다. 공명은 한층 더 선행을 표창했다. 노장군 조운을 치하했고 왕평이 가정에서 치른 전투에서 군령을 충실히 행한 점을 칭찬하며 새 참군으로 높였다.

칙령을 받들고 한중에 왔던 비위(費褘)가 어느 날 공명을 위로하고자 말을 꺼냈다.

"서성에 사는 많은 백성이 공을 흠모하며 한중으로 옮겨 왔다는 소식을 듣고 촉나라 모든 백성이 기뻐합니다."

공명은 씁쓸한 듯 중얼거렸다.

"천하에 한나라 땅이 아닌 곳은 없소이다. 그대가 하는 말은 국가 위력이 여전히 부족하다는 뜻이오."

"강유라는 대장을 얻으셨다지요? 황제께서도 더할 나위 없이 기뻐하셨습니다."

"듣기 좋은 말은 삼가시오. 강유를 얻었다 해서 가정에서 겪은 참패를 보충할 수는 없는 법. 하물며 잃은 촉나라 병사는 말할 것도 없고. 군 안에서 아첨은 금물이오."

공명은 곁에서 보면 도가 지나칠 정도로 자책하며 여전히 행동을 삼갔다.

또 다른 사람이 공명에게 이렇게 묻기도 했다.

"귀신같은 계책을 세우는 분이시니 보복 전쟁을 이미 마음먹으셨지요?"

"아니, 그럴 수 없다."

공명은 고개를 저었다.

"지혜와 계책만으로는 전쟁에서 이길 수 없는 법. 지난번 치른 큰 전쟁에서 촉나라는 위나라보다 병력이 많았지만 지고 말았다. 헤아리건대 지혜도 아니고 병사 수도 아니다."

공명은 눈을 지그시 감고 몇 번인가 조용히 호흡을 가다듬었다.

"대군이 우선이 아니다. 오히려 장수와 병사 수를 줄여 단련하는 게 중요하다. 군 기강이 으뜸이다. 그대들도 내가 잘못을 할 때는 언제든 기탄없이 깨우쳐주어라. 그것이 바로 충성이다. 이 점을 철석같이 마음에 아로새긴다면 언젠가 오늘 맛본 쓰라린 치욕을 갚을 수 있을 터."

한중 군사와 백성은 이 말을 전해 듣고 공명을 따라 자기 자신을 책망했다. 그러고는 무예를 단련하고 마음을 갈고닦으며 후일을 위한 계획을 가슴에 품었고 매일같이 위나라 쪽 하늘을 노려보며 절치부심하였다.

물론 공명도 권토중래를 뼛속 깊이 새겨 기약했다. 공명은 그대로 한중에 남았다. 그러고는 끈질기게 내일을 위한 준비에 심혈을 기울이며 와신상담하였다.

'백성 모두 패배를 잊고 매진했다.'

당시 촉나라 정세와 사기는 이 말 그대로다. 진정한 패배는 그 나라가 안에서부터 무너졌을 때를 말한다. 설사 외적인 원인으로 패배를 당했다 해도 그 사실을 잊고 결속을 다진 촉나라는 왕성한 생명력이 넘쳤다.

머리카락을 바치다

1

가정에서 대승을 거둔 위나라는 그 강대함을 한껏 자랑했다.

"이 김에 촉나라로 쳐들어가 화근을 뿌리 뽑자."

그 무렵 위나라 국내에서는 승리 분위기에 박차를 가해 이런 여론까지 돌 정도였다. 사마의는 황제가 그 의견에 마음이 움직일까 적잖이 우려하며 항상 가벼이 움직이지 않도록 주의를 게을리하지 않았다.

"촉나라에는 공명이 있고 검각이라는 험준한 지역이 있으니 결코 그런 망령된 말에 귀 기울이지 마십시오."

그렇다고 사마의는 안정만 추구하지 않았다. 공명은 먼저 가정 쪽으로 진출해 실패했으니 다음에는 분명 진창도(陳倉道)로 전진하리라 예상했다. 그러니 황제에게 권하여 그 길에 난공불락 성을 쌓고 잡패장군(雜覇將軍) 학소(郝昭)에게 수비를 담당하라 명했다.

학소는 태원(太原) 사람으로 충성스럽고 늠름한 전형적인 무인이다. 학소가 거느리는 군사도 강했는데 진창도로 떠나기 앞서 진서장군(鎭西將軍) 인수를 받들고 궐하에 맹세했다.

"학소가 진창을 지키는 이상 장안과 낙양 모두 높은 곳에서 홍수를 바라보듯 마음을 놓으셔도 됩니다."

촉나라와 마주한 국경에 대한 국방 방침이 일단락된 차에 오나라와 면한 양주(揚州) 사마대도독(司馬大都督) 조휴(曹休)가 표를 올려 황제에게 아뢰었다.

오나라 파양(鄱陽) 태수 주방(周魴)은 전부터 위나라 신하 반열에 들고 싶다는 바람을 비쳤는데 지금 밀사를 보내 일곱 조목에 달하는 손익을 들어 오나라를 무찌를 계책을 보내왔습니다. 읽어주시기를 청합니다.

표는 조정 회의에 부쳐져 신중히 검토했다.

"과연 주방이 하는 말이 진실인가."

의견을 구하자 사마의가 맨 먼저 운을 뗐다.

"주방은 오나라에서도 지혜로운 명장이니 거짓 내통이 아닌가 싶습니다. 진실이라면 이 기회는 버리기 참으로 아깝습니다. 그러니 대군을 세 갈래로 나누어 보내 설령 주방에게 거짓이 있다 해도 패하지 않을 태세를 갖춘다면, 병사를 파병해도 탈이 없으며 사실을 파악한 연후에 곧바로 어떤 계책이라도 취할 수 있습니다."

환성(皖城), 동관(東關), 강릉(江陵) 세 갈래 길로 낙양 군대가 줄지어 남하한 때가 그로부터 달포 뒤다.

안타깝게도 이 움직임은 곧 오나라로 새어 나갔다. 오나라는 오히려 고대하며 기다렸다는 듯이 보였다.

즉시 오나라 건업에서도 활발하게 군사를 움직였고 보국대장군(輔國大將軍) 평북도원수(平北大元帥)로 봉해진 육손은 오군(吳郡)의 주환(朱桓), 전당(錢塘)의 전종(全琮)을 좌우 도독으로 삼은 뒤 강남 81주 정예병을 이끌고 세 갈래 길에서 세 군대로 나뉘어 차차 북상했다.

도중에 주환이 생각한 바를 육손에게 고했다.

"조휴는 위나라 조정과 한집안으로 금지옥엽 중 하나라 양주에 주재하며 수비를 맡았지만, 문벌과 천성은 별개라 조휴가 지혜와 용맹을 겸비한 인물이라 말하기는 아무래도 곤란합니다. 풍문에 의하면 조휴는 이미 우리 주방이 쳐놓은 반간지계(反間之計)에 걸려 진퇴양난에 빠진 형국이라고도 합니다. 그렇다면 조휴가 도망칠 길은 두 갈래밖에 없습니다. 첫째는 협석도(夾石道)고 둘째는 계차(桂車)에 난 길입니다. 그 두 갈래 다 험준하고 비좁아 매복하여 기습하기에는 적합합니다. 허락해 주신다면 제가 전종과 협력하여 조휴를 생포해 장군 앞으로 끌고 오겠습니다. 이 일만 성공하면 수춘성(壽春城)도 마음먹고 단번에 얻을 수 있습니다."

육손은 귀 기울여 들었다.

주환에게 돌아오는 답은 이랬다.

"음, 기다려라. 달리 생각하는 바가 있으니…."

육손은 제갈근 휘하 군사를 따로 강릉 지역으로 보내 그 방향으로 내려온 사마의 병사를 방어하도록 지시했다.

전초전.

일촉즉발 위기는 오나라 주방이 부린 꾀에 넘어간 위나라 도독 조휴에게 가장 먼저 닥쳤다고 볼 수 있다.

2

조휴라고 그리 섣불리 적이 짜놓은 모략에 걸려들 리는 없었다. 주방은 오랜 기간 끈기 있게 조휴로부터 신임을 얻었다.

주방의 모반을 받아들여 중앙에서도 위나라 대군을 남하하기로 결정했으니 조휴도 대군을 이끌고 환성으로 와서 주방과 회견에 응했다.

그때 조휴는 눈곱만큼의 의심마저 쓸어버리고 싶어 주방에게 다짐을 받았다.

"귀공이 내놓은 일곱 조목 계책을 중앙에서도 수용하여 우리 위나라 대군이 세 갈래 길로 남하하게 되었소. 이 마당에 그대 말에 틀림이 없어야 하는데…."

"음, 의심스럽다면 인질이든 무엇이든 말씀해주십시오."

"불신하는 바는 아니지만, 사안이 중대하니…. 뜻대로 들어맞아 오나라를 격파할 수만 있다면 그대는 공로를 인정받아 일약 위나라 중진으로 발돋움할 것이오. 동시에 이 조휴도 명예를 얻게 될 테고."

"도독께서는 여전히 의심을 품으신 듯합니다만…."

"그 점은 너그러이 헤아려주시오. 그대 말에 조금이라도 거짓이 있다면 내 처지가 어찌 되겠소?"

"당연하신 말씀입니다."

그렇게 말하는가 싶더니 주방은 느닷없이 작은 검을 뽑아 상투를 숭덩 잘라내어 조휴 앞에 내놓고는 목메어 울며 고개를 숙였다.

조휴는 기겁했다.

"앗, 이 무슨 터무니없는 짓인가? 머리카락을…."

"제 기분으로는 목을 베어 죽음으로써 증명하고 싶습니다. 이 충심, 이 진심은 하늘도 굽어보십니다…. 머리카락이라도 바쳐 굳은 맹세 올립니다."

주방은 어깨를 들썩이며 대성통곡했다. 조휴도 어느새 눈시울이 뜨거워졌다.

"면목이 없소. 무심코 쓸데없는 헛소리를 했으니 참으로 미안하오. 진정하시오."

조휴는 말끔히 의심을 털어내고 함께 주연에 나가 동관 출진을 위한 의견을 나누거나 담소를 나눈 뒤 자기 진영으로 발걸음을 되돌렸다.

그즈음 아군 측 건위장군(建威將軍) 가규(賈逵)가 찾아와 진언했다.

"음, 아무래도 이상합니다. 머리카락을 잘라서 다른 마음이 없음을 보이다니 미심쩍습니다. 도독, 섣불리 나가시면 아니 됩니다."

"나가지 말라니?"

"주방이 선봉에 서서 동관으로 출진할 예정이지 않습니까?"

"물론이다."

"이쯤에 멈춰 서서 조금 더 상황을 살피시면 어떻습니까?"

조휴는 콧방울 한쪽으로 실쭉 주름을 잡으며 비웃듯 야유하듯 중얼거렸다.

"흐음…. 그사이에 자네가 동관으로 나가 공을 세울 텐가? 그 방법도 나쁘지 않지."

다음 날 조휴는 장수들에게 단호히 명하여 속속 군사와 말을 불러냈다.

"동관으로 출진한다!"

가규는 되레 징계를 받고 후방에 남겨졌다.

주방도 모든 가신을 이끌고 도중에서 마중했고 앞장서서 공격을 위한 안내자 노릇을 자처했다.

말 위에서 조휴가 자못 궁금한지 물었다.

"방금 저쪽으로 보인 험준한 산은 어딘가?"

"석정(石亭)입니다."

"동관은?"

"저 산을 넘으면 어림잡기는 하지만 아스라이 가리킬 수 있습니다. 귀공이 지휘하는 대군을 저 산에 나누어 배치하면 그 기세를 모아 동관을 앗을 수 있습니다."

조휴는 흡족하였다. 그러고는 석정 산 위부터 요소마다 병사를 배치했는데 이틀 뒤 척후병이 돌아와 알렸다.

"서남쪽 기슭에 인원은 파악할 수 없으나 오나라 병사가 있는 듯합니다."

조휴는 아무래도 수상했다. 주방이 하는 말에 따르면 이 부근에는 오나라 군대가 1기도 없어야 했다. 때마침 또 다른 보고가 올라왔다.

"어젯밤 사이 주방과 휘하 일행이 행방이 묘연해졌습니다."

3

"뭐라? 주방이?"

조휴는 후회막심하여 외쳤다.

"아, 보통내기가 아니구나. 이 조휴를 속이려고 자기 머리카락까지 잘라 모략을 위한 도구로 삼았단 말인가… . 음, 녀석이 어떤 계책을 세웠든 큰일이야 나겠느냐. 장보(張普), 기슭에 보이는 오군 놈들부터 당장 쫓아내고 오너라."

이미 위험한 땅이라는 사실을 간파했으면서도 조휴는 여전히 사태가 중대하다는 걸 직시하지 못했다.

"대수롭지도 않습니다."

장보도 명을 받자마자 기세 좋게 군사 한 무리를 이끌고 달려 내려갔다.

정찰병이 발견한 오군은 예상보다 훨씬 강력했다. 정예병으로 이름을 떨친 서성 휘하 군사였다.

"큰일입니다. 적은 병력으로는 도저히 당할 수가 없습니다."

조휴도 그때부터는 평소에 띠던 안색을 찾아볼 수 없었다. 그래도 여전히 자기 군이 대병력이라는 점에 기댔다.

"우리가 기습병을 이용하여 이기리라."

조휴는 준비에 돌입했다.

"내일 진시(辰時)를 기해 내가 2000여 기를 이끌고 이 산을 내려가 일부러 도망칠 테니 너희는 설교 부대를 비롯해 3만쯤이 석정 남북으로 갈라져 산을 따라 쭉 매복해라. 서성은 우리 손바닥으로 들어와 사로잡힐 것이다."

내일은커녕 밤이 되자마자 오군이 먼저 적극적인 작전을 펼치며 옥죄니 조휴가 짠 계략은 실행하기도 전에 근본부터 틀어졌다.

요컨대 오나라 주방이 조휴 군을 석정으로 유인한 것도 처음부터 육손과 말을 맞춰놓았던 계책이었으므로 오나라는 이 좋은 먹잇감을 빠짐없이 잡아 섬멸하려고 압도적인 병력을 풀어 포위망을 구축해둔 상태다.

"위군이 곧 날뛰기 시작할 것이다."

낌새를 알아챈 육손은 그 전날 밤 병사를 나누어 석정 뒤로 우회했고 남북 쪽 기슭에 견고한 진을 펼친 뒤 몸소 지휘하여 정면으로 공격해 올라갈 태세를 갖추었다.

그보다 조금 전에 오나라 주환은 석정 뒷산으로 기어올라 조용히 잠입했는데 때마침 부근에 잠복한 아군을 순시하러 온 위나라 장보와 맞닥뜨렸다.

한밤중인데다 캄캄한 산 중턱이었으므로 장보는 처음부터 아군 병사라고만 짐작한 모양인지 확인하듯 물었다.

"어디 부대냐? 대장은?"

"궁금한가 보구나. 말해주마. 우리는 오나라 정예병이며, 대장은 바로 나 주환이다."

칠흑 같은 어둠 속에서 비호같이 다가가 대답하기가 무섭게 주환은 장보 목을 단칼에 베었다.

어두운 밤에 벌어진 기습전은 별안간 개시되었으며 다음 날을 기다려 행동하려던 위나라 본군도 동시에 혼란에 빠졌다.

이 일을 겪은 후 조휴는 오군을 막아낼 방법도 없이 눈사태처럼 무너지는 아군과 함께 협석도 쪽으로 줄행랑쳐 패주하느라 동분서주했다.

오나라는 이미 협석도 쪽으로도 치밀하게 준비해놓았는지 짜맞춘 듯한 전투태세를 갖추고 이 손쉬운 먹잇감을 착착 에워쌌고 무수한 적의 목을 여봐란듯이 벴으며 투항병은 1만쯤 확보했다.

어쩌다 겹겹이 쳐놓은 포위망을 빠져나간 위나라 병사도 말과 갑옷 등을 내던지고 알몸과 다름없는 모습으로 겨우 주장 조휴를 뒤따르느라 혼비백산했다.

"신기하게 목숨만은 건졌구나…."

조휴는 나중에 모골이 송연하여 중얼거렸는데 사실 그 위기에서 조휴를 구해낸 자는 일전에 심기를 건드려 후방에 남겨진 가규다. 가규는 조휴 앞길을 염려한 나머지 군사 한 무리를 이끌고 뒤에서 쫓아와 석정 북쪽 산으로 들어섰다가 조휴를 만나 아슬아슬하게 구출해서 돌아갈 수 있었다.

위나라는 한쪽에서 대패를 당해 다른 두 방면으로 출발한 사마의와 만총 군대도 한없이 불리한 전황에 빠졌고 결국 세 갈래 다 퇴각해야 했다.

육손은 막대한 노획품과 수만에 이르는 투항병을 이끌고 건업으로 득의양양하게 귀환했다.

이때 손권은 몸소 궐문까지 나와 황개(黃蓋)를 기울여 맞이하며 성안으로 들였다고 전해진다.

"이번에 세운 공은 정말 혁혁하오. 과연 오나라 기둥이라 할 만하오."

자기 머리카락을 베어 공적을 올린 주방도 후한 상을 받았고 나중에는 일약 관내후(關內侯)에 봉해졌다.

"네가 세운 공을 오래도록 역사에 남기겠다."

2차 출사표

1

그 무렵 촉오동맹은 한동안 아무 변화도 없었다.

공명은 남만 원정에 앞서 위나라 조비가 대함선을 건조하여 오나라 침략을 꾀하기 전에 등지를 사자로 파견하여 오나라에 수교를 요청했고 오나라도 답례로 장온(張薀)을 파송했다. 이 일을 계기로 맺어진 양국의 순망치한 관계는 여전히 지속되어 갔다.

이로써 미루어 짐작할 수 있는 일은?

위나라가 가정에서 승리하고 촉나라를 물리친 뒤 즉시 방향을 바꾸어 오나라와 싸워야 했던 까닭을 단순히 조휴가 올린 상소나 오나라 주방이 꾸민 교묘한 유인책 탓이라거나, 그로 인해 군을 움직였다고는 판단할 수 없다.

가장 큰 원인은 촉오가 맺은 맹약이다.

위나라가 오나라를 침략할 때 촉나라는 곧바로 위나라 배후를 위협할 것이다. 만약 위나라와 촉나라가 맞붙는다면 오나라는 위나라 측면을 칠 의무가 있다.

그때 나눈 조문에 따라 기산과 가정에서 전투가 개시되는 즉시 오나라는 당연히 어떠한 방법을 취해서라도 위나라 측면에 군사 행동을 일으켜야 했다.

이에 위나라도 빈틈없는 경계망을 펼쳤다. 그 분위기 속에서 때마침 주방이 거짓 계책을 부려 그 일이 도화선이 되어 때를 놓치지 않고 위나라와 오나라 사이에 전쟁이 시작되었다고 보는 게 옳다.

해서 조휴가 패배하여 물러가자 오군이 취한 회군 역시 생각보다 재빨랐다. 촉나라와 맺은 조약 이행이 끝나서다. 더욱이 오나라 손권은 성도에 있는 유선에게 사신을 파견하고 서간을 보내 전투에서 올린 성과와 함께 의무를 완수했음을 과장하여 전했다.

"오나라는 이 정도로 맹약을 대단히 중시하오. 귀국은 안심하고 공명을 써서 위나라를 공격하시오. 오나라는 항상 동맹국으로서 맺은 신의로 위나라와 접한 모든 국경을 위협하여 적이 동분서주하다 기진맥진하도록 만들 것이오. 위나라가 제아무리 강대함을 자랑해도 패배할 수밖에 없을 만큼 몰아칠 것이란 말이오."

그 뒤 위나라 동정을 살피면 조휴는 석정에서 대패를 겪었다는 부끄러움과 두려움에 못 이겨 낙양으로 도망쳐 돌아왔지만 얼마 지나지 않아 악창(惡瘡)을 앓다가 세상을 떠났다.

조휴는 위나라 원로였고 황제 일족 중 한 사람이었다. 조예는 칙령을 내려 후히 장사 지냈다. 조휴에 대한 국장을 기회로 삼아 오나라와 접한 남쪽 국경에 있던 사마의가 부랴부랴 상경했다. 여러 대장이 다시금 수상히 여겼다.

"도독은 어찌 그리 서둘러 낙양으로 올라오셨습니까?"

이런 질문을 하는 자가 수두룩했다.

"우리 군은 가정에서 일승을 거두었지만, 대신 오나라에 일패를 당했으니 공명은 반드시 우리가 패색이 짙은 틈을 타 재빠르게 다시 쳐들어올 것이오. 농서 땅이 위급할 때 누가 능히 공명을 막겠소? 이 사마의 말고는 인물이 없소이다. 하여 부리나케 발걸음 하였소."

사마의가 하는 말을 듣는 사람들은 하나같이 조소했다.

"사마의는 생각보다 비겁하군. 오나라는 강하고 촉나라는 약하다. 그리 보는 게로군. 지난번 전투에 맛을 들이고 오나라는 못 이겨도 촉나라라면 이기리라 자신만만했겠지."

세상 평판에 귀를 기울이는 사마의는 아니다. 사마의는 그대로 확신하는 바가 있다는 듯 때로는 느긋하게 조정에 나가기도 하며 낙양에서 유유자적 지냈다.

마침 공명도 한중에 머무르며 군사 재편을 마무리 지었고 각종 장비와 군량 등도 계획대로 차근차근 준비했으므로 서서히 위나라 빈틈이 있는지 엿보았다.

성도에서 오나라가 거둔 대승을 전하며 삼군에게 술을 하사했다. 공명은 어느 날 밤 성대한 주연을 열고 황제가 내린 하사품을 공개하며 그동안 힘쓴 무사들이 겪은 노고를 일일이 치하했다.

한창 연회가 무르익었을 때 한바탕 바람이 불더니 뜰에 있던 노송 가지가 툭 부러지는 게 아닌가. 공명이 잠시 낯빛을 흐렸지만, 장수들이 취한 흥을 깨지 않으려 아무렇지 않은 태도로 다시 술잔을 기울였는데 신하 하나가 기별했다.

"방금 조운 장군의 아들 조통(趙統)과 조광(趙廣) 두 분이 들었습니다. 이쪽으로 모실까요?"

그 말을 들은 공명은 흠칫 놀라며 안색이 변해 손에 들었던 술잔을 내던지며 외쳤다.

"아아, 이럴 수가. 조운 아들들이 찾아왔단 말인가? 노송 가지가 종내에는 부러졌다는 뜻인가…"

2

공명의 예감은 적중했다.

"어젯밤 아버님께서 운명하셨습니다."

연회장으로 안내받은 조운의 두 아들은 부친의 병사를 알리려 발걸음 한 것이다.

공명은 그 말을 귀 기울여 들으며 안타까워했다.

"조운은 선제 때부터 섬겨온 공신이며 촉나라 대들보였다. 크게는 국가 손실이며 작게는 내 한쪽 팔이 떨어져 나간 듯하구나…"

공명은 이내 눈물을 주르륵 흘렸다.

곧바로 이 슬픈 소식은 성도에 전해졌다. 후주 유선도 소리 높여 울었다.

"옛날 당양에서 겪은 혼전 속에서 조운이 구해주지 않았다면 오늘 짐의 목숨은 붙어 있지 못했으리라. 슬프도다. 지금 그 조운이 떠나는구나…"

칙령을 내려 순평후(順平侯)라는 시호를 내리고 성도 교외에 있는 금병산(錦屛山)에 국장으로 극진히 장제를 치렀다. 장남 조통을 호분중랑(虎賁中郎)으로 봉하고 차남 조광을 아문장(牙門將)으로 임명하여 부친 묘를 지키도록 명했다.

그때 시종이 황제에게 아뢰었다.

"한중의 제갈량이 보낸 사자 양의가 방금 도착했습니다."

양의는 어전에 엎드려 공명이 보낸 서한을 공손히 받들어 올렸다. 공명이 다시금 비장한 제2차 북벌 결의를 피력한 '후출사표(後出師表)'다.

황제는 탁자 위에 출사표를 펼쳤다.

한(漢)나라와 역적은 양립할 수 없습니다. 왕업은 안녕을 아직 추구해야 할 시기는 아닙니다. 역적을 토벌하지 못하면 앉은 채로 멸망을 기다리는 것과 같습니다. 앉아서 멸망을 맞기보다는 차라리 나아가 싸워야 합니다. 어느 쪽이 좋은지 논의할 여지도 없습니다.

공명은 표 첫머리에서 대의명분을 내세웠다. 공명이 가슴에 품고 간직한 이상과 주전론을 듣고 여전히 성도 문관 가운데 간간이 소극론을 내세운 탓이리라.

　허나 공명은 계속 붓을 놀렸다.

　이 일은 결코 일조일석(一朝一夕)에 이루어지지 않으며 위나라를 격퇴하기 위해 고난과 온갖 어려움을 참고 견뎌야 함은 말할 나위도 없습니다.

　신중하면서도 슬픈 가락과도 같은 필치로 위나라가 가진 강대한 군사력과 촉나라에게 불리한 지리적 약점을 정면으로 논하고 오늘날 본인이 한중에 머무르며 전포를 벗지 않는 이유를 6조목으로 나누어 적은 뒤 흔들리거나 굽히지 않고 오직 선제가 남긴 당부를 지키려는 마음과 나라가 있을 뿐이라는 진심을 토로한 뒤 마지막 장(章)에는 이렇게 적었다.

　지금 백성은 곤궁하고 병사는 지쳤으나 할 일을 멈출 수는 없습니다. 불과 한 고을 땅으로 우리 10배나 되는 역적과 기나긴 싸움을 벌이고자 합니다. 이것이 신이 전포를 벗지 못하는 유일한 까닭입니다. 신은 존경하는 마음으로 폐하 앞에 몸을 낮추고 온 힘을 다하여 죽을 때까지 용쓸 뿐입니다. 성공과 실패, 손익이 어떨지 헤아리기에는 신이 가진 지혜가 미치지 못합니다. 삼가 표를 바쳐 폐하가 내릴 판단을 청합니다.

건흥 6년 11월 겨울

　황제는 비장함으로 가득 찬 문장을 읽어 내려갔다.

얼마 전 일이다.

위나라는 대대적인 병력을 오나라와 접한 국경으로 파병한 데다 불리한 전황 속에서 조휴가 죽은 뒤 관중(關中)에는 예전 같은 기세도 없고 투지도 보이지 않으니 서역 쪽 방비도 자연히 취약해졌다 판단한 공명이 재기 기회를 포착해 표를 올렸다는 사실은 굳이 말하지 않아도 짐작할 만했다.

물론 황제는 허락했다.

양의는 즉시 한중으로 발길을 재촉했다.

"자, 출정이다."

조칙을 받은 공명은 반년여 동안 재차 신중을 기해 준비한 뒤 군기로 단결한 촉나라 병마 30만을 즉시 일으켜 진창도(면현 동북쪽 20리)를 향해 힘차게 출발했다.

그해 공명 나이 48세. 때는 혹한이 엄습한 한겨울이다. 험준하기로 천하에 이름난 진창도와 우뚝 치솟은 주변 일대 산들은 만장(萬丈)이나 흰 눈으로 뒤덮였고 눈썹도 숨결도 얼어붙은 가운데 말고삐마저 얼음 막대로 변할 정도로 추위를 자랑했다.

3

위나라 경계에 있던 상비군은 한중 쪽 움직임을 파악하고는 간담이 내려앉아 그 사정을 도읍 낙양에 전했다.

공명 재침략. 촉나라 대군 무려 수십만. 급히 방어전을 준비하기 바람.

낙양 분위기는 결코 낙관적이지 않았다. 오나라에게 당한 패배는 타격이 컸다. 촉나라에 전력을 쏟자니 오나라가 기회를 노릴 것이고 오나라를 향하자니 촉나라 동향을 그냥 보아 넘길 수 없었다. 두 방면에서 일어날 전쟁에 대한 염려뿐 아니라 일전에 조휴가 대패를 당한 뒤 위나라 자신감은 적잖이 실추되었다.

"공명이 다시 몰려왔단 말인가. 장안을 둘러싼 최전선을 굳건히 지키고 국방을 빈틈없이 유지하려면 누구를 대장으로 삼아야 하는가…."

위제 조예는 군신을 불러 모아 물었다. 그 자리에는 대장군 조진도 있었다. 조진은 면목이 없다는 듯 입을 열었다.

"신은 일전에 농서로 파병되어 기산에서 공명과 진을 맞대었으나 공은 적고 죄는 컸습니다. 홀로 부끄러워했고 아직까지도 충성을 보일 수 없는 현실이 수치스럽습니다. 최근 믿음직한 장수를 하나 얻었습니다. 60근 이상 나가는 대도(大刀)를 쓰고 1000리를 달리는 정마(征馬)를 걸터탄 채로도 무쇠로 만든 활을 쏩니다. 몸에는 유성추(流星鎚) 2개를 감추고 있어 한 번 던지면 아무리 강한 적이라도 쓰러지는데 100번 던져 100번을 맞히니 빗나가는 법이 없습니다. 그자를 이번에 신의 선봉으로 명하여주옵소서."

올바르고 지혜로운 재주, 군세고 용맹한 자질이 지금처럼 급히 필요할 때는 없었다. 위제는 칙명을 내려 즉시 그자를 불러들였다. 궐 안에 도깨비 같은 사내가 홀연 나타났다. 키가 7척에 눈동자는 노랗고 얼굴은 시커멨으며 허리는 곰과 같고 등은 호랑이를 닮았다. 게다가 성장을 하고 허리띠를 두르니 그 거만함이 세상에 다시없을 만큼 풍채와 용모가 출중했다.

"오오, 아주 훌륭하구나."

조예는 기뻐하며 바라보다가 조진에게 물었다.

"어디 출신인가?"

조진은 자기 일처럼 우쭐해져서 재촉했다.

"왕쌍(王雙), 직접 답하라."

왕쌍은 엎드려 공손히 대답했다.

"농서 적도(狄道)에서 났으며 이름은 왕쌍, 자는 자전(子全)이라 합니다."

"벌써 든든한 맹장을 얻었으니 온 군을 위한 길조라 할 수 있구나. 촉군이 들이닥쳐도 걱정이 없다."

위제는 그 자리에서 왕쌍에게 전부대선봉(前部大先鋒)을 맡기고 호위장군(虎威將軍) 칭호를 내려 그 직에 봉했다.

근사한 비단 전포와 황금 갑옷도 하사했다.

"네 늠름한 체구에 제법 어울리겠구나."

조진에게는 전처럼 총사령관 인수를 내렸다.

"한번 치욕을 겪었다 하여 그 치욕에 꺾이지 마라. 다시 대도독으로서 전장에 나가 일전에 겪었던 교훈을 살려 공명을 일거에 쳐부숴라."

조진은 은혜에 감사한 뒤 낙양 병사 50만을 이끌고 장안으로 향하여 곽회, 장합 등이 지휘하는 군대와 합류했다. 그러고는 적과 접한 요해 곳곳에 나누어 배치하고 방어전에 만일을 위한 준비를 끝냈다.

이미 한중을 나온 촉군은 진창도로 진격하다가 성 하나에 부딪혔다.

'지날 수 있으면 지나가 봐라.'

이렇게 말하는 듯 좁고 험한 길과 삼면에 험준함을 등지고 요해를 구축한 성이다. 그곳은 공명이 재출정하리라는 것을 내다본 위나라가 일찍이 축조해둔 진창성으로서, 그곳을 지키는 장수는 바로 충심이 깊고 의지가 굳센 명장 학소다.

"이런 큰 눈과 험준한 길에 위나라 학소가 요해에서 버티니 도저히 지날 수 없습니다. 길을 바꾸어 태백령(太白嶺)에 난 조도(鳥道)를 넘어 기산으로 공격해 나가면 어떠십니까?"

촉나라 여러 장군이 공명에게 진언했다.

공명은 받아들이지 않았다.

"이 성 하나 함락하지 못할 바에는 기산으로 나간다 한들 위나라 대군을 이길 수 없는 법. 진창도 북쪽은 가정이다. 이 성을 기필코 점령하여 아군 발판으로 삼아야 한다."

즉시 위연에게 공격을 명하여 연일 공격했지만 진창성은 눈 하나 꿈쩍하지 않았다.

4

그때 촉나라 진영에 근상(勤祥)이라는 사람이 있었다. 근상은 진창성을 지키는 대장 학소와 동향 친구였다며 이름을 대고 나서서 공명에게 제안했다.

"저를 성 밑까지 내보내주십시오. 학소와는 친밀한 사이였건만 제가 고향을 떠나 서천(西川)에 살게 된 후로 연락이 끊긴 채 세월이 흘렀습니다. 손익을 따져 간절히 설득하여 학소가 항복하도록 권해보겠습니다."

공명은 바라던 바라며 그 청을 기꺼이 들어주었다.

근상은 성문 아래로 가서 성안에 요청했다.

"친구 근상이다. 오랜만에 학소를 만나고 싶어서 찾아왔다."

학소는 성루에서 언뜻 본 후 옛 친구임을 확인하고는 문을 열고 반가워하며 맞아들였다.

"정말 오랜만이군그래."

"자네가 건강해 보여 다행일세."

"갑자기 그대는 무슨 일로 왔는가?"

"자네가 꼭 만났으면 하는 분이 있네."

"누구인가?"

"물론 우리 제갈공명일세."

그 말을 들은 학소는 돌연 얼굴빛을 바꿨다.

"돌아가게, 돌아가."

"그대는 어찌 그리 화부터 내는가?"

"나는 위나라를, 그대는 촉나라를 받드는 형편이네. 그런 말을 꺼낸다면 친구로 만날 수는 없네그려."

"우리가 친구니까 자네를 위해 발걸음 하지 않았는가. 대체 자네는 이 성안에 고작 병사 몇 천을 이끌고 난공불락을 자랑하는가? 우리 촉군이 몇 십만인지 그대 눈에는 보이지 않는단

말인가? 승패는 이미 정해졌네. 안타깝네그려. 자네처럼 뛰어
난 자질을 써보지도….”

“입 닥치게!”

학소는 자리를 박차고 일어나 성문 쪽을 가리켰다.

“돌아가게. 아직 갈 수 있을 때.”

“이대로는 못 가네. 나는 우리 우정과 아군을 위한 임무를 걸
고 왔으니.”

“하는 수 없지. 여봐라, 게 아무도 없느냐?”

학소는 부하 장수를 불러 눈앞에서 명했다.

“손님을 말 등에 붙들어 매어드려라.”

“예!”

부하 장수는 말을 끌고 오더니 다짜고짜 근상을 말 등으로
꾸역꾸역 밀어 올렸다. 그러고는 성문을 열어 학소가 직접 창
자루로 말 엉덩이를 내리쳤다.

말은 성 밖을 향해 들입다 내달렸다. 근상은 있었던 일을 낱
낱이 공명에게 보고했다.

“참으로 예전부터 의리 하나는 굳건한 사내입니다.”

근상은 진저리를 쳤다.

“음, 한번 더 학소를 찾아가 이해득실을 설득하고 오라.”

공명은 학소가 지닌 인품이 아까웠다. 근상은 갑옷과 마구를
치장하고 이번에는 당당하게 진창성 해자 앞에 섰다.

“학백도(郝伯道) 있는가? 내 충언을 다시 듣게나.”

성을 향해 외치자 이윽고 학소가 망루 위에 모습을 나타냈다.

“풋내기, 무슨 일이냐?”

근상은 다시 설득하기 시작했다.

"헤아리건대 이 외톨이 성이 어찌 촉나라 대군을 막아내겠는 가? 우리 승상께서는 그대가 가진 뛰어난 재주를 아까워하신 나머지 나를 다시 진창성으로 보내셨네. 이 기회를 놓치지 말고 성문을 열어 촉나라에 항복하고 이 근상과도 오래도록 즐거이 우정을 나누세."

"말을 멈추어라. 우린 일찍이 알고 지낸 벗이었지만 무사 길에서는 모르는 사이다. 나는 한번 위나라 인수를 받았으니 설령 100명이라는 적은 군사라도 이 몸을 믿고 맡긴 이상 그 믿음에 답하는 의를 지켜야 한다. 나는 무사며 너는 필부다. 지금 네게 활을 쏘지 않는 것도 무사로서 베푼 인정이다. 전쟁의 방해꾼아, 썩 물러가라!"

학소가 성루에서 모습을 감추자 곧 엄청난 화살 소리가 하늘에 울렸다. 근상은 하릴없이 돌아와 결국 공명 앞에서 두 손을 들었다.

"저는 도저히 감당할 수 없습니다."

공명은 한마디로 결정했다.

"좋다. 이제는 내가 직접 지휘하여 쳐부수겠다."

기산으로 재출진하다

1

한중에 진영을 두고 해포를 넘기면서까지 공명은 군제 정비부터 무기까지 대대적인 개선 작업을 하였다.

이를테면 돌격하거나 공격 속도를 높이기 위해 산기대(散騎隊)와 무기대(武騎隊)를 새로 편제하여 기마술에 통달한 장교를 그 부대에 배치하였고 종래에 노궁수로서 지위와 활용도가 낮았던 병사들에게 공명이 발명한 위력적인 신무기를 더해 독립된 부대로 만든 뒤 그 부장을 '연노사(連弩士)'라 불렀다.

연노(連弩)라 함은 전적으로 공명이 발명한 신예 무기로 철전(鐵箭)이라는 시위를 한 번 당기면 8치 정도 되는 짧은 화살이 10발씩 나는 활이다.

대연노(大連弩)는 비창현(飛槍弦)이라고도 불리며 창 하나가 철갑도 뚫는데 다섯이 한 조로 현을 당겨 발사했다. 돌을 탄알로 쏘는 석노(石弩)도 따로 두었다.

군수품은 목우(木牛), 유마(流馬)라 칭한 특수한 운송 수레를 고안했고 병사들 철모에서 갑옷까지 일제히 개량했다.

그 밖에 공명의 지혜 주머니에서 나왔다고 후세에 전해지는 무기는 무수히 많은데 지대한 영향을 손꼽는다면 당연히 공명이 이룬 병법에 관한 진보다. 팔진법(八陣法, 종군從軍을 가운데 두고 8가지 모양으로 진을 배치한 그림. 보통 천天, 지地, 풍風, 운雲, 용龍, 호虎, 조鳥, 사蛇로 나타내나 병가에 따라 그 형상은 같지 않음 ─ 옮긴이) 외에도 기존의 손오(孫吳)와 육도(六韜)에도 새로운 바람이 불어 후대에 치른 전쟁 양상에도 획기적인 변혁을 불러일으켰다.

이런 상황에서.

학소가 굳건히 지키는 작은 진창성은 불과 3000~4000명밖에 없었으니 막강한 장비를 갖춘 촉나라 대군에게 둘러싸여 고전을 면치 못했다.

그런데도 손쉽게 함락하지 못했던 까닭은 주장 학소가 흔들림 없는 의리와 충심을 발휘했으며 용장 밑에 약졸 없다는 말대로 성안에 있는 병사 3000여 명이 일심동체로 훌륭히 촉나라 병사를 막아낸 덕분이다.

"이러다 위나라 원군이라도 오면 낭패다."

공명은 결국 직접 진두에 나서 가열한 총공격을 개시했다.

운제(雲梯)와 충차(衝車)라는 새 무기까지 밀고 나가 사용했다. 운제, 일명 구름사다리란 아주 높은 사다리 망루다.

망루 위를 방패로 둘러싸고 위에서 성벽 안을 내려다보면서 연노와 석노를 쏘아 공격하다가 적의 기세가 꺾였다고 판단되면 그 위로 다시 별도로 달린 짧은 사다리를 무수히 펼쳐서 마치 하늘에 다리를 놓는 듯이 만든 뒤 병사들이 원숭이처럼 건너 성안으로 돌진했다.

충차는 자유자재로 밀 수 있는 수레다. 이 수레에는 기중기 같은 갈고리가 달린 게 특징이다. 수레 위에 있는 톱니바퀴를 병사 셋이 돌리면 땅 위에 있는 무엇이든 밧줄을 써서 운제 위로 옮길 수 있는 구조다.

이 운제와 충차가 수백 대 할 것 없이 성벽 사방으로 돌진해 오자 학소는 즉시 불화살을 준비하고 기다렸다.

그러고는 북소리를 신호로 순식간에 불화살을 쏘고 기름 항아리를 내던져 대항했다.

그 탓에 운제든 충차든 남김없이 불기둥으로 변했고 촉나라 병사가 불타 죽는 모습은 무참하기 그지없었다.

"이리된 바에는 해자를 메워라."

공명은 하명하여 밤낮없이 땅을 파고 해자를 메우도록 명령했다.

그러자 성안에 있는 병사들도 즉각 대응하여 그쪽 성벽을 점점 높이 쌓아갔다.

"그렇다면 땅속으로 진격한다."

지하에 길을 파 땅속 길을 이용하여 입성하려 시도하자 학소는 그 사실을 단번에 눈치채고 성안에서 옆으로 길게 땅굴을 파더니 그 안에 물을 들이붓는 게 아닌가.

천하의 공명도 기진맥진해졌다. 공명이 성을 공격하며 이만큼 애를 먹은 일은 전무후무하다.

"벌써 20일이 지났다."

공격이 어긋나기만을 바라보며 홀로 탄식하는데 파발을 통해 전방 쪽 급보가 전해졌다.

"위나라 선봉 왕쌍의 깃발이 다가옵니다."

공명은 발을 동동 굴렀다.

"벌써 원군이? 사웅(謝雄), 네가 나가라."

부장으로는 공기(龔起)를 택해 각각 3000기를 붙여 즉시 왕쌍 군에게 보내는 동시에 공명은 성안에 있는 병사가 돌격해 나올 것을 우려하여 진을 20리 밖으로 물렸다.

2

일단 진용을 재정비하며 신중을 기하던 공명이 한 걱정은 결국 들어맞았다. 그 뒤로 계속해서 들려오는 소식은 사태가 악화되었다는 소식뿐이다.

그동안 앞서 출정한 촉군이 처참한 몰골로 도망쳐 속속 귀환했다. 그러고는 목소리도 제대로 가다듬지 못하고 보고하는 내용을 들어보니.

"대장 사웅도 왕쌍에게 목이 베여 목숨을 잃었고 제2진으로 뒤따라갔던 공기 장군도 왕쌍이 휘두르는 단칼에 두 동강이 났습니다. 위나라 왕쌍은 뛰어난 장수라 도저히 맞설 자가 없습니다."

공명은 두 눈이 휘둥그레지며 요화, 왕평, 장억에게 명하여 새 부대를 파병했다.

"한시라도 지체할 수 없다. 왕쌍 군과 성안에 있는 병력이 힘을 합치면 우리가 꿈꾸는 대사는 물거품이 된다."

그사이에도 위나라 측 대규모 원군은 진창성을 구하기 위해 쏜살같이 진격했다. 때마침 시작된 한겨울 맹추위도, 거친 길과 험한 산도 아랑곳하지 않고 용맹한 왕쌍을 선봉으로 밤낮없이 길을 재촉하여 시시각각 급행군을 계속했다.

왕쌍 군이 서둘러 가는 길을 막으려 방어에 나선 촉군은 일단 첫 전투에서 격퇴당했고 다음 전투에서 맞붙은 요화와 왕평 등 부대 역시 성난 파도 앞에서 손으로 문을 둘러치듯 무력했다.

혼전을 겪는 틈에 촉장 장억은 다시금 위나라 왕쌍에게 추격당했는데 왕쌍은 자기가 자랑하는 무게 60근짜리 대도를 장억 머리 위에 휘둘렀고 가까스로 도망치려는 장억 등에 번개처럼 유성추를 내리쳤다.

유성추는 무거운 무쇠 구슬을 쇠사슬에 매단 일종의 저울추다. 왕쌍은 그 유성추를 몇 개 정도 몸에 지녔다가 이때다 싶은 순간 느닷없이 적에게 내던졌다.

왕평과 요화가 장억을 구출해 퇴각했지만 장억은 피를 토하며 목숨을 구할 수 있을지 의심스러울 정도로 위중했다.

이런 지경이니 촉군은 갑자기 기세가 꺾였고 위군 측 승세는 이만저만이 아니었다.

전진, 또 전진. 선봉에 선 왕쌍 군 2만은 무적의 기세로 진창성에 다가와 이미 봉화를 올리며 성안에 있는 아군에게 신호를 보냈다.

'원군이 도착했다.'

그러고는 촉나라 병사를 일소하고 성 밖 일대에 포진을 끝냈다.

그 모습을 들여다보자.

구불구불 크고 작은 수레를 늘어세운 뒤 그 위에 목재를 켜켜이 쌓아 울타리를 치고 참호를 팠는데 그 견고함이 비할 데가 없었다.

이를 지켜보던 공명이 직접 손을 쓴다 해도 어쩔 도리가 없었으리라. 백계무책(百計無策)의 날이 며칠이나 허무하게 흘러갔다.

"승상, 조금은 기분을 푸십시오. 너무 마음을 쓰시고 얽매이시면 좋지 않습니다."

"오오, 강유인가. 무슨 좋은 생각이라도⋯."

"제가 보기에 이럴 때는 오히려 '거리'가 중요합니다. 집착에서 거리를 두는 것입니다. 이 대군을 인솔하면서 허무하게 진창성 하나에 얽매여 마음까지 속박당한다면 그야말로 호락호락 적의 생각대로 빠져든 거 아니겠습니까?"

"아⋯, 거리야말로 중요했구나."

강유가 건넨 한마디에 공명도 깨달은 바가 있었다. 심기일전하여 공명은 방침을 바꿨다.

진창 골짜기에는 위연이 지휘하는 군사를 남겨 적군과 대치할 견고한 진을 펼치고 가까운 가정 방면 쪽 주요 도로에는 왕평과 이회(李恢)에게 명하여 굳건히 지키도록 명했다. 그런 뒤 공명은 밤을 틈타 은밀히 진창을 빠져나와 마대, 관흥, 장포 등 대군을 이끌고 멀리 첩첩산중으로 난 샛길을 통해 야곡을 넘어 기산으로 진격했다.

한편, 위나라 장안 대본영에서 대도독 조진은 왕쌍이 보낸 첩보를 받았다.

"공명이 첫발부터 휘청대다니 이제 왕년에 드높던 위세도 다 꺾였구나. 이 전쟁에 다가올 앞날이 보인다."

조진은 입이 귀에 걸리듯 기뻐했고 온 진영이 승리를 향한 예감으로 가득 찼다.

그때 선봉 중호군(中護軍) 비요(費耀)가 기산 골짜기에서 서성대는 촉나라 병사를 생포해 데리고 왔다. 조진은 세작이라 짐작하며 눈앞으로 끌어내 직접 조사했다.

"저는 세작이 아닙니다…."

그 촉나라 병사는 머뭇머뭇 좌우 사람들을 둘러보다가 납작 엎드려 고했다.

"중대한 일을 아뢰고 싶으나 사람이 있는 곳에서는 말씀드리기가 좀 곤란합니다. 헤아려주십시오."

3

청을 받아들여 조진은 좌우를 과감히 물렸다.

"저는 강유가 부리는 시종입니다."

촉나라 병사는 비로소 털어놓으며 품속에서 서간을 꺼내 들었다.

조진이 펼쳐보니 강유 필치다. 읽어 내려가니, 구구절절 눈물로 쓰인 흔적이 눈에 띄는 게 아닌가.

　실수로 공명이 파놓은 계책에 빠졌습니다. 대대로 위나라 녹을 먹었으니 촉나라 사람 사이에 있으려 노력해도 위나라에서 베풀어준 높은 은혜와 고향 천수군에 있는 노모가 잊으려 해도 잊히지 않습니다.

마지막은 이렇게 마무리 지었다.

　이제 기다려 마지않던 때가 눈앞으로 다가왔습니다. 만약 이 강유가 품은 보잘것없는 마음을 불쌍히 여겨 충정을 믿어준다면 별지에 쓴 계책으로 촉군을 무찌르기 바랍니다. 나는 촉군에 등을 돌리고 제갈량을 포로로 잡아 귀 진영에 바치겠습니다. 그 공으로 위나라를 모실 수 있도록 주선해주기만을 간절히 청합니다.

　누누이 처지를 설명한 편지 외에 내통을 위한 비밀 계책이 따로 자세히 적혀 있었다.
　조진은 득달같이 움직였다. 설령 공명까지는 잡지 못한대도 촉군을 격파하고 저 강유를 아군으로 되돌린다면 일석이조 전과를 올릴 수 있는 절호의 기회다.
　"좋다. 잘 전달하라."
　조진은 사자의 노고를 치하하고 날을 약속하여 돌려보냈다.

그다음 비요를 불러 강유가 보내온 계책을 보여주었다.

"강유 말은 우리가 병사를 이끌고 나가 촉군을 공격한 뒤 거짓으로 패주하라는 것이다. 그때 강유가 촉나라 진영 안에서 불길을 올리면 신호로 삼아 다시 공격하여 양쪽에서 촉군을 습격하는 책략이다. 참으로 다시없는 기회가 아닌가?"

"글쎄요…."

"어찌 그러는가?"

"공명은 지략가입니다. 강유도 허투루 볼 수 없는 인물이고요. 아마 거짓 술책일 겁니다."

"의심하기 시작하면 한이 없다."

"그렇다고 도독께서 직접 움직이는 건 찬성할 수 없습니다. 제가 먼저 군사 한 무리를 이끌고 한번 시험해보겠습니다. 만약 공을 세운다면 그 공은 도독에게 돌리고 잘못이 생긴다면 제가 책임을 지겠습니다."

비요는 병사 5만을 받아 야곡 쪽 길로 출발했다.

협곡에서 촉나라 보초를 만났다. 도망치는 촉나라 병사를 쫓아 진격하니 어느 정도 힘 있는 촉나라 군대가 바싹 되돌아왔다.

일진일퇴.

옥신각신하며 며칠이 흘렀다.

어이없게도 날이 갈수록 가랑비에 옷 젖듯 어느 틈엔가 촉군이 불어나기 시작했다. 반대로 위군은 적의 기습 전략에 밤낮으로 신경을 쓰느라 지쳐갔다.

그러자 그날 사방에 있는 골짜기에서 북과 나팔 소리가 우렁차게 울리더니 별안간 깃발이 광풍처럼 쓸고 일어난 사이로 사륜거 1대가 무쇠 갑옷을 두른 기마 무사에게 둘러싸여 돌격해 오는 게 아닌가.

"이키, 공명이다!"

위나라는 두려워한 나머지 일거에 무너져내렸다.

"어째서 겁을 내느냐? 우리는 공명을 만날 날만 손꼽아 기다렸다. 여봐라!"

비요는 멀리서 그 모습을 지켜보다가 좌우에 있는 부장을 돌아보며 타이르고는 바로 응전에 나섰다.

"일단 강하게 밀어붙여 싸워라. 그러고는 적당한 때를 보아 일부러 도망쳐라. 후퇴는 우리 계략이다. 머지않아 적의 후진에서 자욱하게 불길이 오를 터. 연기를 보면 꽹과리와 북을 울리며 맹렬히 돌아서서 격멸하라. 적 안에는 우리와 내통하는 자가 있으니 승리한다."

비요는 말을 몰아 공명이 탄 사륜거를 향해 욕을 퍼부었다.

"패군 장수는 병법을 논하지 않는다 하거늘 수치도 모르고 예까지 왔느냐?"

"너는 뭐하는 놈이냐? 조진에게 볼일이 있거늘."

공명은 수레 위에서 슬쩍 봤지만, 비요는 안중에도 없다는 표정이다.

비요는 길길이 날뛰며 되받았다.

"조 도독께서는 금지옥엽이신데 어찌 너 같은 철면피를 직접 대면하시겠느냐?"

공명이 백우선을 들어 삼면에 있는 산에 소리치니 순식간에 마대와 장억 등의 군대가 눈사태처럼 쏟아져 내렸다.

위군은 예정대로 재빨리 퇴각했다.

4

싸우다가 도망치고 다시 싸우는 척하고는 달아나면서 위군은 뒤쪽만 자꾸 돌아보았다.

이제나저제나 촉군 후방에서 언제 불길이 오를까, 연기가 솟을까 하면서 말이다.

비요 역시 말 위에서 그 신호만을 기대하며 좁은 골짜기를 30리쯤이나 퇴각했는데 그사이에 촉나라 후진에서 피어오르는 검은 연기가 보였다.

"자, 됐다. 강유가 내응 신호로 불을 질렀다."

비요는 기쁨에 못 이겨 안장을 박차고 말 위에서 펄쩍 뛰었다. 그러고는 심기일전하여 말 머리를 돌리자마자 우렁찬 목소리로 호령했다.

"여봐라, 방향을 바꾸어라. 되돌아가 촉군을 협공한다."

대장 예견이 적중하니 위나라 장수와 병사는 용기가 솟구쳤다. 당장 발길을 돌려 지금까지 추격해 오던 촉군을 향해 성난 파도처럼 달려들었다.

촉군은 저지당했다. 아니, 위나라 병사가 맹렬한 반격을 가하자 형세는 뒤집혔다. 촉나라 병사는 바다 같은 소리를 내지르며 앞다투어 도망치기 시작했다.

"공명이 탄 수레는 어딨느냐?"

비요는 검을 쳐들고 공명을 추격하는 데 점점 박차를 가했다. 이대로라면 말이 얼마나 빨리 달릴지가 관건일 뿐 공명이 탄 수레를 뒤쫓아 그 목을 단칼에 베어 떨어트리기도 어렵지는 않다고 판단했다.

"쫓아라, 서둘러라! 잡병 따위 거들떠보지 마라!"

병사 5만은 산사태처럼 골짜기를 누비며 일순간 퍼져 나갔다. 이미 강유가 불을 지른 산마다 불기운이 지척에 느껴져 화끈거렸다. 죽은 나무든 생나무든 모두를 불태우는 맹렬한 화염이 타닥타닥 천지를 울렸고 주변 일대 산에 쌓인 눈이 녹아내려 부연 탁류가 되더니 산골짜기를 꽉 채운 채 폭넓게 쏟아져 내렸다.

그 와중에도 어찌 된 일인지 적은 그림자마저 감추어 어디에 숨었는지 머리카락조차 눈에 띄지 않았다. 막다른 계곡 입구에는 바위나 거대한 목재를 켜켜이 쌓아 봉쇄해놓은 채 말이다.

"강유가 이끄는 반군은 지금 어찌 움직이는가?"

문득 이런 의문이 들었을 때 비요는 등골이 서늘해졌다. 속았구나 싶었다.

이미 늦었다. 통나무, 바위, 기름을 먹인 땔감, 초약 등이 굉음을 울리며 좌우 산에서 어마어마하게 쏟아졌다. 말이 으스러지고 사람도 깔려 아비규환 속에 단말마가 울려 퍼졌다.

"당했다! 적이 파놓은 모략이었구나."

경악한 비요 모습은 그림으로도 담아내기 어려울 정도다. 앞다투어 달아나는 아군 속에서 밀치락달치락하다가 산속에 난 샛길이 눈에 띄어 뛰어들었다.

그러자 그 골짜기 속에서 군마 한 무리가 꽹과리와 북소리도 정연하게 달려 나오는 게 아닌가. 비요가 기다리던 강유다. 비요는 힐끗 보자마자 노발대발하며 멀리서 욕을 퍼부었다.

"불충불효한 역적 놈아! 잘도 나를 속여먹었겠다. 정신 차려라, 이 풋내기 녀석!"

강유는 만면에 웃음을 띠며 벌써 바싹 말을 달려와 옆으로 붙었다.

"누군가 했더니 비요가 아닌가? 이 손으로 팔을 비틀어 붙잡으려 했던 놈은 조진이었건만 학이 쳐놓은 덫에 까마귀가 걸려들다니 괘씸하구나. 싸우기도 성가시니 투구를 벗고 당장 항복하라."

"이 배은망덕한 놈이 뭐라 지껄이느냐?"

악을 쓰며 덤볐지만 강유를 칼로 당할 리는 만무했으므로 비요는 그 자리에서도 다시 비겁하게 줄걸음을 놓았다.

안타깝게도 퇴로도 어느새 막혀버렸다. 적군이 산 위에서 수많은 수레를 내동댕이친 뒤 기름과 땔감을 던져 쌓고 다시 횃불을 투척해 그 불길이 산꼭대기까지 다락같이 타올랐다.

"분하다."

비요는 진퇴양난에 빠졌지만 허무하게 타 죽지는 않았다. 검을 목덜미에 대고 스스로 유명을 달리하는 길을 선택했다.

"항복할 자는 매달려라!"

절벽에서 동아줄 몇 가닥이 구원의 손길처럼 늘어졌다. 위나라 병사는 앞다투어 동아줄을 붙들었지만, 절반도 채 살아남지 못했다.

　나중에 강유는 공명 앞에 나가 진심으로 사죄했다.

　"이 계책은 제가 내놓은 제안이었으나 실수가 있었습니다. 가장 중요한 조진을 놓쳤습니다."

　"그렇구나. 애석하게도 대규모 계책을 지나치게 활용했다. 계책이 큰 건 문제 되지 않으나 약간의 노력으로 대대적인 전과를 얻는 게 기략을 쓰는 묘미건만…."

식량

1

오나라와 접한 국경에서 후퇴한 사마의가 낙양에 머무르는 모습을 지켜본 위나라 사람들은 이 시국에 쉴 틈을 찾아 게으름을 부린다며 비난했다.

"공명이 다시 기산으로 나왔대."

"그래? 위나라 선봉장이 몇이나 전사했다더라고."

최근 며칠에 걸쳐 정보가 회오리바람을 일으키듯 들려오자 중달에게 향하던 비난은 딱 멈추었다. 입 밖에 내어 말하지는 않았지만 사마의 눈은 범상치 않다며 그 선견지명에 복종하는 눈치다.

언제든 무슨 일이든 비방을 하거나 가타부타 말참견을 못 하면 허전해하는 부류의 지식인과 정치인이 낙양에도 수두룩했다. 그 입방아꾼들이 이번에는 비난의 화살을 돌렸다.

"대체 총도독은 있는 건가, 없는 건가? 조진은 어디서 뭘 하는 거야?"

조진은 위나라 황제 일족이다. 그만큼 예제는 속을 끓였다. 황제는 사마의를 불러 대책을 물어볼 수밖에 없었다.

"두려워할 대상은 촉나라라기보다 되레 공명이라는 존재 자체요. 어찌하면 좋소?"

"그리 염려하실 일이 아닙니다."

중달은 느긋하게 대답했다.

"촉나라가 자연히 물러갈 수밖에 없게 만드시면 됩니다."

"그런 천하제일의 방법이…."

"있습니다. 신이 헤아리건대 공명이 지휘하는 군사는 달포치 군량만 보유한 실정입니다. 지금 계절은 눈이 많이 내리며 산길은 강파른 탓입니다. 그러니 공명이 바라는 건 속전속결. 제가 취할 계책은 장기전입니다. 조정에서 사신을 보내 총도독에게 이 뜻을 전하시고 모든 공격로를 굳건히 지켜 조진이 섣불리 싸우지 않도록 명하는 게 급선무입니다."

"옳거니…. 지체 없이 그 방침을 취하겠네."

"험준한 산속에 쌓인 눈이 녹을 즈음에는 촉나라 병사 측 양식이 다 떨어져 싫어도 어쩔 수 없이 총퇴각을 개시할 것입니다. 빈틈은 바로 그때입니다. 그때 촉나라를 추격하면 분명히 대승을 거둘 수 있습니다."

"그 정도로 앞을 내다본다면 어찌 경이 몸소 진두에 서서 계책을 시행하지 않소?"

"물론 저는 낙양에서 늙은 몸을 보양할 정도의 인물은 아닙니다. 하물며 목숨이 아까운 까닭도 아닙니다. 단지 오나라 움직임이 확실하지 않은 탓입니다."

"음, 오나라는 여전히 이변을 꾀하는가?"

"방심할 수 없습니다. 오나라는 자신들의 판단에 따라 움직이지 않고 촉나라 동정과 견주어 살핍니다."

그 뒤 며칠 동안, 조진 군에서 도착하는 보고는 하나같이 위나라가 승리를 거두지 못했다는 내용뿐이다. 마침내 조진은 자신감마저 잃은 듯 넌지시 위제가 출정하거나 사마의가 원조해주기를 청했다.

"도저히 현 상태로는 끝까지 사수할 수 없습니다. 부디 성려하여주십시오."

중달은 생각한 바가 있는 듯 쉬 일어나지 않았다. 위제에게 이렇게 아뢸 뿐이다.

"지금이야말로 총도독이 힘써야 할 때입니다. 공명이 짜놓은 계략에 걸려들거나 적진 깊숙이 들어가 함정에 빠지지 말고 부디 오래 견디어 버틸 수 있도록 사자를 보내어 극진히 설득하셔야 합니다."

중달이 보이는 태도는 본인이 총도독이었다면 달랐겠지만 그렇지 않은 마당이니 움직이지 않겠다는 꿍꿍이는 아닌지 의심스럽기도 했다. 여하튼 공명과 정면에 마주 선 조진이 겪는 고전은 헤아릴 만했다.

조정에서는 한기(韓曁)를 사자로 보내 조진에게 그 방침을 전하기로 결정했다. 그러자 사마중달은 부러 낙양 밖 성 아래 변두리까지 나가 한기를 배웅하며 헤어질 즈음하여 진정을 다하여 전언을 부탁했다.

"말하기를 잊었는데 조진 총도독이 공을 세우는 데 초점을

맞추는 사람인지라 단단히 주의를 해주게. 촉군이 퇴각할 때는
성질이 급하거나 혈기 왕성한 인물에게 추격을 맡겨서는 아니
되네. 경솔하게 뒤쫓으면 반드시 공명이 파놓은 계략에 빠질
걸세. 이 말을 조정이 내린 명이라 하며 덧붙여주게."

　그 정도까지 위군이 처한 곤경을 알면서도 중달은 수레를 돌
려 유유히 낙양으로 발걸음을 되돌렸다.

2

　대상경(大常卿) 한기는 이윽고 총도독 본부에 도착하여 조진
에게 위나라 조정이 내리는 방침을 알렸다.

　조진은 정중히 칙명을 받들고 돌아가는 한기를 배웅했는데
나중에 그 내용을 부도독 곽회에게 전했다.

　"그 의견은 조정이 낸 의견도 아무것도 아닙니다. 사마의 뜻
입니다."

　곽회는 정곡을 찌르며 웃어젖혔다.

　"누구 뜻이라도 상관없으나 이 견해의 옳고 그름은 어떤가?"

　"나쁘지 않습니다. 공명 군을 제대로 보았습니다."

　"만약 공명이 지휘하는 부대가 우리 생각대로 퇴각하지 않을
때는?"

　"왕쌍에게 계책을 내려 모든 샛길을 봉쇄하면 어떻게든 촉군
군량은 끊어지고 물러날 수밖에 없습니다."

　"그리되면야 좋겠지만…."

"제게 다른 묘책이…."

곽회는 낙양에서 온 사신이 전한 사마의 방침에 감탄했지만 그렇다고 들은 대로만 실행하기에는 총사령부에 인재가 없다는 뜻 같아 마뜩잖았다. 곽회가 속삭인 계책도 조진을 움직이기에 충분했다. 조진도 어떻게든 연전연패라는 오명에서 벗어나고 싶었다. 해서 서서히 그 계획을 실행에 옮겼다.

사실 지금 시점에서 촉군이 가진 치명적인 결점이 대군을 먹여 살릴 '식량'이라는 사실은 누구나 동의할 사항이다. 공명은 날이 갈수록 '식량'을 마련하는데 동분서주할 테니 촉나라가 원하는 대로 군량을 미끼로 삼아 덫을 놓자는 게 곽회 생각이다.

그로부터 달포 뒤.

위나라 손례는 군량을 가득 실은 듯이 꾸민 수레를 몇 천 승이나 이끌고 기산 서쪽에 있는 산악 지대를 구불구불 행군했다.

'진창성과 왕쌍이 주둔하는 진을 향해 후방에서 운송해 가는 물품'이라는 사실은 누구든 한눈에 짐작할 수 있었다.

가짜 치중 수레는 푸른 천으로 덮였고 당연히 그 아래 유황, 염초, 기름, 땔감 등을 숨겨놓았다. 곽회가 고안한 촉군을 어루꾈 미끼다.

한편, 계책을 낸 당사자 곽회는 기곡과 가정 두 요지에 대군을 배치하여 직접 지휘에 나섰고 장료(張遼) 아들 장호(張虎), 악진(樂進) 아들 악침(樂綝) 두 사람을 선봉에 세운 뒤 미리 어떤 지시를 내렸다.

진창도에 있는 왕쌍 군과도 연락을 취하여 촉군이 뿔뿔이 흩어질 때를 위한 배치에도 온갖 준비를 신경 썼다.

"농서에서 기산 서쪽을 지나 진창도로, 수레 수천 승이 군량을 옮기는 듯합니다."

촉나라 척후병은 범을 잡은 포수처럼 득의양양하여 즉시 공명이 있는 본진에 전달했다.

"뭐라? 치중대가…."

촉군 장수들은 하나같이 그 소식을 듣자 좋은 먹잇감에 눈이 반짝반짝 빛났다.

촉군 측 식량은 각 방면으로 난 샛길과 국도를 통해 갖은 고생을 하며 아주 미미한 양을 반입하는 형편이었고 예비 식량도 달포 분도 채 남지 않은 상태다.

헌데 공명은 생뚱맞은 말을 좌우에 물었다.

"군량대 적장은 누구라던가?"

"척후병 말에 따르면 이름은 손례며 자는 덕달이라 합니다."

"손례라는 인물을 아는 사람이 있는가?"

"위왕도 능력을 높이 사는 상장군(上將軍)입니다."

과거 위나라에 있어 사정을 훤히 아는 장수가 답했다.

"일찍이 위왕이 대석산(大石山)에 사냥 갔을 때 집채만 한 호랑이가 느닷없이 위왕에게 덤벼들었습니다. 그때 손례가 방패가 되어 벼락처럼 그 호랑이에게 달라붙어 칼로 찔러 죽였는데 그때부터 위왕으로부터 두터운 신임과 총애를 받으며 오늘에 이른 인물입니다."

"그런가…."

공명은 수수께끼가 풀렸다는 듯이 빙그레 웃으며 여러 장수에게 일갈했다.

"군량을 운송할 때 그 정도로 지위가 높은 장군을 붙일 리 없다. 아마 수레 덮개 아래 화약과 마른 섶 같은 게 쌓여 있을 게다. 우리 입에 불덩이를 먹이려 하다니 우습구나."

공명은 그 계책을 무시했지만, 그저 못 본 척 지나가지는 않았다. 즉시 유막에 장성을 모아 적의 꾀를 이용해 역으로 적을 어루꾈 기회를 잡으려 회의를 열었다.

3

정보가 하나둘 모였다.

바람처럼 척후병이 드나들었다.

유막 안에서 공명이 신속한 명령을 차례차례 내렸다. 마대가 가장 먼저 날쌘 병사 3000명을 이끌고 어딘가로 달려 나갔다. 다음으로 마충과 장익이 각각 5000기를 데리고 번개같이 출동했다. 오반(吳班), 오의(吳懿) 등의 군대도 임무를 띠고 길을 나섰다. 그 외에 관흥과 장포 등도 빠짐없이 병사를 이끌고 출진했으며 공명도 자리를 기산 꼭대기로 옮기고 하염없이 서쪽을 내려다보았다.

위나라 수레 행군은 느릿느릿 움직였다.

2리를 가서는 척후병을 풀어 살피고 5리를 가서는 다시 한 번 척후병을 내보냈다.

그야말로 촉나라와 위나라 첩보전이다.

위나라 척후가 보고했다.

"드디어 공명 본진이 움직였습니다."

"틀림없이 군량 수송 냄새를 맡고는 탈취하려고 역할을 나눈 듯합니다."

"마대, 마충, 장억 등이 차례로 촉진을 나왔습니다."

"옳거니!"

손례는 이 내용을 조진 진영에 득달같이 보고했다. 조진은 장호와 악침을 선봉으로 보내며 한껏 격려했다.

"오늘 밤 기산 서쪽에 활활 타오르는 불빛이 보이면 그때 바로 촉나라 병사가 우리 계책에 속아 본진을 텅 비웠다는 뜻이다. 하늘이 붉게 물들 때를 신호로 공명이 머무는 진지로 있는 힘껏 돌격하라."

해는 뉘엿뉘엿 저물어갔고 기산 서쪽에 머물던 손례가 지휘하는 운송 부대는 야영을 준비하는 척하면서 화공에 쓸 수레 1000여 승을 여기저기에 흩어놓고 촉나라 병사를 태워 죽일 배치를 끝냈다.

발화, 복병, 섬멸로 이어지는 세 단계 작전을 짜고 전군이 가만히 한뎃잠을 자며 정적을 가장하자 이윽고 사람과 말 소리가 조용히 밤 공기 속에 스멀스멀 숨어들어 오는 듯했다.

때마침 산에서 서남풍이 세차게 불었다.

"적이 오기만 하면…."

손례는 단단히 벼르며 기다렸다.

아직 위군이 일어나지도 않았건만 바람 부는 쪽에서 불을 지른 자들이 있었다. 예상치도 못한 적, 촉나라 병사다!

손례는 처음에 아군이 일을 그르쳤나 싶어 당황했지만 촉나라 병사가 불을 놓았다는 사실을 눈치채고는 펄쩍 뛰며 원통해 했다.

"아, 공명은 이미 간파했다. 우리 계획은 실패다."

촉나라 병사는 수레 1000여 승을 하염없이 불태우며 이미 두 갈래로 나뉘어 활을 쏘고 돌을 마구잡이로 날렸다. 북과 나발 소리가 밤하늘에 울려 퍼졌고 불길이 하늘을 태우니 위나라 병사는 사방팔방으로 흩어지며 혼란에 빠졌다.

바람을 등지고 공격해 오는 자는 촉나라 장억과 마충 등이다. 바람을 맞받으며 마대가 이끄는 군사들도 북을 울리고 우렁찬 함성을 지르며 공격을 개시했다.

제 손으로 펼친 죽음을 향한 진 속에서 위나라 병사는 불을 뒤집어쓰고 고전할 수밖에 없었다. 그뿐 아니라 위나라 군사들은 골짜기나 산그늘 좁은 길에도 매복했으므로 병력을 분산해 놓은 상태였고 주장이 내리는 명령은 제각기 나뉘어 하나로 전해지지 않았다.

불 속에서 목이 베이는 수도 엄청났지만, 탈출구를 찾지 못해 갈팡질팡하고 도망가지 못해 우왕좌왕하며 제 발로 불길에 들어가 타 죽는 자나 화상을 입고 날뛰는 자도 헤아릴 수 없었다. 이렇게 위나라 계책은 보기 좋게 실패로 끝난데다 자기 꾀에 넘어가 불에 타 죽는 끔찍한 화를 불러일으켰다.

한편, 그날 밤 예기치 못한 사태가 벌어진 줄도 모른 채 하늘을 태우는 불빛만 보고 부질없이 행동을 개시했던 자들은 조진이 명을 내린 장호와 악침 두 부대다.

"때가 왔다!"

위태롭도다…. 장호와 악침이 이끄는 군사들은 맹렬히 진격하여 공명 본진으로 무턱대고 돌진했다. 적의 그림자는 하나도 없었다. 예상했던 상황이지만 잠시 후 진영 주위에서 마치 솟아난 듯한 촉군이 내지르는 함성이 터졌다. 촉나라 오반과 오의가 이끄는 군사다. 위군은 가마솥 안에서 끓어오르는 물고기처럼 우글우글 도망쳤다.

위군은 이 전투에서도 얼마 살아남지 못하고 토벌된 것도 모자라 처참한 모습으로 무너지듯 패주하는 길에 관흥과 장포 군대를 만나 철저히 격퇴당했다.

동틀 녘, 조진 본진에 서쪽에서, 남쪽에서, 북쪽에서 도망쳐 하나둘 모여든 패장과 남은 병사들의 몰골은 차마 눈 뜨고 볼 수 없었다.

4

먹느냐, 먹히느냐.

전쟁에서 볼 수 있는 양상은 언제나 가혹하다. 이 가혹함을 가슴에 아로새겼으면서도 조진이 저지른 경솔한 행동은 다시금, 거듭, 아군을 참패로 몰아넣었다.

조진이 느낀 낙담은 공포에 가까웠다. 이제 와 곽회가 바친 계책을 원망할 수도 없는 노릇이다. 자신은 총도독이다.

"앞으로는 섣불리 행동하지 마라. 적이 쳐놓은 유인책에 놀아나지 마라. 사수하라. 굳건히 수비만 하라."

그 뒤로부터 위군 측 경계는 압도적이었다. 도가 지나칠 정도로 견고함에 견고함을 더했다. 어찌나 수비에 치중했는지 기산에 자란 풀은 수십 일이나 병사에게 밟히지 않았고 눈이 녹아내리는 산과 들은 길게 퍼진 봄 안개를 분홍빛으로 물들였다.

그때 안개를 가로지르며 새가 날아갔다. 공명은 날마다 유구한 천지를 바라보며 안개를 먹고 사는 하늘이나 땅에 사는 신선처럼 고요하게 하루하루를 보냈는데 어느 날 편지를 써서 진창도에 주둔하는 위연 진에 은밀히 사신을 보냈다.

양의가 의아하여 물었다.

"위연 진에 회군하라 명하신 듯합니다. 어찌 그러셨습니까?"

"맞다. 진창도뿐 아니라 이곳 진지도 거둘 것이다."

"그렇다면 어디로 진격하십니까?"

"나아가지 않는다. 한중으로 후퇴한다."

"예? 이해할 수 없습니다."

"어째서냐?"

"촉군은 이기는 분위기인데다 산에 쌓인 눈이 시나브로 녹으니 사기도 점점 왕성해지려는 참이 아닙니까?"

"그러니 지금이야말로 퇴각할 때다. 위나라가 무익한 수비를 견지하며 싸우지 않는 까닭은 우리가 앓는 병을 정확히 알지 못한 까닭이다. 우리가 앓는 병이란 바로 '군량 부족'이다. 어쩔 도리가 없는 중환이지만 적군은 다행히 식량이 떨어지기만 기다리며 적극적으로 보급로를 끊으려 들지 않았다. 그것이 우리가 살아 있는 이유다. 만약 지금 당장 요양을 위해 돌아가지 않으면 이 대군은 구해낼 수 없는 중태에 빠진다."

"그 점은 우리도 쉼 없이 고심했지만 얼마 전에 거둔 대승으로 전리품도 꽤 챙겼으니 한동안은 버틸 수 있습니다. 그사이에 연승을 거두고 자연히 활로를 뚫으면서 장안에 쳐들어갈 때까지 계속 적의 군수품을 취하면 식량을 마련하지 못하리란 법도 없습니다."

"아니다. 풀은 먹을 수 있지만, 적의 송장은 식량으로 삼을 수 없는 노릇. 멀리서 위나라 진영 기운이 어떤지 살피건대, 대패했다는 소식이 낙양으로 들어갔고 필승을 다짐하며 대군을 이끌고 지원하러 올 게 분명하다. 그렇다면 적은 새 군대며 후방에 얼마든지 수송로를 확보한 대군이 올 것이다. 어찌 우리가 승리를 이어가겠느냐? 패하여 후퇴하는 게 아니라 승리하여 떠나는 것이다. 후퇴는 전쟁 중에 일어나는 일이며 철수는 작전에 따른 행동일 뿐. 이를 갈며 분해하지 마라."

불만을 품은 여러 장수에게도 양의 입을 통해 들려주려는 듯 공명은 차근차근 타일렀다.

"위연에게 보낸 사자에게도 계책을 내렸으니 철수라고는 해도 보람 없이 물러나는 셈은 아니다. 똑똑히 보아라. 이윽고 저기 있는 위나라 왕쌍 목은 위연이 가지고 돌아갈 좋은 선물이 될 게다."

공명은 이런 말도 덧붙였다.

관흥과 장포 등 젊은 장수는 예상대로 철수에 불만을 표했지만, 양의가 달래어 착착 회군 준비에 돌입했다.

당연히 회군은 은밀히 진행했다. 물이 마르듯 서서히 병사 수를 줄여 후퇴해 나갔다. 그러고는 맨 마지막이 될 때까지 징과 북을 치는 병사는 남겨두어 평소와 다름없이 훈련 나발을 불고 때를 알리는 징을 울리며 깃발도 대군이 머무는 것처럼 꾸몄다.

한편, 위나라 조진은 그 뒤로 수비에 전념하며 부쩍 기세가 꺾인 채 지냈는데 때마침 좌장군 장합이 낙양에서 한 무리 군대를 이끌고 와 아군 진에 합류했다.

조진은 장합더러 물었다.

"공이 도성을 떠날 때 사마의를 만나지는 않았소?"

"만난 정도가 아닙니다. 제가 가세하려 내려온 까닭도 사마 중달이 짠 계책에 따른 움직임입니다."

5

"오오…. 역시 중달이 주선하여 왔다는 뜻인가."

"낙양 사람들도 지난번부터 이곳에서 겪는 패전에 가슴 아파했습니다."

"다 내가 부덕한 탓이오. 국내 사람들에게도 참으로 면목이 없소이다."

"이기고 지는 건 전쟁을 하는 자라면 늘 겪는 일입니다. 패하더라도 다음 승리를 기약한다면 좌절할 일이 아닙니다. 이번 전황은 어떻습니까?"

장합이 묻자 조진은 처음으로 빙긋 웃으며 답했다.

"요 며칠 사이 상당히 유리하게 바뀌었소. 그 뒤로 이렇다 할 큰 전투는 없지만 언제 어디서든 아군이 이긴다오."

"앗, 안 될 일입니다."

"어찌?"

"제가 도읍을 떠날 때 사마중달이 그 점을 단단히 경계하라 당부했습니다."

"뭐라? 아군이 이기면 안 된다?"

"그런 의미가 아닙니다. '촉군은 설령 군량이 고갈됐다 해도 경솔히 퇴각할 리 없다. 허나 촉군 측 작은 병력이 여러 번 출몰하고 그때마다 패하여 도망치면 주의 깊게 낌새를 살펴야 한다. 반대로 촉나라 대군이 움직이거나 강경하게 나올 때는 퇴진까지 아직 멀었다고 내다보면 된다. 그 점이 병법을 아는 자의 현명한 묘책이니 조진 장군께 간곡히 말씀드려라' 하고 덧붙였습니다."

"아…. 그러면 일전부터 이어진 아군 측 승세는 있는 그대로 믿을 만하지 않단 말인가…."

짚이는 데가 있는 듯 조진은 부리나케 솜씨 좋은 병사 몇을 풀어 공명 본진을 엿보도록 시켰다.

척후병이 돌아와 보고했다.

"기산 위나 아래나 적진에는 병사 하나 없습니다. 그저 준비해놓은 깃발과 울타리만 남았을 뿐입니다."

다음으로 돌아온 척후병이 하는 보고도 비슷했다.

"공명은 한중을 향해 총회군을 감행한 듯합니다."

조진은 머리를 긁적이며 후회했다.

"또 그놈에게 속았다는 말이로군…."

장합은 보고를 듣자마자 새 군사를 이끌고 다급히 공명 뒤를 쫓았지만 때는 이미 한참이나 늦었다.

진창도 입구에 남아 오랫동안 위나라 맹장 왕쌍을 막아내던 위연은 공명이 보낸 서간을 접하고 즉시 철수를 개시했다.

당연히 그 사실은 곧 왕쌍도 알아챘고 위군은 지체 없이 추격했다.

왕쌍은 촉나라 병사와 가까워지기 무섭게 말 위에서 들입다 소리 지르며 끝까지 쫓아갔다.

"위연, 어딜 도망가느냐? 왕쌍이 여기 있다. 돌아와라!"

촉나라 병사는 도망치는 발걸음도 재빨랐다. 왕쌍이 해대는 추격도 어지간히 다급했는지 그 주위로는 직속 기마 무사 20~30기만이 가까스로 따라붙었다.

뒤에서 달려오던 기마 무사 하나가 주의를 환기시켰다.

"대장, 너무 서두른 듯합니다. 적장은 뒤쪽에 있습니다."

"그럴 리가?"

왕쌍이 뒤돌아보자 어찌 된 영문인지 진창성 밖에 있는 자기 진영에서 검은 연기가 피어오르는 게 아닌가.

"아니, 뒤쪽으로 나왔다는 말인가?"

허둥지둥 퇴각하여 험준한 길로 이름 높은 진창 협구(峽口) 에 있는 동굴 입구까지 가자 위에서 커다란 바위가 와르르 떨어져 내렸고 부하와 말이 처참히 깔려 죽었다.

"왕쌍, 어디 가느냐?"

별안간 왕쌍 뒤로 무사 한 무리가 보이더니 그 가운데서 위연 목소리가 고막을 찢을 듯이 들려왔다.

한 차례 말 위에서 나가떨어진 왕쌍은 미처 도망가지도 못하고 무기를 휘두를 틈도 없이 끝내 위연이 휘두르는 대검에 이 세상을 떠났다.

위연은 왕쌍 수급을 창끝에 높이 내걸고 유유히 한중으로 회군하는 일을 완수했다.

왕쌍의 죽음이 조진 본영에 알려진 뒤 얼마 지나지 않아 진창성을 지키는 장군 학소의 죽음도 보고되었다. 학소는 병사했지만 어쨌든 조진에게, 또 위나라에는 흉사만 거듭 닥쳤다.

총병(總兵) 인수

1

촉나라와 위나라 양국이 벌이는 소모전에 기뻐하며 그 큰 전쟁이 더 길고 참혹해지기를 바랐던 나라는 오나라다.

이때를 맞아 오나라 손권은 오랜 세월 품었던 야망을 드디어 표면 위로 드러냈다. 손권도 위나라와 촉나라가 했던 대로 황제를 참칭했다.

4월.

무창(武昌) 남쪽 교외에 성대한 단을 정성스레 쌓고 직접 의례를 주관하여 천하에 대사면령을 선포했으며 그날로 황무(黃武) 8년이었던 연호를 황룡(黃龍) 원년으로 고친 뒤 선왕 손견(孫堅)에게 무열(武烈) 황제라는 시호를 바치며 오나라 황제 즉위를 마쳤다.

적장자 손등(孫登)도 동시에 황태자에 올랐다. 황태자를 보필하고 교육할 자리에는 제갈근 아들 제갈각(諸葛恪)을 태자좌보(太子左補)로 삼았고 장소(張昭) 아들 장휴(張休)를 태좌우필

(太子右弼)로 명했다.

제갈각은 혈연으로 말하면 공명 조카뻘 되는 사람이다. 자질이 총명했으며 목소리가 맑고 높았다고 전해진다. 어린 시절부터 신동이라는 칭찬이 자자했는데 6살 때는 이런 일도 있었다.

어느 날 오왕 손권이 장난삼아 당나귀 1필을 궁에 있는 정원으로 끌어내 얼굴에 흰 분을 칠한 뒤 네 글자를 적었다.

제갈자유(諸葛子瑜, 제갈근 자가 자유子瑜 – 옮긴이)

제갈근 얼굴이 다른 사람들보다 길어 분명 그 점을 야유하며 조롱한 처사다. 주군이 치는 장난이니 본인도 머리를 긁적이며 함께 웃어젖혔다.

그러자 부친 곁에 있던 6살밖에 되지 않은 제갈각이 느닷없이 붓을 들고 정원으로 뛰어 내려가 당나귀 앞에서 발꿈치를 들고 얼굴에 적힌 네 글자 뒤에 두 글자를 덧붙였다.

제갈자유지려(諸葛子瑜之驢, 제갈자유의 당나귀 – 옮긴이)

조롱당하던 부친의 치욕을 보기 좋게 씻어준 것이다. 오늘날 중국인들이 곧잘 쓰는 '미엔쯔(面子, 체면이라는 뜻 – 옮긴이)'라는 말의 어원이 이 고사에서 유래했는지도 모른다.

여하튼 두 사람이 보필하는 게 부족하다 판단했는지 승상 고옹(顧雍), 상장군 육손을 붙여 태자를 지키게 하여 무창성에 둔 뒤 손권은 건업으로 발걸음을 옮겼다.

위나라와 촉나라가 싸우면 싸울수록 오나라가 떨치는 위세와 국력은 나날이 우위를 점했으므로 원로 장소는 힘껏 병력을 기르고 산업을 진흥시켰으며 학교를 세우고 농업을 장려하며 말을 길러 훗날에 대비하는 한편 촉나라로 특사를 파견해 선전을 기원했다.

이번에 우리 오나라에서도 전왕(前王) 손권이 등극하여 황제 자리에 오르셨습니다.

특사가 띤 사명에는 이런 발표를 통해 황제 즉위를 국제적으로 승인하도록 부추기려는 부차적인 의의도 함축하였다.

특사는 성도는 물론 공명이 있는 한중에도 같은 소임을 맡고 발걸음 하였다. 공명은 내심 탐탁지 않았다. 공명이 품은 이상은 한조 통일이다. 하늘에 태양이 둘이 있을 수 없다는 신념이 공명이 가진 세계관이다. 그렇다고 그런 생각을 대놓고 드러낼 수는 없는 시기다. 일단 오나라가 촉오동맹에서 떨어져 나가면 필연적으로 위나라와 맺어지리라. 그러면 촉나라는 영원히 번성하지 못할 터. 촉나라가 멸망하면 공명이 꿈꾸는 이상도 이룰 수 없는 것이다.

"경하드립니다. 오나라와 촉나라 두 제국이 바라는 공영이 확고해질 일입니다."

공명은 즉시 한중에서 나는 예물을 산처럼 쌓아 오나라로 축하 사신을 보내고 경축 표문을 전했다.

사신은 덧붙여 오나라에게 청했다.

"지금 귀국에 있는 강군이 위나라를 공격한다면 분명 위나라를 붕괴하는데 기폭제 역할을 할 것입니다. 우리 촉군이 부단히 위나라에게 타격을 주어 약화시켰습니다만."

더불어 온 나라에도 바로 지금이 기회라는 사실을 기쁨이 넘치는 북을 울리듯 선전하도록 촉구했다.

그때 육손은 돌연 건업으로 소환되었다. 오제는 육손에게 의견을 구하려고 애타게 기다렸다.

"촉나라 요청을 어찌하면 좋겠소?"

"우호 맹약이 있는 한 수긍해야 합니다. 되도록 촉나라가 움직이게 만들고 오나라는 틈을 노리다가 마지막 순간 공명보다 한발 앞서 낙양에 입성하는 게 상책입니다."

"옳거니!"

손권은 기분 좋게 웃어젖혔다.

2

공명은 세 번째 기산 출병을 결행했다.

출병 동기는 진창을 지키던 장군 학소가 병환으로 중태라는 확실한 정보를 얻은 덕분이다.

학소는 낙양으로 급보를 전해 자기를 대신할 대장을 다시 한 번 요청했다.

"낙양에서 출발하면 너무 늦는다. 황제께는 나중에 아뢸 테니 당장 그대가 향하라."

장안에 있던 곽회는 장합에게 3000기를 내주어 즉시 진창성을 지원토록 움직였다.

아쉽게도 이미 때는 늦었다. 학소는 이 세상 사람이 아니었고, 진창은 함락되었다.

어떻게 그리 신속했는가? 공명의 습격을 쉴 새 없이 전하던 무리는 사실 강유와 위연 등이 이끄는 군사였을 뿐 공명 본군은 훨씬 이전에 은밀히 한중을 출발한 상태였다. 공명은 세상 이목을 끌기 전에 지름길로 진창성 후문에 다다랐고 한밤중에 세작을 풀어 성안에 불을 지른 뒤 혼란을 틈타 눈사태처럼 몰려 들어간 것이다.

그러니 아군 강유나 위연이 입성했을 때는 성을 함락시킨 뒤였다. 위나라 장합이 아무리 서둘러 구원하러 왔더라도 도저히 제때에 도착할 수는 없었으리라.

"승상이 세운 신묘한 계책은 언제나 두려울 정도지만 이처럼 번개 같은 공격은 저희도 처음 봤습니다."

강유와 위연 등은 입성하여 공명이 타는 사륜거를 보더니 진심을 담아 말하며 머리를 조아렸다.

공명은 함락된 성을 세세하게 시찰하더니 병사들에게 불 속에서 죽은 학소 시체를 찾게 한 뒤 극진히 장사 지냈다.

"저자는 적이지만 그 충혼은 참으로 훌륭하다. 죽는다 해도 허무하게 잊힐 사람이 아니다."

공명은 두 장수에게 명하는 것도 잊지 않았다.

"이 성을 함락했지만 두 사람 다 갑옷은 벗지 마라. 즉시 이 앞에 있는 산관(散關)을 향해 달려라. 때를 놓치면 위나라 병사들로 가득 차 제2의 진창이 될 터."

강유와 위연은 삼가 명을 받들어 숨 돌릴 틈도 없이 산관으로 발길을 재촉했다.

다행히 산관은 허술했다.

해서 어렵지 않게 점령했지만 촉나라 깃발을 내건 지 겨우 반나절도 지나지 않아 사기충천한 위군이 함성을 지르며 역습해 왔다.

"맙소사, 승상의 선견지명이 적중했구나. 위나라 대군이 벌써 들이닥친 모양이다."

망루에 올라 내다보니 일찍부터 위나라 명장이라 소문난 '좌장군 장합' 깃발이 군사들 사이에서 전의에 가득 차 또렷하게 펄럭이는 게 눈에 띄었다.

그러나 도착해보니 산관마저 촉군에게 빼앗긴 상황이어서 장합 군은 적잖이 실망한 듯 번개같이 뒤돌아갔다.

"쫓아가 무찔러라!"

촉나라 군사들이 산관을 나와 득달같이 추격하기 시작했다. 그 탓에 장합 군대는 다소 타격을 입었을 뿐 아니라 허무하게 장안으로 패주했다.

"이쪽 상황은 일단 안정되었습니다."

강유와 위연은 부리나케 공명에게 전황을 전했다.

"좋다, 때가 됐다."

공명은 그 소식을 듣더니 마침내 모든 병력을 이끌고 진창에서 야곡으로 진격하여 건위(建威)를 공격해 빼앗은 뒤 기산으로 말을 몰았다.

기산은 두 번이나 싸운 옛 전장이다. 게다가 촉군은 두 번 다 전세가 불리해져 퇴각해야 했다. 분명 공명에게는 사무치는 통한이 섞인 땅이다. 공명은 유막에 장성을 모아 알렸다.

"위나라는 두 번이나 승리를 맛보았으니 이번에도 전례를 따르며 내가 옹군(雍郡)과 미군(郿郡)을 엿볼 것이라 믿고 두 곳을 굳게 지킬 터. 허니 나는 창끝을 돌려 음평(陰平)과 무도(武都) 두 군(郡)을 급습하겠다."

공명이 펼치는 작전은 음평군과 무도군을 점령해 적의 세력을 그 방면으로 분산시키려는 것이었으리라. 허나 적의 병력을 나누려면 아군도 군사를 분산해야 했다. 그 작전을 위해 파병한 촉군 병력은 왕평이 이끄는 1만 기와 강유가 지휘하는 1만 기, 합하여 2만 기다.

3

장안으로 철수한 장합이 올리는 보고와 공명이 기산으로 출진했다는 소식을 전해 들은 곽회는 소스라치게 놀랐다.

"음, 촉군은 다시 옹군과 미군을 공격할 터. 장합, 그대가 이 장안을 지켜라. 나는 미성을 지키고 옹성으로는 손례를 보내 방비하겠다."

곽회는 당장 병사를 둘로 나누어 미성으로 화급히 출발했다.

장합은 잇따라 파발을 보내 기산 일대에서 벌어지는 전황을 낙양에 고하며 청했다.

"계속 많은 병사와 군마를 내려주십시오. 그리하지 않으면 어찌 될지 알 수 없습니다."

위나라 조정은 여간 당황한 게 아니다. 이미 오나라 손권이 제왕 자리에 올랐다는 소식이 알려졌고 곧이어 촉오 간 특사 교환이 있을 예정이며 촉나라 요청에 따라 무창의 육손이 대병력을 갖추고 당장이라도 위나라로 돌격하기 위한 분위기가 무르익었다는 등 위나라에게는 불안하기 짝이 없는 정보가 마구 쏟아져 들어온 탓이다.

촉나라는 강적이다. 오나라도 만만찮은 상대다. 이리되면 어느 쪽에 중점을 두어야 하는가? 위나라 조정에서 군사 방침을 정하기 위한 회의는 분분히 논의로만 끝난 채 실질적인 방책을 찾지 못했다.

"사마의에게 자문할 수밖에 없다."

지위가 높은 장수나 경험이 풍부한 장수가 아무리 많아도 위제는 다시 중달을 의지해야 했다.

"속히 조정에 들라."

부르기만 하면 언제나 고분고분 응하는 사마의건만 궐하(闕下)에 엎드려서도 이 무렵에 일어난 사태는 금시초문이라는 표정이다.

"폐하, 망설이실 만한 사안이 아닙니다."

그러고는 언제나처럼 실타래를 풀 듯 술술 답했다.

"공명이 오나라를 부추기려는 작전은 당연합니다. 오나라가 공명에게 응하는 건 수교를 맺었으니 응당 해야 하는 일입니다. 허나 오나라에서는 육손이라는 위인이 군권을 쥐고 지휘

합니다. 오나라가 앞장서 전력을 다하지 않더라도 조약 위배는 아니므로 공격한다 쳐도 그렇게 꾸미기만 할 뿐입니다. 병력을 준비만 하고 쉽사리 움직이지 않으면서 촉나라 공세와 위나라 수비를 견주어 기회만 엿볼 게 명약관화합니다. 그러니 오나라 전투태세는 허(虛)입니다. 촉나라 습격은 실(實)입니다. 실을 향해 온 힘을 기울이고 나중에 허를 처리하면 됩니다."

"옳거니."

듣고 보면 이리 분명한 일을 어찌 그리 갈피를 잡지 못했는가 싶어 위제는 무릎을 치며 탄식했다.

"경은 참으로 대장군다운 능력을 갖추었소. 경 외에 공명을 무찌를 인물은 없소이다."

찬탄하다 못한 위제는 그 자리에서 그만 사마의를 대도독에 봉하고 총병 인수까지 거두어 중달에게 하사하겠다고 칙령을 내렸다.

중달은 다시없이 난처한 표정을 지었다. 총병 인수는 전군 총사령관인 조진에게 있는 탓이다.

"칙명으로써 인수를 거둔다면 제가 송구스러우며 조진 장군 체면도 서지 않는 일이니 신이 가서 직접 받겠습니다."

중달은 차마 거역하지 못하고 칙명을 받든 뒤 장안으로 발걸음을 뗐다. 그러고는 부중(府中)에서 병환으로 자리에 누운 조진을 문병하며 이런저런 이야기를 한 뒤 본론을 꺼냈다.

"지금 오나라 육손과 촉나라 공명이 기회를 틈타 긴밀히 결탁하여 우리 국경으로 공격해 들어온 사실을 아십니까?"

"아아, 사태가 벌써?"

조진은 두 눈이 휘둥그레지며 통한에 찬 눈물을 머금었다.

"병든 몸이라 아무도 진실을 알려주지 않는구려."

"몸에 해롭습니다."

중달이 따뜻하게 위로했다.

"제가 힘이 되어드릴 테니 유막에서 벌어지는 일은 심려치 않는 편이 좋습니다."

"이리 몸져누웠으니 내게는 국가 대위기를 끝까지 구해낼 힘이 없소이다. 부디 그대가 내 자리를 물려받아 이 난국을 헤쳐 나가 주시오."

조진은 총병 인수를 꺼내더니 일어서서 사마의에게 직접 떠맡겼다. 사마의는 여러 번 사양했지만, 조진은 듣지 않았다.

"조정에는 후에 내가 아뢰겠소. 경에게는 허물을 씌우지 않으리다."

"정 그러시다면, 일단 맡아두겠습니다."

중달은 못 이기는 척 인수를 받아들었다.

사마중달이 계책에 빠지다

1

촉나라 제갈공명과 위나라 사마중달이 당당히 정면으로 대치하는 장관이 펼쳐진 곳은 건흥 7년 4월 여름, 기산 진영이 처음이다.

그때까지 벌인 전투에서 중달은 낙양에 머물 뿐 진두지휘에 나선 적은 없다. 전초전이던 가정에서 치른 전쟁에서는 직접 양평관까지 밀고 들어갔지만, 공명은 누각 위에서 거문고를 타다가 중달이 계책을 의심하여 퇴각하자마자 바람처럼 한중으로 돌아간지라 양쪽이 함께 진을 치고 건곤일척 승패를 겨루는 대항전은 당시에는 실현되지 않았다.

공명은 중달이 가진 비범함을 아는 사람이고 중달도 공명이 가진 큰 그릇을 정확히 인지했다.

이런 상황에서 진을 마주하게 된 것이다. 더욱이 사마의가 이끄는 군사 10만여 기는 해를 입지 않은 신예였으며 선봉에 선 장합도 백전을 겪은 웅장이다.

"보아하니 공명은 기산 세 곳에 진을 쳤고 정연히 세워놓은 깃발도 있소. 귀공들은 공명이 온 뒤로 전의를 시험해보았소?"

기산에 도착한 날 중달은 곽회와 손례 두 사람에게 물었다.

"친히 지휘를 내리신 뒤에 움직여야 한다고 판단했습니다. 장군께서 내려오시기를 학수고대하며 아직 한번도 싸우지 않았습니다."

"아, 공명은 속전속결을 원할 터. 적군조차 느긋하다면 다른 계책이 있다고 판단해야 하오. 농서 쪽 여러 군(郡)에서 올라오는 정보는?"

"다른 곳은 다 수비에 전념하는 듯합니다. 무도군과 음평군으로 보낸 연락병만이 돌아오지 않았습니다."

"역시…. 공명은 두 군을 공격하려는 게요. 귀공들은 지름길로 즉시 무도와 음평을 구하러 말을 내달리시오. 그곳 수비를 굳건히 한 후 기산 후방으로 나가시오."

곽회와 손례는 그날 밤 곧바로 병사 수천을 이끌고 농서로 뻗은 샛길을 우회했다.

두 사람은 도중에 말 위에서 이런저런 대화를 나누었다.

"귀공은 공명과 중달 중에서 누가 더 뛰어난 영재라 생각하시오?"

"글쎄올시다. 어느 쪽이라 단언할 수는 없지만, 적이라 해도 공명이 조금 더 뛰어나지 않을까 싶소만."

"음, 이번 작전은 공명보다 중달 쪽이 예리하게 본 듯하오. 우리가 기산 뒤를 치면 공명도 허둥지둥할 거요."

밤이 샐 무렵.

선두를 달리던 병사와 말이 갑자기 소란을 피우기에 무슨 일인가 살피니 산속 소나무 숲 가운데 '한의 승상 제갈량'이라고 내세운 커다란 깃발이 펄럭였고 안개인가 군마인가 싶은 무리가 산 위에서 자욱하게 쏟아져 내려오는 게 아닌가.

"앗, 이상하다."

허둥대는 사이에 산포(山砲)가 1발 울렸다. 그 포성을 신호로 주변 일대 산에서 꽹과리와 북소리가 울렸고 곽회와 손례 휘하 군사 4000~5000명은 단번에 포위되었다.

"간밤에 찾아온 길손이구나. 더 나아가도 부질없다. 농서 쪽 두 군은 함락되어 우리 손에 떨어졌으니 너희도 무익한 전투는 멈추고 내 앞으로 투구를 던져라."

공명은 사륜거 위에서 소리쳤고 앞뒤에 선 장수들이 몰려드는 적을 물리치며 곽회와 손례를 향해 수레를 끌었다.

"옳거니, 이 눈으로 공명을 본 이상 놓쳐서야 되겠는가?"

두 장수는 포효하며 앞장서서 피바람 속으로 달려 들어갔지만, 왕평과 강유가 이끄는 군사에게 저지당한데다 아군마저 적군 손에 점점 줄어갔다.

"이젠 어쩔 도리가 없다."

곽회와 손례는 정신없이 도망쳤다.

"기다려라! 촉나라 장포가 있다는 걸 모르느냐? 이 장포 얼굴을 보지 않고 돌아가는 것만 한 불행이 어덦느냐?"

쫓아온 장수는 이름을 밝힌 대로 장비 아들 장포다. 허나 적이 워낙 마구잡이로 도망쳤고 장포도 무턱대고 추격해 솔숲 근처 돌부리에 본인이 탄 말이 걸려 넘어지는 순간 말과 함께 골짜기 밑으로 굴러떨어졌다.

"악! 장포 장군이 골짜기에 떨어졌다."

뒤를 따르던 촉나라 병사는 그 모습을 보자 달아나는 적도
내팽개치고 계곡 아래로 떼를 지어 내려갔다. 불쌍한 장포는
돌부리에 머리를 부딪는 바람에 중상을 입고 개울가에서 까무
러쳤다.

2

곽회와 손례가 참담한 몰골로 도망쳐 돌아오자 중달은 부끄
러워하며 되레 두 사람에게 사과했다.

"이번에 겪은 실패는 귀공들이 저지른 죄가 아니오. 공명이
세운 지략이 나보다 뛰어나서요. 허나 이 중달에게도 승산은
있소이다. 귀공들은 옹군과 미군 두 성으로 병력을 나누어 굳
건히 지키시오."

사마의는 하루를 침묵했는데 이윽고 장합과 대릉(戴陵)을 불
러 지시했다.

"무도와 음평 두 성을 빼앗은 공명은 정책을 세우고 민심을
달래기 위해 분명 그쪽으로 향했을 터. 기산 본진에는 공명이
있는 듯 깃발이 펄럭이지만, 허세에 불과하오. 그대들은 각자
1만 기를 이끌고 오늘 밤 기산 본진을 측면에서 공격하시오.
나는 정면에 부딪혀 단번에 촉군 중핵을 쳐부수겠소."

장합은 미리 알아둔 샛길을 더듬으며 말에는 재갈을 물리고

병사는 가벼운 복장으로 민첩하게 내달려 이경(二更)에서 삼경(三更)에 걸쳐 기산 측면을 향해 멀리 우회했다.

가는 동안에는 우뚝 솟은 바위가 절경을 이루는 산속으로 난 비좁은 길뿐이다. 반쯤 가니 그 길조차 켜켜이 쌓은 땔나무나 목재, 수레 등으로 막혀 있는 게 아닌가. 진정 적이 만든 방어막일까?

"이까짓 방해물은 아랑곳하지 마라. 씩씩하게 밟고 넘어가 진격하라!"

장합이 격려하는데 돌연 사방에서 불길이 치솟으며 위군이 나아갈 진로를 위협해왔다.

"어리석은 자로다. 어리석은 사마의는 질리지도 않고 부하가 똑같은 패전을 되풀이하게 만드는구나. 똑똑히 보아라. 공명은 무도나 음평이 아니라 여기 있다."

산꼭대기에서 울려 퍼지는 음성은 바로 공명 목소리다. 장합이 분노하여 소리쳤다.

"우리 대국이 얼마나 무서운지 모르고 시도 때도 없이 국경을 넘는 산골짜기 필부 놈아! 꼼짝 마라!"

그러고는 낭떠러지나 다름없는 거친 길로 무리하게 말을 몰아 내달려 올라가려는데 산 위에서 한번 더 껄껄거리며 웃는 공명 목소리가 메아리쳤다.

"필부가 부리는 용기란 지금 네 모습을 두고 하는 말이렷다. 이걸 원하느냐?"

공명이 좌우에 하명하자마자 통나무와 바윗돌이 흘러내리듯 굴러떨어졌다.

장합이 탄 말은 다리가 꺾이며 풀썩 쓰러졌다. 장합은 예비해둔 말로 갈아타고 기슭을 향해 달아났지만, 아군 대릉이 적에게 겹겹이 포위됐다는 사실을 알고는 되돌아와 구해낸 뒤 마침내 오던 길로 접어들었다.

공명이 나중에 토로했다.

"옛날 당양에서 치른 격전에서 우리 군 장비가 장합과 막상막하의 선전을 펼쳐 당시에 위나라에는 장합이 있다며 당당하게 이름을 떨쳤는데, 오늘 밤 장합이 보인 태도를 보고 과연 근거 없는 소문이 아니었음을 알았다. 언젠가 장합은 촉나라가 방심할 수 없는 존재가 될 터. 기회가 생기면 반드시 베어야 할 해로운 적이다."

한편, 위나라 본진에서 비참한 퇴각 사실을 안 사마의가 이마에 손을 얹고 아연실색했다.

"이번에도 내 생각을 앞질렀단 말인가. 아, 공명은 참으로 신통하게 군사를 부리는구나. 평범한 사람의 생각을 초월했다."

적이라는 사실도 잊은 채 감탄할 뿐이다. 가슴 깊은 곳에서 '졌다'는 예감이 솟구쳤다.

"아무리 그렇다지만 공명도 사람이고 나도 사람이다. 천하의 사마의가 아무렴 이까짓 패배에 굴하겠느냐."

사마중달은 좌절감을 분연히 떨치고 마음을 가라앉힌 뒤 밤낮으로 머리를 쥐어짜며 다음 작전을 궁리, 또 궁리했다.

전초전에 해당하는 대첩을 두 번 치른 촉군은 사기가 오를 대로 올랐을 뿐 아니라 위군 측에서 풍부한 장비와 무기, 말 등 막대한 전리품도 얻었다. 허나 사마의가 부리는 군사는 그때를 마지막으로 쉽사리 움직이지 않았다.

공명도 하는 수 없이 진에 머무르며 보름쯤 보냈다.

"움직이는 적에게는 계책을 쓰기 쉬우나 미동도 하지 않는 적에게는 손쓸 수 없는 법. 이러는 동안 아군이 군수품을 운송하는데 차질을 빚고 군량이 고갈된다면 형세는 자연스럽게 역전될 것이다. 대체 어찌하면 좋은가?"

공명이 막막하고 원망스러운 얼굴로 여러 장군과 논의하는데 성도에서 칙사 비위가 내려왔다.

하늘이 피처럼 물들다

1

일찍이 가정에서 당한 패전에 대한 책임을 지고 공명은 승상 자리를 조정에 반납한 상태였다. 이번에 성도에서 보낸 조서는 바로 그 일을 논하며 다시 승상 임무를 맡으라는 은명(恩命)을 담은 것이다.

"나랏일을 아직 완수하지 못했고 그 뒤로 이렇다 할 만한 공도 없는데 어찌 승상 직책으로 돌아갈 수 있겠는가."

공명은 여전히 완고하게 사의를 표했다.

"그래서는 장수들 사기가 오르지 않습니다."

결국, 많은 사람이 거듭 권유하니 못 이겨 조정이 내린 명을 받든 뒤 성도로 돌아가는 칙사 비위를 배웅했다.

"일단 우리도 돌아가자."

그러고는 얼마 지나지 않아 돌연 한중으로 전군을 철수하라고 명했다.

적장 사마의는 이 소식을 듣자마자 오히려 경계를 늦추지 않왔다.

"추격하면 반드시 공명 계책에 휘말린다. 수비만 하고 함부로 움직이지 마라."

허나 장합 등의 무리는 좀이 쑤셨다.

"적은 군량이 궁해진 것입니다. 추격하여 섬멸할 기회는 지금밖에 없습니다."

"아니오. 한중은 작년에도 풍작이었고 올해도 보리는 알차게 여물어가오. 군량이 없다기보다 보급이 수고스러워 어려움을 겪을 뿐. 헤아리건대 공명이 직접 움직여 나를 움직이게 하려는 유인책이오. 당분간 척후 보고를 기다립시다."

중달은 여러 장수를 살살 달랬다.

정보가 잇따라 들어왔다.

"공명이 이끄는 대군은 30리를 나아간 다음 잠시 머무르고 있습니다."

그 뒤로 열흘이나 아무런 변화도 들려오지 않았다.

그러다 이윽고 보고를 받았다.

"촉나라 전군이 더 멀리 전진합니다."

사마의는 여러 장수에게 다시 한번 같은 말을 했다.

"보시오. 30리마다 계책을 엿보고 이변이 없는지 우려하며 우리가 추격하도록 유인하잖소? 위험천만하오. 공명이 원하는 대로 그 꾐에 넘어가지 마시오."

다음 날도 30리 후퇴했다는 정보가 들어왔고 이틀쯤 뒤에 다시 척후가 보고했다.

"촉군은 또 30리를 행군한 뒤 멈추었습니다."

유막에 있는 장수들이 관찰한 것과 사마의가 내놓는 견해는 상당히 달랐다. 장수들은 기를 쓰며 거듭 사마의를 재촉했다.

"공명이 후퇴하는 수법은 완보퇴군(緩步退軍) 계책입니다. 한편으로 퇴각하면서 한편으로 대치하는, 지극히 평범한 대신 지극히 손해가 없는 정석을 따를 뿐입니다. 이런데도 못 본 척 공격하지 않는다면 천하의 웃음거리가 될 것입니다."

이번에는 사마의도 조금 마음이 움직였다. 특히 장합은 온 힘을 다해 추격을 주장했다. 결국, 어쩔 수 없이 중달은 갑자기 생각을 바꿨다.

"그렇다면 그대는 가장 용맹한 군사들을 이끌고 추격하시오. 도중에 하룻밤을 야영하여 병사와 말을 충분히 휴식한 다음 맹렬하게 촉군 속으로 돌진하시오. 나도 강병을 선발하여 제2진으로 뒤따를 터."

장합이 이끄는 정예병 3만에 이어 중달이 지휘하는 중군 5000기가 시위를 떠난 활처럼 맹추격을 개시했다. 허나 하루는 걸음을 딱 멈추고 피로를 풀며 이튿날을 위한 기력을 회복하니 그 기개가 적을 집어삼킨 듯했다.

이런 변화를 최후방에 있는 척후병이 전하자 공명은 비로소 희미한 미소를 지었다. 군침을 머금고 학수고대하던 상황이다.

공명은 그날 밤 여러 장수를 모아 비장하게 훈시했다.

"이번 전투는 그 어느 때보다 중요하다. 촉나라 운명은 바로 내일 결정된다. 경들은 아군 한 사람이 적군 수십 명을 상대한다는 각오로 사활을 걸고 싸워라."

공명은 이어서 좌중을 둘러보았다.

"강적 배후로 우회하여 위군 뒤를 위협할 훌륭한 장수가 필요하다, 누가 좋겠는가? 이 필사적이고 험난한 임무에 뛰어들어 완수하겠다고 자청할 장군은 없는가."

2

묵묵부답이다. 이름을 대며 나서서 사지로 가겠다고 나서는 자가 없는 것이다.

그도 그럴 법했다. 공명이 대사에 임하는 장수는 지혜, 용기, 담력, 지략을 겸한 훌륭한 장수가 아니라면 쓰지 않겠다고 미리 못 박은 탓이다.

"……"

공명의 내리꽂는 시선은 위연 얼굴에 잠시간 멈췄다. 위연조차 고개를 떨구고 아무 말이 없었다.

그러자 왕평이 성큼 앞으로 나와 결연한 말투로 고했다.

"승상, 제가 가겠습니다."

"실패하면?"

공명은 부러 기쁜 내색을 보이지 않으며 반문했다.

왕평은 비장한 얼굴로 굳은 의지를 밝혔다.

"성공할지 실패할지는 생각지 않습니다. 방금 승상께서 이번 단판걸이야말로 촉나라 흥망과도 관련 있는 대사라 하셨으니 제 재주 없음을 돌아볼 새도 없이 이 한목숨 바쳐 나라에 보답하려는 것뿐입니다."

"그대는 평시에는 훌륭한 인재며 전시에는 충성스러운 장수다. 그 한마디로 됐다. 위나라 대군은 두 부대로 나뉘었으니 선봉 장합과 후방을 맡은 사마의 사이는 당연히 죽음의 땅 그 자체다. 내가 명하는 바는 그 사지로 들어가 싸우라는 무리한 병법이다. 이른바 목숨을 건 전투다. 그래도 가겠느냐?"

"기필코 가겠습니다."

"좋다. 부대를 하나 더 붙여주겠다. 왕평 부장으로서 나설 자는 없는가?"

"제게 명해주십시오."

"누구냐?"

"전군도독(前軍都督) 장익입니다."

"모처럼 나서주었지만, 부장 장합은 1만이 덤벼도 못 당하는 용맹한 장수다. 장익 그대는 상대가 되지 않는다."

그 말을 들은 장익은 억울하다는 듯 벌떡 일어섰다.

"승상께서는 무슨 서운한 말씀을 그리하십니까? 저라고 죽기 살기로 싸우면 두려울 상대가 어덨겠습니까? 만약 비겁한 짓을 한다면 후에 이 목을 베어주십시오."

"그렇게까지 말한다면야 바라는 대로 임무를 맡기겠다. 왕평과 장익은 각 1만 기를 이끌고 오늘 밤 안으로 은밀히 길을 되돌아가 도중에 있는 산속에 매복하라. 그러고는 내일 위나라 선봉군이 나를 추격하며 지나는 모습을 보면 사마의가 이끄는 제2진이 뒤따르기 전에 그 사이로 돌격하라. 그 사이다! 왕평은 장합 뒤를 치고 장익은 사마의가 나타난 초장에 달려들어 싸워라. 그다음은 달리 계책이 있으나 아군을 염두에 두지 말고 그곳만을 최후 전장이라 여기고 죽을 의지로 싸워라."

"예서 작별 인사드립니다."

명을 받은 두 장수는 공명 앞에 서서 넌지시 이승에서 마지막 하직을 고한 뒤 즉시 떠났다.

공명은 떠나는 두 사람의 뒷모습을 말끄러미 바라보았다. 그러고 나서는 곧바로 두 장수를 불러들였다.

"강유, 요화!"

각 3000기를 내주며 왕평과 장익 뒤를 쫓아 두 사람이 치를 전장이 될 만한 곳 근처 산에 올라 대기하라고 명했다.

두 사람이 떠나기 전에 비단 주머니를 건네는 것도 잊지 않았다. 일명 지혜 주머니다.

다음으로.

오반, 오의, 마충, 장억을 차례로 불러들였다.

"너희는 진의 정면에서 달려오는 적의 앞머리를 쳐라. 마치 단단한 벽처럼 막아 싸워야 한다. 허나 내일, 위군은 분명 필살 필승 용맹한 기세로 닥쳐올 것이니 무턱대고 버티기만 하면 끝까지 방어할 수 없다. 일진일퇴를 반복하여 완급을 조절하며 숨을 고르다가 관평 군이 돌격해 나오면 그때부터 비로소 총력을 올려 사활을 걸어라."

공명은 마지막으로 관흥에게 명령을 하달했다.

"관흥은 군사를 한 무리 이끌고 이 부근 산속에 숨어 있다가 내일 내가 산 위에서 붉은 기를 흔들면 단숨에 달려 나와 대적하라. 평소에 벌이던 전투라 생각해서는 아니 된다."

모든 명령을 내리고 작전을 정비하자 공명은 잠시간 눈을 붙인 뒤 어스름한 새벽 산 위로 올라갔다. 그날 아침, 구름이 낮게 깔리고 태양은 구름을 새빨갛게 물들이니 대지가 피에 젖기도 전이건만 하늘은 피처럼 붉디붉었다.

3

양쪽 군대가 결전에 임하는 기상이나 날카롭게 벼린 용맹함, 전장에 피어오르는 지세 등을 봐도 온종일 벌어진 그날 치른 격전은 촉나라와 위나라 간의 결정적 승부라 할 만했다.

촉나라 오반, 오의, 마충, 장억 등이 먼저 4개 진을 쳤다.

"올 테면 와봐라!"

모든 준비를 마치고 기다리던 차에 위군 3만을 이끄는 장합과 대릉은 갑옷 소매를 한번 스쳐 적을 무찌르겠다는 기세로 공격해 들어왔다.

때는 한여름이다.

일진일퇴하는 동안 사람과 말은 땀에 흠뻑 젖고 풀은 붉은 피로 물들어가며 절규가 하늘에 가득 차 흘렀다.

촉나라는 때로는 서두르고 때로는 느긋하게 20리쯤 밀려났고 결국 50리까지 뒤쫓겼다.

아침부터 급한 발걸음으로 추격을 계속한데다 공격 태세를 늦추지 않던 위나라는 작열하는 태양 아래 젖 먹던 힘까지 짜내어 싸우다가 지쳐 스러져갔다. 때는 해가 중천에 치솟는 오시(午時)에 가까웠다.

그러자 어느 봉우리에서 돌연 붉은 깃발이 펄럭였다.

공명이 내리는 대호령이다.

"지금인가."

기다리던 관흥 휘하 5000기는 질풍처럼 계곡에서 나와 위군 측면을 가열하게 파고들었다.

일단 후퇴했던 촉나라 네 부대도 즉시 되돌아와 장합과 대릉에게 대반격을 가했다.

처참한 피 구름과 안개가 눈앞에 보이는 산과 들에 가득 차 눈동자도 붉게 물들 지경이다.

시체가 산을 이루고 피가 강물이 되어 흘렀다. 군마마저 적군 말을 물어뜯으며 미친 듯이 싸웠다.

촉나라 측 손해도 엄청났지만, 위나라 정예군도 그 잠시간 끔찍이 공격당했다. 더욱이 촉나라 장익과 왕평 두 부대가 후방에서 돌아 나온지라 병사 3만이 남김없이 궤멸될 위기에 봉착하고 말았다.

그 자리에 위나라 주력군 사마의 본진이 도착했다.

촉나라 왕평과 장익은 애당초 자진하여 위험한 전장으로 뛰어든 장수였다.

"병사들이여, 조국을 위하여 목숨을 바쳐 싸우자!"

해서 각오했던 대로 새롭게 나타난 적을 향해 즉시 방향을 바꿔 달려들었다.

북이 울리고 절규가 터져 나와 천지를 뒤덮었고 붉은 피는 철벅거리며 말굽을 적시니 시체가 첩첩이 쌓여 하나둘 산을 이루어갔다.

"지금이야말로 주머니를!"

때마침 촉나라 강유와 요화는 공명이 건넨 비단 주머니를 열었다. 그 안에는 명령이 딱 한 줄 적혀 있었다.

너희 부대는 이곳을 버리고 사마의가 떠난 위수 쪽 위나라 본진을 쳐라.

강유와 요화가 이끄는 두 부대는 산을 오르고 봉우리를 넘어 위수를 향해 거꾸로 달렸다.

순간 사마의는 이 사실을 눈치채고 얼굴에 핏기가 가셨다.

"아, 장안으로 가는 길이 위험해진다!"

위군은 느닷없이 총퇴각을 명 받았다. 중달 휘하 주력군 아래 모든 군사가 눈앞에서 겪는 참패를 나 몰라라 내버리고 허둥지둥 위수를 수비하러 발걸음을 되돌렸다.

치열한 대전도 차차 끝나갔다.

밤이 이슥해지자 떠오른 달은 여전히 붉었고 풀 위에 엎어진 양쪽 군사 시체는 1만 구를 넘었다 전해진다.

"이겼다! 우리 군 승리다!"

위나라가 이구동성으로 소리쳤다. 촉나라도 질세라 외쳤다.

요컨대 손해는 비슷했다. 전력 면에서도 팽팽히 맞섰다 할 만했다.

허나 이 한 번의 전투에서 목이 베인 위나라 장수 수는 촉나라 이상이었으며 역사에 채 기록하지 못할 정도다.

직후에 촉나라도 슬픈 보고를 받았다. 부상을 입고 성도로 돌아갔던 장비 아들 장포의 죽음이다.

파상풍까지 일으켜 죽음에 이르렀다는 소식이 공명 손에 전해졌다.

"아아…, 장포도 떠났단 말인가…."

공명은 곡지통하다가 별안간 피를 토하며 혼절했다. 그 뒤 열흘이 지나 겨우 기운을 차렸지만, 그동안 쌓인 피로가 몰려왔는지 이전 같은 건강은 쉬 돌아오지 않았다.

"슬퍼하지 마라. 내 근심을 진영 안에 퍼뜨려서는 안 된다. 내가 병들었다는 사실을 중달이 아는 날에는 대대적으로 일어나 다시 추격할 터."

공명은 일침을 놓은 뒤 조용히 깃발을 거두고 한중으로 발걸음을 옮겼다. 나중에 그 사실을 안 중달은 기회를 잡지 못했음을 뼈저리게 후회했다.

"공명이 부리는 신묘한 계책은 도저히 사람 지혜로는 헤아리지 못한다."

그 후로 요해 수비를 더 굳건히 한 뒤 낙양으로 돌아가 자세한 사정을 위제에게 고했다. 그 무렵 공명도 오랜만에 성도로 돌아가 유선을 알현하고 승상부로 물러나 한동안 병을 추스르며 지냈다.

오랜 비

1

어느새 가을로 접어들었다.

위나라 조진이 오랜만에 조정에 모습을 나타냈다.

"국가가 다망한 가을이건만 오래도록 병으로 몸져누워 폐하 마음을 어지럽혔습니다. 이제 건강을 되찾은 만큼 다시 군사를 부리도록 윤허해주십시오."

그러고는 표를 올렸다.

가을이 되어 날은 시원하고 병마(兵馬)도 한가롭게 지내는데 풍문에 따르면 공명이 병을 앓아 한중에는 정예병이 없다고 합니다. 촉나라를 무찔러야 할 때는 바로 지금입니다. 위나라 국환을 지금 없애야 합니다.

위제는 시중 유엽(劉曄)에게 자문했다.

"촉나라를 토벌해야 할 것인가? 아니면 그만두어야 할 것인가?"

유엽은 바로 답했다.

"토벌하지 않으면 100년 동안 후회로 남을 것입니다."

유엽이 자택으로 돌아가자마자 조정 무인과 고관이 번갈아 들었다.

"이번 가을에야말로 대군을 일으켜 위나라 오랜 근심거리자 숙적인 촉나라를 쳐야 한다고 황제께서 말씀하셨다 들었습니다. 사실입니까?"

유엽은 일소에 부쳤다.

"그대들은 촉나라 산천이 얼마나 험준한지 모르는 듯하오. 촉나라를 과소평가하는 태도야말로 위나라 근심거리요. 이 점을 황제께서도 익히 아실 터. 어찌 그런 경거망동을 하여 이 이상 병사와 말에게 해를 입히기를 바라시겠소?"

유엽은 부정하며 냉수 먹고 속 차리라는 듯 대답했다.

양기(楊曁)라는 관리가 이 모순을 수상히 여겨 이번에는 위 제 조예에게 직접 물었다.

"촉나라 토벌은 중지하십니까?"

"그대는 일개 서생이다. 병법을 논할 상대가 아니다."

"음, 그러니까 유엽이 그런 바보 같은 전쟁은 하지 않을 것이라 말했습니다."

"유엽이?"

"예. 아무래도 유엽은 선제를 보필했던 모사였으니 모두 유엽이 하는 말을 믿는 눈칩니다."

"어찌 된 일인가…."

황제는 즉시 유엽을 불러들여 책망했다.

"지난번에는 짐에게 촉나라를 토벌해야 한다고 권하더니 궁궐 밖에서는 반대로 토벌해서는 안 된다고 주장했다는데 네 본심은 대체 무엇이냐?"

그러자 유엽은 빙긋이 웃으며 답했다.

"잘못 들으신 듯합니다. 신의 생각은 변하지 않았습니다. 험준한 촉나라 산과 강을 좌시하고 무모하게 병마를 내보낸다면 자진하여 국력을 소모하고 나라를 위기에 몰아넣는 일이 됩니다. 촉군이 공격해 온다면 어쩔 수 없으나 우리가 먼저 공격해서는 아니 됩니다. 지금 촉나라를 토벌해서는 아니 됩니다."

황제는 묘한 얼굴로 유엽이 말하는 대로 잠자코 들었다. 이윽고 이야기가 다른 방향으로 흐르자 옆에 서 있던 양기는 어디론가 조용히 물러났다.

양기가 자리를 뜨자 유엽은 소리를 한껏 낮추었다.

"폐하께서는 병법의 웅숭깊은 이치를 깨닫지 못하신 듯합니다. 촉나라를 치는 일은 중대사입니다. 어찌 한낱 양기나 궁중에서 일하는 인물에게 비밀을 몸소 누설하셨습니까?"

"아, 앞으로는 조심하겠소."

조예는 비로소 깨달았다.

그즈음 형주로 간 사마의가 돌아왔다. 사마의도 유엽과 의견이 대동소이했다. 한편, 사마의는 형주에서 오나라 쪽 동정만 살피고 돌아온 길이다.

"오나라는 촉나라를 도우려는 척하지만 언제나 조약에 따른 겉모습일 뿐 진심은 아닙니다."

사마의는 자기 견해를 재확인했다.

부르기를 80만, 실제로는 위나라 대군 40만이 촉나라와 접한 국경 검문관(劍門關)에 밀려든 건 불과 열 달 후로, 낙양 사람들까지 어안이 벙벙할 정도로 신속하고도 놀라운 대규모 행군이었다.

다행히 공명은 이미 병에서 회복한 상태였다.

'피를 토하며 혼절'할 정도라면 어지간한 중태거나 고칠 수 없는 병이라도 걸린 듯 들리지만 '피를 토하다'나 '혼절'이라는 말은 《삼국지연의》에 자주 등장하며 가장 놀랐을 때 쓰는 표현이다.

공명은 왕평과 장억을 불러들여 명했다.

"너희는 각 1000기를 이끌고 진창도 쪽 험준한 땅에서 위나라를 방어하라."

두 장수는 아연실색했다. 슬퍼하며 공포로 부르르 떨었다. 적병은 실제 인원 40만 대군이건만 불과 2000기로 어찌 막아내겠는가. 죽으러 가라는 말과 같다고 느껴졌다.

2

공명이 내리는 잔혹한 명령을 듣고 파리해진 얼굴로 승상의 무자비함을 원망하는 모습이니 공명은 직접 설명을 덧붙였다.

"요즈음 천문을 보면 태음(太陰, 달 – 옮긴이) 궤도가 필성(畢星, 황소자리 – 옮긴이)에 걸쳤으니 비가 내릴 기운이 아주 짙다.

분명 이달 안으로 10년 만에 큰비가 내릴 것이다. 위군 몇 십만 기가 검문관을 노려도 진창도가 자랑하는 한없이 거친 길과 험난한 지형에 큰비가 더해지면 도저히 진격하지 못할 터. 우리는 굳이 개고생 하지 않아도 된다. 너희가 이끄는 날쌘 병사들을 보낸 뒤 적군이 지치고 고단할 때를 보아 단숨에 대군을 이끌고 토벌하겠다. 나도 곧장 한중으로 갈 것이다."

"의심을 품어 면목이 없습니다. 즉시 출발하겠습니다."

왕평과 장억은 공명이 해주는 설명을 듣고서야 용감히 떨치고 일어나 진창도를 향해 걸음을 서둘렀다. 그러고는 몸이 가벼운 병사 2000명을 부려 긴 비를 견디기 위한 고지대를 고르고 달포 치 식량을 준비하여 진을 치고 머물렀다.

위나라 40만 기는 조진을 대사마(大司馬) 정서대도독(征西大都督)으로 받들고 사마의를 대장군 부도독, 유엽을 군사로 삼아 장관을 이루며 줄기차게 행군했다.

진창도로 들어서자 도처에 있는 마을이 예외 없이 불타버려 곡식 한 톨, 닭고기조차 구할 수 없었다.

"이 상황도 공명의 용의주도한 대비책일 것입니다. 참 얄미울 정도로 대비해놓았습니다."

대화를 주고받은 뒤 며칠 더 전진하는데 어느 날 사마의가 조진과 유엽에게 돌연 말을 꺼냈다.

"여기서부터는 진군하면 안 됩니다. 어젯밤 천문을 살피니 아무래도 가까운 시일 안에 큰비가 내릴 듯합니다."

"그렇소?"

조진과 유엽이 의심스러운 표정을 지었지만 사마의 말이기도 하고 혹시 모를 일을 고려해 그날부터 행군을 미뤘다.

대나무와 목재를 베어다가 급조하여 임시 움막을 짓고 수십 일쯤 진영 안에서 머무르니 오늘도 비, 다음 날도 비, 날이 밝아도 저물어도 비가 내리는 날이 이어졌다.

강우량도 입이 떡 벌어질 정도다. 수레가 떠내려갔음은 물론이고 말이 휩쓸려 가고 사람이 둥둥 떠다니며 무기도 식량도 물에 잠겼다. 당장 움막까지 침수되어 산 위로, 더 높은 곳으로 옮겨가는 형편이다.

게다가 길에는 싯누런 격류가 흐르고 낭떠러지는 폭포가 되어 쏟아지니 골짜기를 내려다보면 그 아래가 호수로 변해 있는 게 아닌가. 밤에도 거의 잠을 이룰 수 없었다.

큰비가 달포 동안 끊임없이 쏟아졌다. 병자와 물에 빠져 죽는 사람이 속출하고 군량이 동났으며 후방과는 연락도 끊어져 40만 군마는 물귀신이 될 지경이다.

이 사태가 낙양에 알려지자 위제의 가슴앓이도 이만저만이 아니다.

"비를 멈추어주옵소서."

제단을 만들어 하늘에 빌었건만 아무 효험도 없었다.

태위(太尉) 화흠, 성문교위(城門校尉) 양부, 산기황문시랑(散騎黃門侍郎) 왕숙(王肅)은 처음부터 출병을 반대하던 무리였으니 백성의 소리라며 황제에게 간언했다.

"조속히 철수 명령을 내리십시오."

조서가 진창에 도착했다.

그 무렵 간신히 비가 그쳤지만, 전군이 겪은 참상은 말로써

다 표현할 수 없을 정도다. 칙사가 통곡했고 조진과 유엽도 대성통곡했다.

사마의는 몹시 부끄러워하며 입을 열었다.

"하늘을 원망하기보다 제 불찰을 탓할 수밖에 없습니다. 이제는 철수하여 더는 병사를 잃지 않도록 하는 방도밖에 없습니다."

그러고는 물이 겨우 빠진 계곡마다 만일을 위해 후방군을 배치했고 퇴각하는 주력군도 두 갈래로 나누어 한 부대가 철수하면 그다음이 철수하는 방법으로 치밀하게 회군했다.

공명은 촉나라 주력군을 적파(赤坡)라는 곳으로 이끌고 나가 청명한 가을 하늘 아래서 기분 좋은 보고를 받았다.

"위나라 전군이 지칠 대로 지쳐 잇따라 철수합니다."

"추격하면 분명히 중달의 계략에 빠질 터. 이 천재지변 탓에 패배했으니 촉나라에 앙갚음을 해서라도 체면을 차리고 돌아가려 애쓰겠지. 필사적으로 싸우려는 자들을 나서서 쫓는 짓은 어리석다. 돌아가는 대로 내버려 두어라."

공명은 조금도 뜻을 바꾸지 않았다.

내기

1

위나라 모든 병력이 멀리 물러가자 공명은 대군을 8부(部)로 나눴다. 그러고는 기곡과 야곡 두 길로 전진하여 네 번째로 기산에 나가 대열을 정비하라고 명했다.

"장안으로 나가는 길은 다른 쪽으로도 몇 갈래나 있는데 승상께서는 어찌 기산으로만 출병하십니까?"

"기산은 장안의 목이다."

여러 장수가 묻자 공명이 일깨웠다.

"보아라, 농서 여러 군에서 장안으로 가려면 반드시 지나야 할 곳에 기산이 있다. 게다가 앞으로는 위수를 마주하고 뒤로는 야곡에 기대며 첩첩이 펼쳐진 산과 오르내리는 언덕, 아득한 골짜기가 갖춰진 자연환경은 더할 나위 없는 방패이자 벽이고 돌담이며 참호요 망루다. 오른쪽으로 들어가 왼쪽으로 나오는 병사들을 빠짐없이 관망할 수 있으니 이만한 전장은 거의 없다. 그러니 장안으로 향하기 위해서는 기산이 가진 지리적

이점을 차지해야 한다.”

“이제야 알겠습니다.”

사람들은 비로소 이해했다. 또 여러 번 고전을 거듭하면서도 이로운 지세를 의심하거나 장소를 바꾸지 않는 공명의 신념에 탄복했다.

그 무렵 위군은 가까스로 험난한 땅을 벗어나 멀리 퇴각하여 겨우 안도에 찬 한숨을 내쉬었다. 도처에 남기고 온 복병도 뒤따라와 보고했다.

“나흘쯤 숨었지만 촉군이 추격하는 기색이 없어 곧바로 철수했습니다.”

그 자리에서 이레쯤 머무르며 촉군 동정을 살폈지만 사람 그림자는 보이지 않았다.

조진은 사마의에게 조심스레 운을 떼었다.

“일전에 내린 오랜 비로 절벽 사이에 난 길과 다리도 무너지고 벼랑길도 산사태로 파묻혔을 테니 촉나라 병사도 쉽사리 움직일 수 없을 터. 결국 우리가 퇴각했다는 사실도 모르는 상황 아니겠나?”

“아닙니다. 그럴 리가 없습니다. 촉군은 반드시 추격할 것입니다.”

“어째서?”

“공명이 추격하지 않는 까닭은 우리가 남긴 복병이 두려워서입니다. 공명은 이 맑은 날씨를 보고 기산 방면으로 전진하는 중일 겝니다.”

“글쎄…. 그 의견에는 따르기 어렵군.”

"아닙니다. 공명은 기산으로 움직입니다. 전군을 두 갈래로 나누어 기곡과 야곡 양쪽 길로 말입니다."

"하하하. 과연 어떨지…."

"의심할 일이 아닙니다. 지금부터라도 기곡과 야곡으로 향하는 길에 급히 병사를 보내 매복시키면 공명이 기산으로 나오는 순간 공격할 수 있습니다."

사마의가 힘주어 설득했지만, 조진은 쉽사리 믿지 않았다. 도리어 조진은 자기주장을 굽히지 않았다.

"상식적으로 판단해도 공명이나 되는 자가 어리석고 우둔한 전술은 쓰지 않을 것이오. 전진할 정도라면 우리 퇴각은 절호의 기회니 추격을 거듭하여 이쪽으로 밀고 들어오는 게 당연하지 않소?"

"정 그러시다면 좋습니다. 이리하시지요."

사마의도 자기 가설을 고집하며 결국 이런 말을 꺼냈다.

"지금 장군과 제가 각각 두 부대를 편제하여 기곡과 야곡으로 나뉜 뒤 협로를 막고 공명이 지나기를 기다리는 것입니다. 만약 오늘부터 열흘이 지나도 공명이 나타나지 않으면 이 중달은 어떤 사과라도 달게 하겠습니다."

"어떤 방법으로?"

"이 얼굴에 분을 바르고 연지를 찍은 뒤 여인 옷을 입고 장군 앞에서 큰절을 올리겠습니다."

"그것참 재밌군."

"만약 장군 주장이 잘못됐다면 어찌하시겠습니까?"

"글쎄…."

"큰 내기니 한쪽만 벌칙을 받아서는 의미가 없습니다."

"만약 그대 주장이 맞는다면 나는 천자께서 내리신 옥띠와 명마를 그대에게 선물하겠네."

"감사합니다."

"인사는 이르오."

"받은 것이나 마찬가지입니다."

중달은 껄껄 웃어젖혔다.

그날 저녁 중달은 기산 동쪽에 해당하는 기곡으로 향했고 조진도 군사 한 무리를 이끌고 기산 서쪽에 해당하는 야곡 입구에 매복했다.

2

복병 임무는 싸울 때보다 훨씬 고통스럽다. 올지 안 올지 알 수 없는 적군에 대비하여 밤낮으로 꼼짝 않고 버텨야 하며 한 치의 방심도 용납하지 않는다. 화기는 쓸 수 없는데다 해충과 독사가 습격해도 몸을 움직이지 못하는 인내로 점철된다.

"이게 뭐하는 짓이야. 적은 오지도 않는데 며칠씩이나 힘만 빼다니…. 대체가 주장이나 되는 분이 쓸데없는 객기를 부려 내기 같은 걸 해가지고는 이 많은 병사를 멋대로 움직이는 것부터가 당치도 않는 일이지."

부장 하나가 분개하며 자기 부하에게 불평했다.

하필이면 진영을 시찰하던 사마의가 우연히 그 말을 들었다.

중달은 영내에 돌아가자마자 주변 사람들을 보내 그 부장을 탁상 앞으로 끌어 오라 명했다.

"방금 불평을 토로하던 게 네놈이렸다."

"아닙니다. 불평 같은 건…."

"그 입 다물라. 내 귀로 똑똑히 들었다."

"…."

부장은 겁에 질려 침묵했다.

사마의는 정색하며 설명했다.

"내기하기 위해 병사를 움직였다고 너는 곡해한 모양이지만 이 내기는 상관인 조진 장군을 북돋우기 위해서일 뿐 위나라 원수 되는 촉나라를 막으려는 바람 말고는 아무 사심도 없다. 만약 이기면 너희 공을 숨김없이 폐하께 진언하여 우리 위나라에 굴러온 복을 함께 나누며 기뻐할 생각이다. 그렇거늘 함부로 윗사람 언행을 비판하고 더군다나 부하에게 원성을 높여 사기를 떨어트리다니, 이 무슨 얼토당토아니한 짓이냐?"

그러고는 즉시 목을 치라 명했다.

조금은 부장과 같은 마음을 품었던 병사도 있었으니 그 목이 진문에 내걸린 모습을 본 여러 장수는 간담이 서늘하여 한층 마음을 다잡고 매복이 주는 고통을 견디며 공명 군이 오기만을 이제나저제나 기다렸다.

마침 촉나라 위연, 장억, 진식(陳式), 두경(杜瓊) 네 장수가 이끄는 2만여 기가 위군이 매복한 길로 접어들었는데 야곡을 향해 별도로 행군 중이던 공명이 바로 그때 적절한 연락을 했다.

"승상께서 기곡을 지나는 자들은 모쪼록 복병을 조심하여 한

걸음이라도 소홀히 전진하지 마라며 주의를 주셨습니다."

사자는 등지다. 이 말을 들은 장수는 위연과 진식이었는데 또 그 신중한 의심이 시작되었다고 일소에 부치며 입을 모았다.

"위군은 달포나 물에 잠겼다가 병자가 늘고 무기도 쓸모없어져 남김없이 퇴각했거늘 어찌 예까지 되돌아올 여력이 있겠소이까?"

"승상의 통찰력이 빗나간 적은 없소."

등지는 당연히 사신으로서 경고했지만, 위연은 여전히 농담하듯 비꼬았다.

"그토록 사리에 통달한 승상이라면 가정에서 그런 패배를 당하실 일도 없어야 하는 게 아니오?"

그러고는 덧붙였다.

"단숨에 기산으로 치고 나가 누구보다 먼저 진을 여봐란듯이 펴겠소이다. 그때 승상이 부끄러워할지 어떨지 그 얼굴을 그대도 한번 보시오."

등지는 이래저래 타일렀지만, 위연이 부리는 고집불통을 구제하기 어렵다 판단하고는 황급히 야곡 쪽으로 돌아가 공명에게 보고했다.

"분명 그럴 테지."

공명은 짐작이 들어맞았다는 듯 그다지 놀라지도 않았다.

"위연은 최근 나를 대수롭지 않게 본다. 위나라와 몇 번이나 전쟁을 벌였건만 제대로 승리를 맛보지 못했으니 점점 내게 정나미가 떨어졌을 터. 하는 수 없다."

그러고는 자기 부덕을 탓하며 한탄했다.

"옛날 선제께서도 말씀하셨다. 위연은 용맹하지만, 반골 기질이 있는 무사라고…. 나도 그 사실을 모르는 바는 아니나 위연이 가진 배짱이 아까워 어느덧 오늘에 이르렀다. 이제는 위연을 잘라내야겠구나…."

그러던 차에 파발이 막 도착했다.

"지난밤 기곡 쪽 길에서 최선봉으로 진격하던 진식이 적의 복병에게 포위되어 병사 5000명이 섬멸당하고 겨우 800명이 살아남았습니다. 뒤따르던 위연 부대도 위험합니다."

공명은 가볍게 혀를 찼다.

"등지, 서둘러 한번 더 기곡으로 가라. 누구보다 진식을 위로해주어라. 여차하면 처벌이 두려워 모반을 꾀할지 모른다."

공명은 맨 먼저 반역에 대한 대책을 마련했다.

3

등지를 사자로 보낸 뒤 공명은 한동안 미간을 좁힌 채 고심했다.

마침내 고요히 눈을 뜨고 명했다.

"마대, 왕평! 마충과 장악에게도 바로 오라고 전하라."

일동이 모이자 비책을 내린 뒤 재촉했다.

"각자, 당장 떠나라!"

관흥, 오의, 오반, 요화도 불러들여 각각에게 밀계를 명한 뒤 공명도 대군을 이끌고 당당히 전진했다.

한편, 위나라 대도독 조진은 야곡 방면 주요 길목에 나가 꼬박 이레를 매복하며 기다렸지만 촉군과는 마주치지도 못하자 슬슬 상황을 얕보았다.

"사마의와 한 내기는 벌써 내가 이겼구나."

조진의 관심사는 온통 촉군보다 사마의와 벌인 내기다. 아니, 본인의 속 좁은 오기와 체면에 사로잡혔다고 보는 편이 적절했으리라.

"내가 이기면 사마의가 얼마나 수치스러울까? 사마의가 얼굴에 분칠하고 여자 옷을 입고 사죄하는 꼴을 반드시 한번 봐야겠다."

이런 식으로 자기가 느낄 쾌감만 떠올렸다.

그러는 동안 약속했던 열흘이 가까워졌다. 그때 척후병이 보고했다.

"숫자는 파악하지 못했지만, 이 앞 골짜기에 언뜻언뜻 촉나라 병사가 보입니다."

"그렇고 그런 졸병이겠지."

조진은 진량(秦良)이라는 대장에게 5000여 기를 내주며 골짜기 입구를 봉쇄하라고 명했다.

"약속한 열흘이 되면 나는 내기에서 이긴다. 그러니 앞으로 이틀 정도는 깃발을 눕히고 북소리를 죽이며 그 길을 봉쇄만 하라."

진량은 명을 지켰지만 넓은 계곡을 들여다보자 주변 일대 산에서 물이 차오르듯 시시각각 촉나라 군마가 쑥쑥 불어났다. 얕볼 수 없는 기세다.

"큰일이다!"

황급히 자기 쪽에서도 엄청난 깃발을 올려 이쪽도 수비 태세를 갖추었다며 견고한 진용을 과시했다. 그러자 촉나라 병사는 그날 밤부터 이튿날에 걸쳐 잇따라 달아났다. 겁에 질려 길을 바꿨다고 생각한 진량은 쏜살같이 추격했다.

"어디 이 판도에서 벗어나느냐?"

계곡길을 누비며 5~6리나 달려 널찍한 안쪽 땅으로 나갔다. 허나 촉군은 땅으로 꺼졌는지 하늘로 솟았는지 그림자도 보이지 않았다. 진량은 한숨 돌리며 촉군을 비웃었다.

"뭐냐? 겉모습만 번지르르 꾸미고 와서는 허세만도 못한 얼뜨기 군대구나."

그 말이 채 끝나기도 전이다. 일순간 사방에서 함성이 터져 나왔다. 빠른 북소리가 땅을 울리고 거센 화살이 바람을 가르며 진량 군 5000명을 새까맣게 뒤덮어 오는 게 아닌가.

말굽에서 이는 흙먼지와 함께 다가오는 깃발 주인은 촉나라 오반이고 관흥이며 요화였다.

위나라 병사는 간담이 서늘하여 사방팔방으로 흩어졌지만, 그곳은 산속이고 도망쳐 달려 나가는 길은 빠짐없이 촉군으로 가득 찬 상태였다. 진량은 포위망을 뚫고 한쪽으로 도망치려 용썼지만 추격해 온 요화가 휘두르는 단칼에 숨이 끊어졌다.

"항복하는 놈은 살려준다. 투구를 버리고 갑옷을 던져라."

높은 곳에서 사람 소리가 났다. 공명과 장수들이다. 눈 깜짝할 사이에 위나라 병사가 버린 무기와 깃발이 산처럼 쌓여갔다. 위나라 병사는 순순히 처분을 기다렸다.

공명은 시체는 골짜기에 버리라 명하면서 위나라 병사들이 입는 갑옷이나 깃발은 따로 챙겨 아군이 갖추도록 명했다. 적의 물품으로 전군을 위장하기 위해서다.

그런 줄도 모르고 조진은 나중에 진량 부하라고 칭한 연락병에게 보고를 들었다.

"어제 골짜기에서 얼쩡거리던 적은 기발한 계책으로 전멸시켰으니 안심하십시오."

그 뒤로 얼마 후.

사마의도 사자를 보냈다. 이번에는 진짜다. 사자가 구두로 전했다.

"기곡에는 이미 촉군 선봉장 진식이 이끄는 4000~5000기가 나타나 모조리 섬멸했습니다. 장군 쪽은 어떠십니까?"

조진이 거짓으로 답했다.

"우리 쪽은 촉군이라고는 개미 새끼 1마리 보이지 않는다. 내기는 내가 이겼다고 사마의에게 전하라."

4

이윽고 열흘째 날이 밝아왔다.

"사마의는 내기에서 지는 게 괴로워 그따위 보고를 했지만, 기곡 방면에 정말 촉군이 출몰했는지 여부는 아무도 모르는 일 아닌가. 어떻게든 내기에 지게 만들어 화장하고 여인네 옷을 입은 사마의가 사과하는 모습을 봐야겠다."

조진은 막료에게 말하며 여전히 흥에 겨워했다.

그러던 차에 북과 나발 소리가 들리자 무슨 일인가 싶어 진영 앞에 나와 보니 아군 진량 군대가 깃발을 가지런히 세우고 조용히 다가오는 게 아닌가.

"방금 돌아왔습니다."

회군을 보고하듯 저 멀리서 팔을 흔들며 신호했다.

조진은 한 치 의심도 없이 똑같이 손을 들어 진량 군을 맞이했다. 헌데 수십 걸음 앞까지 다가오자 아군인 줄로만 알았던 그 군대가 일제히 창끝을 모으고 돌격하기 시작했다.

"저놈이 대도독 조진이다! 조진을 놓치지 마라!"

조진은 기겁하여 진영 안으로 굴러 들어갔다. 거의 동시에 진중에서도 맹렬한 불길이 치솟았다. 앞에서는 관흥, 요화, 오반, 오의가 뒤에서는 마대, 왕평, 마충, 장익이 빠른 북을 울리며 불길과 함께 숨통을 조여왔다.

그 무참함이란⋯. 살가죽이 타는 냄새, 아군이 아군을 짓밟으며 내지르는 절규, 대비는커녕 지휘도 없으니 총대장 조진의 생사조차 모를 정도였다.

제 몸 하나만 간신히 건사하며 조진은 말 등을 붙들고 채찍이 부러져라 바삐 달아났다.

촉군은 놓치지 않았다.

"저놈을 잡아라, 저놈을 쏴라!"

사냥하듯 사정없이 뒤쫓았다. 허나 조진은 목숨을 가까스로 건졌다. 돌연히 산 한쪽에서 달려 내려온 신비한 군사 한 무리가 도운 덕분이다. 나중에 정신이 들어 둘러보니 사마의 군 호위를 받은 게 아닌가.

"대도독, 어찌 되신 겝니까?"

조진이 얄미운 중달은 놀리듯이 조진을 문병했다. 조진은 면목이 없다는 듯 답했다.

"기곡에 있어야 할 그대가 대체 내가 위급하다는 사실을 어찌 알고 구하러 왔는가? 꿈만 같아서 도무지 뭐가 뭔지 도통 모르겠네…."

"잘 아시지 않습니까? 반드시 촉군이 오리라는 사실을요…."

"내가 잘못했소. 내기는 영락없이 내가 졌소이다."

"내기 승패야 아무려면 어떻습니까? 제가 사자를 보냈을 때 야곡 쪽에는 아무 이상도 없고 촉나라 병사도 보이지 않는다고 말씀하셨다 하니 안 되겠구나, 진심으로 하신 말씀이라면 사달이 나겠구나 싶어서 부랴부랴 길도 없는 산을 가로로 넘어 구하러 달려왔습니다."

"아, 옥띠와 명마는 그대에게 기꺼이 내주겠네. 이제 이 일은 더는 언급하지 말게."

"장군도 내기는 개의치 마십시오. 옥띠와 명마도 받을 수 없습니다. 그보다 나랏일을 근심하여주십시오."

조진은 몹시 부끄러웠다. 그러고는 얼마 후 위수 기슭으로 진지를 옮겼는데 수치심에 시달리다 병을 얻어 진두에 모습을 보이지 않았다.

말하자면 신랄한 중달의 혀가 사람 좋은 조진을 끝내 병들게 했다고도 볼 수 있다. 중달의 빈정거림과 신랄함은 때때로 사람을 정곡으로 찌르는 면이 있었다. 공명은 마침내 예정대로 기산에 진을 쳤다. 모든 군사를 위로하고 상벌을 명확히 내리니 이로써 전군이 무사한 듯 보였지만 공명은 일찍이 불거진 문젯거리를 불문에 부치지 않았다.

진식과 위연이 불려 나왔다.

공명은 엄숙하게 죄를 물었다.

"등지를 사자로 보내 적의 복병을 경계하라고 단단히 일렀거늘 내 명을 가벼이 여겨 대군을 잃다니, 이 어찌 된 일이냐?"

진식은 위연에게 허물을 씌우고 위연은 진식에게 죄를 떠밀었다. 공명은 양쪽 모두가 하는 변명을 귀담아들었다.

"진식이 목숨을 부지하며 얼마간 병사라도 남길 수 있었던 까닭은 위연이 제2진에서 지원한 덕분이 아니냐? 에잇, 이 비겁한 놈!"

공명은 진식을 큰소리로 꾸짖으며 즉시 목을 그었다.

그래도 위연에게는 책임을 묻지 않았다. 반골 기질이 있는 사내라는 사실을 알면서도 살려둔 까닭은 국운이 중대한 기로에 있음을 돌아보며 그 무용을 이용할 날이 더 많을 것이라 여긴 탓이리라. 사실 그 고충을 감내해야 할 만큼 촉나라는 위나라와 비교하여 훌륭한 장수가 적었다.

공명, 팔진을 펼치다

1

위나라는 위수를 마주했다. 촉나라는 기산을 뒤로했다. 마주하여 진을 친 채 가을을 맞이했다.

"조진이 앓는 병세는 중태인 듯하구나…."

어느 날 공명은 적진을 보며 중얼거렸다.

야곡에서 패하고 물러난 뒤로 위나라 대도독 조진이 몸져누웠다는 풍문은 이미 촉나라 진영에도 파다했다.

곁에 있던 사람이 묻자 자못 궁금한지 물었다.

"어떻게 조진이 중태라는 사실을 아십니까?"

"병이 가벼웠다면 장안까지 돌아갔을 게다. 지금까지 위수 진영에 머무르는 까닭은 그 병이 무겁거니와 사기에 영향을 미칠까 두려워 적군과 아군 모두에게 비밀로 한 탓이다."

공명은 말을 이었다.

"내 판단이 적중했다면 조진은 분명 열흘 안에 죽으리라. 시험 삼아 의중을 한번 떠보자."

공명은 조진 앞으로 쓴 전서(戰書, 도전장 - 옮긴이)를 사자에게 맡겨 조진 진영으로 띄웠다. 그 글은 격앙된 문장이었다고 한다.

이렇다 할 답이 없었다. 감감무소식이다. 그로부터 불과 이레 뒤, 검은 천에 싸인 상여, 백기와 번을 세운 엄숙한 병사들 행렬이 슬픔으로 가득한 기마대 보호를 받으며 은밀히 장안 쪽으로 멀어졌다는 척후병 보고가 촉나라 진영에 들려왔다.

"아, 조진이 이 세상을 떠났구나…."

공명이 단언했다. 그러고는 모든 병사에게 경고했다.

"위나라는 머지않아 지금까지 본 적 없는 맹렬한 군용을 갖추고 공격해 오리라. 꿈에서라도 방심하지 마라."

한편, 위나라에는 이런 말이 퍼졌다.

"공명이 편지를 써서 붓으로 조진을 죽였다."

실제로 중병을 앓던 조진은 공명이 띄운 전서를 읽는 순간 극도로 흥분하여 병세가 악화되는 바람에 머지않아 숨을 거두었다.

이 소식이 위나라 궁중에 들리자 위제와 일족은 분노에 휩싸였다. 촉나라에 대한 적개심은 현지 우두머리인 사마의에게 보내는 격려와 독촉으로 변했고 하루빨리 원한을 갚으라는 조정 명령이 잇따라 진중에 떨어졌다.

중달은 일전에 받은 전서에 대한 답장을 공명에게 띄웠다.

조진 장군은 세상을 떠났지만 사마의가 있다. 군장(軍葬)은 어제 끝났다. 내일은 출격하여 마음껏 싸우겠다.

공명은 흘끗 보고는 빙그레 웃었다.

"기다리겠다고 전하라."

답장은 쓰지 않고 구두로 전하라며 적의 사자를 돌려보냈다.

기산 산세는 높고 위수는 유유히 흘렀다.

때는 8월 가을, 양쪽 군대는 드넓은 천지에 진을 펼쳤다.

강을 사이에 끼고 활을 쏘며 교전하다가 결국 양쪽 모두 북과 나발을 불며 맞붙는 순간 위나라 진영 문이 열리더니 사마의를 중심으로 여러 대장을 앞세운 한 무리가 물가까지 나오는 게 아닌가.

때를 같이하여 공명도 촉군을 나누어 사륜거에 앉아 백우선을 들고 바싹 다가와 그 모습을 적에게 보였다.

사마의가 우렁찬 목소리로 외쳤다.

"남양에서 한낱 농사꾼으로 지내던 사람이 제 분수를 모르고 하늘이 정한 운수도 분간하지 못해 함부로 전쟁을 벌여 우리의 평화로운 백성을 밥 먹듯이 고통으로 몰아넣는구나. 이제라도 현실을 깨닫지 못하면 네 썩은 송장은 하루아침에 기산에 사는 금수가 기뻐 날뛸 먹잇감이 되리라."

"허허, 중달 아닌가. 일찍이 위나라 서고에 살며 고작 병서 끄트머리나 갉아먹던 쥐새끼 관리가 오늘은 투구를 쓰고 진영 앞에 서서 일장연설을 늘어놓는 꼴이라니…. 실소를 금치 못하겠구나. 나는 선제로부터 어린 폐하를 보살피라는 유조를 받들었으니 위나라와는 같은 하늘 아래 더불어 살 수 없다. 지금까지 따뜻한 옷을 삼가고 배부른 음식을 등지며 꿈에서도 병마를 훈련한 까닭은 오로지 나라를 배반한 역적 죄인을 죽이고 천하에 영원불변한 한조의 본모습을 되돌리겠다는 희망을 품은 탓이다. 네놈처럼 일신을 위한 영작만을 다투며 명예와 이익을 위해 전쟁을 즐기는 것들과는 엄연히 다르다. 그러니 나는 하늘이 내린 군사요 네놈은 악귀가 보낸 병사다. 네 자신을 돌아보아라, 부끄럽지 않으냐?"

"남양의 농투성이가 잘도 지껄이는구나. 자, 누가 옳은지 한번 겨뤄보자."

"그야 식은 죽 먹기다. 전투에는 안팎이 있다. 정법(正法)으로 싸울 테냐? 아니면 기법(奇法)을 쓸 테냐?"

"정법으로 정정당당히 싸우자."

"정법을 쓰는 전투에는 세 갈래가 있다. 대장끼리 싸우겠느냐? 아니면 진법을 겨루겠느냐? 그것도 아니라면 병사를 부리겠느냐?"

"진법으로 겨뤄보자."

"네가 진다면?"

"다시는 삼군을 지휘하지 않겠다. 만약 네놈이 진다면 너도 깨끗이 촉나라로 돌아가 두 번 다시 위나라와 접한 국경을 침범하지 않겠다고 약속하라."

2

"좋다. 맹세하겠다."

공명도 선언한 뒤 사마의를 재촉했다.

"너부터 진을 펴라."

중달은 말 머리를 돌려 중군으로 달려 들어가더니 누런 깃발을 흔들며 병사를 움직여 각 부대를 나누고 돌아왔다.

"공명, 지금 세운 진을 알겠느냐?"

"우습구나. 촉나라 병사는 대장이 아니어도 그 정도 진형은 안다. 혼원일기진(混元一氣陣)이구나."

"자, 너도 진을 펼쳐라. 이 몸이 직접 구경하겠다."

공명은 사륜거를 중군으로 되돌려 백우선으로 한번 손짓하더니 다시 사륜거를 밀고 나왔다.

"봤느냐, 중달."

"하하하, 꼭 어린애 장난 같구나. 지금 네가 친 진은 팔괘진(八卦陣)이다."

"깰 수 있겠느냐?"

"어려울 것도 없다."

"한번 덤벼보아라."

"이미 진의 구조를 아는데 어찌 깨뜨릴 방법을 모르겠느냐? 무쇠도 부수는 내 지휘를 두 눈 크게 뜨고 보아라."

중달은 즉시 대릉, 장호, 악침 세 대장을 불러 방법을 전수하며 엄히 명령했다.

"지금 공명이 친 진은 8개 문이 있다. 이름하여 휴(休), 생(生), 상(傷), 두(杜), 경(景), 사(死), 경(驚), 개(開)다. 8곳 가운데 개, 휴, 생 세 문은 길하다. 상, 두, 경(景), 사, 경(驚) 5문은 흉하다. 동쪽의 생문, 서쪽의 휴문, 북쪽의 개문 이 삼면으로 쳐들어가면 이 진은 반드시 무너지고 아군은 대승을 거둘 터. 갈팡질

꽝하지 말고 단단히 대비하여 이 방법대로 공격하라."

위나라 삼군은 일제히 북을 울리고 꽹과리를 쳐 사기를 북돋우며 팔진 속 길문(吉門)을 골라 맹렬한 공격을 시작했다. 허나 공명의 부채질 한 번 한 번은 8문 진에 기묘한 변화를 일으키니 아무리 공격해도 줄줄이 이어진 성벽을 둘러친 것처럼 안쪽 진영으로 파고들 틈이 보이지 않았다.

그사이 위군은 몇 번이나 이편저편으로 분열되었고 앞장서서 뛰어든 대릉과 악침 등 60여 기만이 촉나라 중군에 진입했지만 마치 회오리바람 속에 뛰어든 듯 참담한 안개만 자욱했다. 허둥대는 사이 여기저기에서 화살이 날아들자 아군은 비명을 지르며 소란을 피울 뿐 일사불란하게 움직이지 못했다.

그뿐 아니라 정신을 차렸을 때는 대릉과 악침 이하 60여 기는 사로잡힌 상태였다. 겹겹이 둘러싼 포위망이 점점 좁아져 무장 해제를 당할 처지가 아닌가.

공명은 사륜거에서 흘끗 보더니 입을 열었다.

"당연한 결과라 신기하지도 않다. 풀어주어 위군으로 돌려보내라. 너희는 사마의에게 똑똑히 전하라. 이런 변변찮은 병법으로 어찌 내 팔진을 깨겠느냐? 병서를 좀 더 읽고 학문을 깊이 익혀라."

악침과 대릉 등은 부끄러운 나머지 공명을 감히 올려다보지도 못했다.

공명은 이어서 덧붙였다.

"적군 1명이라도 우리 진영을 짓밟았으니 우리도 좋아할 일은 아니다. 적들의 목숨을 거두는 건 점잖지 않으니 이대로 그냥 돌려보내도 교훈을 얻지 못할 터. 포로 60여 명이 찬 칼과 갑옷을 앗아 벌거숭이로 만든 뒤 얼굴에 먹을 칠해 진영 앞에서 떠들썩하게 놀려준 후 방면하라.”

사마의는 무사 귀환한 부하 모습을 보자 불같이 화가 치밀었다. 악침과 대릉이 당한 수모는 한마디로 말하면 자기를 향한 조롱이다.

“내가 예까지 나와 일부러 가벼운 전투에서 얻을 수 있는 작은 승리를 바라지 않고 오랫동안 참고 견디며 이제야 공명을 만났건만 이런 치욕을 당하고 무슨 면목으로 위나라 백성을 마주하겠느냐? 이제부터는 몸뿐 아니라 목숨을 버릴 각오로 싸워라! 그 수밖에는 없다!”

사마의는 몸소 검을 뽑아 좌우 100여 기 대장을 독려하고 휘하 수만 병력을 한데 모으더니 태산이 울부짖으며 무너지듯 총공세를 펴고자 촉군을 향해 출발했다.

그때 생각지도 못한 뒤편에서 아군이라고 믿을 수 없는 우렁찬 함성과 공격을 알리는 북소리가 들려왔다. 돌아보니 자욱한 모래바람 속에서 이쪽을 향해 밀어닥치는 두 군대가 있었다.

“아뿔싸!”

중달은 절규하며 부리나케 지휘 방향을 바꿨지만 이미 맹렬한 우레 소리가 위나라 후방을 덮쳐오는 게 아닌가. 어느새 우회해 들어온 촉나라 강유와 관흥 두 장수가 힘찬 함성을 터트리며 다가온 것이다.

아궁이

1

이때 벌인 대격돌에서 사마의는 일패도지 고배를 마시고 막무가내로 쫓겨 갔다. 위군은 막대한 손실을 입었다. 해서 그 뒤로는 위수에 세운 진영만 굳게 지키며 다시 숨을 죽였다.

공명은 근거지인 기산으로 병사를 거두었지만, 오히려 전군을 다잡았다.

"승전에 자만하지 마라!"

마침내 본래 목표를 위해 장안과 낙양으로 진격하여 한조 통일이라는 대업을 이루겠다며 단단히 벼렀건만 뜻밖에도 군중에서 벌어진 사소한 사건이 엄청난 차질을 빚었다.

후방에서 군수품을 생산하는 일과 수송에 힘쓰던 이엄이 영안성(永安城)에서 전선으로 군량을 보냈다. 책임자는 도위(都尉) 구안(苟安)이라는 사내였는데 술을 좋아했는지라 도중에 술타령으로 상당한 날을 지체하여 기한보다 열흘쯤이나 늦게 기산에 도착했다.

"거참, 어찌 변명을 하누…."

구안은 당연히 불호령이 떨어질 일을 두려워하며 오는 내내 궁리한 모양이다. 공명 앞에 나가자 천연덕스럽게 고했다.

"오는 도중 위수를 사이에 두고 큰 전투가 벌어졌다는 소식을 듣고 혹시라도 소중한 군량을 적에게 빼앗기면 낭패라고 판단해 일부러 산속에 틀어박혀 싸움이 끝나기를 기다렸다가 나왔습니다. 그 바람에…."

공명은 끝까지 듣지도 않고 소리쳐 꾸짖었다.

"군량은 전투를 위한 양식이다. 수송도 전투다. 그런데도 전투를 보고 포기하는 짓은 엄청난 과실이다. 하물며 네 변명은 거짓에 지나지 않는다. 네놈 행색은 산과 들에 숨어 비를 피하며 지낸 탓이 아니라 술기운에 풀어진 것이다. 수송에 관한 군율을 기억하는가! 사흘 늦으면 감옥에 가두고 닷새 늦으면 목을 베야 한다는 말은 일찍이 알려진 대로다. 이제 와 말을 꾸며도 부질없다."

구안은 곧바로 형을 집행하는 무사들에게 넘겨졌다. 장사 양의는 구안의 목이 잘릴 처지에 놓였다는 소식을 듣고 황급히 달려와 공명에게 간언했다.

"승상이 노기를 부리는 건 당연하지만, 구안은 이엄이 중히 여기는 부하니 처형하면 이엄 마음이 상할 것입니다. 지금 촉나라에서 자금과 식량을 모아 전력을 증강하는데 애쓰는 사람이 바로 이엄입니다. 그 당사자와 승상 사이에 불화가 생긴다면 전력에도 적잖이 영향을 미칩니다. 부디 지금은 화를 삭이시고 구안 목숨만은 살려주십시오."

공명은 침묵을 지킨 채 뜨거운 물이라도 삼킨 듯한 표정을 지었다. 일전에는 그토록 아끼던 마속조차 참형에 처할 만큼 군율에 엄격한 공명이다. 허나 지금은 마속의 전례조차 뒤로 했다.

"사형은 면한다. 그렇다고 불문에 부칠 수는 없는 노릇. 곤장 80대를 쳐 향후의 본보기로 삼아라."

양의는 가슴을 쓸어내리며 심심한 감사를 표한 뒤 물러갔다.

덕분에 구안은 곤장 80대를 맞고 참수를 면했다. 어찌하면 좋은가! 구안은 양의가 베푼 은혜도, 공명이 보여준 관용도 헤아릴 줄 모르는 인사다. 반대로 분노에 차 공명을 원망하며 한밤중에 진지에서 도망쳐 달아났다.

측근 대여섯 기와 함께 슬쩍 위수를 건너 위군에 투항한 것이다. 그러고는 사마의 앞에 무릎을 꿇고 가차 없이 공명에 대한 험담을 늘어놓았다.

"참으로 지당한 말이지만 갑자기 믿기는 어렵다. 이 또한 공명이 세운 계책일지 모르잖느냐?"

중달은 신중한 태도로 구안을 바라보았다.

"만약 진정으로 위나라를 받들어 오랜 충성을 맹세하고 싶다면 모쪼록 뚜렷한 공을 세우고 오너라. 성공하면 내가 위제께 진언하여 요직에 추천하겠다."

구안은 다시 절한 뒤 답했다.

"꼭 시켜주십시오. 이리된 이상 무슨 일이든 하겠습니다."

사마의는 책략을 구안에게 내렸다.

구안은 얼마 후 차림새를 바꾸고 촉나라 성도로 잠입했다.

그러고는 성도에 세작 활동을 위한 근거지를 만들고 막대한 재물을 들여 유언비어만 퍼뜨렸다. 이 불온한 기운은 즉시 효과를 발휘하여 촉나라는 점점 전선에 나간 공명을 올바르게 판단할 안목을 잃었다. 덮어놓고 눈에 모를 세웠으며 의혹에 찬 눈길로 기울어갔다.

2

누가 퍼트렸다 할 것도 없이 '공명은 머지않아 한중에 나라를 세우고 스스로 군주가 되려는 속셈을 품었다'는 풍문이 촉나라 궁중에 나돌았다.

"공명이 병권을 손에 쥐면 촉나라도 함락시킬 수 있다네."

"공명이 요즘 쉴 새 없이 촉제의 어리석음을 따지고 원망을 터트리는 까닭은 다 음모 탓 아니겠는가."

정도가 심할 때는 더한 과장을 보태 뜬소문을 퍼트리는 사람까지 나타났다.

도읍에도 비슷한 말이 일사천리로 퍼졌는데 특히 궁중에 나도는 뜬소문을 퍼뜨리는 근원지는 내관 입이다. 구안이 매수한 무리가 얕은 생각으로 사리사욕에 눈이 멀어 함정에 걸려든 탓이기도 하다.

그 결과는 촉제가 칙사를 파견하는 것으로 구체화되어 나타났다. 후주 유선도 동요했다는 뜻이다.

짐에게 중대한 기밀이 있어 직접 승상에게 묻고자 하니 즉시 성도로 돌아오시오.

사신에게 절(節)을 들려 보내 전장에 칙명을 전하여 공명을 소환했다.

명을 받은 공명은 하늘을 우러러 대성통곡한 뒤 눈물을 떨구며 장탄식했다고 한다.

"주상께서 어리시니 간신이 함부로 놀린 입에 현혹되신 게다. 이제 겨우 전황이 호전되어 장안으로 향할 날이 다가오는데 이런 변고가 생기다니⋯. 대체 하늘이 내린 뜻인가? 촉나라 국운은 아직 꽃필 때가 아니라는 숙명인가? 전황이 좋다며 칙명을 따르지 않는다면 간사스러운 무리는 나에 대한 거짓 소문을 더 과장하여 퍼트릴 테고 나는 주군을 속이는 불충한 신하가 되리라. 허나 지금 기산을 버리고 철수하면 다시 나오기는 어려운 노릇. 그사이 위나라는 국방을 강화하여 장안과 낙양은 난공불락 요새가 될 게 뻔하다."

공명은 애타는 마음으로 통한에 찬 눈물을 흘렸지만, 천자가 내린 명령인지라 하는 수없이 그날로 대군을 물렸다.

그때 강유가 근심하며 물었다.

"사마의 추격을 어찌 막으시렵니까?"

공명은 단호하게 지령을 내렸다.

"병사를 다섯 갈래로 나누어 각자 다른 길로 퇴각하라. 주력군은 기산에 친 진을 거둘 때 병사 1000명을 남긴 다음 아궁이를 2000개 파라. 이튿날 퇴각하여 머무른 진영에는 아궁이 혼

적을 4000개 남겨라. 사흘째는 주둔지에 6000~7000개, 닷새째는 야영하는 곳에 아궁이 1만 개를 만들며 퇴각할 때마다 갑절로 늘려라."

"옛날 손빈(孫臏)은 병력이 늘어날 때마다 아궁이 수를 줄였다고 들었는데 이번에 승상께서는 반대로 병사를 줄일 때마다 아궁이 수를 늘리라고 명하시니 어찌 된 영문입니까?"

"손빈이 썼던 계책을 거꾸로 행할 뿐이다. 아는 게 많은 사람을 속일 때는 그 사람이 가진 지식의 의표를 찌르는 것도 좋은 책략이다. 사마의는 분명 의심하며 뒤쫓지 못할 것이다."

촉군은 다섯 갈래로 나뉘어 속속 철수했는데 공명이 예견한 대로 사마의는 촉병이 매복한 걸 우려하여 과감한 추격에 나서지는 못했다.

"복병은 없는 듯합니다."

위군 측 척후가 올린 보고에 따라 서서히 진격을 개시하여 촉군이 주둔했던 자리를 더듬으며 나아가니 날마다 눈에 띄게 아궁이 수가 늘어났다. 아궁이 흔적이 많아지면 당연히 군수품이 증가했다는 뜻이므로 중달은 하나씩 주의 깊게 살폈다.

"아, 공명은 퇴각할 때마다 후방 병력을 강화했겠구나. 이렇게까지 전의를 불태우는 군대는 후퇴하는 적이라 얕보아 뒤쫓는다면 어떤 반격을 당할지 모른다."

결국, 만약을 위해 추격을 거두었다.

해서 공명은 병사 1기도 잃지 않고 그 많은 병력을 유유히 철수시킬 수 있었다. 아궁이 숫자에 공명이 파놓은 지략이 숨어 있었다는 사실은 훗날 강어귀를 지나는 나그네가 위나라에 들어가 소문을 퍼트리면서 마침내 사마의 귀에 흘러 들어갔다.

그렇다고 사마의는 후회하지 않았다.

"상대가 다른 사람이라면 수치스럽지만, 공명의 지략이라면 나라도 꼼짝할 수 없다. 공명이 가진 슬기는 애초에 나 따위가 넘볼 대상이 아니다."

청보리

1

공명은 성도에 돌아간 뒤 곧바로 입궐하여 천자의 기밀을 여쭈며 황제 유선에게 진언했다.

"대체 어떤 사달이 일어났기에 이리 서둘러 신을 불러들이셨습니까?"

애당초 아무 근거도 없는지라 황제는 고개만 숙이다가 이윽고 솔직히 답했다.

"오래도록 상부(相父)를 보지 못하여 그리운 마음에 불렀을 뿐 딱히 이유는 없소."

"혹시 내관이 짠 모략에 따르지는 않았는지요?"

공명은 엄한 얼굴로 정곡을 찔렀다. 황제는 침묵을 지키다가 뼈저리게 후회했다.

"이제 상부를 만나 의심이 풀렸지만 짐은 후회한들 돌이킬 수 없는 실수를 저질렀소."

공명은 승상부로 물러가 그 즉시 궁중 내관이 저지른 언동을 낱낱이 조사하기 시작했다. 출병하여 자리를 비운 공명을 비방하거나 근거도 없는 뜬소문을 퍼트렸던 악질적인 사람 몇은 전부터 알아 곧장 끌려 들어왔다.

공명은 죄인들을 추궁했다.

"적어도 너희는 전쟁이 일어나는 후방에서 국내를 안정시키고 백성의 전의를 독려할 중요한 자리에 있건만 어찌 앞장서서 불온한 낭설을 유포하여 온 나라 민심을 현혹했느냐?"

내관 한 사람이 참회하며 곧바로 자백했다.

"전쟁만 멈추면 생활도 편해지고 예전처럼 만사에 번영을 누리리라 믿었습니다. 해서 그만…."

"아아, 어찌 이리 생각이 짧은가…."

공명은 통탄하며 죄인들이 보인 어리석은 현실관을 측은히 여겼다.

"만약 촉나라가 경들과 같은 생각을 한다면 아무리 전쟁을 피해도 위나라가 밀려들고 오나라가 몰려들어 좋든 싫든 촉나라 국경 안에서 오늘 같은 전쟁을 벌여야 한다. 그 전쟁은 질 게 분명하니 그 참화는 기산으로 나가 싸울 때보다 백배는 처참할 터. 너희를 비롯한 촉나라 백성은 이번처럼 전쟁 후방에서 겪는 고생이 아니라 위나라와 오나라 병사에게 집도 땅도 짓밟히고 약탈과 능욕을 당할 뿐 아니라 영원히 오나라 노예로 전락하고 위나라 마소가 되어 혹사당할 게 뻔하다. 자, 오늘 한 불평과 그때 겪는 고초를 견주어 어느 쪽을 바라느냐?"

내관은 고개를 조아린 채 한마디 변명도 못했다.

"이번 일은 적국이 어루꾄 모략일 것이다. 대체 우리 군대와 관리와 백성을 등을 돌리게 한 뜬소문은 근거지가 어디냐? 경들은 누구에게 들었느냐?"

소문 근원지를 더듬어 올라간 결과 '구안'이라는 자였다는 사실이 밝혀졌다.

곧 구안을 포박하기 위해 승상부 보안대 병사가 가택으로 향했지만 때는 이미 늦었다. 구안은 벌써 바람처럼 위나라로 도망치고 없었다.

공명은 모든 관리를 바로잡고 장완과 비위 등 대신에게 엄중히 경고한 뒤 다시 사기를 가다듬고 한중으로 발걸음을 옮겼다.

매년 계속되는 출병으로 지친 병사들을 염려하여 이번에는 전군을 두 갈래로 나누어 반은 한중에 남기고 반은 기산으로 전진시켰다. 한쪽이 전장에 있는 기간을 3개월로 정하고 100일 교대제를 정했다. 100일마다 두 군대를 해와 달처럼 전장에 교체 투입하여 끊임없이 새로운 사기를 보충하면서 위나라 대군을 격파하려는 작전이다.

촉나라 건흥 9년은 위나라 태화(太和) 5년에 해당한다. 그해 2월 봄, 다시금 위급한 사태가 낙양 사람들에게 전해졌고 위제는 믿고 의지하던 사마의를 즉시 불러들여 군사 행정과 작전을 일임했다.

"공명을 당할 인재는 그대 말고는 없소. 나라를 위해 신명(身命)을 다해주시오."

"조진 도독은 이미 타계했습니다. 앞으로는 보잘것없지만, 신이 온 힘을 다하여 평소에 입은 은혜에 보답하겠습니다."

사마의는 즉시 장안으로 나가 총 병력을 동원해 전쟁 준비에 돌입했다. 좌장군 장합을 대선봉으로 삼고 곽회에게 농서 여러 고을을 지키도록 명했으며 자신이 이끄는 중군은 당당히 좌익과 우익, 전후군 호위를 받으며 위수 앞에 대규모 진을 펼쳤다.

2

기산에 안개가 피어오르고 위수에 흐르는 물도 따뜻해졌다. 화창하고 고요한 봄 하늘에 해가 길어지고 오랫동안 양쪽 군사들도 북을 울리지 않았다.

중달은 어느 날 장합을 만났다.

"공명은 여전히 군량 문제로 온갖 궁리를 짜내고 있을 것이오. 지금은 농서 지방 보리가 알차게 여무는 시기요. 공명은 조용히 군사를 보내 보리를 수확하여 병사들 식량에 보태려 할 게 분명하오."

"농서에서 나는 청보리는 그 양이 어마어마합니다. 모두 베면 촉군 식량은 족히 될 겝니다."

"그대는 위수에 남아 기산 병력과 단단히 대치하시오. 나는 직접 군사를 이끌고 농서로 향하는 공명이 띤 목적을 무산시키겠소."

중달이 품은 의도는 이랬다.

위수 진에는 장합 휘하 4만 기를 남겼을 뿐 나머지 대군을 이끌고 몸소 농서로 발걸음을 옮겼다.

중달의 육감은 적중했다. 마침 공명은 농서 쪽 청보리를 거둘 목적으로 노성(鹵城)을 포위한 뒤 성을 수비하는 장수의 항복을 받아들이고 물었다.

"지금 보리는 어느 지방이 야물게 익었느냐?"

"올해는 농상(隴上) 쪽이 빨리 여물었다고 합니다. 게다가 농상에서 나는 보리는 질도 좋습니다."

공명은 이미 점령한 노성 수비에 장익과 마충을 남기고 직접 남은 군사를 이끌고 농상으로 나갔다.

그러자 앞서 달리던 소대가 보고했다.

"농상에는 들어갈 수 없습니다. 이미 위나라 병마가 가득하고 중군을 보니 사마의 깃발이 펄럭입니다."

공명은 혀를 찼다.

"그만큼 은밀히 기산을 나왔건만 내가 보리를 베러 오리라 벌써 짐작했구나. 그렇다면 중달도 지지 않을 태세를 갖추었겠다. 아무리 나라 해도 예사로운 기세로는 무찌를 수 없겠지."

각오를 다진 공명은 그날 저녁 목욕재계한 뒤 평소에 타는 사륜거와 똑같은 수레를 4대나 꺼냈다.

이윽고 밤이 이슥하자 공명이 거하는 유막에 장수 셋이 불려가 밤늦게까지 은밀히 대화를 주고받았다.

가장 먼저 강유가 진영을 나가 사륜거 1대를 끌고 자기 진영으로 돌아갔다. 다음으로 마대가, 그다음으로는 위연도 똑같이 자기 진으로 사륜거를 옮겼다.

남은 사륜거 1대는 잠시간 별빛 아래에 놓였는데 마침내 진영을 나온 공명이 올라타더니 출진을 서둘렀다.

"관흥, 준비되었느냐?"

"예!"

멀리서 대답한 관흥은 괴이한 병사 한 무리를 손짓해 부르더니 즉시 사륜거 주위에 배치했다.

사륜거 좌우에 건장한 무사 24명이 늘어서서 수레를 앞으로 밀었다. 모두 맨발에다 검은 전포를 입었으며 빠짐없이 머리를 풀어 헤쳤는데 한 손에는 예리한 진검을 든 모습이다.

덧붙여 똑같은 차림을 한 4명이 사륜거 앞에 서서 북두칠성을 수놓은 깃발을 부적처럼 높이 들었다. 뒤이어 500여 명에 달하는 병사가 북을 들고 따랐으며 창을 갖추고 말을 탄 병사 1000여 명은 앞뒤로 몇 줄이나 나뉘어 공명이 탄 사륜거를 달별처럼 둘러쌌다.

공명이 입은 옷차림도 평소와는 조금 달랐다. 머리에는 언제나 두르던 윤건이 아니라 상투를 올려 비녀를 꽂고 화려한 관을 썼다. 옷은 새하얗고 허리에 찬 칼에 박힌 구슬과 황금은 밤중에도 찬란하게 빛났다.

관흥과 다른 무사는 아름다운 색실로 수놓은 붉은 비단 전포를 입고 말을 달리니 그야말로 화염이 날리듯 괴이한 모습이다.

이처럼 하늘에서 떨어진 귀신 행렬인가 싶을 정도로 요사하게 꾸민 군대는 깊은 밤중에 진지를 출발하여 농상으로 힘차게 향했다.

그 뒤로 보병 3만여 명이 전진했다. 보병은 저마다 손에 낫을 든 모습이다. 분명 전투 중에 틈을 노려 보리를 베고 후방으로

운반하려는 계획에 따라 조직한 군대다. 평소 행군할 때 편제와는 전혀 달랐다. 하여튼 괴상망측한 모습이다.

위나라 본군 선봉에서 보초를 서던 척후병은 소스라치게 놀랐다. 어찌나 놀랐는지 넘어지고 구르며 부장에게 득달같이 보고했고 부장은 이 소식을 중군에 화급히 전했다.

"뭐라? 귀신 군대가?"

사마의는 조소하며 진두로 말을 내달렸다. 때는 바야흐로 한밤중인 축시(丑時)다.

북두칠성을 수놓은 깃발

1

자개 가루를 박아 넣은 듯 별이 밤하늘에 가득 차 깜빡였지만, 사위에 내린 어둠은 가없이 넓고 짙게 깔렸다. 음습한 실바람이 얼굴을 어루만지고 밤공기는 사늘하게 뼛속까지 스몄다.

"요상한 기운이 일긴 이는구나."

중달은 초점을 모으고 먼 곳을 물끄러미 바라보았다. 북풍을 휘몰며 달려오는 사륜거 1대와 그 주위를 둘러싼 검은 옷을 입은 병사 28명이 도드라졌다. 머리를 풀어 헤치고 검을 찼는데 맨발이다. 북두칠성을 수놓은 깃발이 그 선두에 꽂혀 내달렸고 불꽃이 날리듯 붉은 전포를 입은 기마 무사가 전군을 호령하며 다가왔다.

"공명이다."

중달은 계속 지켜보았다. 사륜거는 요란하게 달려왔다. 사륜거 위에 앉아 하얀 옷을 입고 화려한 관을 쓴 사람이야말로 의심할 여지없는 공명이다. 멀리서 밤눈으로 보아도 선명했다.

"아하하."

중달이 느닷없이 웃음을 터트렸다. 그러고는 뒤에 있던 장수와 건장한 병사 2000명을 부르더니 즉시 명령을 내렸다.

"귀신 얼굴로 사람을 위협하려는 수작이다. 괴이하다 여길 것 없다. 두려워 떨지 않아도 된다. 파사(破邪)의 검을 휘두르며 달려 나가 무찔러라. 둔갑한 공명도 맨발로 도망치리라. 너희가 재빨리 달리면 저놈 목덜미를 붙들어 생포할 수도 있다. 자, 가까이 왔다. 나가라!"

갑옷으로 무장한 용감한 기병 2000기는 서로를 북돋우며 무사다운 함성을 내지르면서 돌진했다. 그러자 공명을 태운 사륜거가 우뚝 멈추더니 검은 옷을 입은 병사 24명은 물론 북두칠성기와 붉은 전포를 입은 기마 무사까지 귀신같이 등을 홱 보이더니 사붓이 후퇴하기 시작했다.

"벌써 도망간다. 놓치지 마라."

위나라 기병대는 채찍을 휘둘렀다.

신기하게도 아무리 뒤쫓아도 가까워지지 않았다.

희뿌옇고 거무스레한 안개가 요사스럽게 피어오르는 가운데 저쪽에 있는 사륜거가 눈앞에 보이는데도 말이 거품을 물고 몸은 땀투성이가 될 뿐 양쪽 간에 벌어진 거리는 조금도 줄어들지 않았다.

"우리가 벌써 30리나 말을 달렸건만 요상한 일이다!"

"아직도 따라잡지 못하다니…. 어찌 된 영문이지?"

기가 막힌 위군은 말을 세우고 괴이한 상황에 망연자실했다.

그러자 공명이 탄 사륜거와 무사 행렬이 다시 이쪽을 향해 다가오는 게 아닌가.

"이놈들, 이번에야말로 사로잡겠다!"

위나라 병사는 그 모습을 보고 아우성치며 공격했지만, 이쪽에서 달려 나가니 저쪽은 다시 등을 보였다. 더군다나 허둥대지 않고 흐트러짐도 없이 유유히 도망쳤다.

다시 뒤쫓기를 20여 리. 갑옷을 입은 기마병 2000기는 숨이 끊어질 듯했지만, 공명이 탄 사륜거와 벌어진 격차는 여전히 그대로다.

"이거, 점점 범상치가 않다."

병사들은 귀신에 홀린 기분으로 웅성거리며 한곳에 멈췄다. 뒤쪽에서 말을 달려온 중달은 저마다 하소연하는 소리를 듣더니 문득 깨달은 얼굴로 부리나케 명령을 바꾸고 말 머리를 돌렸다.

"아, 공명이 잘 부리는 팔문둔갑(八門遁甲) 가운데 하나로 《육갑천서(六甲天書)》에 있는 축지법을 쓴 듯하다. 자칫하면 칠흑 같은 암흑 속, 죽을 수밖에 없는 위험한 땅으로 끌려 들어가 전멸을 당할지 모른다. 이제 뒤쫓지 마라. 원래 있던 진지로 돌아가라."

이때 느닷없이 서쪽 산에서 북이 울렸다. 아연실색하여 어둠 사이로 바라보니 별빛 아래 한 무리 군마가 바람처럼 달려오는 게 아닌가. 그 가운데 검은 옷을 입은 병사 24명과 북두칠성을 수놓은 깃발, 화염 같은 기마 대장이 선봉에서 진격했다.

가까이 온 모습을 보니 검은 옷을 입은 병사는 다 머리를 풀어 헤치고 서슬 퍼런 검을 내리 들었으며 맨발이다. 사륜거 위에 앉은 하얀 옷에 관을 쓴 사람도 먼저 쫓았던 자와 조금도 다르지 않았다.

"으악, 여기에도 공명이?"

중달은 아군이 겁을 낼까 염려하여 자기가 선두에 서서 추격했다. 20리, 30리를 줄곧 뒤쫓으며 채찍을 휘둘렀지만 아무리 추격해도 공명 무리에게 가까이 갈 수 없기는 조금 전과 매한가지다.

"이상하다…. 괴이하기 짝이 없다."

사마의마저 녹초가 되어 돌아오니 또 한쪽 산등성이에서 북두칠성기와 검은 옷을 입은 괴이한 병사 28명이 같은 사람을 태운 사륜거를 밀고 왔다.

2

'사람인가 도깨비인가…. 사실인가 환상인가….'

위군은 기겁하여 벌벌 떨며 감히 공격하려 들지도 못했다.

"후퇴하라!"

사마의도 이번에는 정신을 쏙 빼놓고 내달려 도망칠 뿐이다.

그러자 달려가는 길 저편 어두운 벌판에서 펄럭대는 깃발 소리와 수레바퀴가 구르는 소리가 들려왔다. 중달은 등골이 오싹했고 눈이 튀어나올 지경이다. 사륜거 위에 앉은 사람은 공명이고 좌우에 선 검은 옷을 입은 20여 명이 드리우는 하얀 사람 그림자와 북두칠성기 또한 처음에 본 무리와 조금도 다르지 않왔다.

"대체 공명이 몇인 게냐? 이 상태로는 촉군이 몇이나 있는지조차 헤아릴 수 없다."

사마의와 수천에 달하는 철갑 기병은 밤새 악몽 속을 걷고 뛰어다닌 듯 기진맥진하여 아침 무렵 가까스로 상규성으로 도망쳐 돌아갔다.

그날 촉군 하나가 포로가 되어 잡혀 왔다. 조사해보니 청보리를 베어 노성으로 운송하던 자라고 했다.

"아차, 그 틈에 수많은 보리를 베었단 말인가…."

중달이 촉나라 병사를 직접 심문하니 지난밤에 벌어진 괴이한 행렬 중 하나는 분명히 공명이 탄 사륜거였지만 나머지 세 무리와 사륜거는 강유, 위연, 마대 등이 위장한 것으로 공명 대역에 지나지 않았다는 사실을 알았다.

"이제야 축지법에 어떤 술수를 썼는지 이해가 간다. 똑같은 옷과 색, 물건을 써서 차려입은 대오를 넷으로 편제했구나. 쫓겨 도망칠 때 위군과 가까워진 대오가 굽이진 길에 드리운 산 그늘이나 풀이 무성한 길 등으로 몸을 감추고 멀리 있던 대오가 모습을 드러내는, 이른바 대역을 쓴 출몰 작전으로 추격군 눈을 속이면서 달아난 것이다. 역시 제갈량이다. 알면 알수록 지혜로운 자다."

사마의는 솔직히 공명이 두려웠다. 하여 점점 수비에만 주력했다.

"노성에 있는 촉나라 병사를 주의 깊게 살폈는데 의외로 수가 적습니다. 대군으로 보였던 까닭은 공명이 전술을 써서 신통하게 병사를 부린 탓이니 아군 병력으로 포위하면 독 안에 든 쥐가 될 것입니다."

곽회가 끊임없이 주장했다. 그 뒤로 좋은 책략도 내지 못하고 지나치게 소극적으로 변한 상황을 반성하던 중달은 곽회의 설득에 못 이겨 결정했다.

"음, 움직이지 않는 척하면서 서둘러 전진하여 단숨에 노성을 포위하세. 이 작전이 성공하면 그 뒤에 벌일 작전은 얼마든지 세울 수 있네."

저녁 해가 서녘으로 저물 무렵 위나라 대군이 한꺼번에 출진했다. 노성은 그리 멀지 않은 곳에 있다. 한밤중까지는 어렵지만, 새벽녘에는 도착할 예정이다.

도중에 만나는 습지대와 강가에 깔린 자갈밭, 산을 빼면 알차게 여문 보리밭이다. 촉나라 척후병은 마을 하나 정도 간격으로 점점이 그 속에 숨어들었다.

밧줄과 밧줄로 노성 바로 아래까지 죽 연결해놓았다. 병사 하나가 줄을 잡아당기자 다음 병사가 그다음 병사에게 전달하는 식으로 순식간에 '위나라가 습격한다'는 예보가 촉군으로 접수되었다.

하여 공명에게는 다가오는 적을 무찌를 계책을 세우고 대비하며 손을 쓸 여유가 충분했다.

본래가 지방에 세운 성이니 담이 낮고 해자도 얕았다. 적이 매달리면 그것으로 끝이다. 강유, 마대, 마충, 위연 등이 이끄는 여러 부대는 대부분 재빨리 성 밖으로 나갔다.

성 밖은 한눈에 보아도 온통 보리밭이다. 숨기에는 안성맞춤이다. 한밤에 부는 바람에 보리 이삭이 일렁였다.

소리 없이 밀려오는 성난 파도처럼 위나라 대군이 들이닥쳤다. 적이 아직 눈치채지 못했다고 판단했는지 전군을 분산하여 노성 동서남북으로 갈라졌다. 그 찰나 노성 위에서는 한꺼번에 수천 개에 달하는 돌쇠뇌 시위를 놓으며 어지럽게 화살과 돌을 쏟아부었다.

"적도 알고 있었구나. 이리된 마당이니 단번에 짓밟아라!"

해자를 건너 성벽에 다가가자 돌덩이와 통나무가 산사태처럼 떨어져 내렸다. 얕은 해자는 순식간에 시체로 메워졌다.

"조금 힘든 싸움일 뿐이다!"

사마의는 병사들을 독려했지만, 곧바로 그 '조금'은 '대대적'으로 변했다. 등 뒤에 펼쳐진 보리밭이 모조리 촉나라 병사로 둔갑한 것이다. 아무리 날래고 용감한 위나라 군사라 해도 그대로 무너져버렸다.

새벽녘이다.

사마의는 언덕 위에 말을 세우고 입술을 잘근잘근 깨물었다. 간밤에 벌인 전투는 보기 좋게 패했다. 손실을 헤아리니 사상자가 1000여 명에 달했다.

그 뒤로 사마의는 마치 상규성이라는 껍데기 속에 몸을 숨긴 겁쟁이 소라게가 되어버렸다. 곽회는 울분을 견디지 못하고 밤낮으로 지혜를 짜내어 다음 책략을 중달에게 권했다. 그 계획이 기상천외했으므로 중달 미간에 잡혔던 주름이 겨우 활짝 펴졌다.

3

노성은 결코 방어하기에 좋은 곳은 아니었지만 위군 동향을 파악하기가 쉽지 않아 공명도 가만히 수비에만 집중했다.

공명은 이 소극적인 전략이 최선의 방책은 아니라는 사실을 누구보다 잘 알았다. 최근 사마의가 옹주(雍州)와 양주(凉州)로 격문을 띄워 손례 군대를 검각으로 불러들인 탓이다. 위나라가 다시 방대한 병력을 나누어 촉나라와 접한 국경인 검각을 습격하면 돌아갈 길이 끊기고 운송 부대와 연락이 닿지 않는다. 이쪽 진지에 있는 촉군 수만은 고립되어 기댈 곳이 없게 될 상황이다.

"지나치게 움직이지 않는다면 도리어 크게 움직이는 까닭이라고도 한다. 요즘 위군이 잠잠한 모양이 아무래도 수상하다. 강유와 위연은 각 1만 기를 이끌고 검각에 가세하라. 어쩐지 안심할 수 없는 곳이 그 요해다."

강유와 위연은 공명의 명을 받고 그날로 즉시 군사를 챙겨 검각을 향해 길을 떠났다.

그 뒤 일이다.

장사 양의가 공명 앞으로 나와 어렵게 말문을 열었다.

"예전에 한중을 떠나실 때 승상은 군을 둘로 나누어 100일에 한 번 교대하며 쉬라 선언하셨습니다. 백일교대제가 아무래도 난처해진 듯합니다."

"양의, 무엇이 곤란하다는 말인가?"

"이미 그 100일 기한이 다가왔습니다. 전선에 있는 병사와 교대할 한중 군대는 그곳을 출발했다는 기별이 왔습니다."

"명령을 내린 이상 하루라도 어겨서는 안 된다. 이곳 병사들은 서둘러 한중으로 돌아가라."

"지금 여기엔 8만 군사가 있습니다. 어떻게 교대시킬까요?"

"4만씩 두 번으로 나누어 돌려보내라."

군사들은 이 소식을 듣고 입이 귀까지 벌어지며 저마다 돌아갈 채비를 서둘렀다.

그때 검각에서 보낸 파발이 막 도착했다. 위나라 대장 손례가 옹주와 양주 병력 20만 기를 새로 모아 곽회와 함께 검각을 향해 맹공을 가한다는 내용이다.

온 성에 있는 촉군이 간담이 한 움큼 되어 겁을 먹었다. 양의는 당황하며 공명에게 고했다.

"이 마당에 교대할 여유는 없습니다. 귀환은 당분간 연기하고 눈앞에 닥친 적의 습격을 막아야 합니다."

"내가 전쟁을 일으키고 많은 대장을 등용하여 수만 병사를 부리는 건 바로 신의가 바탕이다. 이 믿음과 의리를 잃는다면 촉군은 번영할 수 없고 막강한 힘도 발휘할 수 없다. 병사들을 기다리는 양친과 처자식도 이미 100일 교대 규약을 알 테니 고향에서 손가락을 꼽으며 우리 자식, 내 낭군이 돌아올 날을 문 앞에서 기다릴 터. 설령 지금 어떠한 고난에 이른다 해도 신의를 저버릴 수는 없다."

양의는 즉시 공명의 말을 그대로 병사들에게 알렸다.

그때까지 이런저런 억측으로 동요하던 군사들은 공명의 마음을 전해 듣자 눈물을 흘렸다.

"승상께서 그 정도로 우리를 생각하신다는 뜻이구나."

"이런 은혜를 입었는데 어찌 우리가 뻔히 승상이 겪을 고초를 알면서 전장을 떠나겠나."

군사들은 양의를 통해 빠짐없이 공명에게 청원했다.

"명을 버리시고 승상이 베푼 은혜에 보답하게 해주십시오."

공명은 여전히 귀환을 권했지만, 군사들은 똘똘 뭉쳐 그 자리에서 버텼다. 결국, 앞다투어 성 밖으로 돌격하여 시야에 가득 찬 위군에게 반격을 가하니 며칠 사이에 옹주와 양주에서 올라온 새 군대를 가차 없이 쳐부수고 수많은 적군을 멀리 내쫓을 수 있었다.

산 넘어 산이다.

온 성에 개선가가 울려 퍼질 틈도 없이 영안성에 있는 아군 이엄이 생각지도 못한 급보를 알려왔다.

목문도

1

영안성의 이엄은 군수품을 생산하는 일과 수송하는 임무를 맡고 오로지 전쟁하는 데 필요한 후방 지원에 힘쓰며 이른바 군수 장관이라고 할 만한 요직에 있는 촉나라 고관이다.

그 이엄이 보낸 서한을 조심스레 열어보았다.

최근 동오에서 낙양으로 사람을 보냈다는 소식을 들었습니다. 오나라는 위나라와 연합하고 화친하여 촉나라를 취하려는 듯합니다. 다행히 오나라는 아직 병사를 일으키지 않았고 제가 빈틈없이 경계하던 중 그 소식을 접했습니다. 승상의 웅숭깊은 지혜를 도모하시어 조속히 좋은 계책을 시행하여 소홀함이 없기를 바랍니다.

공명은 뒤통수를 맞은 기분이다. 이 서면에 쓰인 징후가 실제로 일어났다면 중대한 사안이다. 위나라를 대할 때 촉나라가 취할 수 있는 강점은 무엇보다 촉나라와 오나라가 서로 침략하지 않겠다는 맹약이 근간을 이루었건만 그 오나라가 당장 손바닥 뒤집듯 위나라와 연합하고 화친하는 사태가 일어난다면 근본적으로 촉나라는 치명적인 타격을 입을 게 분명하다.

"의심하며 우물쭈물할 문제가 아니다."

공명은 지혜와 용기를 십분 발휘해 결단을 내리고 즉시 모든 전선을 총퇴각한다는 뜻을 정했다.

"일단 기산에서 시급히 물러나야 한다."

노성에서 사자를 급파하여 기산에 남기고 온 왕평, 장억, 오반, 오의 등에게 명령을 일필휘지로 적어 보냈다.

"내가 이곳에 있는 동안은 위나라가 섣불리 뒤쫓을 수 없다. 흐트러지거나 소동을 피우지 말고 순서대로 진을 물려 우선 한중으로 돌아가라."

양의와 마충 두 부대를 검각에 있는 목문도(木門道)로 급파하는 한편 노성에는 거짓 깃발을 늘어세우고 땔나무를 쌓아 연기를 올려 마치 사람이 있는 것처럼 꾸민 뒤에야 공명은 물론 휘하 부하들도 말끔히 목문도로 철수했다.

위수에 있던 장합은 말을 내달려 상규로 발걸음 했다. 사마의에게 자문을 구하기 위해서다.

"분명 무슨 일이 있습니다. 촉군이 갑자기 진을 물리다니 보통 일이 아닙니다. 지금이야말로 맹추격하여 섬멸할 기회가 아닙니까?"

"음, 기다리시오. 상대는 공명이오. 함부로 치고 들어갈 수는 없소."

"대도독은 천하의 웃음거리가 될 텐데 어찌 그리 공명을 호랑이 보듯 두려워하십니까?"

그때 병사가 들어오더니 노성에서 생긴 변화를 알렸다. 사마의는 장합을 데리고 높은 데 올라 노성에 나부끼는 깃발과 피어오르는 연기를 한동안 바라보다가 갑자기 너털웃음을 터트렸다.

"음, 깃발이나 연기는 확실히 가짜군. 지금 노성은 텅 빈 성이오. 자, 추격합시다."

사마의는 의심할 여지도 없다며 돌연 군사를 달리게 하여 부리나케 상규성에서 출발했다.

어느새 목문도가 가까워지자 장합은 다시 사마의에게 의견을 제시했다.

"이런 대규모 행군은 아무리 애를 써도 느리고 둔해지기 마련입니다. 제가 날쌘 기병 수천을 끌고 앞서 달려가 일단 적을 물고 늘어질 테니 도독이 지휘하는 본군은 나중에 뒤따라오는 게 어떻겠습니까?"

"행군 속도가 느린 까닭은 병사가 많아서만은 아니오. 공명의 속임수를 신중히 헤아리며 전진하는 탓이오."

"아, 또다시 공명을 두려워하며 진격합니까? 이래서는 추격하는 의미가 없습니다."

"엄청난 화를 입는 것보다는 낫소. 귀공처럼 서둘러 공을 이루려 들면 반드시 후회막급할 터."

"몸을 내던져 국가에 바치는 이때, 대장부 되는 자가 죽는다 한들 무슨 후회를 하겠습니까?"

"귀공은 성정이 타오르는 불과 같고 의지도 충만하지만, 위험한 성미를 지니기도 했소. 웅숭깊이 생각하고 신중히 행동하시오."

"효에는 온 힘을 다하고 충에는 목숨을 버려야 합니다. 좋은 기회가 찾아왔거늘 뒤를 돌아볼 까닭은 없습니다. 오직 공명을 공격할 뿐. 제발 허락해주십시오."

"좋소이다. 그대는 5000기를 이끌고 먼저 전진하시오. 따로 가상(賈翔)과 위평(魏平)에게 2만 기를 붙여주겠소."

장합은 뛸 듯이 기뻐했고 수하 병사 5000명이 민첩성만을 유념하며 날듯이 적을 쫓았다.

70리를 갔다. 느닷없이 숲속에서 한 무리가 꽹과리와 북, 함성을 울리더니 누군가가 우렁찬 목소리로 외쳤다.

"역적 장수야, 어디를 그리 서둘러 가느냐? 촉나라 위연이라면 여기 있다."

2

천성이 불같기로 정평이 난 장합이다. 그 장합이 불 자체가 되어 다짐했다.

'공명 수급을 볼 때는 바로 지금뿐이다.'

그러고는 필생을 다한 용맹을 떨치며 죽을힘을 쏟아 돌진해온 참이다.

"뭐라!"

외마디 내지르며 받아치자마자 위연 휘하 병사를 쫓아 흩어 버렸다. 위연은 잠시 나서서 창을 겨루다가 일부러 지는 척하고 줄걸음을 놓았다.

"입만 산 졸때기 나부랭이 놈아!"

장합은 눈꼬리에 비웃음을 가득 담은 채 다시 앞길을 서둘렀다. 거듭 20리 정도 내달리자 산 위에서 달려 내려온 군마가 있는 게 아닌가.

"나는 촉나라 관흥이다!"

장합은 화가 치밀어 관흥 군을 맞았다.

"일찍이 듣던 관우의 어린 자식이로구나. 너도 비명횡사한 아비 뒤를 따르려느냐?"

관흥은 그 기세에 겁이라도 먹었는지 도망치기 시작했다. 장합은 뒤쫓았지만, 한쪽으로 빽빽한 숲이 보였으므로 불현듯 만일을 생각했다.

"복병이 있을지 모른다. 저 숲을 훑어보라."

병사들에게 명령한 뒤 잠시 숨을 골랐다.

그러자 먼저 숨었던 위연이 후미에서 습격해 왔다. 위연에게 맞서 힘껏 싸우는데 관흥이 되돌아와 요란하게 북을 울리며 쳐들어왔다. 한편으로 도망치고 한편으로 도발하며 장합을 농락하여 기진맥진하게 만들면서 위연은 목적대로 장합을 목문도 골짜기 어귀까지 유인하는 데 성공했다.

장합도 골짜기 어귀까지 다다르자 험준하고 좁은 지형을 깨닫고 맹렬한 진격을 멈춘 뒤 일단 군사를 추스르는 데 위연은 틈을 주지 않고 끊임없이 싸움을 걸며 장합을 모욕했다.

"장합, 처음에 보인 기세는 어디다 내팽개치고 벌써 겁에 질렸느냐? 돌아갈 길을 궁리하는 게냐?"

장합은 길길이 화를 내며 소리쳤다.

"잘도 도주하는구나. 꼼짝 마라!"

"도망치는 게 아니다. 나는 한나라 명장이고 너는 역적 무리에서 좀도둑이다. 칼날을 더럽혀 욕되게 할 수 없는 탓이다."

"이노옴! 울상이나 짓지 마라!"

결국, 장합은 사마의가 해준 경고도 잊은 채 목문도 골짜기까지 한달음에 달려 들어갔다.

점점 땅거미가 질 때라 서산 꼭대기 언저리에 검붉은 빛이 돌고 계곡 안쪽은 어둑어둑했다. 위나라 장수와 병사는 저마다 후방에서 장합을 목청껏 불렀다.

"장군, 돌아오십시오. 철수해야 합니다."

"저 아니꼬운 위연의 최후를 보기 전에는 돌아가지 않겠다!"

안타깝게도 장합은 기세 좋게 달리는 말에 몸을 맡기고 채찍을 휘두르는 적을 쫓았다.

"비겁한 놈! 수치도 모르는 놈아! 방금 한 말을 잊었느냐!"

장합은 벌써 손이 닿을 듯이 가까워진 위연 등에 욕을 퍼부으며 느닷없이 말 위에서 창을 내던졌다.

위연이 말갈기에 고개를 파묻자 창은 투구 끝을 꿰뚫고 저쪽으로 날아갔다.

"앗! 장군!"

아군이 내지르는 소리에 무심코 돌아보니 장합 앞길을 염려하여 뒤따라온 100여 기 장수가 일제히 산을 가리키며 외쳤다.

"저 산꼭대기에서 수상한 불빛이 보입니다."

"무슨 신호일지도 모릅니다."

"밤이 깊어지면 일을 그르칠 수 있습니다. 서둘러 후방으로 돌아가 내일을 기약해야 합니다."

이 충언조차 이미 너무 늦었다.

느닷없이 허공에서 세찬 바람이 일었다. 무수한 쇠뇌에서 화살이 나는 소리. 순식간에 낭떠러지가 절규하고 계곡에 놓인 바위가 울부짖기 시작했다. 적이 밀어낸 통나무와 돌덩어리가 구르며 울리는 소리다.

"으악! 아니 벌써!"

깨달았을 때는 이미 이쪽저쪽에서 불길이 치솟았다. 키 작은 관목도 높다란 나무도 불길에 휩싸여갔다. 장합은 미처 날뛰는 말에게 몸을 맡긴 채 골짜기 입구를 찾았지만, 그 좁은 길도 이미 막힌 뒤다.

성미가 불같다는 말을 듣던 장합은 결국 화염 속에서 그 한 몸을 불태우고 말았다.

공명은 목문도 외곽을 이루는 봉우리에 모습을 나타낸 뒤 갈팡질팡 헤매는 위나라 병사들에게 외쳤다.

"나는 오늘 사냥에서 말을 잡으려다 멧돼지를 얻었다. 다음 사냥에는 중달이라는 희대의 짐승을 사로잡을 터. 너희는 돌아가 사마의에게 전하라. 병법 공부는 좀 했느냐고."

장합을 잃은 위나라 병사는 혼비백산하여 돌아갔고 그날 있었던 실상을 사마의에게 낱낱이 고했다.

3

장합의 전사를 사람들은 안타까워했다. 장합이 위나라에서 손꼽히는 명장이라는 점은 누구나 인정하는 사실이고, 실전 경력도 풍부하여 조조를 모신 이후에 세운 무훈이 그 수를 헤아릴 수 없을 정도다.

"장합이 죽은 건 진정 내 허물이다. 장합이 깊숙이 들어가지 않도록 끝까지 허락하지 말았어야 했다…"

한탄하며 누구보다도 책임을 통감한 사람은 물론 사마의다.

동시에 사마의는 공명이 세운 작전이 무엇을 노렸던 것인지 그제야 명확히 깨달았다.

'적을 험준한 지형으로 유인하고 아군은 지지 않을 땅에서 굳게 지킨다. 그 뒤에 계책을 실행하고 변화를 이용해 적을 포착하여 섬멸한다.'

이것이 공명이 세운 작전의 근본임을 간파했다.

그런 생각을 곰곰이 되짚다 보니 장차 자신도 위수에서 규성(郅城), 규성에서 검각으로 차례차례 유인당해 위험천만한 촉나라 산수 한복판에 발을 들일지 모른다는 의심이 들었다.

"위험하도다. 나도 모르는 사이에 공명이 짜놓은 유도 작전에 걸려들었다."

사마의는 부리나케 군사를 되돌려 요소요소에 장수를 배치하였다.

"그저 단단히 지키라!"

경계를 삼엄히 한 뒤 사마의는 마침내 낙양으로 올라갔다.

전황을 황제에게 고하기 위해서다. 위제도 장합의 죽음을 슬퍼했고 여러 신하도 낙담했다.

"아직 적국을 멸망시키지도 못했건만 우리는 나라의 대들보를 잃었다. 앞으로 닥칠 국난을 어찌 헤쳐 나가야 하는가?"

탄식 소리와 꺼질 듯 침울한 기운은 한동안 위나라 궁중을 슬픔에 가득 찬 나락으로 떨어트렸다.

그때 간의대부(諫議大夫) 신비가 황제에게 진언했다.

"무조(武祖), 문황(文皇) 2대를 거쳐 금상께서 용처럼 세상에 일어나시니 우리 대위(大魏)가 누리는 강대함은 천하에 비길 곳이 없고 문무 쪽에서 훌륭한 신하도 비처럼 쏟아집니다. 어찌 장합 한 사람이 전사했다고 이리도 오래 슬퍼하십니까? 집안사람이 죽으면 그 집에 쌓인 정으로써 슬퍼해도 좋고 안타까워해도 괜찮습니다. 백성 한 사람의 죽음은 국가를 강대하게 키움으로써 오래도록 우러르면 되니 성대한 장례를 치르고 칭송하여 온 나라 사람들이 떨치고 일어나도록 격려해야 하지 않겠습니까?"

"신 간의대부가 하는 말이 참으로 지당하오."

이윽고 목문도에서 시신을 수습하여 황제가 정중한 예를 갖추었고 낙양성이 조문객과 조기로 가득 메워질 만큼 대대적인 장례를 치르니 촉나라를 토벌하겠다는 적개심은 활활 불타올랐다.

한편, 공명은 군사를 거두고 한중 진영으로 돌아온 뒤 곧바로 여러 방면으로 사람을 보내 위나라와 오나라 양국 사이에 흐르는 기색을 살피게 조치했는데 성도에서 상서 비위가 도착해 조정이 생각하는 뜻을 솔직하게 전했다.

"아무 까닭도 없이 한중으로 군사를 물리신 연유가 무엇입니까? 황제께서도 의심을 품으셨습니다."

"요즘 위나라와 오나라가 비밀 조약을 맺은 행적이 있다는 소식을 듣고 만일 오나라가 창끝을 돌려 촉나라 국경을 치는 사태라도 일어나면 큰일이라 판단하여 급히 기산을 버리고 만전을 기하기 위해서 돌아왔을 뿐이오."

"이상합니다. 군량 운송은 충분합니까?"

"후방 운송은 정체되기 일쑤여서 장기전을 위한 군량을 얻으려고 작전 밖의 작전을 짜야만 했소."

"그렇다면 이엄이 하는 이야기와 영 딴판입니다. 이엄이 말하기를, 이번에야말로 군량 문제가 없을 정도로 후방 수송이 충분하건만 공명이 돌연 철수한 까닭이 수상하다며 쉴 새 없이 말을 퍼뜨리고 다닙니다."

"말도 안 되오."

공명은 다소 어이없다는 표정을 지었다.

"위나라와 오나라 사이에 비밀 외교 조짐이 보인다고 내게 보고하러 온 자가 이엄이건만…."

"아, 이제야 알겠습니다. 이엄이 감독하는 군수품 생산 실적이 최근 심각하게 저조하니 그 허물을 승상에게 전가했던 모양입니다."

"당치 않은 일! 사실이라면 제아무리 이엄이라 해도 용서할 수 없소."

공명은 그 어느 때보다 격노했다.

이 일로 공명은 성도로 돌아와 승상부 관리에게 엄밀한 조사를 명했다. 이엄이 꾸민 협잡은 사실임이 밝혀졌다.

"목을 쳐도 모자란 엄중한 죄지만 이엄은 선제께서 후주를 부탁하신 중신 가운데 한 사람이다. 관직을 박탈하되 목숨만큼은 살려주겠다. 당장 서인으로 신분을 낮추고 재동군(梓潼郡)으로 멀리 귀양 보내라."

공명은 이렇게 처단했지만, 이엄 아들 이풍은 남겨두어 장사 유염(劉琰)과 함께 군량 생산 등을 책임지는 자리에 등용했다.

안목을 갖춘 인물

1

여러 해 군수 장관으로서 내정 요직에서 재능과 수완을 발휘하던 이엄이 퇴직하자 촉군은 일시적으로 휴양을 취했고 나아가 국내 여러 분야에도 대대적인 쇄신 작업을 하느라 정신 없었다.

사실 촉나라는 길이 거칠고 험한데다 누가 책임자가 되어도 극복할 수 없는 자연조건인지라 촉나라 조정 신하 중에는 공명에 버금가는 인물이 없었으니, 오랜 기간을 국외 정벌하는 동안에는 어떤 형태로든 반드시 내분이 일어났다.

공명이 처한 곤경은 이 둘에 있다 해도 좋았다. 더욱이 황제 유선은 어떻게 보아도 영리하거나 비범한 자질을 갖춘 인물이 아니다. 흔들리기 쉬워 금방 현혹되었다.

공명이 후주 유선을 받드는 태도는 현덕이 세상에 있을 때와 조금도 다르지 않았다. 절절한 충성과 사랑, 경의와 예의를 바치니 뼈조차 여위어가는 모습이다. 그만큼 황제 유선이 공명을 따르고 소중히 여기는 마음도 보통이 아니었지만, 공명이 없을 때는 어쩔 도리 없이 여러 신하가 황제를 동요했다. 신하들이 동요하면 황제도 미혹에 휩싸였다. 촉나라 조정은 언제나 멀리에서 공명 발목을 잡았다. 이러한 까닭에 공명은 결의했다.

"앞으로 3년은 내정을 확충하는 데 갖은 힘을 쏟겠다."

3년 동안 전쟁을 일으키지 않고 군사를 양성하며 무기와 식량을 축적하여 권토중래함으로써 자신을 인정하고 대우해준 선제에게 보답하려 애썼다.

'중원 진출'이라는 원대한 계획은 아무리 여러 번 고난이 닥쳐온들, 잠을 자면서도 잊을 수 없는 공명의 한결같은 마음이다. 그 계획이 없으면 공명도 없다. 공명이 꿈꾸는 야망, 생활, 매일매일을 응집하며 그 계획을 위해 결사적으로 살았다.

3년 동안 공명은 백성을 알뜰살뜰 보살폈다. 백성을 하늘이나 양친처럼 보았다. 교육과 학문, 문화 진흥에도 힘썼다. 아이들도 도를 알고 예를 갖추었다. 교육과 학문을 이루는 근본은 사제 관계에 있다고 보았는데 특히 스승을 중히 여겨 덕을 함양토록 배려했다. 국내를 다스릴 때는 그 근본이 관리에게 있다며 관리들이 갖춰야 할 기풍을 순화하고 정신을 고양시켰다. 관리가 한 번이라도 관직을 더럽히는 죄를 저지르면 거리에 내놓고 백성이 받는 형벌보다 몇 배나 더한 엄벌로 다스렸다.

"공연한 구설로 분별없이 백성을 나무라지 마라. 좋은 풍속을 일으켜 본받도록 이끌어라. 풍속을 일으키는 주체는 스승과 관리다. 스승과 관리가 미풍양속을 행하고 절제를 다한 모범을 보이면 그 아래 나태와 악습을 보는 일은 없다."

공명은 입버릇처럼 말했다.

지난 3년 동안 촉나라 국력은 충실해지고 온 나라에 흐르는 의기도 새로워졌다.

"약속한 3년이 지났습니다. 자벌레가 움츠리는 까닭은 몸을 뻗기 위해서입니다. 이제 겨우 군도 제대로 갖추어졌으니 제6차 정벌 깃발을 세우고 중원으로 진출하려 합니다. 신 제갈량 나이도 이미 지천명이니 언제나 변화하는 전장에서 무슨 일이 생길지 모릅니다. 폐하께서도 부디 선제가 보인 훌륭한 자질을 본받으시어 도움이 되는 선한 말을 귀담아들으시고 백성에게 자비를 베푸시며 사직을 지키시어 유명(遺命)을 완수하시기를 엎드려 바랍니다. 신은 멀리 전장에 있어도 마음은 항상 성도를 지킬 터이 이 점을 기억하시어 든든히 여기십시오."

후주 유선은 공명이 작별을 고하며 엎드려 절하자 아무 말 없이 한동안 옷자락으로 얼굴을 감쌌다.

이때도 성도 사람들 일부는 궁문에 서 있는 잣나무가 매일 밤 운다든지 남쪽에서 날아온 새 떼 수천 마리가 한꺼번에 한수(漢水)에 곤두박질쳐 죽었다든지 하는 불길한 소문을 퍼트리며 공명의 출진을 막으려 들었지만, 공명이 품은 원대한 뜻은 결코 허황된 풍설에 흔들리지 않았다.

공명은 어느 날 성도 교외에 있는 선제 사당을 찾아 큰 제사를 올리고 눈물을 흘리며 오래도록 기원했다.

공명이 현덕의 영령을 향해 무엇을 맹세했는지는 군이 말해 무엇하겠는가. 며칠 뒤 대군은 성도를 출발했다. 황제는 백관을 따르게 하여 교외까지 몸소 배웅했다.

촉나라가 자랑하는 험준한 길을 밟고 위험한 강을 건너기를 수차례. 구불구불 행군을 이어간 군마는 이윽고 한중에 입성했다.

그때 아직 전투도 벌이지 않았건만 공명은 슬픈 소식을 접했다. 관흥의 병사(病死)다.

2

일찍이 장포를 잃고 지금 또 관흥의 부고를 접하자 공명은 이루 말할 수 없이 낙담했는데 그 한탄이 도리어 이번 제6차 출사가 품은 웅대한 계획을 한층 비장하게 만들었다.

한중에서 군세를 가다듬고 기산으로 출진한 촉군은 다섯 갈래로 부대를 나누었으며 총 병력은 34만이라 일컬었다.

그때 위나라는 개원하고 해포를 넘겨 청룡(青龍) 2년 봄을 맞이했다.

지난해 마파(摩坡)라는 지역에서 청룡이 승천하는 기이한 일이 벌어져 국가에 길상이라며 개원했다.

천문 관측에 뛰어난 사마의가 '이 몇 해 사이 북쪽에 뜬 별의 기운이 왕성하니 위나라 길운이 보이는 데 반해 혜성이 태백(太白, 저녁 무렵 서쪽 하늘에 보이는 금성 – 옮긴이)을 범하여 촉나라 하늘은 어두우니 천하의 큰 복은 우리 위나라 황제께 깃들리라'는 예언을 하기도 했다.

"공명이 3년 세월을 준비하여 여섯 번째로 기산에 나온다."

그러니 촉나라 출병 보고를 접했을 때는 용감하게 뛰어나가 황제 조칙을 받들고 이제까지 본 적 없는 대군을 갖추었다.

"확실하다. 이제 촉나라는 패멸(敗滅)하고 위나라는 융성한다. 천운이 미리 알렸다."

출진에 앞서 중달은 황제 조예에게 진언하여 허락을 받았다.

"일찍이 한중에서 전사한 하후연은 자제를 넷 두었는데 언제나 촉나라 손에 아버지를 잃은 원한을 삼키며 이를 갈고 팔을 걷어붙인 채 지냈습니다. 바라건대, 이번 전장에 그 네 아들과 함께 출진하고 싶습니다."

사형제가 가진 자질은 이전에 실패를 불러일으킨 하후무 부마와는 적잖이 달라 맏이 하후패(夏侯覇)는 활쏘기와 말타기에 통달하고 둘째 하후혜(夏侯惠)는 육도삼략(六韜三略)을 줄줄 욀 정도로 병법에 능통했으며 다른 두 형제도 준재라는 평판을 들었다.

위나라 여러 주에서 모여 장안에 집결한 정예병은 44만이라 했다. 숙명의 결전장인 위수를 앞에 두고 종전처럼 진을 폈는데 기산의 촉군은 물론 위군도 전쟁을 거듭할수록 경험이 쌓이니 지리에 대한 전략 연구는 점점 발전해 나갔고 장비와 병력이 점차 증강되어 제1차, 제2차 대치와 비교하면 짧은 세월 동안 양쪽 모두 군용은 눈부시게 발전했다.

이번에 작전상으로 달라진 점을 볼까? 위나라는 공병대 5만을 이용해 대나무를 벌채하여 위수 상류 아홉 곳에 배다리를 놓았고 하후패, 하후위(夏侯威)가 이끄는 군대는 배다리를 건너 강 서쪽에 진지를 구축했다.

지금까지 볼 수 없었던 적극적인 공격 태세를 나타낸 진영이었는데 그와 동시에 용의주도한 사마의는 본진 뒤에 있는 동쪽 광야에도 성을 쌓고 항구적인 근거지로 삼았다.

장기전에 임하는 각오가 예전보다 군건해졌다는 사실은 촉군 측 방비를 보아도 짐작할 수 있다. 기산에 구축한 진지 5개소는 지금까지 구축한 규모와 다르지 않았으나 야곡에서 검각에 걸쳐 진지 14개소를 짓고 성채마다 강병을 주둔시켜 수송대와 사슬처럼 연결되는 태세를 갖추었다.

"위나라를 치기 전에는 돌아가지 않겠다."

이 모든 상황이 말없이도 공명이 다진 의지를 엄연히 보여주었다.

그때 14개소 성채 중 하나에서 적진에 변화가 있다는 소식을 공명에게 알려왔다.

"위나라 대장 곽회와 손례 휘하 두 군대가 농서 쪽 군마를 거느리고 북원(北原)으로 진출하여 일을 벌이려는 듯합니다."

이 정보를 접한 공명이 일갈했다.

"사마의는 지난번 치른 전투에 질려 이번에도 우리가 농서 쪽 길을 차단할까 두려워 서둘러 준비하려는 게다. 사마의가 두려워하는 농서를 지금 우리가 거짓으로 공격하는 태세를 취하면 사마의는 간담이 내려앉아 위나라 주력군을 원군으로 보낼 터. 적이 대비하지 않는 곳을 친다. 허점은 후방인 위수에 있다."

북원은 위수 상류다. 공명은 뗏목 100여 척에 마른 땔감을 가득 싣고 물질에 익숙한 병사 5000명을 선발했다. 한밤중에 북원을 습격하여 위나라 주력군이 움직이면 즉시 불을 붙인 뗏목을 하류로 떠내려 보내 적이 설치한 배다리에 불을 질러 서쪽 기슭에 있는 하후 군의 발을 묶은 뒤 곧바로 위수 남쪽 기슭을 향해 병사를 일으켜 위나라 본진을 빼앗으려는 획책이다.

위군을 감쪽같이 속일지는 위나라 촉각인 사마의 두뇌 하나에 달렸다!

3

아니나 다를까 사마의는 공명의 목적을 적확히 간파했다.

"공명이 상류로 많은 뗏목을 띄우고 북원을 공격할 듯이 거짓 태세를 갖추었지만 허점를 노리고 뗏목을 떠내려 보내 거기에 쌓아둔 땔감과 기름으로 우리 배다리를 불태울 작정이 분명하다."

사마의는 하후패와 하후위에게 명을 내리고 곽회, 손례, 악침, 장호 등 여러 장수에게도 각각 비밀 명령을 내렸다.

이윽고 촉군이 북원을 공격하며 전투를 향한 불을 댕겼다.

오의와 오반이 이끄는 촉나라 병사는 미리 세운 계획대로 무수히 많은 뗏목에 건초를 싣고 강 상류에서 대기했다.

날이 저물었다.

북원에서는 맨 처음 위나라 손례가 치고 나왔지만, 맥없이 패하여 퇴각했다.

"달아나는 꼴이 수상한데?"

손례와 맞서 싸우던 위연과 마대는 구태여 멀리 쫓지 않았는데도 이내 양쪽 기슭 그늘에서 위나라 깃발이 나부끼며 함성과 천둥 같은 북소리가 밀물처럼 몰려왔다.

"사마의가 기다렸다!"

"곽회가 여기 있다."

위군은 반원진(半圓陳)을 치고 적과 강을 같은 쪽으로 보며 조여들었다.

위연과 마대는 목숨을 걸고 분투했지만, 도저히 승산이 없는 지세인지라 조급히 움직이다 강물에 빠져 죽는 병사, 적군에 포위되어 목이 베이는 병사 등 아군의 태반을 잃었다.

두 사람이 간신히 상류로 도망쳤을 무렵에는 끝까지 기다리지 못한 오의와 오반 군사들이 뗏목들을 떠내려 보내려는 참이다.

허나 뗏목들은 위나라 진영에 놓은 배다리까지 도달하지도 못했는데 장호와 악침 등의 군세가 다른 뗏목으로 줄을 둘러쳐서 촉나라 뗏목을 모조리 막더니 되레 발판으로 삼아 활을 쏘는 게 아닌가.

이때 촉군은 멀리서 적을 공격할 만한 무기를 전혀 준비하지 못해 뗏목을 가까이 대고 접전을 벌이는 수밖에 없었다. 위나라는 계속 촉군이 가까이 다가오도록 유도하며 빗발치듯 화살을 퍼부었다.

종내에는 촉나라 장수 오반이 활을 맞고 물속에 떨어져 목숨을 잃었다. 화공(火攻)을 쓰려는 계책이 실패로 돌아간 만큼 촉군 측 패망은 처참했다.

북원 쪽에서 겪은 공격 실패는 별동대인 왕평과 장억 쪽에도 당연히 차질을 빚었다.

두 군대는 공명이 내린 명에 따라 위수 건너편 기슭을 살피다가 배다리가 타오르는 불길이 보이면 즉시 사마의 본진으로 돌입하려고 숨을 죽였는데 밤이 깊어도 상류에서는 아무런 불빛도 오르지 않아 조바심이 나기 시작했다.

"이상하군그래."

"건너편을 보니 위나라 진영은 확실히 허술한 듯하오. 차라리 돌격합시다."

장억은 기다리다 지쳐 안달을 부렸다.

"적에게 틈이 있든 없든 이곳 전황만으로 작전상 한 약속을 바꿀 수는 없소."

왕평이 뜻을 견지하며 끈기 있게 불길을 기다렸다.

그러던 차에 급사가 도착했다. 급히 말을 몰아 달려오자마자 힘찬 목소리로 지시했다.

"왕평 장군과 장억 장군은 화급히 후퇴하십시오. 승상 명입니다. 북원으로 간 아군이 패했고 배다리를 태우려던 계획도 모조리 틀어져 촉군은 대패했습니다."

"뭐라? 아군이 대패를?"

침착하던 왕평도 적잖이 당황했다.

두 군대가 서둘러 퇴각하려는 순간이다. 그때까지 물결 소리와 갈대 소리밖에 들리지 않던 근처에 깔린 암흑이 순식간에 붉어졌다. 굉음이 한차례 울리며 천지를 가로지르는 정적을 깼고 위나라 복병이 사방팔방에서 달려드는 게 아닌가.

"왕평, 도망치는 게냐?"

"장억, 어디로 달아나느냐?"

적을 속인다고 생각하며 완벽하게 위군 측 함정 안에 있던 것이다. 이래서는 맞서 싸울 태세도 갖출 수 없었다. 왕평과 장억이 이끄는 두 부대는 처참하게 공격당하며 무너지듯 혼비백산했다.

상류와 하류 전체에 걸쳐 이날 밤 촉군이 입은 병력 손실만 해도 1만을 넘었다. 공명은 패군을 수습하고 기산으로 회군했는데 공명이 세운 계책이 이렇게 실패한 일은 흔치 않았다. 평소에 가진 자신감에도 적지 않은 동요를 불러왔다. 그 얼굴에 떠오르는 근심은 감출 길이 없었는데….

4

어느 날, 근심에 찬 공명의 얼굴빛을 살피며 장사 양의가 은근히 호소했다.

"요즘 위연이 승상에 대한 험담을 늘어놓으며 사기를 흐리는데 무슨 까닭이라도 있습니까?"

공명은 무거운 표정으로 고개를 주억거렸다.

"위연이 해대는 불평은 하루 이틀 일이 아니다."

양의가 꺼림칙한 듯 물었다.

"알고 계신다면 누구보다 군기에 엄격하신 승상이 어찌 그 행실을 방치하십니까?"

"양의, 쉽게 논할 일이 아니다. 촉나라 여러 장군과 병력을 꼼꼼히 살펴보고 내 심중을 웅숭깊이 헤아려보라."

양의는 일순간 침묵했다. 그러고는 공명 의중을 짐작하니 가슴이 미어졌다. 전쟁이 잇따른 여러 해 동안 별 같은 촉군 대장이 차례차례 지고 등용할 만한 용맹한 장수는 손에 꼽을 정도로 줄었다. 위연이 떨치는 용맹은 단연 다른 이를 능가했다.

지금 그 위연을 없애면 촉군 측 전력은 한층 약화될 게 명약관화했다. 공명이 가만히 참는 까닭은 바로 그 탓임을 양의는 십분 헤아렸다.

그때 성도에서 내린 사명을 띠고 상서 비위가 기산으로 발걸음 했다. 공명은 비위를 불러들여 만났다.

"그대만이 능히 해낼 막중한 임무가 있소. 촉나라를 위해 내가 쓴 편지를 가지고 사신으로 오나라에 가주시겠소?"

"승상 명이라면 마다할 이유가 없습니다. 그곳이 어디든 가겠습니다."

"흔쾌히 승낙해주어 고맙소. 이 서한을 손권에게 바치고 경이 가진 재주를 십분 발휘하여 오나라가 움직이도록 한번 힘써주시오."

공명이 비위에게 맡긴 서한은 촉오동맹조약을 발동하자는 내용이다. 서한으로 기산에서 벌어지는 전황을 자세히 알리며 그 어느 때보다 적극적으로 설득했다.

위나라는 대부분 전력을 이 땅에 모았으니 바로 이때 일찍이 맺은 조약에 근거해 오나라가 위나라 한쪽을 공격한다면 위나라는 즉시 양쪽으로 붕괴할 테니 중원 대사는 쉽게 결정됩니다. 그 뒤에 촉나라와 오나라가 천하를 양분하여 이 땅 위에 이상적인 나라를 건설할 수 있습니다.

비위는 건업으로 무거운 발걸음을 옮겼다.

손권은 공명이 띄운 서한을 읽었고 예를 다하여 촉나라 사자를 대접했다.

그러고는 비위에게 말했다.

"우리라고 해서 결코 촉나라와 위나라 사이에 벌어진 전쟁에 냉담하지 않소. 단지 시기를 보며 충분한 전력을 키웠을 뿐이오. 이제 때가 된 듯하니 날을 정하여 짐이 친히 수륙군을 이끌고 위나라를 토벌할 깃발을 내건 뒤 장강을 거슬러 오르겠소."

비위는 심심한 감사를 담아 절했다.

"분명 위나라가 멸망하기까지 100일을 넘기지 않을 것입니다. 어느 길로 진격하여 공격하시렵니까?"

그러면서 손권이 한 말의 허실을 살폈다.

그 말이 떨어지자마자 손권은 평소 부지런히 갖춘 준비 태세를 넌지시 비추며 시원스레 답했다.

"일단 총 병력 30만을 일으켜 거소문(居巢門)으로 진격하여 위나라 합비(合淝)와 채성(彩城)을 앗겠소. 육손과 제갈근이 강하(江夏)와 면구(沔口)를 공격하여 양양으로 돌진하고 손소와 장승이 광릉(廣陵) 지방에서 회양(淮陽)으로 진격할 것이오."

주연이 열리고 느긋하게 쉴 때다. 이번에는 손권이 비위에게 물었다.

"지금 공명 곁에서 공로를 기록하고 군량과 그 밖의 군정을 돌보는 자는 누구요?"

"장사 양의입니다."

"항상 선봉에 서는 용장은?"

"위연이 있습니다."

"안으로는 양의, 밖으로는 위연인가? 하하하."

손권은 의미심장하게 웃음을 터트렸다.

"내 아직 양의와 위연이 어찌 생겼는지는 보지 못했으나 여러 해 동안 품행을 들어 아는바, 두 사람 다 촉나라를 짊어질 만한 인물은 아닌 듯하오. 어째서 공명 같은 인물이 그런 소인배를 등용했소?"

비위는 대답 없이 그 자리를 적당히 얼버무렸지만, 나중에 기산으로 돌아와 결과를 보고한 뒤 손권의 말을 그대로 공명에게 전했다.

"아, 손권도 안목을 제대로 갖춘 인물이다. 아무리 좋게 꾸미려 해도 천하의 눈은 속일 수 없는 법. 위연과 양의가 그릇이 작다는 사실은 내 이미 파악했지만, 오나라 주군까지 간파했을 줄이야…."

공명은 더욱 홀로 탄식했다.

목우유마(木牛流馬)

1

"저는 위나라 부장 정문(鄭文)입니다. 승상을 뵙고 청할 일이
있습니다."

어느 날 촉나라 진영에 와서 이런 말을 하는 사내가 있었다.

"무슨 일인가?"

공명이 만나 묻자 정문이 절하며 검을 풀어 내밀었다.

"항복을 받아주십시오."

이유를 묻자 정문이 말문을 열었다.

"저는 위나라 편장군(偏將軍)이었습니다. 사마의 부름에 응
하여 참군한 뒤로는 사마의는 저보다 후배인 진랑(秦郎)을 중
용하고 저를 낮잡을 뿐 아니라 공적을 가릴 때도 진랑의 역성
을 들더니 제가 불평을 터트렸다고 죽이려 들기까지 했습니다.
개죽음을 당하느니 승상의 높은 덕을 따라 항복하려 찾아왔습
니다. 저를 써주신다면 이 원한을 갚기 위해서라도 반드시 촉
나라를 위해 충혼을 다하겠습니다."

그러자 위나라 장수 하나가 말을 타고 정문을 따라와 기산 기슭 들판에 서서 정문을 내놓으라며 쉴 틈 없이 소리친다고 진영 밖에 있던 척후병이 보고했다.

"누가 너를 따라왔다는데 아는 자인가?"

공명이 묻자 정문은 갑자기 안절부절못하며 답했다.

"그자가 바로 항상 사마의에게 저를 비방하는 진랑입니다. 사마의가 내린 명을 받고 추격하러 왔을 것입니다."

"너와 진랑 중에 누구 무용이 더 뛰어난가? 사마의가 진랑을 중용한다는 뜻은 네 무용이 진랑보다 떨어져서가 아닌가?"

"그렇지 않습니다. 저는 결코 진랑 따위에게 질 사람이 아닙니다."

"만약 네 무용이 진랑보다 뛰어나다면 사마의는 남을 중상하는 자의 말에 넘어간 것이니 잘못은 사마의에게 있다. 동시에 네 말도 믿을 만하다는 뜻이렷다."

"그렇습니다. 바로 그것입니다."

"그래? 즉시 말을 몰고 나가 진랑과 일대일로 겨루고 그 목을 가져와라. 그 뒤에 항복을 받아들이고 요직에 등용하겠다."

"그야 식은 죽 먹기입니다. 승상도 지켜봐 주십시오."

정문은 말을 걸터타고 들판으로 들입다 달려 내려갔다.

"이 배신자! 내 말을 훔쳐 촉나라 진영으로 도망치다니 어처구니없는 철면피로구나! 사마의 대도독이 내린 명에 따라 참형에 처하겠다. 내 칼을 받아랏!"

기다리던 위나라 장군이 우렁찬 소리로 외치며 정문을 베려고 달려들었지만, 상대가 되지 않는지 맞붙기가 무섭게 정문에게 반격을 당했다.

정문은 그 목을 베어 들고 다시 공명 앞으로 돌아왔다. 공명은 한번 더 명했다.

"진랑의 송장과 옷가지도 가져와라."

정문은 다시 달려갔다가 돌아와 시신을 가지런히 놓았다. 공명은 신중히 살펴보다가 좌우 무사에게 별안간 명했다.

"정문 목을 베라."

"앗! 어, 어째서! 어째서 제 목을?"

정문은 목을 감싸 쥐고 절규했다.

공명은 한바탕 웃어젖혔다.

"이 시체는 진랑이 아니다. 진랑은 나도 전부터 면식이 있다. 비슷하지도 않은 하인을 데려다가 진랑이라고 속여도 그 계책에는 넘어가지 않는다. 중달이 시킨 속임수렷다."

"아, 맞습니다…. 한번만 살려주십시오."

정문은 벌벌 떨며 자백했다. 공명은 여러 가지로 곰곰이 궁리했다. 그러고는 마음을 돌린 듯 잠시 참수를 보류했다.

"정문을 감옥에 가둬두어라."

이튿날이 밝았다. 공명은 직접 쓴 원문을 보여주며 정문에게 붓과 종이를 들도록 명했다.

"목숨이 아깝거든 사마의에게 이대로 편지를 써라."

정문은 감옥 안에서 그대로 편지를 베껴 썼다. 촉나라 병사가 그 편지를 들고 근처 주민으로 모습을 위장한 뒤 위나라 진영에 섞여 들어갔다.

"정문이라는 사람의 부탁을 받고 왔습니다."

그러고는 사마의 측근에게 편지를 건넸다.

사마의는 서간을 눈여겨보았다. 정문의 필적이 분명했다. 사마의는 더없이 기뻐하며 심부름한 사내에게 술과 음식을 내주고 입단속을 한 뒤 돌려보냈다.

"아무에게도 발설하지 마라."

2

정문이 보내온 편지는 이런 내용이다.

내일 밤 기산에서 반짝이는 불빛을 신호로 도독이 직접 대군을 이끌고 공격하십시오. 공명이 방심하여 제 항복을 철석같이 믿은 덕에 저는 중군에 있습니다. 때를 맞춰 호응하여 단번에 붙잡아야 합니다. 공명을 생포할 때가 바로 눈앞으로 다가왔습니다. 만전을 기하여 기회를 놓치지 마십시오.

쉽사리 남의 계략에 빠지지 않는 사마의도 자기가 세운 계략에는 무심코 걸려들었다. 이튿날 온종일 비밀리에 채비를 갖추며 밤이 되자마자 몰래 위수를 건너려는 찰나.

"아버님답지 않습니다."

아들 사마사가 부친에게 직언했다.

"지금까지 전투 기회를 철두철미하게 살피며 신중에 신중을 기했건만 한낱 종잇조각을 믿고 이쪽에서 먼저 움직이는 건 평소 아버지답지 않습니다."

"음, 다시 생각해보니 그렇구나."

사마의는 아들이 해준 충고를 받아들여 돌연 자신은 후진으로 향하고 다른 대장을 선봉에 배치했다.

그날 저녁은 바람이 맑고 달도 밝아 은밀히 야간 행군을 하기에는 여의치 않았지만, 위수를 건널 무렵부터 밤안개가 짙게 깔리고 하늘도 먹구름으로 뒤덮이니 사마의는 한없이 기뻤다.

"하늘이 돕는구나."

사람은 하무(떠드는 것을 막기 위해 병사들 입에 물리던 나무 막대기 – 옮긴이)를 물고 말에는 재갈을 채워 깊숙이 들어가 촉진 진영에 점점 가까워졌다.

한편.

"기필코 사마의를 붙잡겠다."

밤을 벼르며 계책을 도모하던 공명은 검에 의지해 단상으로 걸어가 낮에는 필승을 위한 기도를 올리고 저녁에는 피를 부어 여러 장수와 결사를 담은 잔을 나누었다. 그러고 나서 밤이 깊자 삼군이 각자 임무를 정해 준비를 마친 뒤 숲처럼 기다렸다.

밤이 이슥하여 검은 안개가 자욱할 무렵 홀연 봇물이 터지고 성난 파도가 밀려오듯 무언가가 촉나라 중군을 향해 들이닥치는 게 아닌가. 아뿔싸, 진영 안은 텅 비었다.

"적이 부린 계책에 빠지지 마라."

위군은 수상히 여기며 서로에게 주의를 주었지만, 그때는 이미 퇴로를 잃은 상태였다.

북과 나발, 철포와 함성이 순식간에 일어나 위나라 선봉 태반을 집어삼켰다. 그 틈에 위나라 장수 진랑도 전사하였다.

사마의는 다행히 후진에 남은 덕에 쇠고리 같은 촉나라 포위망은 피했지만 남은 병력을 구하기 위해 일단 공격을 강행하여 밖에서 적의 포위를 뚫어보려 무진 애썼다. 그 시도마저 아군 측에는 막대한 병력을 손실시켰을 뿐 남은 선봉군 약 1만마저 적중에 내버리고 후퇴해야 했다.

"이런 빤한 계략에 걸려들어 빤한 패배를 당했던 적은 전무후무하도다."

좀처럼 감정이 격해지는 일이 없는 사마의도 이때만큼은 분노하며 진을 물리면서도 이를 빠득빠득 갈았다.

설상가상으로 그 무렵이 되자 밤하늘은 다시 개고 달빛이 휘황한 밤으로 접어드니 한때 드리웠던 먹구름이 꿈결처럼 느껴졌다.

"아, 공명이 팔문둔갑법을 써서 우리를 먹구름 속으로 유인한 다음 육정육갑(六丁六甲)을 부리는 신통력으로 구름과 안개를 흩어버린 탓이다."

살아남아 돌아가는 위나라 병사들 틈에서 누가 먼저랄 것도 없이 요사스러운 말이 무럭무럭 번졌다. 게다가 아무도 그 말을 의심하지 않았다.

"웃기는 소리 마라. 공명도 사람이고 우리도 사람이다. 세상에 귀신 따위 없다."

사마의는 진영에 퍼진 미신을 강력히 억누르고 엄격하게 망언을 제재했지만, 공명은 신통력을 지니고 기적을 행하는 사람이라는 생각이 너무 단단하여 뿌리 뽑기 어려운 일반 통념으로 자리 잡는 경향마저 보였다.

위나라 병사가 공포에 사로잡히니 사마의도 겁에 질린 병사를 부리기가 쉽지 않았다. 해서 그 뒤로는 다시 요해를 굳게 지키며 첫째도 수비, 둘째도 수비, 오로지 수비만을 우선하여 굳이 싸우려 들지 않았다.

그사이 공명은 위수 동쪽에 해당하는 호로곡(葫蘆谷)에 병사 1000명을 부려 골짜기에서 대대적인 토목 공사를 벌였다. 호로곡 지세는 호리병 모양을 한 분지를 품고 큰 산에 둘러싸여 한쪽으로 좁은 길이 있을 뿐인데 그 길은 말을 탄 병사가 겨우 한 줄로 지나갈 수 있을 정도다.

공명은 날마다 호로곡을 오가며 밤낮으로 공사 지시를 내리느라 동분서주했다.

3

위나라가 먼저 나서서 싸우지 않고 장기전으로 끌고 가려는 진의는 분명 촉군 측 군량 고갈을 기다리는 탓이다.

장사 양의는 그 점을 우려하며 누차 공명에게 호소했다.

"지금 촉나라 본국에서 운반해 오는 군량이 검각에 도착해 산처럼 쌓였지만, 검각에서 기산까지는 길이 험하고 산악이 이어지니 마소가 넘어지고 수레가 부서지는 형편이라 수송이 뜻대로 되지 않습니다. 이래서야 군량은 순식간에 바닥을 드러낼 것입니다."

건흥 9년 제2차 기산 출진 이후로 제3차, 제4차로 이어지는 전투를 거듭할 때마다 촉군이 앓는 가장 큰 골칫거리는 늘 군량과 수송이다.

이제 3년여 휴전 동안 농업을 장려하고 병사를 쉬게 하며 전에 없는 대규모 병력과 장비를 거느리고 기산으로 제6차 출진한 공명이 그 고된 경험을 되풀이할 리 없다.

"그 문제라면 조만간 해결하겠다. 걱정하지 마라."

양의를 비롯한 촉군 여러 장수는 이윽고 어느 날 공명에게 이끌려 호로곡 안으로 들어갔다.

'달포나 그전부터 무슨 공사를 하시는 걸까?'

전부터 궁금했던 장수들은 골짜기 안이 어느새 굉장한 산업 공장으로 변한 모습을 보고 두 눈이 휘둥그레졌다.

무엇을 생산하는 걸까? 공명이 고안한 '목우(木牛)'와 '유마(流馬)'라는 수송용 수레가 눈에 띄었다.

목우, 유마와 비슷한 괴수 모양을 한 전차는 일찍이 남만 원정 때 적진 앞에 늘어세운 적이 있었다. 이번에는 그 전차를 군량 수송 전용 수레인 치중차(輜重車)로 개조한 발명품이다. 제2차, 제3차 출병 때도 시험 삼아 사용했지만, 효과가 미미해 그 뒤로 3년에 걸친 휴전 기간에 공명이 마음을 다잡고 궁리하여 이번에 대량 생산을 할 만큼 자신할 수 있게 된 신무기다.

"살아 있는 동물인 마소를 부리면 축사와 먹이가 필요하고 사람 손이 가는데다 폐사하거나 나쁜 병에 걸려 쓰러질 염려도 있지만, 이 목우와 유마라면 많은 물건을 실을 수도 있고 먹이를 축내거나 지칠 일도 없다."

공명은 무수히 제작해놓은 실물을 보이며 직접 그 '분묵척촌(分墨尺寸)', 곧 설계도에 대해서도 여러 가지 설명을 곁들였다.

목우와 유마는 어떤 구조였을까? 후대에 전해지는 도량형이나 부분적인 해설로는 개념을 잡는 것도 상당히 어렵다. 《한진춘추(漢晉春秋)》, 《양집(亮集)》, 《후주전(後主傳)》 등에 남겨진 기록을 종합하면 이런 구조와 쓸모였으리라.

목우란 배가 네모지고 머리는 굽었는데 다리 4개가 자유자재로 굽히고 꺾이니 상황에 따라 움직이며 보행한다. 머리는 목 안에서 나온다. 많은 물건을 실을 수 있으나 속도는 느리다. 대량 운반에 적합하며 일상적인 작은 일에 편리하게 쓰기는 어렵다. 혼자 가볍게 행군할 때는 하루 수십 리를 가지만 여럿이 모여서 움직일 때는 20리에 그친다.

다른 책에는 이런 내용도 있다.

굽은 건 소머리고 쌍을 이룬 건 쇠족이며 가로놓인 건 소 목이고 도는 건 소 등이고 모난 건 배가 되고 선 건 뿔이며 앙(鞅, 가슴 끈 – 옮긴이)과 추(鞦, 꼬리 끈 – 옮긴이)를 갖추었고 축(軸), 쌍(雙), 원(轅, 나룻 – 옮긴이)을 올려본다. 사람이 6자를 가면 소도 걸어 함께 간다. 사람이 먹을 수 있는 1년 치 식량을 싣고 하루 20리를 간다. 사람은 그다지 힘들지 않다.

촉나라에는 작은 수레가 있다. 능히 8섬을 싣는데 1명이 밀 수

있다. 수레 앞은 소머리 같다. 큰 수레도 있는데 4명이 10섬을
싣고 밀 수 있다. 어쩌면 목우와 유마를 본뜬 것일까?

《후산총담(後山叢譚)》에 기록된 부분인데 후대에 볼 수 있는
토속적인 수송 수단을 참고하여 덧붙여 설명했으리라. 기동력
을 발휘하는 과학적 구조는 분명치 않지만 실제로 사용하여 쓸
모가 꽤 있었다는 건 자명하다.

이 치중차를 대량으로 제작한 촉군은 우장군 고상을 대장으
로 삼고 속속 목우유마 부대를 투입하여 검각에서 기산을 향해
어마어마한 군량 수송을 즉시 개시했다.

촉나라 병사는 그 규모를 보는 것만으로 용기백배했다. 반대
로 지구전을 펼치려던 위나라 작전은 근본적으로 뒤집혔다.

나사

1

"장호와 악침인가. 서둘러 오느라 애썼소. 자, 일단 자리에 앉으시오."

"사마의 도독, 무슨 일이십니까?"

"최근 공명이 잔뜩 만들었다는 목우와 유마라는 걸 귀공들은 보았소?"

"직접 본 적은 없습니다."

"검각과 기산 사이를 수송하는데 활발히 쓰인다고 들었소."

"그렇다 합니다."

"공명이 만들 수 있다면 구조를 뜯어보고 우리 진에서도 만들지 못하리란 법은 없소. 모쪼록 귀공들이 협력하여 야곡 길에 병사를 매복한 뒤 적의 수송대를 습격하여 그 목우인지 유마인지 하는 기계를 네다섯 대 앗아 오시오."

"알겠습니다. 명령하실 일은 더 없으신지요?"

"다른 전투 성과는 바라지 않소. 서두르시오."

"그쯤이야 식은 죽 먹듯 간단합니다."

사마의 진영을 나온 두 장수는 곧바로 가볍게 무장한 기병 한 무리와 보병 1000명을 이끌고 야곡으로 향했다.

사흘쯤 지나자 장호와 악침은 목표로 삼은 수송 수레를 갈취하여 돌아왔다.

사마의는 그 수레를 해체하여 빠짐없이 도면을 그리게 한 뒤 진영에 있는 기술자를 불러 본떠서 만들도록 지시했다.

길고 짧은 치수, 기동성, 성능 등이 조금도 다르지 않은 수레를 제작하였다. 기술자 수천을 모아 첫 성공작을 바탕으로 삼아 밤낮없이 생산을 늘리니 눈 깜짝할 새에 위나라에도 수천 대에 달하는 목우와 유마가 만들어졌다.

공명은 그 소식을 듣고 오히려 기뻐했다.

"음, 내가 생각한 대로다. 조만간 위나라는 엄청난 군량을 촉나라에 선물하리라."

이레쯤 뒤, 촉나라 척후병이 알려왔다.

1000여 대에 달하는 적의 목우와 유마가 농서에서 막대한 군량미를 싣고 온다는 내용이다.

"역시 중달이 하는 일은 내 예상을 벗어나지 않는구나."

공명은 즉시 왕평을 불러들였다.

"네가 이끄는 병사 1000기를 모조리 위나라 병사로 변장시켜 지금 당장 북원을 지나 농서 쪽 길로 향하라. 지금 가면 정확히 한밤중에 북원으로 접어든다. 분명 북원을 지키는 위나라 장수는 누가 이끄는 군대인지 검문할 터. 위나라 군량을 수송하는 분의 군대라고 대답하면 어렵지 않게 통과할 수 있다. 다음에는 매복하여 위나라 목우유마 부대를 기다리다가 섬멸하여 1000여 대만 이끌고 다시 북원으로 돌아가라. 북원에는 위나라 대장 곽회가 지키는 성이 있으니 이번에는 놓치지 않고 맞받아 공격할 게 분명하다."

상당히 난감한 작전이다.

'모처럼 노획한 목우유마지만 이럴 때는 아군 발목을 붙들지는 않을까….'

왕평이 이런 생각을 하며 미간을 좁히자 공명이 더 자세히 설명했다.

"그때 목우유마 입을 벌려 혀에 장치해둔 나사를 돌려 모조리 버리고 오면 된다. 적은 목우유마를 되찾았으니 멀리 추격하지는 않을 터. 그다음 작전은 다른 장수에게 명해두겠다."

이윽고 왕평은 공명의 말을 듣고 확신을 얻었다는 얼굴로 출진했다. 다음에 부른 장수는 장억이다. 장억에게는 기묘한 계책을 내렸다.

"너는 병사 500명을 육정육갑을 부리는 귀신군으로 준비하는데 모두 귀신 머리를 쓰고 얼굴을 칠해 괴상하게 꾸며라. 저마다 맨발에 검은 옷을 입고 손에는 짐승 엄니로 만든 검과 깃발을 들며 허리에는 조롱박을 차는데 그 안에 유황과 염초를 채워라. 산그늘에 숨어 있다가 곽회 부하가 우리 쪽 왕평 군을 쫓아내고 목우유마를 끌고 돌아가려는 찰나에 습격하라. 적은 기겁하며 일이 틀어졌다고 생각해 목우유마를 내버려 둔 채 도망칠 것이다. 그 뒤에 목우유마 목구멍에 있는 나사를 왼쪽으로 돌려 우리 쪽으로 끌고 오면 된다."

다음으로 강유와 위연이 공명 앞에 불려 와 다른 계책을 받아 나갔고 마지막으로 마대와 마충도 명령을 받고 위수 남쪽으로 바람같이 달려 나갔다.

이미 날이 저물어 북원 저편에 겹겹으로 둘러싸인 산들은 별빛 아래 검게 물들었다.

위나라 진원장군(鎭遠將軍) 잠위(岑威)는 그날 밤 구불구불 행군하는 치중대를 이끌고 농서를 출발해 골짜기를 돌아 산을 넘어 한밤중까지는 북원성 밖에 도착하려고 서두르는 참이다.

하필이면 도중에 의심스러운 군사 한 무리와 맞닥뜨렸다. 촉나라 아문장군 왕평 군대다. 왕평 군은 위군으로 변장한 상태니 한밤중에 본들 판단이 제대로 서지 않았다.

2

잠위 군은 수상히 여기며 짐짓 큰 목소리로 물었다.

"그쪽에서 온 부대는 어디, 누구 군사냐?"

왕평의 위장대는 여전히 느릿느릿 다가오다가 마침내 바로 코앞까지 다가오자 저마다 말했다.

"수송대입니다."

"수송대는 바로 우리다. 너희는 어디 소속 수송대냐?"

"당연한 거 아니냐? 우리는 촉나라 제갈 승상의 명을 받아 운반하러 왔다!"

"뭐? 촉군?"

소스라치게 놀라며 몸을 가누었지만, 왕평이 물고기 헤엄치듯 빠르게 말을 내몰아 부대 정중앙으로 뛰어들었다.

"나는 촉나라 아문장군 왕평이다. 잠위 머리와 목유유마를 모조리 가져갈 테니 그리 알라!"

그러고는 유달리 눈에 띄는 위나라 대장을 베러 달려들었다.

왕평이 노린 자는 정확히 적장 잠위다. 잠위는 당황하며 전군에 호령하다가 왕평이라는 말을 듣고 간담이 서늘해졌다. 가장 자신 있는 무기를 휘두르며 항전했지만 눈 깜짝할 새에 왕평의 일격을 맞아 말 위에서 목이 베여 굴러떨어졌다.

미처 생각지도 못한데다 어두운 밤중이다.

특히 치중대는 전투력이 미약한 게 단점이므로 지휘관 잠위 목이 나가떨어지자 위나라 병사는 사방팔방 도망쳐 흩어졌다. 왕평은 곧바로 부하를 재촉했다.

"여봐라, 유마를 끌고 목우를 밀어라."

목우유마를 1000여 대 앗아 길을 서둘러 이미 지나온 북원으로 돌아갔다.

북원은 위나라 근거지다. 북원 망루와 해자를 지키던 곽회는 잠위 휘하 부하가 패주해 오자 급변이 일어났음을 알고 병사를 준비시켜 촉군이 돌아오는 길목을 장악했다.

왕평은 그곳까지 이르자 예정대로 퇴각했다.

"나사를 돌리고 도망쳐라."

병사들은 일제히 목우와 유마 입안에 있던 나선 장치인 나사를 오른쪽으로 돌리고 내달렸다.

곽회는 군량이 가득 실린 목우유마를 1000여 대 탈환하자 성루로 끌고 돌아가려 애썼다.

"이걸로 됐다!"

애초에 구조와 조작 방법을 몰랐으므로 혀에 있는 나사 장치는 생각지도 못한 채 밀거나 끌어당기기만 하니 제아무리 시도해보았자 한 발짝도 움직이지 않았다.

"왜지?"

그저 의아하게만 생각하는데 느닷없이 한쪽 산그늘에서 우렁찬 북과 나발 소리가 울려 퍼지고 요사스러운 차림새를 한 귀신 군단이 나는 듯 달려오는 게 아닌가.

"이키! 공명이 또 귀신을 불러냈다!"

위군은 일명 귀신군을 보자마자 겁에 질려 몸서리치며 혼비백산하더니 쥐구멍을 다 찾고 달아나 버렸다. 귀신 모습을 한 군사들은 촉나라 강유와 위연 군사니 군량이 가득 실린 목우와 유마를 깡그리 손에 넣고 개선가를 올리며 기산으로 끌고 돌아갔다.

한편, 위수에 있던 사마의는 파발로 이 급변을 접했다.

"이 무슨 불상사냐!"

급히 군사를 일으켜 직접 지원군으로 나섰다.

아뿔싸! 도중에는 촉나라 요화나 장익 등이 만일에 벌어질 사태를 준비해놓고 매복한 상태다. 그 탓에 사마의가 이끄는 군대는 불시에 습격을 당했고 앞뒤에 따르는 직속 무사까지 처참히 잃었다. 사마의는 결국 홀로 말을 걸터타고 채찍을 휘두르며 한밤중 어둠 속에서 방향도 잡지 못한 채 정신없이 도망쳤다.

때마침 요화가 사마의를 발견했다.

"하늘이 주신 기회구나. 오늘 밤이야말로 사마중달의 목은 내 손에 떨어지리라!"

그러고는 눈썹이 휘날리도록 말을 내몰아 추격했다.

사마의는 몸을 돌려 닥쳐오는 적의 그림자와 코앞에 어른거리는 요화를 보고 모골이 송연해졌다.

"내 운도 여기까지인가…."

이미 요화가 든 번득이는 칼은 사마의 등 뒤에 바짝 다다랐다. 순간 사마의는 눈앞에 보이는 거목 뿌리를 빙 돌아 도망쳤다. 열 아름이나 되는 덩치 큰 나무다.

요화도 거목을 돌며 냅다 뒤쫓았다. 사마의 운이 좋았는지 요화가 말 위에서 내리친 단칼은 사마의 어깨에서 빗나가 거목 둥치에 콱 처박혔다.

"아뿔싸!"

어쩌나 기세 좋게 내리쳤는지 요화가 악을 쓰며 다시 뽑아내려 허둥대는 사이에 사마의는 타고 있던 말의 옆구리를 박차고 저만치 어둠 속으로 줄걸음을 놓았다.

3

"아, 분하다."

요화는 발을 동동 굴렀다. 그러다 마침내 칼을 힘들게 뽑아내고는 힘껏 소리쳤다.

"이 기회를 놓치면 언제 중달의 목을 보겠는가!"

요화는 끝끝내 단념하지 않고 말이 지쳐 달릴 수 없을 때까지 사마의 행방을 뒤쫓았다.

허나 중달의 모습은 묘연해졌다.

다만 도중에 숲속 갈림길에서 투구 하나를 주웠다. 황금으로 꾸민 아름다운 장식으로 보아 적의 대도독이 쓰는 투구다.

"동쪽을 향해 떨어졌구나."

요화는 부하를 모아 즉시 그 방면으로 추격하도록 명한 뒤 자기도 동쪽 길로 발걸음을 옮겼지만 중달이 도망친 방향은 생각지도 못한 반대편, 서쪽 길이다.

그 투구는 중달이 일부러 떨어트린 것으로 허무하게 놓친 다시없는 기회는 요화뿐 아니라 촉군을 위해서도 참으로 안타까운 일이다.

반대로 위나라로서는 이 작은 기지가 커다란 행운을 가져왔다. 만약 요화가 중달의 기략을 간파하여 '투구를 동쪽에 떨어트렸으니 도리어 서쪽 길이 의심스럽다'며 그쪽으로 적을 추적했다면 전쟁의 모든 국면은 돌변하여 후에 촉나라는 물론 위나라 역사도 지금처럼 남지는 않았으리라.

역사가 흐르는 자취를 되짚어보면 어느 시대, 어떤 상황에서도 필연적인 힘과 인력을 초월한 힘 이른바 천운 또는 우연이라고 부를 만한 두 가지 요인으로 집약할 수 있다.

위나라에 닥친 국운이나 중달의 운세가 좋았다는 사실은 이 사건 하나만 봐도 어렴풋이 짐작할 수 있다. 그에 반해 촉나라는 운이 따르지 않아 공명이 발휘하는 신통한 지혜와 필살을 다짐한 작전도 언제나 사소한 곳부터 어긋나는 바람에 대체적인 공을 거두어도 위나라에 결정타를 먹이지는 못했다. 이러니저러니 해도 이미 사람이 가진 지략과 힘을 벗어난 어떤 운수가 작용했다고밖에 생각할 수 없었다.

사마의는 늘 주의 깊게 경계했지만, 다시금 공명이 세운 책략에 걸려들었고 아군은 막대한 손실을 입었다.

"차분히 생각해보면 내가 공명이 짜놓은 책략에 빠진다기보다 매번 먼저 계책을 꾸며서는 제풀에 갈팡질팡하다가 내 계책에 다시 걸려드는 형국이다. 공명을 따라잡을 수 없다면 내 마음속에 변화나 미혹이 생기지 않도록 노력하는 수밖에 없다."

사마의는 자숙하며 성안에 틀어박혀 오로지 수비 태세를 견지한 채 철벽 방어를 이어갔고 공세를 펴부으려는 적이 도저히 손쓸 수 없도록 탄탄한 계책을 세웠다.

한편, 촉군은 기세등등했다.

"싸우기만 하면 백전백승이다!"

요화는 가지고 돌아온 중달의 투구를 공명에게 보이며 너스레를 떨었다.

"사마의가 투구를 버리고 허둥지둥 도망갈 정도로 바싹 추격하여 따끔한 맛을 보여줬습니다."

그런가 하면 강유, 장억, 왕평 등도 제각기 그날 밤을 기리며 승리를 뽐냈다.

"목우와 유마 1000여 대입니다. 거기에 실은 군량미만 해도 2만 2000~3000섬은 앗았습니다. 이걸로 당분간 군량은 걱정을 덜었습니다."

"그런가. 잘됐소."

공명은 각 장수에게 칭찬과 위로를 아끼지 않았다. 그래도 여전히 마음속으로 떨칠 수 없는 한 줄기 외로움을 느꼈다.

지금 만약 이 진영에 관우 같은 장수가 있었다면 이런 작은 전과를 올리고 자랑스러워하기는커녕 조금도 만족하지 않았으리라.

'승상께 이리도 신통한 계책을 받았건만 가장 중요한 사마의를 놓쳤으니 원통하기 그지없습니다. 면목이 없습니다.'

되레 부끄러워하며 머리를 조아리고는 사죄해 마지않았으리라.

'아아…, 관우도 죽고 장비도 없구나. 수많은 옛 막료도 어느새 줄어들더니 이윽고 촉나라 안에는 인물이 사라졌구나…'

입 밖으로는 내지 않았지만, 공명 가슴속에 자리한 한 점 적막함이란 바로 그것이다. 공명에게는 과학적인 창조력도, 샘솟는 작전 계획도 무궁무진했다. 그런 능력들을 활용하여 필승하리라는 믿음이 아주 강했다. 허나 촉나라 진영에 인재가 부족하다는 건 아무리 노력해도 메울 수 없었다.

콩을 심다

1

　자국이 공경에 처했을 때는 적국도 그만큼 또는 그 이상으로 난처한 국면에 처했으리라는 짐작은 거의 맞다.

　목우유마 전투 전후로 위나라 도읍 낙양은 촉군이 겪는 식량난보다 훨씬 심각한 위기를 맞았다.

　촉오조약 발동에 따른 오군의 북상이 발목을 잡았다. 게다가 일찍이 본 적 없는 대규모 수륙군이라 전해졌다.

　"위나라 안위가 달렸다."

　이렇게 판단한 위제 조예는 위수로 급사를 파견하여 사마의에게 엄명을 내렸다.

　"만일 촉나라가 이 기회를 포착하는 사태가 벌어지면 위나라 전체는 결정적으로 위태롭게 된다는 뜻이다. 수비에 주력하여 나서서 움직이거나 싸우지 마라."

　한편, 조예는 시국이 돌아가는 중대성을 감안하여 일갈했다.

　"가만히 앉아 수습되기를 기다릴 사태가 아니다. 선제가 해

온 국가 경영과 수많은 고심을 본받아 짐도 친히 삼군을 이끌고 직접 진두에 서서 오나라를 격멸해야 한다."

조예는 유소(劉劭)를 대장으로 세워 강하(江夏) 방면에 급파하고 전예(田豫)에게 대군을 맡겨 양양을 구하도록 명했다. 본인은 만총(滿寵) 등의 대장을 이끌고 합비성으로 출진했다.

이번에 오나라를 방어하려는 작전은 예제가 직접 정벌에 나서기로 결정하기 전부터 위나라 조정 회의에서 심사숙고하게 논의했지만 결국 선제 이래 패배한 전례가 없는 주요 도로와 전술을 답습하게 되었다.

선봉에 선 만총이 소호(巢湖) 근방까지 와서 아득한 저편 기슭을 보니 오나라 병선이 돛대 꼭대기에 달린 깃발을 호구(湖口) 안팎으로 펄럭이며 숲처럼 밀집해 있는 게 아닌가.

"아아, 기세가 대단하구나. 촉나라와 위나라는 해마다 기산과 위수에 막대한 국비와 병력을 소모했건만 오나라는 홀로 아무런 피해도 입지 않았다. 더욱이 강남 동쪽에 풍부한 재력을 바탕으로 양국이 황폐해지기를 살피다가 대거 출격했다면 간단히 격퇴할 수는 없는 노릇."

적의 진용에 압도당한 만총은 황급히 말 머리를 돌려 조예 앞으로 돌아가 상황을 낱낱이 보고했다.

조예는 위나라 주군답게 대범했다.

"부잣집에서 키우는 멧돼지는 살이 올라 한눈에는 건장해 보이지만 어느새 야성을 잃고 둔해진다. 우리 병사는 해마다 서쪽 국경과 북쪽 변방에서 치른 전투와 고난 덕에 몸이 날렵하고 민첩하다. 무엇을 그리 두려워하는가?"

그러더니 즉시 여러 장수를 모아 군사 회의에 몰두했다.

'적이 준비가 소홀한 틈을 친다.'

그 결과 기습 작전을 구상하였다.

용맹한 장수 장구(張球)는 가장 건장하고 날쌘 병사 5000명을 거느리고 호구 방향을 공격했는데 많은 양의 투척용 횃불을 등에 짊어지고 갔다. 만총도 마찬가지로 강병 5000명을 지휘하여 그날 밤 이경(二更)에 두 갈래로 나뉘어 오나라 수채(水寨)로 살금살금 다가갔다.

부두는 물론 호수 위도 물결이 고요하고 하얀 달빛 아래 기러기 울음소리뿐이었지만 순식간에 파도가 하늘을 두드리고 우레가 하늘을 찢는 듯한 함성이 소용돌이쳤다.

"야습이다!"

"위군이 건너왔다!"

오군은 당황하며 법석을 떨었다. 조예가 간파한 대로 오군은 중후한 군용 안에서 안심한 것이다.

"칼이다, 갑옷이다, 방패다, 노다!"

소동을 피우는 사이에 불비처럼 쏟아진 횃불이 배를 하나 태우고 또 다른 배에 옮겨붙어 타오르니 눈 깜짝할 사이에 물 위에 뜬 배 수백 척이 대소를 불문하고 활활 타오르며 광풍 열탕으로 변해갔다.

오나라 군사를 이끈 대장은 제갈근이다. 적벽전(赤壁戰) 이래 선단에 가하는 화공은 오나라가 구사하는 비장의 작전이었건만 이번 전초전에서는 방심하는 바람에 엄청난 실책을 저질렀다. 하룻밤 사이에 입은 손실은 무기, 군량, 선박, 병력에 걸처 막대한 양이다. 패장 제갈근은 남은 병사를 면구까지 후퇴시킨 다음 아군 후방에 지원을 긴박하게 요청했다.

"조짐이 좋구나!"

위군은 용기백배하여 다음 작전을 위해 만전을 기했다.

2

촉나라 공명과 위나라 중달에 견줄 인물을 오나라에서 찾자면 바로 육손이리라.

육손은 오나라 총사령관으로서 중군을 이끌고 형주까지 진군했는데 소호로 간 제갈근이 대패했다는 소식을 들었다.

"말도 안 된다."

육손은 재빨리 초동 작전을 변경하여 새로운 진용을 궁리, 또 궁리했다.

위나라 출격이 예상보다 신속했고 오나라 침공에 반격하는 기세가 거세다는 점이 육손에게는 의외였다.

"위수에서 해마다 군수품과 병력을 소모했으면서도 여전히 여력이 있단 말인가."

육손은 바닥을 알 수 없는 위나라 국력에 새삼스레 놀랐다.

"전초전에서 패한 까닭은 제갈근의 허물이라기보다 우리 오나라 사람이 위나라를 보는 인식이 부족한 탓이다."

육손은 표를 써서 오제에게 간언했다. 지금 신성을 공격 중인 아군을 위군 후방으로 우회시켜 적장 조예가 주둔하는 본진을 커다란 포위망 속에 가두자는 비책이다.

처음에 육손과 제갈근은 위나라 주력군이 신성에 닥친 위급 상황에 넘어가 그 방면에서 전력을 다하리라 생각했다. 예상은 보기 좋게 빗나갔고 소호에서 패했으며 육손은 작전을 변경해야만 했다.

어찌 된 일인가? 이번 작전도 기밀 사항인데 적군에 발설되었다.

제갈근은 면구 진지에서 육손에게 서한을 보냈다.

"아군 사기가 떨어졌건만 위군은 나날이 기세등등하니 자연히 적을 얕볼 수가 없습니다. 아군은 사기가 떨어진데다 설상가상으로 이런저런 군 기밀이 적측에 새어 나간 사태도 적잖이 우려됩니다. 일단 본국으로 철수하여 진용을 재정비한 뒤 기회를 보아 북상하면 어떻습니까?"

반은 난관을 호소하고 반은 의견을 아뢰는 내용이다.

육손은 사자에게 당당하게 말했다.

"제갈근에게 전하시오. 너무 걱정하지 않아도 된다고…. 머지않아 우리도 자연히 계책을 세울 것이오."

그 정도 말을 들어봤자 제갈근은 여전히 불안했다. 사자에게 이래저래 물었다.

"육손 도독이 주둔하는 진지는 군기가 잡히고 진격할 준비가 끝났더냐?"

"말씀드리기 황공하지만, 군기는 해이하고 위아래 할 것 없이 태만한데다 경계 태세조차 보이지 않았습니다."

"음, 참으로 이상하구나. 진격도 수비도 않은 채 대체 어쩌시려는 겔까?"

정직한 제갈근은 불안에 사로잡혀 다음번에는 본인이 직접 출두하여 육손을 만나러 발걸음 하였다.

아니나 다를까, 군대마다 병사들은 진영 밖에서 밭을 갈고 콩을 심는데다 책임자인 육손은 진영 문가에서 여러 대장과 바둑을 두는 게 아닌가.

"아, 평화로운 풍경이구나."

제갈근은 어처구니가 없었다. 그날 밤 연회가 끝난 뒤 육손과 단둘이 남았을 때 아군 태세와 위나라 기세를 비교하며 간절히 선처를 촉구했다.

"그대가 말한 대로요."

육손은 순순히 제갈근이 하는 말을 인정했다. 그러고는 꾸밈없이 이야기했다.

"나도 일단 퇴각할 때라 생각하지만, 철수에는 만전을 기해야 하오. 화급히 군사를 물리면 위나라는 이 기회에 오초(吳楚)를 집어삼키려 대대적인 추격을 벌일지 모르는 일. 더욱이 적극적으로 나서려던 비밀 계책은 적에게 발설되었으니 조예를 포위망에 가두려던 작전도 이제 쓸 수 없소."

바둑으로 한가한 날을 보내는 것도, 병사들에게 콩을 심게 하는 것도 당연히 육손이 위나라를 속이려는 거짓 행동이었다. 위나라는 그 모습을 살피며 육손 군이 해를 넘길 때까지 이 지역에서 길게 진을 치기로 결정했다 싶었는데 제갈근이 면구로 돌아가고 얼마 뒤, 제갈근 휘하 수륙군은 물론 육손 중군까지 하룻밤 사이에 장강 하류까지 급류처럼 철수한 것이다.

"육손은 참으로 오나라 손자(孫子)다."

나중에 그 사실을 안 위제 조예는 혀를 내두르며 감탄했다. 위나라는 뛰어난 군사들을 후속군으로 새로 영입하고 오나라 취약점을 노려 철저히 격파하기 위해 2차 작전을 꾀하는 참이다. 조예는 눈앞에서 그물을 빠져나간 새 떼를 바라보듯 아쉬워하면서도 적군이지만 그 민첩한 퇴각 작전은 훌륭하다며 찬탄했다.

일곱 등잔

1

오나라는 순식간에 빠져나와 순식간에 물러섰다. 오나라가 선택한 총퇴각은 오나라가 약해서가 아니라 오나라 국책이다.

오나라는 애초부터 적극적으로 전쟁에 뛰어들려는 의지가 없었다. 촉나라더러 위나라 덜미를 물어뜯게 조장하고 위나라가 촉나라 목에 손톱을 박게 만들며 양쪽이 얼마나 지쳤는지 견줄 뿐이다.

촉오조약을 맺었으니 촉나라에서 요청하면 출병을 거절하기도 자유롭지 않았다. 해서 부득이하게 출병하여 위나라를 공격해본 것이다.

"위나라는 아직 얕보기 어려운 여력이 있다."

육손은 소호에서 입은 손실쯤은 값싼 대가라며 미련 없이 철수했다.

그에 반해 촉나라가 처한 상황은 절박했다. 작은 안정을 탐하여 수비를 국가 기본 방침으로 삼는다면 즉시 위나라와 오나라 양국은 서로가 품은 욕망을 방패 삼아 결탁하여 이 좋은 먹이를 둘로 나누자며 협공해 올 게 빤했다.

가만히 앉아 멸망하기만 기다리기보다 나아가 촉나라가 살 길을 구하려면 공명이 주창하는 대의명분과 현재 펼치는 작전 외에는 다른 길은 전혀 없었다.

해서 기산과 위수에 마주한 진은 촉나라 존망과 공명의 일신에 숙명적인 결전장으로 자리 잡았다. 촉나라가 물러나면 살 길이 사라지는 생명선이다.

최근 위나라 진영은 낙양에서 내려온 엄명에 따라 오로지 수비만 하는 방향으로 군 정책이 치우쳤다.

'함부로 적을 자극하거나 명령 없이 전선을 넘는 자는 목을 벤다.'

이런 엄명까지 모든 진지에 포고한 형편이다.

움직이지 않는 적을 치기는 극히 어렵다. 공명도 달리 계책을 쓸 방도가 없었다.

그렇다고 공명은 손을 놓고 있지는 않았다. 그사이에 어찌어찌 군량 문제를 해결하고 점령지에 술렁이는 민심을 안정하느라 애썼다.

둔전병(屯田兵) 제도를 도입하여 병사에게 밭을 일구도록 돕고 가축도 힘써 기르도록 장려했다. 촉군은 위나라 백성 사이에 섞여 그 백성을 돕는다는 원칙 아래 수확한 곡식의 3분의 2를 백성이 거두어들이고 군은 나머지 3분의 1을 취하는 게 규칙이다.

하나, 법규 이상을 구하며 백성에게 가혹한 자.

하나, 사적인 권력을 휘둘러 백성의 원성을 사고 농사를 게을리하여 밭에 잡초가 무성한 자.

하나, 주로 군농(軍農) 사이에 불화를 조장하는 자는 그 목을 친다.

이 세 조목 아래 위나라 농부와 촉나라 병사가 협동하며 조화를 이루는 공영 체제가 흙에서 생겨났다. 병사와 백성이 한 밭에서 정강이를 묻고 모를 심었다. 일하는 촉나라 병사 등에 업힌 젖먹이를 보면 위나라 백성 아이다. 논두렁이며 밭이며 개간지에서 함께 새참을 먹고 썼으며 병사와 농부가 한 가족처럼 다정하게 지내는 모습도 간간이 눈에 띄었다. 어디든 절로 미소 짓게 되는 풍경이 벼와 보리 이삭과 함께 무럭무럭 자랐다.

"요즘 기산 근방에서는 다들 즐겁게 일한다더군."

여기저기로 도망치느라 흩어졌던 백성은 공명이 베푸는 인덕을 전해 듣고 속속 기산으로 돌아왔다.

이 상황을 빠짐없이 지켜본 사마의 장남 사마사는 어느 날 아버지가 칩거하는 진영 방안을 들여다본 뒤 넝큼 들어갔다.

"아버님, 계십니까?"

중달은 읽던 책을 상 위에 내려놓고 아들 얼굴을 빤히 올려보았다.

"오, 사(師)구나. 네댓새 동안 보이지 않더니 고뿔이라도 걸렸느냐?"

"아버님, 이곳은 전장이지요?"

"그렇고말고."

"고뿔 정도로 몸져누울 때도 아니고 그럴 만한 장소도 아닙니다. 이곳 주민으로 위장하여 적지를 시찰하고 막 돌아오는 길입니다."

"그것참 잘했구나. 촉나라 정황은 어땠느냐?"

"공명은 장기전을 치를 계책을 세운 모양입니다. 위나라 백성은 다 집으로 돌아왔고 촉나라 병사와 다정하게 밭을 일굽니다. 위수 저쪽 지방은 날마다 촉나라 국토로 야금야금 변해가는 실정입니다. 아버님께서도 그 점은 아시겠지요? 대체 위군은 이만한 대군을 거느리면서도 어찌 이리 허무할 만큼 싸움을 피합니까? 저는 도무지 이해가 가지 않습니다. 오늘은 그 점을 여쭈러 발걸음 하였습니다."

젊은 사마사는 따져 물으며 전장에서는 부자 사이에 할 수 있는 타협도 용납하지 않겠다는 표정을 지었다.

2

"나도 생각이 없는 바는 아니지만…. 단단히 수비하며 공격하지 말라는 낙양에서 내려온 칙명이 있잖느냐? 칙령을 어길 수는 없다."

사마의가 괴로운 얼굴로 변명하는 모습을 사마사는 겸연쩍은 듯 쓴웃음을 지으며 지켜보았다.

"아버님, 휘하 장병은 다 그렇게 이해하지만은 않습니다. 낙양에서 내리는 명령은 언제나 보수적이고 안전만을 최고로 치니까 말입니다."

"아, 어찌 이해하느냐?"

"대도독이신 아버님 본인이 공명에게 압도당해 오금을 펴지 못한다고 합니다."

"음, 그 말도 일리가 있다. 내 지략은 도저히 공명에 미치지 못하는구나."

"지혜가 있는 자는 지혜를 쓰고 지혜가 없는 자는 힘을 이용한다는 말도 있지 않습니까? 위군 100만은 촉군의 3배나 되는 병력입니다. 이 대군과 장비, 지리적 이점을 갖추고도 매일 끙끙 앓으며 진영에만 들어앉아 장군과 병사들을 지치고 분노케 하다니 대체 어찌 된 심산이신지…."

"음, 승산이 없다. 아무리 애를 써도 공명이 무너질 만한 허점을 찾아내지 못했다. 솔직히 나는 그저 지지 않기 위해 용쓰는 게 고작이다."

"하하하. 아무래도 아버님은 조금 지치신 듯합니다."

사마사도 그 이상은 부친의 고뇌를 파헤칠 마음이 들지 않았다. 심중에 품었던 불만은 조금도 줄어들지 않았지만 하는 수 없이 자리에서 물러났다.

그로부터 며칠 뒤 일이다.

진영 앞에 있던 병사가 웅성거리며 소란을 피웠다. 강기슭을 살피던 척후병이 무언가 보고를 한 모양인지 장병들이 진에서 나와 한쪽을 쳐다보는 게 아닌가.

"무엇을 보느냐?"

사마사도 자못 궁금한지 직접 나가보았다. 위수 저편 기슭에 촉나라 병사 한 무리가 이쪽을 향해 무언가 떠들어대느라 분주했다. 많은 병사가 한가운데 깃대를 높이 쳐든 모습이다. 깃대 끝에 찬란히 빛나는 황금 투구를 꿰어 휘휘 돌렸고 아이들 장난처럼 조롱을 퍼붓는 병사도 눈에 띄었다.

"위나라 놈들아! 이게 뭔지 아느냐?"

"네놈들의 도독인 사마중달이 쓰던 투구다! 일전에 패주하면서 길에 떨어트리며 간신히 도망가는 꼴이 얼마나 볼썽사나웠는지 기억하느냐?"

"억울하면 북을 울린 뒤 한번 가지러 와봐라."

"에이, 겁쟁이 도독의 부하 놈이니 올 수 없을 거다!"

촉나라 병사는 눈에 띄게 매달아놓은 투구를 휘두르고 손뼉을 치며 와글와글 떠들고 웃어댔다.

순간 사마사가 이를 부드득 갈았다. 장수들도 발을 동동 구르며 진영으로 돌아가기가 무섭게 사마의에게 밀려들어 갔다. 촉나라 병사가 해대는 갖은 악담을 알리며 전쟁을 촉구했다.

"어서 전투를 개시해 본때를 보여주어야 합니다."

사마의는 그저 웃을 뿐이다. 그러고는 중얼거리듯 말했다.

"성현이 한 말을 떠올리려. 작은 일을 참지 못하면 큰일도 그르친다고 했다. 지금은 수비만이 상책이다. 혈기에 치우쳐 만용을 부려서는 안 되는 시기란 말이다."

이처럼 사마의는 움직이지 않고 조급히 서두르지도 않으면서 계책에도 넘어가지 않았다. 그런 위군에게 촉군도 두 손 두 발을 들었나 보다. 깔보고 욕하며 도발하는 계책도 어느새 수

그러들었다.

몇 달 동안 호로곡에 들어가 공명이 설계한 요새와 목책 등을 구축하던 마대는 드디어 예정한 만큼의 공사를 완료하였다고 판단이 서자 공명에게 보고하러 들렀다.

"분부하신 대로 골짜기 안에 참호를 여러 갈래 파고 요새 곳곳에 장작을 쌓았으며 유황과 염초를 여기저기에 숨겨 지뢰를 묻고 불을 댕길 도화선은 계곡 안에서 주변 일대 산 위까지 동서남북으로 둘러쳤으며 육안에는 보이지 않도록 세심하게 주의를 기울였습니다."

"그래? 내가 건넨 설계도와 틀림없겠지?"

"실수는 없습니다."

"좋다. 사마의를 유인해 벼락같은 불구덩이를 대접하겠다. 마대는 호로곡 뒤에 샛길을 만들고 매복했다가 사마의가 위연을 쫓아 골짜기로 뛰어들었을 때 복병을 우회시켜 계곡 입구를 봉쇄하라. 일단 불씨 하나만 던지면 만산천곡(萬山千谷)이 불바다로 변하고 진동하며 무너질 테니 사마의 전군은 땅속에 묻히리라."

3

마대가 물러나자 다음은 위연을 부르고 고상을 오라 하여 비밀회의를 열고 명령을 내려 각 방면으로 보내는 등 공명이 거하는 유막은 드디어 활발히 움직였다.

그뿐만 아니라 공명 모습에는 심상치 않은 결의가 엿보였다.

'이번에야말로 사마의를 필살의 땅으로 끌어들여 오랫동안 꿈꾼 중원 재패를 단숨에 달성하겠다!'

공명 나이 쉰넷이다. 더욱이 공명의 야윈 몸은 건강하지 않았다. 촉나라 내부에도 이 이상 승패를 가리지 못한 채 대치하고만 있을 수 없는 사정이 있었다. 바윗돌처럼 움직이지 않는 위군 앞에서 공명이 초조해진 건 부정할 수 없는 사실이다.

이윽고 공명도 군사를 편제하여 직접 호로곡 방면으로 향했다. 이동하기 앞서 남은 대군에게 명하며 다시 한번 주의를 일러준 뒤 아주 자세히 지령을 내렸다.

"각자 마음을 하나로 모아 그저 기산을 굳건히 지켜라. 사마의 부하가 공격할 때는 거짓으로 크게 지고 사마의가 직접 공격하면 힘껏 맞서 싸우다가 그 틈을 노려 반대로 위수 적진으로 우회하여 적의 본거지를 공격하라."

그 뒤 본진을 호로곡 가까이로 옮겼는데 포진이 끝나자 골짜기 위로 돌아가더니 먼저 급파한 마대를 다시 불러 밀명을 내렸다.

"이윽고 전투가 시작되면 골짜기를 둘러싸는 남쪽 봉우리에 낮에는 칠성기를 세우고 밤에는 등잔 7개에 환하게 불을 올려라. 사마의를 유인하는 비책이니 게을리해서는 안 된다. 네 충의를 누구보다 잘 아니 막중한 임무를 맡기는 것이다. 내 믿음을 저버리지 마라."

마대는 감격하여 돌아갔다.

촉나라 진영의 움직임을 놓칠 위군이 아니다.

하후혜와 하후화(夏侯和)는 재빨리 사마의를 설득했다.

"저희 둘이 출격하도록 선처해주십시오. 지금이라면 촉나라 진영의 약점을 노려 그 근거지를 쳐부술 자신이 있습니다."

"어찌?"

중달은 여전히 내키지 않는 기색이다.

"촉군은 기다리다 지쳤는지 의미 없이 병력을 분했습니다."

"아하하. 그건 계책이다."

"도독은 어찌 그리 공명에게 겁을 내십니까?"

"두려워할 만한 자는 두려워한다. 나는 그걸 수치라 여기지 않는다."

"하늘이 주신 기회를 놓치고 노상 틀어박혀 있다가는 그 말씀의 깊이도 신념도 의심할 수밖에 없습니다."

"지금이 그 정도로 절호의 기회인가?"

"물론입니다. 촉군이 호로곡이라는 하늘이 내린 험준한 땅에서 오랫동안 토목 공사를 했던 까닭은 난공불락의 대규모 기지를 구축하기 위해서입니다. 촉나라 병사들이 기산을 중심으로 넓은 밭을 경작하고 민심을 달래며 농업 생산에 힘쓴 이유는 자급자족을 위해서가 아니고 무엇이겠습니까? 장기전을 위한 계책을 이제 완성했으니, 기산에 있던 공명도 서서히 근거지를 옮기는 것입니다."

"음….""

"촉나라가 사람의 힘과 자연 지형으로 방비를 굳힌 호로 분지에 진을 옮기고 식량난까지 해결한 뒤에는 우리가 다시 공격하려 해도 도저히 불가능할 것입니다. 기산을 전방의 호위 진지로 삼고 호로를 철벽같은 요새로 삼는 이상…"

"너희는 내 곁에 남아라. 다른 자를 보내겠다."

사마중달은 서둘러 말을 끊고 하후패, 하후위 두 장수를 불러들였다. 그러고는 공격 명령을 내렸다.

"병사 1만을 두 갈래로 나누어 촉나라 진영으로 가라!"

두 장수는 번개같이 기산으로 진격했다. 허나 도중에 촉나라 고상이 이끄는 수송대와 맞닥뜨리는 바람에 전투는 갑작스럽게 광야에서 벌어졌다. 위군은 많은 목우유마를 얻고, 촉군이 버리고 도망친 마구, 꽹과리, 북, 깃발 등을 가득 앗은 뒤 떠들썩하게 개선가를 부르며 돌아왔다.

물과 불

1

위군 일부는 이튿날도 출격을 시도했다. 그날도 약간의 성과를 거두었다.

그 뒤 기회를 노려 출격을 감행할 때마다 여러 장수가 저마다 공을 세웠다. 대부분 호로 입구로 군량을 운반하는 촉군을 습격했으므로 군량미와 수레는 물론 다른 노획물이 위나라 진영 문에 산처럼 쌓여갔고 포로는 매일 구슬을 꿰듯 줄줄이 포박당해 끌려오는 형국이다.

"포로는 다 방면하라. 그런 졸병을 죽인다 한들 전력을 잃을 적이 아니다. 오히려 돌려보내 위나라가 가진 인자함을 촉군에 널리 알리는 편이 낫다."

사마의는 아쉬워하는 기색 없이 포로를 방면해주었다. 오랫동안 큰 전투 없이 한 곳에만 진을 치고 버티기에 진력이 난데다 공훈에 목말랐던 위나라 여러 장수는 너도나도 사마의 허락을 청하고 전장으로 달려 나갔다. 그러고는 각자 공을 다투며 반드시 승리하여 돌아왔다. 연전연승을 거두는 날이 20여 일이나 이어졌다.

"나가 싸우기만 하면 지는 날이 없다."

요즘 들어서는 필승이 위나라 장병들의 통념으로 자리 잡았다. 실제로 왕년의 모습은 찾아볼 수 없을 정도로 촉나라 병사는 약해졌다. 원인은 많은 병사를 농사, 토목, 대민 활동 등에 지나치게 활용한 결과 군 본질 자체가 변질된 것이다. 진지를 이동하는 데 따른 병력 분산도 전투력을 약화시키는 원인이 되었으리라. 위군은 그렇게 판단했다.

이 관측은 어느새 사마중달 마음속에서도 합리화됐다. 중달이 마음 편히 즐거워하는 모습을 보아도 짐작할 수 있다.

"전황이 유리하게 술술 풀리는구나."

중달은 어느 날 포로 가운데 섞여 있던 촉나라 부장을 심문하더니 진심을 담아 좌우에 있는 장수들에게 말했다.

포로가 한 진술을 되짚어보면 지금 공명이 머무는 진지도 명확해졌다.

호로곡에서 서쪽으로 10여 리쯤 떨어진 지점에서 몇 년을 버티는데 충분한 식량을 계곡 성채 안으로 옮기는 중이라는 내용이다.

"헤아리건대 아마 기산은 공명 외 다른 장수가 근근이 지킬 뿐이다."

중달은 결국 전투 주도권을 틀어쥐고 직접 떨쳐 일어났다. 오래도록 굳게 닫혔던 유막에서 기산 총공격을 알리는 전보 명령이 장엄하게 하달되었다.

그때 사마사가 부친을 향해 진언했다.

"어째서 공명이 있는 호로를 치지 않고 기산을 공격합니까?"

"기산은 촉군의 근본이다."

"공명은 촉나라 전체를 아우르는 생명이라 하지 않습니까?"

"그러니 대대적으로 기산을 습격하면서 나는 후진으로 뒤따르다가 방향을 바꿔 호로곡을 급습하여 공명이 친 진을 쳐부수고 골짜기 안에 비축한 군량을 불태울 작정이다. 전투에서 맞닥뜨릴 기회와 계책은 기밀 중에 기밀이어야 한다. 더는 파고들지 마라."

"역시 아버님이십니다."

아들들은 탄복하며 부친이 세운 계책을 칭송했다. 사마의는 장호와 악침 등을 불러 명령했다.

"나는 후진으로 나가는데 너희는 계속 내 뒤에 따라붙어라. 유황과 염초를 충분히 준비하는 것도 잊지 말고."

공명은 날마다 호로곡 입구와 가까운 고지대에 올라 아득히 먼 위수와 기산 사이를 말끄러미 바라보았다. 달포 가까이 아군이 겪는 패전만을 지켜본 형편이다.

그 위험천만한 중간 지대를 고상이 이끄는 운송대가 쉴 새 없이 왕래하며 부러 적의 미끼가 된 상황도, 기산에 주둔한 촉나라 병사가 싸우면 지고 싸우면 지는 모습도 애초에 공명 의중에서 나온 결과니 근심에 차 표정이 어두워질 리는 없었다.

그날.

일찍이 본 적 없는 위나라 대규모 군마가 역시 일찍이 본 적 없는 진형으로 한 무리 한 무리, 한 부대 한 부대씩 기산을 향해

당당히 전진하는 모습이 멀리 보였다.

"오오…. 중달이 드디어 행동을 개시했구나."

공명은 자기도 모르게 외쳤다. 소리는 입속에 머물렀지만, 그 기세는 얼굴을 불그스레 물들였다. 손꼽아 기다리던 순간이다. 공명은 즉시 좌우에 있는 장수 가운데 하나를 택해 전령을 명하고 기산에 있는 아군에게 다시 한번 급히 전했다.

"미리 일러둔 일도 소홀히 하지 마라. 의심하지 마라."

2

위수 흐름마저 막을 정도로 위나라 군마는 단번에 얕은 강물로 뛰어들었다. 한두 군데가 아니다. 물론 촉군은 가시 울타리를 치고 요소요소에 방어 요새를 세워 수비했다. 허나 적은 그 방어막을 잘도 피하여 속속 상륙했다. 일부를 막으면 다른 일부에서 달려 올라오는 게 아닌가. 눈 깜짝할 사이에 위수 일대에 튀어 오르던 물보라는 모조리 뭍으로 옮겨지고 촉나라 병사는 산산이 흩어져 기산 기슭에서 다시 산속에 있는 진영으로 패주하고, 패주했다.

"기나긴 세월 걱정거리였던 촉나라 뿌리를 뽑는 날이 바로 오늘이다!"

지휘에 나선 사마의도 다른 사람 같았다. 천마(天魔) 귀신이라도 막지 못할 기세다.

그 덕분에 위군 사기는 하늘을 찔렀다. 북과 나발 소리는 천지를 뒤흔들고 1천만 칼 그림자가 초목을 새까맣게 뒤덮었다. 이날 바람은 거세고 위수는 안개가 되어 흩날리니 그 안개는 홀연 구름으로 변해 기산 산허리에 부딪쳐 천둥처럼 아우성치는 병사들 가운데서 피를 부르고 시체를 구하며 맴돌았다.

촉군은 기산에 근거지를 둔 이래 가장 거센 공격에 휩싸였다. 가는 곳마다 시체 위에 시체가 쌓이는 격전이 벌어졌다. 위나라는 당연히 막대한 희생을 각오한 뒤 총공세를 펼쳐 말굽이 핏속에 미끄러질 만큼 공격하기 어려운 길을 넘고 넘어 적 한가운데로 육박해 들어갔다.

"지금이다! 따르라!"

난전을 예상했던 사마중달은 중군 뒤에서 돌연 방향을 바꿔 호로곡으로 서둘렀다. 중달이 세운 목표는 처음부터 기산이 아니다. 중달이 밟은 발자취를 더듬어 장호, 악침 두 군대가 뒤따랐다. 그 주위에는 중군 정예병 200여 명과 사마사, 사마소가 굳건히 버티며 부친 곁에 바싹 따라붙었다.

"작전은 우리 생각대로 됐다!"

어마어마한 위군이 촉군을 몰아붙이자 촉나라 병사는 방어에 바빠 사마중달의 행보를 전혀 눈치채지 못한 듯했고 사마 부자(父子)와 기습 부대는 질풍처럼 목적지로 달려갔다. 도중에 몇 번이나 촉나라 병사가 가로막았다. 허나 아무런 준비 없이 당황하여 맞서는 수비일 뿐이다. 200~300명으로 편성한 소대도 나섰고 700~800명짜리 중대도 덤볐다. 애당초 그 정도 병력으로는 갑옷 소매를 한번 스칠 만한 가치도 없었다.

유린, 또 유린…. 사마 부자 앞에서는 울타리도, 병사도, 질풍도 소용없었다. 여기가 과연 적지인지 의심스러울 정도다. 아무도 없는 외진 땅을 달리는 듯한 속도와 기세다.

그러던 중 거세게 압박하는 기운이 남쪽에서 느껴졌다. 북소리와 함성으로 미루어 상대할 보람이 있을 군대다.

"이놈! 어디로 가느냐?"

천둥처럼 소리치며 앞길을 가로막은 대장과 군사를 보아하니 촉나라 맹장으로 이름 높은 위연이다.

"바라던 적이로구나."

사마의 두 아들과 직속 정예 무사들은 한 무리가 되어 위연이 뿜어내는 기선을 제압하려 뛰어나갔다. 사마의도 용창(龍槍)을 바싹 당겨 들고 위연 발치에 함성을 지르며 바짝 나아갔다.

위연은 최선을 다하여 싸웠다. 위연은 누구보다 강했다. 일진일퇴를 반복했다. 하지만 사마의 뒤에는 여전히 악침, 장호가 이끄는 두 군대가 뒤따랐다. 그 위엄 있고 무시무시한 전의에 압도당해 위연은 즉시 줄행랑을 놓았다.

"쫓아라! 놓치지 마라!"

이날만큼 사마의가 적극적으로 나선 전투는 드물었다. 사마의도 이때다 하며 필승 기회라는 확신만 들면 결코 보수적인 겁쟁이 장수가 아니라는 사실은 그 모습을 보고 명확히 알 수 있었다.

어느새 호로곡 특유의 우뚝 솟은 봉우리가 손에 잡힐 듯이 보였다. 위연은 패주하는 병사를 재정비하고는 다시 북을 울리며 맞서 싸웠다. 그때마다 손해를 조금씩 보고는 도주했다. 원통해하며 궁지에 몰려 뒤쫓기는 모습이다.

그 또한 공명이 내린 명에 따른 패주일 줄이야. 결국, 위연은 투구까지 내버리고 골짜기 안으로 도망쳐 들어갔다.

'낮에는 칠성기, 밤에는 등잔불 7개가 보이는 쪽으로.'

미리 공명이 말한 지령대로 표식을 좇아 달렸다.

"잠깐! 이곳 지형은 어쩐지 수상하다."

계곡 입구까지 다다르자 사마의는 화급히 말을 세우고 뒤따르는 측근 장수와 두 아들을 뒤쪽으로 제지했다.

그러고는 좌우 장수들에게 명했다.

"누구든 말 탄 병사 두셋이 먼저 골짜기 안을 살피고 와라."

3

부하 몇 기가 바로 골짜기 입구로 달려 들어갔다. 많은 병사가 말 머리를 나란히 하고 통과할 수 없을 만큼 좁은 길이다.

"다녀왔습니다."

곧 돌아온 장수들이 사마의에게 상황을 보고했다.

"계곡 안을 둘러보니 곳곳에 울타리와 해자가 눈에 띄었고 새로 만든 영채 문과 식량 창고 등은 보이지만 수비하는 병사는 모조리 남쪽 산봉우리로 도망간 듯합니다. 멀리 저쪽으로 칠성기가 보이니 필시 공명도 한 걸음 앞서 골짜기 밖 본진을 그쪽으로 옮긴 것 같습니다."

그 말을 들은 사마의는 안장을 세차게 두드리며 명령했다.

"바로 지금이 적의 군량을 태워 없앨 때다!"

촉군이 가진 치명적인 약점은 식량뿐이다. 공명이 오랫동안 비축한 이 곡물만 태워버리면 촉군 수십만을 없애는 데 무슨 칼이 필요하겠는가.

"달려 들어가 마음껏 불을 지른 뒤 질풍처럼 돌아와라."

사마사, 사마소도 부친이 내리는 호령을 듣고 그 훌륭한 자태를 보자마자 용기가 끓어올랐다.

"자! 뒤따르라!"

그러고는 북적거리며 좁은 외길을 지나 속속 골짜기로 가열하게 돌진했다.

"잠깐. 저기에서 위연이 아직도 칼을 차고 기다린다. 잠시 멈추어라."

중달은 뒤따르는 장수들을 다시 말 위에서 손을 흔들어 제지했다.

저쪽에 위연 군대가 보인 것도 염려되었고 사마의를 주춤하게 만든 건 가까운 곡물 창고나 요새 문을 따라 엄청나게 쌓여 있는 마른 장작이다.

촉군이 나서서 '화기 엄금'이라는 제재를 가해야 하는 창고 부근에 불타기 쉬운 마른 장작 따위가 산처럼 쌓인 까닭은 진정 무엇인가? 안쪽을 살피러 들어간 측근에게 그 수상한 모습이 의아하게 느껴지지 않았음은 어쩔 수 없지만 사마의는 대충 넘어갈 수 없었다.

"두려워할 만한 적도 아니니 저희가 부딪쳐 위연을 쫓아버리는 사이에 아버님께서는 군사들을 감독하여 골짜기에 불을 지르고 바로 밖으로 되돌아가십시오."

조급히 서두르는 사마사와 사마소 형제를 중달이 제지했다.

"아니다, 기다려라. 지금 지나온 좁은 길이야말로 위험하다. 골짜기 안에서 돌아다니는 사이에 만일 촉나라 군사가 저 계곡 입구를 막으면 우리는 나가려 해도 나갈 수 없고 파멸에 이를 것이다. 내 불찰이다. 사야, 소야. 어서 밖으로 물러가라."

"이렇게 허무하게 말입니까?"

"돌아가라! 저기를 보아라, 아직도 많은 병사가 앞다투어 따라 들어온다. 소리를 높여 퇴각하라 외쳐라. 돌아가라고 명령하란 말이다."

사마의 본인도 목청껏 채찍을 들고 제지하기 시작했다.

"뒤로 돌아가라, 원래 길로 가라!"

기세 좋게 쏟아져 들어오는 뒤쪽 병사에게는 도저히 지령이 전달되지 않았다.

그 혼잡한 상황 속에서 어디선가 갑자기 이상한 냄새가 코를 찔러왔다.

눈이 시렸다. 목이 멨다.

"앗, 무슨 연기냐?"

"불을 붙이지 마라. 불을 붙이면 큰일 난다!"

안타깝게도 불을 지른 사람은 위군이 아니다. 그뿐인가. 명령이 혼선을 빚자 달려 들어오는 병사와 돌아가려는 병사가 계곡 입구에 있는 외길에서 소용돌이치며 한바탕 소란을 일으켰다.

바로 그때 한차례 꽝음이 골짜기 안에 메아리쳤다고 생각하니 외길 쪽 벽을 이루던 낭떠러지 위에서 놀랄 만큼 거대한 암석이 산을 울리며 떨어져 내렸다. 애처롭게도 사람도 말도 그

밑에서 비명도 지르지 못하고 깔려 죽어갔다. 골짜기 입구는 즉시 바위 위에 바위가 층층이 겹쳐 봉쇄되었다.

그 정도는 작은 난리에 불과했다. 주변 일대 산에서 날아든 불화살이 어느새 골짜기 안을 불바다로 만들더니 화염에 쫓겨 여기저기 달아나는 사마중달과 휘하 위군이 미친 듯이 날뛰는데 벼락처럼 땅을 찢고 나온 지하 폭탄이 하늘 높이 치솟으니 나무하면 나무, 풀하면 풀, 불타오르지 않는 게 없었다.

4

위나라 병사는 태반이 불타 죽었다. 불에 미쳐 거칠게 날뛰는 말에 깔려 죽은 병사도 수두룩했다. 화염과 검은 연기로 가득 찬 계곡 바닥에서 아비규환이 하늘까지 울려 퍼졌다.

"계략은 적중했다. 자, 물러서자."

이 모습을 보고 흡족하여 골짜기 입구로 향한 사람은 사마의 군을 유인해 들어온 위연이다. 허나 이미 골짜기 입구가 막혀 위연마저 탈출구를 잃었다.

"이럴 수가. 내가 빠져나왔다는 신호를 보기도 전에 계곡 입구를 막다니 어찌 된 일인가!"

위연은 적잖이 당황했다. 그때 부하들이 불에 쫓겨 차례차례 쓰러져갔다. 낭패다. 위연이 입은 갑옷에도 불이 붙었다.

"공명 놈이 평소 내 행동에 앙심을 품고 분명 나마저 사마의와 함께 죽이려 계책을 세웠구나. 여기서 죽다니 원통하다!"

위연은 머리끝까지 화가 치밀어 욕을 퍼부었다.

당연히 계곡 안은 열기로 가득 차 이미 산 사람이 내지르는 비명조차 잦아들었지만 사마의 부자는 셋이 구덩이 속에서 부둥켜안고 비탄에 잠겼다.

"아아, 우리 부자도 여기서 비명횡사하는가…."

삼부자에게는 여전히 천운이 따르는지 때마침 주룩주룩 소나기가 내렸다.

그 덕분에 골짜기 안에서 일어나던 큰불도 단번에 꺼졌다. 자욱이 검은 안개가 피어오르고 그 안개를 휘감는 광풍이 몰아쳐 다시 빨간 불씨가 도처에서 타닥타닥 타오르면 또 작달비가 쏟아져 지표면까지 떠내려갈 듯했다.

"아버님!"

"오오, 사야, 소야. 꿈이냐, 생시냐?"

"꿈이 아닙니다. 하늘이 도우셨습니다. 우리는 정말 살아 있습니다."

"그래, 살았구나."

삼부자는 구덩이 속에서 가까스로 기어 나왔다. 그러고는 어디를 어떻게 걸었는지 제정신이 아닌 상태로 죽음의 골짜기에서 빠져나왔다.

마대 소대가 그 모습을 발견하고 설마 사마의 부자라고는 생각지도 못하고 추격했지만, 그사이 위나라 지원 부대가 도착해버렸다.

"에잇, 시시한 병사를 쫓아봤자 쓸모없다. 돌아가자!"

이렇게 사마의 부자는 목숨을 부지했다. 사마의 부자가 만난 아군 부대에는 장호와 악침 두 장수도 목숨을 구해 합류한 상태였다.

위수 본진으로 돌아가니 그곳에도 이변이 일어나 동쪽 진지가 촉군에게 점령당한 뒤였다. 촉군을 격퇴해보겠다고 위나라 곽회와 손례 등의 부대가 배다리를 중심으로 한창 격전을 벌이는 중이었다.

그 와중에 사마의를 호위하며 한 무리 병사가 돌아온 것이다.

"후방을 빼앗기면 안 된다!"

촉군은 돌연 퇴각하여 멀리 위수 남쪽으로 진을 물렸다.

"배다리를 태워 적의 진로를 끊어라."

사마의가 명했고 즉시 양군 사이 교전로를 불태워 떨어트렸다. 이 배다리는 강의 다른 지점에도 여러 개 있어 기산으로 향했던 아군이 철수할 때 곤란할 일은 없었다.

기산에서 속속 돌아오는 위군도 하나같이 패배를 당한 모습이다. 위군은 밤새도록 화톳불을 피우고 아군 측 부상자나 패잔병을 수습하는 데 힘썼다.

"이 허점을 노리고 촉군이 하류를 건너 우리 본진 뒤로 우회할 우려가 있다."

중달은 강 하류에 촉각을 날카롭게 세우며 상당한 병력을 후방으로 보냈다.

그날 위나라가 입은 피해는 물적으로도, 정신적으로도 전쟁을 개시한 이래 최대라고 할 정도였다. 허나 이 전투에서 거둔 성과를 보고도 촉군 가운데 단 한 사람은 여전히 하늘을 우러르며 통한에 찬 눈물을 흘렸다.

"일을 꾸미는 건 사람에게 달렸으되 이루는 건 하늘에 달렸도다. 결국, 대어(大魚)를 놓쳤다. 아, 어쩔 도리가 없구나."

한탄하는 사람은 바로 공명이다.

오늘이야말로 사마의 부자를 붙잡아 반드시 없애리라 기약한 계책도 무심한 폭우 탓에 온 골짜기에 일으킨 불이 한순간에 꺼지며 수포로 돌아갔다.

공명의 원통함이 오죽했을까? 실로 일을 꾸미는 건 사람이되 이루는 건 하늘이다. 공명은 하는 수 없이 홀로 눈물만 흘리며 한스러운 마음을 달랠 수밖에 없었으리라.

여인의 옷과 쓰개

1

누가 알겠는가, 진정한 병가(兵家)가 엄청난 기회를 놓치고 품었을 가슴속의 한을….

사람들은 하나같이 촉군이 안팎에서 거둔 승리를 가리켜 어디를 보아도 대승이었다고 기뻐했지만, 오직 한 사람 공명의 가슴은 풀 길 없는 유감스러운 마음에 휩싸였다.

더욱이 위수 남쪽에 있는 진영에서 아군을 추스르자 진중에는 끊임없이 불온한 기운이 감돌았다.

조사해본 결과, 이런 말이 들렸다.

"위연이 몹시 성을 내는 듯합니다."

공명은 그 즉시 위연을 불러 물었다.

"네가 번번이 화를 터뜨린다 들었다. 무엇이 불만이냐?"

위연은 벌컥 노기를 띠며 소리 질렀다.

"승상 가슴에 묻는 게 우선 아닙니까?"

"글쎄…. 모르겠구나."

"그렇다면 말씀드리겠습니다."

"기탄없이 말하라."

"승상께서는 사마의를 호로곡으로 유인해 들어가라 명령하셨습니다."

"명했다."

"천만다행으로 폭우가 내렸으니 망정이지 그 비가 아니었다면 이 위연 목숨은 어찌 됐겠습니까? 저도 사마의 부자와 함께 불타 죽을 수밖에 없었을 겁니다. 승상은 저를 미워해 사마의와 함께 태워 죽이려 일을 꾸미신 것 같습니다."

"음, 그 일로 화가 났느냐?"

"당연하지 않습니까."

"수상하구나."

"제가요?"

"아니다. 마대 말이다. 불을 지르고 신호를 보내는 일을 하는데 추호의 실수를 저지르지 말라고 신신당부했다. 당장 마대를 불러라."

오히려 공명이 노발대발하니 위연도 조금 뜻밖이다.

마대는 공명의 부름을 받고 면전에서 혼쭐이 났다. 게다가 옷이 벗겨진 채 곤장 50대를 맞았고 직책도 한 부대 대장에서 일개 조장으로 강등된 게 아닌가.

마대는 진으로 돌아가 군사들에게 얼굴도 비치지 않고 비통한 눈물을 흘리며 분개했다. 뜻밖에도 밤이 되자 공명 측근인 번건(樊建)이라는 자가 몰래 찾아왔다.

"승상 뜻을 받들고 왔습니다."

번건은 마대를 극진히 달랬다.

"정말이지 위연을 제거하려는 생각이셨는데 불행히도 큰비가 내려 사마의도 놓치고 위연을 없애려던 계획도 수포로 돌아갔습니다. 그렇다고는 해도 지금 위연에게 등을 돌리면 촉군은 무너집니다. 하는 수 없이 아무런 허물도 없는 귀공에게 치욕과 오명을 씌웠지만, 이 일도 다 촉나라를 위한 것이니 두 눈 딱 감고 넘어가 달라는 승상의 간곡한 부탁입니다. 부디 이번 일만은 눈감아주십시오. 대신 이번 공적은 다른 누구보다 공의 덕분이니 훗날 많은 사람 앞에서 반드시 백배사례하며 서훈을 내려 치욕을 씻어주겠다고 약조하셨습니다."

마대는 그 말을 듣자 분한 마음이 스르르 풀어지며 공명이 가슴에 담은 고충이 오히려 염려되었다. 심술궂은 위연은 마대 지위가 한낱 부장으로 떨어진 처지를 두고 보겠다는 듯이 공명에게 요청해왔다.

"마대를 제 부하로 주십시오."

공명은 허락지 않았지만, 지금은 공명 약점을 쥔 위연이니 고집을 부렸다.

"무슨 일이 있어도 마대를 부하로 들이고 싶습니다."

그 사정을 들은 마대는 자진해서 위연 부하가 되었다.

"위연 장군 아래로 들어간다면 저는 부끄럽지 않습니다."

물론 입술을 깨물고 참으며 한 말이다.

한편, 위군에도 다소 평온하지 못한 분위기가 감돌았다.

"아이고, 분하다…."

"후유, 원통하다, 원통해."

거듭된 대패에서 비롯된 촉군을 향한 적개심일 뿐 내부적인 반목이나 사마의를 향한 원망은 아니다.

원망까지는 아니어도 불평은 끊임없이 여기저기에서 일었다. 불만이 가득 차 흘러넘쳤다.

그 후에 진영마다 다시 붙인 방문(榜文)에서 비롯된 일이다.

병사 한 사람이라도 이미 결정된 진지 경계선 밖으로 나간다면 목을 친다. 더불어 진지 안에서 흥분하여 격한 말을 내뱉거나 함부로 적을 도발하는 자도 참형에 처한다.

이렇듯 철저한 방어, 소극적인 작전으로 아군이 아무 행동도할 수 없도록 제재했다.

2

양춘백일(陽春百日). 위수에 언 얼음이 녹아도 양쪽 군대는 여전히 마주하여 진을 친 상태다.

"도독은 귀가 먹었나 보다."

이런 말을 들을 정도로 사마의는 아군에서 들려오는 소리는 물론 사방에서 벌어지는 상황에도 무감각한 얼굴이다.

어느 날 곽회가 찾아들었다.

"제가 보기에 아무래도 공명은 이미 한 발짝 나아가 다른 곳으로 진을 옮길 계책을 세우는 듯합니다."

"그대도 그리 생각하시오? 나도 그리 보던 참이오."

중달은 드물게 의견을 입 밖에 냈다.

"공명이 야곡과 기산 쪽 병사를 모아 무공(武功)으로 나온 뒤 산에 의지해 동쪽으로 진격한다면 우려할 일이지만 서쪽인 오장원(五丈原)으로 나간다면 걱정이 없소."

아니나 다를까 사마의는 혜안이 남달랐다. 사마의가 말한 뒤 며칠 지나지 않아 공명이 이끄는 군대는 이동을 시작했다. 게다가 선택한 땅은 무공이 아닌 오장원이다.

무공은 오늘날 섬서성 무공에 속하는 지방이다. 사마의가 보기에 공명이 무공으로 나가는 건 깨끗이 죽음을 택하거나 단번에 대승을 거두겠다는 용맹심의 발현이어서 위군도 보통 이상의 대비가 필요해 은근히 두려웠다.

허나 공명은 위험천만한 모험을 피해 장기전에 유리한 오장원으로 발걸음을 옮겼다.

오장원은 보계현(寶鷄縣) 서남쪽 35리, 구불구불 1000리를 흐르는 위수 남쪽에 자리한다. 그동안 진지를 구축했던 곳과 견주자면 훨씬 멀리 나와 중원 쪽으로 툭 튀어나온 땅이다.

더욱이 여기까지 오면 적국 장안의 부(府), 동관, 도읍인 낙양까지 채찍질 한 번이면 소리쳐 부르는 소리가 들릴 만큼 가까웠다.

'이번에야말로 이 땅의 흙으로 변하거나 적국 중앙으로 돌입해야 한다. 다시는 허무하게 한중 땅을 밟지 않겠다.'

공명이 선보인 담대한 기백은 촉군의 위치와 진용에서 똑똑히 드러났다.

"아군에게는 행운이구나."

사마의가 이마를 문지르며 기쁨을 억누르지 못한 까닭은 장기전으로 맞선다면 사마의도 자신 있었다.

곤란한 건 큰 흐름을 내다보지 못하는 휘하 부하들이다.

'비겁한 총사령관.'

'겁쟁이 도독.'

자칫하면 사마의를 얕보고 왈가왈부하며 진중 기강을 어지럽히기 십상이다.

해서 사마의는 일부러 위나라 조정에 표를 올려 전투를 청했다. 조정은 다시 신비를 전선으로 보내 거듭 전군에게 주의를 주었다.

"단단히 지키며 자중하라. 오로지 수비에 힘써라."

촉나라 강유는 지체 없이 공명에게 고했다.

"신비가 다시 병사를 달래러 내려온 듯합니다. 위군에 흐르는 전의도 한풀 꺾이겠지요."

"그 관점은 잘못되었구나. 장수가 전쟁을 치르다 보면 군주가 내리는 명조차 기다리지 않을 때가 있는 법. 만일 중달이 나를 제압할 자신이 있다면 어찌 여유롭게 조정을 오가며 느릿느릿 내려오는 명을 기다리겠느냐? 우습구나. 사실 중달은 전의도 없으면서 구태여 무위를 무리에게 내보이려는 시늉에 불과하다."

어느 날은 또 위나라 진영에서 '만세'를 외치는 환호성이 끊임없이 오른다고 보고하는 병사가 있었다. 공명은 무슨 일로 적이 환호하는지 노련한 세작을 띄웠다.

"오나라가 위나라 조정에 항복했다는 보고가 방금 전해진 모양입니다."

나이 지긋한 세작이 근심을 가득 담아 전했다.

공명은 껄껄 웃더니 딱하다는 듯이 꾸짖었다.

"지금은 아무리 봐도 오나라가 항복할 리 없다. 너는 예순이나 되어서 아직 그 정도 소식을 믿을 안목밖에 없느냐?"

3

공명은 오장원으로 진을 옮긴 뒤로도 온갖 애를 쓰며 적을 도발했지만 위군은 꿈쩍도 하지 않았다.

적국 땅 깊숙이 출진하면서도 공명이 직접 군을 거느려 싸우지 않고 위군이 경거망동하기만을 유도하는 소극적 전술을 견지한 까닭은 병력과 장비가 차이 나기 때문이다. 후방으로부터 보급을 받기 수월한 지리적 이점을 차지한 위나라 진영은 전투가 없는 동안에도 계속하여 놀랄 만한 병력을 보강했고 지금은 공명이 판단컨대 촉나라 전군의 8배에 달하는 대군을 집결한 상태다.

'머릿수와 실력 차이를 감당해야 할 촉나라 진영의 적은 병사로는 적을 유인하여 근거리에서 공격한다.'

그 방법 하나뿐이며 다른 계책은 없다!

더욱이 중달은 공명이 생각하는 유일한 활로마저 간파해버렸다. 천하의 공명도 아무 반응 없이 진득하니 들어앉은 적에게는 계책을 쓸 길도 막막했다. 일찍이 기산과 위남 지방에서 극진히 민심을 달래며 둔전을 일구어 자급자족을 위한 장기 계획을 세운 덕에 군량은 걱정을 덜었지만 이런 식으로 해를 넘기며 적지에서 몇 년을 보내면 위나라가 방어를 위해 마련한 성과 진지, 장비는 강화될 뿐이리라.

"이걸 들고 위나라 진영에 사자로 가서 중달에게 확실히 전하고 오너라."

어느 날 공명은 사자를 뽑아 자필 서한과 아름다운 소가죽 상자를 맡겼다.

사자는 '가마'를 타고 위나라 진영으로 향했다. 전쟁터 진영에는 가마를 타고 통과하는 자는 쏘지 않고 베지 않는다는 불문율이 있었다.

"무슨 사자인가?"

위나라 장수들은 수상해하면서 진영 문을 통과시켰고 마침내 사자가 청한 대로 사마의에게 안내했다. 사마의는 상자부터 열었다. 그러자 상자 안에서 아리따운 건괵(巾幗)과 호의(縞衣)가 나왔다.

"무엇이냐?"

중달의 입술을 감싼 듬성한 흰 수염이 바르르 떨렸다. 분명히 중달은 격노하였다. 여전히 그 물건들을 손에 든 채 잠자코 바라보았다.

건괵이란 20살 안팎의, 비녀를 꽂을 나이에도 이르지 않은 소녀가 머리칼을 장식하는 천인데 촉나라 사람들은 담롱개(曇籠蓋)라고도 불렀다.

호의는 여자 옷이다.

이 수수께끼를 풀어보면 아무리 도발해도 반응하지 않고 망루와 성벽만 굳게 지키며 조금도 나서지 않는 중달은 흡사 부끄러움을 숨기고 바깥 공기를 두려워하며 집 안에서만 아리따움을 뽐내는 아녀자 같은 사람이라는 야유로밖에 해석할 수 없었다.

"…"

중달은 다음으로 서한을 펼쳤다.

중달이 마음속으로 풀었던 수수께끼는 역시 정답이다. 공명이 써 내려간 글은 나이 든 중달의 잿더미 같은 감정까지도 불타오르게 하는데 충분했다.

역사상으로도 드문 대군을 거느리건만 네 태도는 썩은 아녀자처럼 연약하니 이 어찌 된 일이냐. 무문에서 쌓은 명성을 아까워하고 네 몸이 남자임을 안다면 어서 나와 통쾌하게 결전을 벌이자.

"하하하, 재밌구나."

이윽고 중달 입술 밖으로 새어 나온 소리는 마음속에 차오른 분노와는 다른 웃음소리였다.

촉나라 사자는 마음을 놓고 고개를 들었다.

"수고 많았다. 모처럼 보낸 선물이니 기꺼이 받아두마."

중달은 사자의 노고를 위로한 뒤 술을 한잔 대접하며 자리에 앉아 물었다.

"공명은 잠을 푹 자는가?"

수상하게도 자신이 모시는 공명에 관한 말이 나오자 사자는 술잔을 내려놓고 대답 한마디에도 몸을 바로 하고 말했다.

"예. 제갈 공께서는 아침 일찍부터 기침하시고 한밤중에 자리에 드시며 군중 업무에 지친 기색도 없습니다."

"상벌은?"

"더없이 엄격합니다. 벌로 매 20대 이상 치는 일은 직접 살피십니다."

"아침저녁 식사는?"

"잡숫는 양은 아주 적은데 하루에 몇 승(升, 근대의 홉升에 해당 - 옮긴이)만 드십니다."

"흠…. 그러고도 용케 심신이 버티는구나."

그 자리에서는 자못 탄복하는 모습이었지만 사자가 돌아간 뒤 중달은 좌우에 있는 장수들에게 설명했다.

"공명 목숨은 오래가지 않을 터. 격무와 심적 피로에 시달리면서도 새 모이만큼 먹으니 어쩌면 이미 적잖이 허약한 상태일지도 모른다."

4

위나라 진영에서 돌아온 사자에게 공명은 적진에 돌아가는 상황과 사마의가 보인 반응을 물었다.

"중달은 화를 내었느냐?"

"웃었습니다. 그러고는 모처럼 베푼 호의라며 흔쾌히 선물을 거두었습니다."

"네게 무엇을 물어보더냐?"

"승상이 하는 일상생활을 끝없이 캐물었습니다."

"그래?"

"식사량을 묻더니 주변 사람들에게 심신이 잘도 따른다며 푸념했습니다."

사자를 물린 뒤 공명은 홀로 장탄식했다.

"나를 정확히 파악하는데 적인 중달보다 뛰어난 자는 없다. 중달은 이제 내 수명까지 헤아렸구나…."

때마침 주부(主簿) 양교(楊喬)가 나와 공명에게 의견을 제시했다.

"저는 직무상 승상이 쓴 부서(簿書, 일지 - 옮긴이)를 볼 때마다 생각합니다. 무릇 사람이 움직이는 활동력에는 한계가 있고 집안을 다스릴 때도 위아래가 할 일과 본분이 따로 있습니다. 혹시 제 분수에 넘치는 말을 꾸짖지 않고 들어주신다면 어리석은 생각이나마 한 말씀 올리고 싶습니다."

"나를 위해 하는 선한 말이라면 이 공명도 어린아이와 같은 마음으로 듣겠다."

"고맙습니다. 이를테면 한집안을 꾸릴 때만 해도 노비가 있으면 사내종은 밖에서 밭을 갈고 계집종은 안에서 밥을 짓습니다. 닭은 새벽을 알리고 개는 도둑을 쫓고 소는 짐을 지고 말은 사람이 멀리 외출할 수 있도록 돕습니다. 모두가 제각기 할 일이며 본분입니다. 바깥주인은 다른 이들을 감독하고 집안일을 살피며 조세를 소홀히 하지 않고 자제를 교육하면서, 안주인은 내조하고 집 안 청소나 가족이 화목하게 지내도록 부지런히 몸을 놀리며 물론 무슨 일이 있어도 집 안에 결점이 없도록 노력하며 부군이 뒷일에 근심하지 않도록 애씁니다. 이런 식으로 한집안은 살림살이가 원활하게 꾸려지지만, 만약 집주인이 사내종이 되었다가 계집종도 되었다가 하며 홀로 모든 일을 처리하려 들면 어찌 되겠습니까? 몸은 지치고 기력이 쇠하여 이윽고 집안이 망하는 원인이 될 것입니다."

"…."

"가장은 침착하게 때로는 베개를 높이 하고 마음을 넓게 펼쳐 몸을 돌보며 안팎을 살피면 됩니다. 그 까닭은 주인이 노비나 닭과 개에게 미치지 못하는 탓이 아니라 주인이 지녀야 하는 본분을 깨고 집안 법도에 반하는 일인 탓입니다. 앉아서 도를 논하는 자를 삼공(三公)이라 하고 일어나 행하는 자를 사대부(士大夫)라 한다고 옛사람들이 말했던 까닭도 그런 연유가 아니겠습니까?"

"…."

공명은 눈을 지그시 감은 채 들었다.

"승상이 보내는 일상을 살피면 이렇습니다. 사소한 지시나 다른 사람에게 명하셔도 될 일도 대소를 가리지 않고 직접 처리하시니 온종일 비지땀을 흘리며 상쾌히 심신을 쉴 틈조차 없으신 듯합니다. 이래서는 아무리 강단이 있어도 고달프고 지쳐 도저히 정신이 견뎌낼 리가 없습니다. 하물며 여름이 다가오니 날마다 불볕더위 속에서 어찌 몸이 버티겠습니까? 모조록 조금은 편안하게 더러는 느긋하게 휴식을 취해야 합니다. 그리해도 저희 아랫사람들은 기쁘게 여길 뿐 승상께서 나태하다는 생각은 털끝만큼도 하지 않습니다."

"잘 말해주었다."

공명은 자기도 모르게 눈물을 흘리면서 부하가 보인 따뜻한 정에 감사하며 대답했다.

"나도 모르는 바는 아니나 선제로부터 받은 하늘 같은 은혜를 떠올리고 촉나라에 홀로 계신 폐하에게 다가올 장래를 생각하면 잠자리에 들어도 잠을 편히 이룰 수 없다. 한편 인간은 자기에게 정해진 천수라는 게 있으니 나도 모르게 유구한 시간을 잊고 인간이 수명이 짧다는 사실에 마음이 조급해져서 어떻게든 내 목숨이 붙어 있는 동안 이루고자 다른 사람 손보다는 내 손으로 직접 하고 나중이라 생각한 일도 지금 당장 해두려고 서두르게 되는구나. 너희에게 걱정을 끼칠 수는 없으니 앞으로는 한가한 시간을 누리고 몸을 제대로 돌보겠다."

모두 그 말을 듣고 숙연하여 흐르는 눈물을 삼켰다.

그때 이미 본인 몸에 병마가 깃들었음을 공명 자신이 다른 누구보다 정확히 예감했을 터. 이내 공명은 예사롭지 않은 용태를 보였다.

은하에 빌다

1

공명이 앓는 병은 과로에서 비롯된 것이다. 그런 만큼 하루 아침에 몸져누울 만한 증상은 없다.

오히려 병이 깊어질수록 주위 사람들의 염려를 무릅쓰고 군사 업무에 온 힘을 다해 부지런히 몸을 움직였다. 최근 적군 사이에서는 혈기 왕성한 장병이 사마의를 호되게 비난한다는 말이 들려왔다.

"나 원 참, 대도독은 게으르고 겁이 많다더군."

"이따위 도독을 대위국 군사들 위에 세운다니 참을 수 없지 않은가."

적군들이 과격한 말과 성난 행동을 일삼아 심상치 않은 상황이라는 소식이 촉나라 진영에 쉴 새 없이 전해졌다.

원인은 일전에 공명이 보낸 여자 옷과 쓰개를 받으며 당한 모욕이 위나라 사졸들에게까지 알려진 탓이다.

"대도독은 공명이 편지를 보내 썩은 아녀자 같다며 멸시했는데도 아직도 적에게 어찌 대응할지 계책을 세우지도 않고 저렇게 가만있다. 대체 우리가 목각 인형이냐, 허수아비냐? 무엇을 위해 이런 대군을 결집해 촉나라 사람에게 놀림을 받고 모욕을 당하는가."

다시 원성이 들고일어났는데 그 말에서 결전론자들이 다시 동요한다는 것을 짐작할 수 있었다.

"나와라. 적군이 움직이기만 하면…."

공명은 병을 앓으면서도 위나라 낌새를 알자마자 남모르게 비책을 세우고 날렵한 세작을 보냈다.

"위군이 출진할지 상황을 단단히 살피고 와라."

세작이 마침내 돌아왔다.

"어떻더냐?"

손꼽아 기다리던 공명은 직접 다가가 물었다.

"적 진영 안에서 어수선한 전쟁 기운은 확실히 느껴집니다. 진영 문에 노인 하나가 서 있는 게 유독 눈에 띄었습니다. 흰 눈썹에 붉은 얼굴인데 무쇠 갑옷을 눈부시게 차려입고 의젓하게 서서 손에는 황금 도끼를 짚고 사방팔방을 주시하니 장난으로라도 진영 문을 함부로 드나들지 못하도록 지킵니다. 그 위세에 눌려 진영 안에 주둔하는 군사들도 외출하는 일은 여의치 않습니다."

순간 공명은 손에 든 백우선을 바닥에 떨어트렸다.

"아, 그자야말로 먼젓번에 위나라 조정에서 군감(軍監)으로 내려온 신비다…. 그 정도까지 엄중히 싸우기를 경계한다는 말인가."

일신을 군사 국가인 촉나라에 바친 공명이다. 이미 병환을 자각하고 매일매일 아쉬워하며 힘쓰는 공명에게 이 소식은 실망감을 안겨주었다.

위수 강물이 높이 차오르기도 하고 강바닥이 마르기도 하며 비바람이 몰아치는 날, 불볕더위가 기승을 부리는 날 등 날씨는 시시각각 달랐지만, 전쟁 국면은 전혀 달라지지 않았고 가을은 이미 대지에 우후죽순으로 자라난 풀꽃에 깃들고 아침저녁으로 불어오는 바람은 점차 서늘해졌다.

"촉나라 진영에 한 줄기 쓸쓸한 기운이 보인다."

중달은 어느 날 저녁 은밀히 사람을 풀어 공명 진영을 엿보도록 시켰다. 그러고는 결과에 따라 돌연 기습이라도 나서려는지 은 갑옷과 무쇠 투구로 무장하고 등불 아래서 가만히 기다리는 게 아닌가.

이윽고 변장하여 정탐하러 나간 장수가 사경(四更) 무렵 사마의 앞에 돌아와 이마에 흐르는 땀을 훔치며 보고했다.

"촉나라 진영 깃발은 여전히 엄숙하고 긴장감이 넘치니 나태한 모습은 추호도 보이지 않습니다. 밤이 깊건만 공명은 소여(素輿, 나무껍질만 벗기고 아무 장식도 하지 않은 가마 - 옮긴이)를 타고 진중을 돌아보는데 평소처럼 황색 두건을 쓰고 백우선을 들었으며 공명이 출입하는 모습을 보자마자 병사들이 하나같이 경의를 표하며 몸가짐을 바르게 하고 경례하는 모습이 다시없이 일사불란했습니다. 한마디로 놀라웠습니다. 군중 규율은 삼엄 그 자체였습니다. 최근 공명이 병에 걸렸다는 소문이 퍼졌습니다만 분명 그것도 적이 부러 퍼트린 헛소문일 것입니다."

중달은 감탄하며 사마사와 사마소에게 말했다.

"아, 제갈공명은 참으로 고금에 이름난 명사(名士)다. 명사란 다름 아닌 공명 같은 인물을 말할 게다."

2

앞서 공명이 오나라에 요청한, 촉오동맹조약에 따라 구축한 제2전선을 어떻게 전개하는지 공명은 아직 아무런 상세 보고도 듣지 못했다. 이미 그해 5월 오나라 수륙군이 세 갈래로 위나라를 공격하면서 표면적으로는 조약을 이행했다는 형식을 갖춘 상태다.

오나라가 민첩하고 빠르게 행동했다는 소식을 공명이 얼마나 애타게 기대했을지 상상하기 어렵지 않다.

지난해부터 풍설은 무수히 들려왔다.

어떤 사람은 오나라가 우세하다 말했고 어떤 사람은 아직 본격적인 전쟁은 시작되지 않았다고 했으며 또 어떤 사람은 오나라가 패주했다고 전했다.

오나라와 위나라 전장은 너무나 동떨어진 곳이다. 근거 없는 첩보를 다 믿을 수는 없는 노릇이다.

가을로 접어들 무렵이다.

돌연 성도에서 상서 비위가 진영으로 발걸음 했다.

"오나라와 관련해 전할 말이 있습니다."

공명은 그날도 몸 상태가 좋지 않았지만, 드디어 때가 왔다는 생각에 아무렇지 않은 듯 태연히 맞이했다.

"그쪽 전황은 어떻소?"

비위는 입술에 쓸쓸한 어조를 띠며 입을 열었다.

"5월 여름 무렵부터 오나라 손권은 약 35만을 동원하여 세 방향으로 북상한 뒤 위나라를 끊임없이 위협했습니다만 위주 조예도 합비까지 출진하여 만총, 전예, 유소 등 여러 장수를 능숙히 통솔하여 결국 오군 선봉을 소호에서 격파하니 오나라 병선과 군량이 입은 손실이 막대했습니다. 그 탓으로 후방에 있던 육손은 손권에게 표를 바쳐 적 뒤로 우회할 계책을 세운 듯했지만, 그 전술도 사전에 위나라에 발설되어 모든 기략은 적에게 역으로 이용당했습니다. 오나라 전군은 어쩔 수 없이 아무런 공도 세우지 못하고 퇴각하고 말았습니다. 도무지 의지할 수 없는 동맹국이라는 말밖에 나오지 않습니다."

"…."

"앗, 승상! 무슨 일이십니까? 갑자기 혈색이…."

"아…, 별일 아니다."

"입술 색까지…."

비위는 소스라치게 놀라 시중드는 신하를 불러들였다.

사람들이 달려왔을 때 공명은 소맷자락으로 얼굴을 덮고 탁자 위에 엎드려 있었다.

"승상!"

"어찌 된 일입니까?"

"정신을 바로 하십시오!"

여러 장수도 달려와 함께 안아 일으켜 조용한 방으로 옮기고는 의원을 불러 모든 조치를 취했다. 반각 정도 지나 공명 얼굴에 반짝하고 혈색이 돌아왔다. 사람들은 안심하며 미간을 펴고 함께 머리맡을 살폈다.

"정신이 좀 드십니까?"

공명 가슴이 그 어느 때보다 요동쳤다. 그러고는 한 명 한 명 눈을 맞추며 힘들게 입을 열었다.

"음…, 뜻하지 않게 병색이 돌아 평소의 몸가짐이 흐트러진 모양이다. 옛 병이 도졌다는 조짐이리라. 이래서는 이승에서 보낼 수 있는 내 수명도 길지 않을 듯하구나."

말끄트머리는 혼잣말로밖에 들리지 않았다.

이윽고 저녁이 되자 상태는 상당히 호전되었다.

"기분이 상쾌하구나. 나를 부축하여라. 노대(露臺)로 가자."

시종과 의원이 조심스레 감싸 밖으로 나오자 공명은 밤공기를 깊이 들이마셨다.

"아, 아름답구나."

가을밤이 흐르는 하늘을 바라보다가 돌연 충격을 받은 듯이 안으로 몸을 감추었다.

"오한이 드는구나…."

시종에게 급히 강유를 부르라 명했고, 시간이 얼마 지나지 않아 강유가 황급히 모습을 드러냈다.

"오늘 밤 아무 뜻 없이 천문을 우러르다 이미 내 명이 얼마 남지 않았음을 알았다…. 죽음은 본연의 모습으로 돌아가는 일에 지나지 않으니 그다지 기이하지 않으나 네게 전해두고 싶은 말이 있어 화급히 불렀다. 무엇보다 슬픔에 겨워 흐트러지지 마라."

여느 때와는 달리 가냘픈 음색이었지만 그 안에는 가을 서리 같이 사늘한 엄격함이 느껴졌다.

"그럴 수 없습니다. 승상은 어찌 그런 각오를 하십니까? 슬퍼하지 말라고 하셔도 그런 분부를 하시면 저는 통곡할 수밖에 없습니다."

병상에 난 창에 이는 바람이 쌀쌀한데 강유의 울음소리까지 더해져 촛불은 때때로 사그라질 듯했다.

3

"울 일이 뭐가 있느냐? 이미 정해진 일이다."

공명이 꾸짖었다. 아들을 나무라듯 꾸짖었다. 마속이 죽은 후 공명이 베푸는 사랑은 강유에게 돌아갔다.

평소 강유가 가진 재능을 갈고닦는 심정은 진주를 아끼는 사람이 그 빛을 애지중지하는 마음과 같았다.

"예…. 용서해주십시오. 더는 울지 않겠습니다."

"강유야, 내 병은 천문에 나타났다. 오늘 밤 하늘을 올려다보니 삼대성(三臺星) 모두가 가을 공기에 눈부시게 빛나야 하거늘 객성(客星)은 빛나고 주성(主星)은 희미한데다 불길한 색을 띠니 이변이 일어날 기색이 분명하다. 그러니 내 명이 다했음을 알았다. 공연히 병에 못 이겨 하는 말이 아니다."

"승상, 그렇다면 어찌 하늘에 기원을 드리지 않으십니까? 예부터 그럴 때는 별에 제사를 지내고 하늘에 비는 방법이 있지 않습니까?"

"그래, 잘 기억해냈구나. 그 방법은 나도 배웠으나 내 목숨을 위해 행할 생각은 하지 못했다."

"부디 명을 내려주십시오. 제가 명을 받들어 모든 걸 일사불란하게 마련하겠습니다."

"음, 갑옷을 갖춰 입은 무사 49명을 뽑아 검은 옷을 입혀 검은 기를 들고 기도를 올리는 장막 밖을 지키게 하라."

"예."

"장막 안을 정갈히 하는 일과 제단에 올릴 제물을 마련하는 일은 남의 손을 빌릴 수 없다. 내가 직접 하겠다. 가을 하늘에 떠 있는 북두칠성을 모실 것인데 이레 동안 가장 중심이 되는 등잔불이 꺼지지 않으면 내 수명은 지금부터 12년 정도 늘어날 것이다. 허나 기도를 드리는 사이에 등잔불이 꺼지면 이번 생은 바로 그때까지니 내 명은 그 순간 끝난다. 그것이 장막 밖을 지키는 까닭이다. 다른 사람이 장막 안으로 들어오지 못하게 유념하라."

강유는 삼가 명을 받들고 동자 둘과 함께 갖은 제물과 제기를 조심스레 옮겼다. 공명은 목욕재계한 후 장막 안으로 들어가 청소를 깨끗이 하고 제단을 정갈하게 차렸다. 제사장에게는 일절 맡기지 않고 마침내 장막을 드리우고 북두칠성을 모시는 밀실로 발걸음을 옮겼다.

그 후로 공명은 식음을 전폐했고 밤부터 날이 샐 때까지 밀실에서 한 발짝도 나가지 않았다.

하루, 이틀, 사흘….

하루하루가 지나갔다.

매일 밤 이는 가을 공기는 쓸쓸했고 서늘한 바람이 장막을 흔드니 밀실 제단에 켜놓은 등불과 홍지금전(紅帋金箋) 제화(祭華)가 가물가물 살랑였다.

밖으로 한 발자국만 나서면 은하가 하늘을 가로질렀으며 이슬은 촉촉이 내리고 깃발은 움직이지 않은 채 밤이 깊어질수록 고요함을 더했다.

강유는 무사 49명과 함께 장막 밖에 서서 공명이 드리는 기도가 끝날 때까지 식음을 끊고 돌처럼 우뚝 섰다.

공명이 있는 장막 안을 들여다보면 제단에는 신에게 올리는 커다란 등불 7개가 찬란히 빛났다. 그 둘레에 작은 등불 49개를 밝혔는데 한가운데에 공명의 생명을 뜻하는 '주등(主燈)'을 놓고 갖가지 제물을 바쳤으며 향을 피우고 염을 하며 때때로 소반에 담아놓은 물을 깨끗이 갈았다. 맑은 물은 7번 갈았는데 그때마다 절하며 하늘에 간절히 기원했다. 그 기도가 필사적으로 격앙될 때는 기원문을 암송하는 소리가 장막 밖을 지키는 무사 귀에까지 들릴 정도였다.

"양(亮)은 어지러운 세상에 태어나 농가로 자취를 감추려는데 선제께서 세 번이나 찾아주시는 은혜를 입고 홀로 되신 아드님을 맡기시는 무거운 당부를 받들었습니다. 이에 재주는 없으나 견마지로를 다하여 맹수 같은 대군을 거느리고 여섯 번 기산 진으로 나섰습니다. 신이 바라는 바는 맹세코 나라를 배반한 역적의 목을 베고 그로써 선제가 남긴 유조에 부응하여 영원히 이어질 큰 길을 밝히는 것뿐입니다. 이 뜻을 품은 가을 날 생각지도 못하게 장수별이 떨어지려 하며 이승에 붙어 있는 제 목숨이 끝나리라는 걸 하늘이 알려주셨습니다. 삼가 고요한 밤을 우러러 밝으신 천심에 고합니다. 북녘에서 으뜸가는 별도 하늘의 자비를 베푸시어 지상에서 보내는 간절한 탄식을 들어주십시오. 양의 목숨은 비록 이슬보다 가볍지만, 임무는 태산보다 무겁습니다. 어여삐 여기시고 수명을 10년만 더 내리시어 양이 이 세상에서 업을 달성할 수 있도록 다시 한번 도와주십시오."

기도한 뒤 새벽이 되면 공명은 물 먹은 솜처럼 무겁고 기진맥진한 몸에 다시 물을 끼얹고 병을 잊은 채 온종일 군무를 처리했다.

그 이레에 걸친 공명이 남긴 행적을 기록한 고서를 보면 참담한 마음에 차마 읽을 수 없을 지경이다.

새벽을 기다려서는 이튿날 다시 병을 다스리며 시급한 일을 돌본다. 그러니 날마다 그치지 않고 피를 토한다. 죽었다가는 다시 살아난다.
이렇게 낮에는 함께 위나라를 칠 계책을 논하고 밤에는 북두 모양을 따라 힘겹게 걸으며 기도를 올렸던 것이다.

공명의 한결같은 마음과 모습은 문자 그대로였으리라.

가을바람 이는 오장원

1

위나라 병사들이 일제히 망아지처럼 풀밭에서 뒹굴었다.

한 해 중에도 가장 좋은 계절인 8월에 찾아든 가을이 선사하는 청량한 밤을 맘껏 즐겼다.

그중에 병사 하나가 갑자기 앗, 하고 외쳤다.

"저거 봐라, 뭐지?"

다른 병사도 손가락으로 가리켰고 또 다른 몇몇도 소란을 피웠다.

"나도 똑똑히 보았어."

"신기한 별똥별이네."

"3개나 떨어지다니…. 신기하게도 두 별은 제자리로 돌아갔다! 나머지 하나는 촉군 진영으로 똑바로 떨어졌고."

"이런 기이한 일이 벌어지다니…. 가만있다가 벌 받겠어."

병사들은 제각기 영내 어딘가로 총총 사라졌다. 그러고는 곧 장군에게 보고했으리라. 그 소식은 머지않아 사마의 귀에도 흘러들어 갔다.

때마침 사마의 손에는 천문관에서 오늘 저녁 관측한 기이한 현상을 기록한 보고문이 들려 있었다.

혜성을 관측했는데 붉고 아득했음. 동서로 날아 공명 군 진영에 떨어졌는데 세 번 떨어져 두 번은 돌아갔음. 흘러올 때 발하는 광채가 대단했으나 돌아갈 때는 희미했고 그중에 별 하나는 결국 떨어져서 돌아가지 못했음. 점서에서 말하기를, 양쪽 군대가 맞부딪힐 때 큰 유성을 관측할 수 있고, 군영 위를 달려 군영 안에 떨어지면 그 군은 격파당할 징조임.

병사가 목격했다는 내용과 보고서는 부절을 맞춘 듯 꼭 들어맞았다.

"하후패를 들라 하라."

사마의 눈은 이상할 만큼 광채를 뿜었다.

'무슨 일인가.'

하후패는 비호같이 달려왔다. 사마의는 진영 밖으로 나가 하늘을 우러러보았는데 하후패를 보자마자 빠른 말투로 명령을 내렸다.

"아마 공명은 위독한 상황일 게다. 어쩌면 오늘 밤 안에 죽을지도 모른다. 천문을 보니 장수별도 이미 자리를 잃은 지 오래다. 너는 바로 1000여 기를 이끌고 오장원을 엿보아라. 만약 촉군이 세차고 꿋꿋하게 반격해 온다면 공명이 앓는 병은 아직 가볍다고 봐야 한다. 손실을 입기 전에 귀대하라."

"명 받들겠습니다."

하후패는 즉시 병사들을 모아 별빛이 쏟아지는 평야를 쏜살같이 달려 나아갔다.

그날 밤은 공명이 기도를 올린 지 엿새째 되는 날이다. 앞으로 하룻밤이다. 게다가 공명 생명을 나타내는 주등은 계속 불타올랐다.

'정녕 내 염원이 하늘에 통했는가….'

공명은 정신을 가다듬고 간절히 기도를 올렸다.

장막 밖에서 호위하던 강유도 같은 마음이다. 두려운 점은 공명이 기도를 올리다가 그대로 숨이 끊어지지 않을까 하는 염려뿐이다. 해서 강유는 때때로 장막 안 제단을 살짝 들여다보았다.

공명은 머리카락을 풀어헤치고 검을 든 채 북두 모양을 따라 걷는 보강답두(步罡踏斗)를 하며 자리에 앉아 등을 돌린 모습이다.

"아, 저렇게까지…."

강유는 장막 안을 들여다볼 때마다 뜨거운 눈물을 삼켰다. 그 순간 공명의 모습은 충의를 위해 불타오르는 화신 그 자체로 보였다.

그런데 밤이 깊었는데도 돌연 진영 밖에서 무시무시한 함성이 들려왔다.

"보고 와라."

강유는 섬뜩하여 바로 수비 무사를 밖으로 달려 나가게끔 지시했다. 그때 무사들과 엇갈려 허둥지둥 달려 들어오는 자가 있었다. 위연이다. 당황하여 부산을 떨던 위연은 그 자리에 있던 강유도 밀어젖히고 장막 안으로 뛰어들어 갔다.

"승상! 위군이 습격했습니다. 우리가 바라던 대로 기다리다 지친 사마의 쪽이 먼저 전투를 개시했습니다."

외치며 공명 앞으로 돌아가 기세 좋게 무릎을 꿇으려는데 무언가 발부리에 걸렸는지 제단 위에 있던 제기며 제물들이 기우뚱거리다 무너져 떨어지는 게 아닌가.

"으악!"

당황한 위연은 제단을 흩트렸을 뿐 아니라 발치에 떨어진 주등을 밟아 꺼트리고 말았다. 그때까지 돌처럼 변해 기도를 이어가던 공명은 악! 하고 검을 내던지며 소리 높여 부르짖었다.

"죽고 사는 건 다 운명이다. 아아, 나도 결국 사라질 수밖에 없구나."

강유가 곧바로 뛰어들었다.

"네 이놈! 무슨 짓이냐!"

검을 뽑아 들자마자 원통한 듯 외치며 위연 목을 베려고 달려들었다.

2

"강유야! 멈추어라!"

공명은 목청껏 강유를 나무랐다.

그 비통한 기백에 강유가 우뚝 멈춰 섰다.

"주등이 꺼진 건 사람 뜻이 아니다. 화를 가라앉혀라. 천명이다. 어디 위연의 허물이겠느냐. 진정해라. 냉정해지란 말이다."

갑자기 공명은 바닥에 엎어졌다. 허나 다시 진영 밖에서 북과 함성이 들리자 번쩍 얼굴을 들어 올리며 입을 열었다.

"오늘 밤 적이 해 온 기습은 중달이 내가 위독하다는 사실을 짐작하고 그 허실을 밝히기 위해 급하게 군사를 보낸 것이다. 위연, 즉시 나가 무찔러라."

풀이 죽었던 위연은 공명이 명을 내리자마자 평소에 보였던 용맹함을 되찾고 벌떡 일어서서 뛰어 나갔다.

위연이 진영 앞에 나타나자 과연 북소리는 물론 함성까지 순식간에 달라졌다. 공격과 수비가 즉시 역전되어 위나라 병사는 뿔뿔이 흩어지고 대장 하후패는 말을 차며 줄행랑을 놓았다.

이때부터 공명 병세는 정신적으로도 다시는 회복할 가망이 없어졌다. 이튿날 공명은 중태에 빠졌는데도 강유를 가까이 불러 이야기했다.

"내가 오늘까지 배운 것을 책으로 적으니 어느새 24편이나 되었다. 내가 한 말, 써오던 병법, 모습 들이 이 안에 고스란히 들어 있다. 아군 대장을 골고루 살피니 너 말고 이 책들을 물려주고 싶은 사람은 없구나."

그러고는 자신이 쓴 책을 손수 쌓아놓고 강유에게 전하며 덧붙였다.

"후사 대부분은 네게 맡기겠다. 이 세상에서 널 만난 건 정말 다행이다. 촉나라는 모든 길이 천연적으로 험준하니 내가 없어도 수비에는 걱정이 없다. 음평(陰平) 길에는 약점이 있다. 빈틈

없이 대비하여 촉나라 멸망을 초래하지 않도록 힘써라."

강유가 어찌할 바를 몰라 눈물만 삼키자 조용히 분부했다.

"양의를 불러라."

양의에게는 편지 1통을 넣어둔 비단 주머니를 맡겼다.

"위연은 후에 반드시 모반을 꾀할 것이다. 위연이 선보인 용맹스러운 기질은 귀하게 대접해야 하지만 골칫덩어리기도 하다. 매듭을 짓지 않으면 나라에 해를 끼칠 터. 내가 죽은 뒤 위연이 등을 돌릴 것이니 그때 이 주머니를 펼쳐보면 자연히 해결책을 얻을 것이다."

그날 저녁부터 용태가 점점 악화되었다. 혼절했다가 정신이 들기를 여러 번, 생사를 가르는 기로에서 헤매는 날이 며칠이나 이어졌다.

오장원에서 한중으로, 한중에서 성도로 밤낮을 가리지 않고 역참을 잇는 파발이 내달렸다.

촉나라는 멀었다. 기다리는 사람들에게는 지독히도 멀게 느껴졌다.

"칙사가 내려올 때까지 버티실까…."

사람들이 가슴속에 품은 바람도 이제는 그 정도에 머물렀다. 황제 유선이 놀랐다거나, 은혜로운 조서를 받든 칙사가 밤낮없이 서둘러 달려온다는 소문은 들렸지만, 여전히 오장원 땅에는 사람 그림자가 밟히지 않았다.

다행히 아직 비위가 머무른다는 데 생각이 미쳤다. 공명은 자신이 죽은 뒤에는 비위에게 당부할 일이 많다는 생각이 들었다. 하루는 비위를 불러 간곡히 부탁했다.

"후주 유선께서는 이제 성인이 되셨지만 유감스럽게도 선제가 겪으신 고난을 모르시오. 그 까닭에 세상사를 굽어보고 눈이 웅숭깊지 못하고 민심에 어두우신 것도 어쩔 도리가 없소. 그러니 폐하를 보필할 임무를 맡은 분들이 온 마음을 쏟아 주군 덕을 높이고 사직을 단단히 지키시오. 그로써 선제가 후세에 남기신 덕을 언제나 거울삼아 나라를 다스리면 되오. 재기가 번뜩이는 신하를 갑작스레 발탁하여 경솔히 옛것을 버리고 새롭고 기발한 정치를 펴는 건 위험이 담긴 불씨를 만드는 일이오. 내가 택해둔 사람들을 적절히 등용하여 단점이 있고 얼마간 결점이 있는 인물이라도 함부로 내치는 일은 삼가시오. 그중에 마대가 품은 충절은 다른 사람들을 능가하고 나라에서 관리하는 병마를 맡기기에 충분한 장수니 중히 대하시오. 조정은 경이 총괄하시오. 또 내 병법에 대한 기밀은 빠짐없이 강유에게 전수하였으니 전장과 국방에 관한 일은 젊지만 강유를 믿고 중책을 맡기면 우려할 일은 없을 것이오."

이 일들을 비위에게 유언으로 남긴 공명 얼굴에는 어딘지 무거운 짐을 내려놓은 듯한 후련한 표정이 떠올랐다.

3

날마다 그 병세가 반복되던 어느 아침이다. 공명은 무슨 생각인지 주위 사람들에게 명했다.

"나를 부축하여 사륜거에 태워라."

사람들이 의아하여 물었다.

"어디에 가려 하십니까?"

"진중을 순찰한다."

공명은 이미 자리에서 일어나 직접 깨끗한 옷으로 갈아입은 모습이다.

'임종이 경각에 다가왔건만 이렇게까지 군무(軍務)에 마음을 쓰시는가!'

시중을 들던 의원과 여러 신하 모두 눈물로 소매를 적셨다.

공명이 천군만마 사이를 누빌 때 언제나 올라타던 사륜거를 준비했다. 공명은 새하얀 백우선을 들고 사륜거에 올라 아군 진영 곳곳을 여느 때와 마찬가지로 시찰했다.

그날 아침, 영롱한 아침 이슬이 바퀴 자국에 넘치고 가을바람이 얼굴을 스치니 차가운 기운이 뼈에 사무칠 정도였다.

"아, 깃발에는 여전히 생기가 넘치는구나. 내가 죽어도 별안간 무너지지는 않겠다."

공명은 진영 구석구석을 바라보며 자못 안심한 듯했다. 그러고는 돌아가는 길에 유리처럼 맑은 하늘을 우러르며 중얼거렸다.

"아득하다. 참으로 아득하구나…."

그러고는 자신이 처한 처지를 돌이켜보며 홀로 장탄식했다.

"사람에게 주어진 목숨은 어찌 이리 짧으며, 이상은 어찌 이다지도 높은가."

이윽고 병상에 돌아가기 무섭게 다시 몸져누웠는데 그날부터 갑자기 말투에 힘이 없어지고 눈썹에서 코끝 빛깔에 죽음의 그림자가 드리웠다.

양의를 불러들여 거듭 간곡히 당부하고 왕평, 요화, 장억, 오의 등도 머리맡으로 불러 후사를 일일이 부탁했다.

강유는 밤낮으로 공명 곁을 떠나지 않았고 환자 수발을 도맡았다.

"책상을 준비하고 향을 피운 뒤 지필묵을 갖춰라."

공명은 강유에게 명한 뒤 목욕재계하고는 그대로 책상 앞에 앉았다. 촉나라 천자에게 올릴 마지막 표문을 적기 위해서다.

끝까지 다 쓴 뒤 모두에게 일렀다.

"내가 죽더라도 발상을 해서는 아니 된다. 내가 죽으면 사마의는 절호의 기회를 놓치지 않으려고 총력을 다해 쳐들어올 것이다. 이때를 위해 평소 장인 둘에게 명하여 내 목상을 만들어두었다. 나와 똑같은 크기로 앉은 모습이니 사륜거에 태워 둘레를 푸른 비단으로 감싼 뒤 허튼 자는 다가가지 못하게 하여 아군 장병까지도 '공명은 살아 있다'고 생각하도록 만들어라. 그런 뒤 때를 보아 위군 선봉을 밀어내며 퇴로를 확보한 뒤에 발상하면 실수 없이 전군이 귀국할 수 있다."

잠시 숨을 고르고는 이윽고 덧붙였다.

"내 좌상을 앉힌 수레에는 발치에 등잔 하나를 밝히고 쌀 7알과 물을 약간 입에 물려라. 주검은 융단을 가득 채운 수레 안에 안치하여 너희가 호위하며 한 발 한 발 엄숙하고 고요히 나아간다면 설령 1000리를 후퇴한다 해도 군사들은 평소와 같아 작은 혼란도 일으키지 않을 것이다."

이어서 철수할 길과 전술을 알려준 뒤 말을 맺었다.

"이제는 더 할 말이 없다. 모두 마음을 하나로 모으고 나라에 보답하며 직분을 다해주기를 바란다."

사람들은 눈물을 철철 흘리며 그 말을 어기지 않겠다고 맹세했다.

공명은 땅거미가 어둑어둑해질 무렵 잠시 숨이 끊어졌지만 물을 찍어 입술을 축이니 다시 깨어난 듯 눈을 뜨고 초저녁 어스름한 병상에서 보이는 북두칠성 하나를 가리켰다.

"저기, 밝게 빛나는 장수별이 내가 깃든 별이다. 지금 지기 직전에 한층 빛나며 깜빡이는구나. 보아라, 곧 떨어질 것이다…."

말을 잇나 싶었지만, 공명 얼굴은 돌연 창백한 밀랍처럼 변하더니 내리감은 눈썹만이 가지런히 심어놓은 듯 새까맸다.

4

공명이 맞이한 죽음 전후를 표현한《삼국지연의》묘사는 세밀하기 그지없다. 공명의 위대한 '죽음'이라는 현실 그 자체를 모든 의미에서 시적으로 승화했다.

중국에 널리 알려진 '불사(不死)'라는 관념과 일본에서 찾아볼 수 있는 시나 노래, 모노노아와레(인간이 사물에 접할 때 순수하게 일어나는 감정을 뜻하는 일본의 문학적, 미적 이념 – 옮긴이)에 깃든 생사관은 다르지만, 제갈공명이 맞이한 죽음 앞에서는 당시 촉나라 사람과 위나라 사람을 불문하고 뭔가 영묘한 체험을 한 건 분명한데,《삼국지연의》저자조차 차마 허망하게 공명을 죽일 수 없어 괴로워하는 모습이 붓놀림 곳곳에서 느껴진다.

이를테면 공명이 마지막 순간에 북두칠성을 올려다보는 장면으로 돌아가자.

"내 명이 곧 다할 거요."

공명은 자기 별을 가리키고는 이리 말한 뒤 숨을 거두었다. 얼마 지나지 않아 성도에서 파견한 칙사 이복이 도착했는데, 칙사라는 말을 듣자 공명이 다시 눈을 뜬 후 삼가 답했다는 대목도 원저자가 애석한 나머지 추가한 장면인 듯싶다. 이 책에서는 그 설정이 억지인지 아닌지를 불문하고 원전대로 번역했다. 역자로서도 그러는 편이 1700년 전부터 오늘날까지 공명 이름과 함께 이 작품을 사랑하고 계승해온 민족의 마음을 이해하기에 알맞다고 판단한 까닭이다.

칙사라는 말을 듣고 다시 눈을 뜬 공명이 한 말은 이렇다.

"국가를 위한 중대사를 그르친 사람은 나요. 그저 부끄러워하는 것 외에 사죄할 말이 없소…."

이런 부탁을 했다고도 한다.

"신 제갈량이 죽은 뒤에는 누구를 승상에 임명할지…. 폐하께서는 칙사를 통해 가장 먼저 물으셨을 것이오. 내가 죽은 뒤에는 장완이 승상에 오를 인물이오."

이복이 거듭 물었다.

"만약 장완이 한사코 사양할 때는 누가 적임입니까?"

"비위가 좋소."

이복이 재차 다음 일을 물었지만, 이제는 대답이 없었다.

장수들이 다가가 확인하니 더는 호흡을 하지 않고 숨을 거둔 상태였다.

　때는 촉나라 건흥 12년 8월 23일 가을. 향년 54세다.

　이 날짜와 나이만큼은 많은 사서와 연의류 서적이 일치한다. 사람 수명이 오십이라 하면 생이 짧았다 말하기는 어려울지 모르지만, 공명은 참으로 요절했다는 느낌이다.

　공명의 죽음은 촉군을 헛되이 고향 땅을 밟게 만들었으며 촉나라 국책도 그 뒤로는 중요한 전환기를 맞이할 수밖에 없었는데 개인에게 끼치는 영향은 상당했다.

　촉나라 장수교위(長水校尉)를 맡은 요립(廖立)이라는 자는 전부터 자기 재주와 명망을 믿고 동료에게도 함부로 말을 퍼트리던 사내다.

　"공명이 나를 제대로 기용하지 않는 까닭은 사람을 보는 눈이 없어서다."

　패기와 자부심이 지나쳐 공명은 잠시 요립의 관직을 거두고 문산(汶山)이라는 벽지로 쫓아 보내 근신을 명했다.

　요립은 공명의 부고를 듣자 자기 앞길이 막혔다는 듯이 한탄했다고 한다.

　"나는 평생 왼쪽으로 옷깃을 여미겠구나…."

　또 먼저 재동군에 유배된 전(前) 군수 장관 이엄도 탄식했다.

　"공명이 살아 있는 한 언젠가 나도 다시 돌아갈 날이 오리라 기쁘게 기다렸건만 그분이 돌아가셨으니 내 남은 목숨을 부지할 의미가 없구나."

　그러더니 얼마 지나지 않아 병을 얻어 죽었다고 전해진다.

　여하튼 공명이 죽은 뒤에는 한동안 온 세상에 쓸쓸한 빛이 감돌았다. 특히 촉군으로서는 하늘이 근심하고 땅이 슬퍼하니 촉나라 사람 위에 뜬 태양조차 빛을 잃었다.

강유와 양의 등은 공명이 남긴 명에 따라 상을 당했다는 사실을 기밀에 부쳤고 지체 없이 진영마다 조용히 철수 준비에 들어갔다.

죽은 공명이 산 중달을 쫓다

1

어느 밤, 사마의는 천문을 보고 간담이 내려앉아 기쁨에 겨워 소리쳤다.

"공명이 죽었다!"

곧바로 주위 장수들과 두 아들에게도 흥분하여 말했다.

"지금 북두를 보니 커다란 별 하나가 흐릿하게 빛을 잃어 칠성 별자리가 무너졌다. 이번에야말로 틀림없다. 오늘 저녁 공명은 반드시 죽을 터."

모두 숨을 죽였다. 적이지만 공명이 죽었다는 말을 듣자 까닭 모를 공허함에 휩싸였다. 중달도 그중에 한 사람이었지만 늘그막에 굳세지는 온몸에 아로새긴 오랜 목표를 상기하며 힘껏 칼을 뽑아 들고 외쳤다.

"촉군을 전멸시킬 때는 바로 지금이다. 채비하라 전하라. 총공격이다."

사마사, 사마소는 아버지가 이상한 흥분 상태를 보이자 오히려 주저했다.

"아버지, 잠시만 기다리십시오."

"어찌 말리느냐?"

"전례가 있습니다. 공명은 팔문둔갑법을 익혀서 육정육갑을 부립니다. 하늘에 기변을 일으키지 못하리란 법도 없습니다."

"생뚱맞은 소리 마라. 어리석은 눈을 속여 비바람을 흉내 내고 밤낮을 흐리는 술법은 있을지언정 저 명백한 별자리를 바꿀 수는 없는 법."

"공명이 죽었다면 촉군은 반드시 패배합니다. 서두를 것까지는 없습니다. 하후패에게 명하여 오장원에 있는 적진을 한번 엿보면 어떻겠습니까?"

여러 장수 귀에도 사마사와 사마소가 하는 주장이 옳게 들렸다. 평소 자식을 자랑스러워하던 사마의는 아들들이 주장하는 말에 꼼짝 못하게 되자 되레 기쁜 표정을 지었다.

"음…. 그렇구나. 하후패, 적이 눈치채지 못하도록 가만히 촉군 분위기를 살피고 오너라."

명을 받든 하후패는 기마병 20기쯤을 이끌고 가을꽃이 흐드러진 광야 어둠 속에서 새하얀 이슬을 박차며 정탐에 나섰다.

촉나라 진영을 둘러싼 외곽선은 위연이 수비를 담당했는데 이 선봉 부대에서는 위연을 비롯한 그 누구도 공명의 죽음을 알지 못했다.

위연은 지난밤 이상한 꿈을 꾸어 오늘은 묘하게 그 꿈이 마음에 걸릴 뿐이다. 마침 오시(午時) 무렵 훌쩍 다니러 온 친구 행군사마(行軍司馬) 조직(趙直)이 하는 말을 듣고 대단히 기분이 좋아진 참이다.

"길몽이 아닌가. 신경 쓰지 않아도 될 뿐만 아니라 축하해도 좋을 꿈일세."

위연이 꾼 꿈이란 다름 아닌 자기 머리에 뿔이 돋아나는 기묘한 내용이다.

그 사정을 조직에게 말하니 조직은 더없이 명쾌하게 해몽해주었다.

"기린 머리에도 뿔이 있는 걸 잊었는가. 청룡 머리에도 뿔이 났지. 평범한 자가 꾸었다면 흉몽이겠지만 장군같이 용맹하고 재주가 출중한 인물이 꾸었다면 길몽 중의 길몽이라 해야 하네. 그 꿈을 괘에 견주어보면 승승장구할 상이 나오는구먼. 장군은 오늘 이후로 반드시 하늘을 날듯 활약할 것일세. 분명히 신하로서 최고 자리에 오를 걸 보장함세."

조직은 돌아가는 길에 상서 비위와 우연히 마주쳤다.

"어디에 다녀오는가?"

비위가 묻기에 있는 그대로 대답했다.

"위연 진영에 잠시 들렀는데 평소와 다르게 걱정스러운 얼굴이어서 무슨 일인지 물었더니 이러이러한 꿈을 꾸었다 하여 해몽을 해주고 오는 길입니다."

비위는 거듭 물었다.

"그대 판단은 정말인가?"

"아닙니다. 다시없는 흉몽이라 위연을 생각하면 걱정스럽지만, 그 위인에게 사실을 말해주어도 원망을 살 뿐이니 적당히 둘러댔을 뿐입니다."

"그 꿈은 어떻게 나쁜가?"

"뿔 각(角) 자는 칼 도(刀) 아래 쓸 용(用)을 적습니다. 머리에 칼을 쓰면 그 목이 떨어질 게 빤하지 않습니까?"

조직은 웃으며 총총 사라졌다.

2

두 사람은 멀어졌지만, 비위는 서둘러 조직을 따라붙어 다시 한번 더 단속했다.

"지금 그 말은 아무에게도 발설하지 말게. 부탁이네."

"예?"

"자네가 말한 위연이 꾼 꿈 이야기 말일세."

"아아."

조직을 만났다는 내색은 비치지 않고 그길로 비위는 위연 진영을 찾아 평소와 다름없는 대화를 나누었다.

"오늘 밤 방문한 까닭은 다름이 아니라 승상께서 어젯밤에 별세하셨다는 보고를 드리기 위해서입니다."

"앗, 정말인가?"

평소 공명을 눈엣가시로 여기던 위연도 경악을 금치 못하고 한동안 망연자실했다.

그러다 갑자기 입을 뗐다.

"발상은?"

"당분간 발상을 하지 말라는 유언을 남기셨습니다."

"음, 그렇다면 승상을 대신할 자는?"

"양의에게 명하셨습니다. 병법을 적은 밀서와 말씀은 살아생전에 강유에게 빠짐없이 내려주신 듯합니다."

"그런 애송이에게? 그건 그렇다 쳐도 양의는 문관에 가까운 인물 아닌가? 공명이 없다 해도 이 위연이 있네. 양의는 그저 상여를 지고 조국으로 돌아가 명당을 골라 장례나 치르면 될걸세. 오장원에 주둔하는 촉군은 이 사람이 직접 통솔하여 위나라를 무찌르겠네. 공명 하나 없어졌다고 국가 대사를 그르쳐서는 아니 되지, 그럼."

대단한 기세다. 비위는 아무런 대꾸도 하지 못했다. 그러자 위연은 더욱 기세등등하여 호언장담했다.

"애초에 공명이 내가 세운 계책을 썼다면 촉군은 벌써 장안을 점령했을 것이네. 공명은 처음부터 내가 거추장스러워서 견딜 수 없었던 게지. 호로곡에서 하마터면 불타 죽을 뻔했지 않나. 그랬던 공명이 먼저 죽어버린 이상 원망해 무엇하겠나, 쯧쯧. 아무래도 양의 아래 들어가는 건 좀 부끄러운 일일세. 양의는 일개 장사(長史)가 아닌가? 내 관직은 전군사(前軍師) 정서대장군남정후(征西大將軍南鄭侯)이고."

"지당하신 말씀입니다. 그 심정, 누구보다 충분히 이해할 수 있습니다."

"음, 그대는 나를 돕겠는가?"

"기꺼이 힘이 되겠습니다."

"100만 아군보다 낫네. 서약서를 하나 써주게."

"물론입니다."

비위는 흔쾌히 맹세를 적어 위연에게 건넸다.

"자, 잔을 들어 축하하자고."

위연은 술을 꺼냈고 비위는 기꺼이 술잔을 받았다.

"서로 경거망동은 삼가야 합니다. 사마의가 기회를 틈탈 수 있습니다."

"여부가 있나. 양의가 반발할 터인데…."

"그 일이라면 제가 설득하겠습니다."

"잘 좀 부탁하네."

"믿어주십시오. 결과가 어찌 되었는지 나중에 따로 기별을 넣겠습니다."

비위는 본진으로 무거운 발걸음을 옮겼다. 그러고는 여전히 비탄에 잠긴 장수들을 모아 상의했다.

"승상 말씀이 하나도 틀리지 않았습니다. 위연 마음은 반역에 대한 뜻으로 가득 차 오히려 지금 시국을 기뻐하는 듯했소. 앞으로는 승상 유언대로 강유를 후진에 두고 우리도 군법과 제도에 따라 진을 물려야 하지 않겠소?"

예정된 수순이다. 당연히 이의는 없었다. 극비리에 여러 진영 병사를 거두어 만반을 위한 준비를 끝낸 뒤 이튿날 밤 조용히 철수를 개시했다.

한편, 위연은 목을 길게 빼고 비위가 기쁜 기별을 전하기를 기다렸지만 감감무소식이다.

"그 글쟁이는 대체 어찌 된 게야, 쳇!"

위연은 비위의 느긋함에 안절부절못하던 차에 우연히 마대 얼굴을 보고는 마대에게 속내를 털어놓았다. 그러자 마대가 말문을 열었다.

"아무래도 미심쩍습니다. 어제 아침 그자가 돌아가는 모습을 보았는데 진영 문에서 말 등에 뛰어오르자마자 숨이 넘어갈 듯 채찍을 휘두르며 달려 나갔습니다."

"그런 거동을?"

"분명 농간을 부린 것입니다."

그때 척후가 들어와 지난밤부터 아군 본진이 총 철수를 시작하여 이미 태반이 물러갔으며 후진으로 남은 강유도 벌써 퇴진하려 움직인다고 보고했으므로 위연은 더욱 당황했다.

3

만일 그 상태로 아무것도 모른 채 있었다면 위연은 오장원 전선에 내버려질 판이다. 놀랍고 분하여 위연은 자기도 모르게 주먹을 휘둘렀다.

"비위, 이 썩어 빠진 유학자 같으니라고. 감쪽같이 나를 속여 뒤통수를 쳤겠다. 어디 두고 보자. 반드시 모가지를 비틀어버리겠다."

그러고는 즉시 호령하여 돌풍처럼 막사를 걷고 어수선하게 마구와 군량을 챙긴 뒤 나머지는 모조리 내버리고 본군 뒤를 부리나케 쫓았다.

한편, 위나라 진영 움직임을 들여다보자. 먼저 사마의가 내린 명을 받아 오장원을 정찰하러 나갔던 하후패는 말이 지쳐 쓰러질 정도로 쉼 없이 채찍을 가하며 돌아왔다.

학수고대하던 사마의는 그 모습을 보자마자 물었다.

"어땠느냐?"

"아무래도 이상합니다."

"이상하다니?"

"촉군은 은밀히 퇴각을 준비하는 듯합니다."

"옳거니!"

사마의는 손뼉을 치며 외쳤다. 그러고는 커다란 두 눈에 쾌재가 담긴 빛을 번뜩이면서 유막 안에 대장들을 둘러보았고 바짝 다가가 이렇게 소리치고 저렇게 호령하며 독촉했다.

"공명이 죽었다. 이미 죽었단 말이다. 이제 남은 촉군을 벼락같이 추격하여 창이며 칼이 피에 질릴 때까지 몰살해야 한다. 아아, 하늘이 주신 기회로다. 자, 가자! 따르라! 출진을 알리는 징과 북을 힘차게 울려라!"

곧이어 징이 울렸다. 북소리가 온 천하에 메아리쳤다.

울타리면 울타리, 문이면 문, 모든 진영에서 깃발이 연기처럼 솟아오르고 말 울음소리가 요란하니 흡사 둑을 터트리고 쏟아져 나온 여러 갈래 성난 물줄기처럼 모든 위군이 앞다투어 오장원을 향해 내달렸다.

"아버님! 장수들 틈에 어울려 그리 서두르셔도 됩니까?"

두 아들은 연로한 부친이 뿜어내는 지나친 활기에 조마조마하며 줄곧 좌우에 바싹 붙어 말을 몰았다.

"무슨 말이냐, 물론이다. 이 사마의는 늙지 않았다."

"언제나 신중에 신중을 기하는 아버님께서 이번에는 어찌 이리 서두르십니까?"

"당연한 말은 묻지 마라. 혼이 떨어져 나가고 오장육부가 상한 인간은 하늘이 무너져도 살아 돌아와 내 앞에 설 수 없는 노릇. 공명이 없는 촉군은 짓밟든 생포하든 목을 베든 내가 마음먹은 대로다. 이렇게 통쾌할 수가 없구나."

하후패가 또 뒤에서 한걱정했다.

"도독! 섣불리 전진하셔서는 아니 됩니다. 선봉에 선 대장이 조금 더 앞으로 나갈 때까지 잠시, 잠시만 고삐를 늦추십시오."

"병법을 모르는 놈 같으니라고. 잔말이 많구나!"

사마의는 뒤돌아보며 질책했다. 그러고는 거칠게 내달리는 말의 발걸음을 조금도 늦추려 하지 않았다.

어느새 오장원에 편 촉나라 진영에 가까워져 위나라 대군은 요란하게 북을 올리며 한꺼번에 쏟아져 들어갔다. 하지만 이미 촉군이라고는 졸병 그림자조차 보이지 않았다.

"생각한 대로다."

사마의는 마음이 다급해져 사마사, 사마소를 향해 외쳤다.

"너희는 후진에 있는 군사들을 모아 뒤따라라. 적은 그리 멀리는 가지 못했을 터. 내가 직접 따라잡아 퇴로를 끊겠다. 뒤에서 따라오너라."

그러고는 숨도 돌리지 않고 추격에 박차를 가했다.

돌연 한쪽 산골짜기에서 투지에 넘치는 꽹과리와 북소리가 울려 퍼졌다.

"촉군이 여기 있다!"

외침이 들리기에 사마의가 말을 잠시간 멈추고 바라보니 아

니나 다를까, 군마 한 무리가 촉기와 승상기를 높이 흔들면서
사륜거를 맨 앞으로 밀며 달려오는 게 아닌가.

"으악!"

사마의는 소스라치게 놀랐다.

이미 죽었다고 철석같이 믿었던 공명이 백우선을 흔들며 사
륜거 위에 단정히 앉아 있었다. 사륜거를 둘러싸고 호위하는
자들은 강유를 비롯해 각자 철창을 손에 든 대장 수십이다. 군
사들 눈에 비친 사기며 깃발 색깔이며 어디에도 상중에 느낄
수 있는 음울한 그림자는 보이지 않았다.

"이크! 또 불찰을 저질렀구나. 공명은 아직 죽지 않았다. 내
얕은 생각으로 다시 공명이 놓은 계책에 말렸다. 여봐라! 당장
후퇴하라!"

중달은 혼비백산하여 말에 채찍을 휘두르며 허겁지겁 등을
보이고 달아났다.

4

"사마의, 어찌 도망치느냐? 역적 중달아, 네 목을 바쳐라!"

촉나라 강유는 공명 사륜거 옆에 있다가 단숨에 창을 꼬나들
고 쏜살같이 추격했다.

"공명이 살아 있다!"

"공명이 그대로다!"

총대장 사마의가 돌연 말 머리를 돌려 달아나는데다 앞서 달

리던 장수들도 입을 모아 외치면서 정신없이 되돌아왔으므로 위나라 대군은 성난 파도처럼 무시무시했던 기세가 급격히 되밀리더니 말과 말이 부딪치고 병사가 병사를 짓밟으며 아비규환 생지옥을 만들었다.

촉나라 장수와 병사는 위군들에게 마음껏 철퇴를 내리쳤다. 특히 강유는 흩어져 도망치는 적군 깊숙이 파고 들어가 안장과 등자가 요동을 치고 말 등에 몸이 닿지 않을 정도로 추격을 거듭하며 우렁차게 외쳤다.

"사마의! 어디까지 도망갈 셈인가? 기껏 오랜만에 출격해서는 창끝 한번 맞대지 않고 줄행랑을 치는 법이 어딨느냐?"

사마의는 뒤도 돌아보지 않았다. 서로를 밀치고 짓밟으며 혼란에 빠진 아군을 말굽으로 뭉개며 오직 오른손에 쥔 채찍으로 쉴 틈 없이 말 엉덩이를 내리쳤다. 말갈기에 몸을 묻고 시선을 하늘로 향하지도 않은 채 마음속으로 천지신명이 굽어살피기를 기원하며 넋을 놓고 달렸다.

허나 아무리 도망쳐도 누군가 뒤에서 바싹 따라온다는 느낌을 지울 수가 없었다. 50여 리나 내리 달리니 평소 명마라고 이름난 준족도 기진맥진하여 휘청거리기 시작했다. 입에 허연 거품을 물고 모질게 채찍질해도 부질없이 한자리에서 발버둥칠 뿐이다.

"도독! 정신 차리십시오. 저희입니다. 예까지 왔으니 이제 별일 없을 겁니다. 그리 염려치 마십시오."

뒤쫓아 온 대장 둘을 보아하니 적이 아니라 아군 하후패, 하후위다.

"아, 그대들이었나…."

중달은 그제야 어깨가 들썩일 만큼 큰 한숨을 토했는데 여전히 비 오듯 쏟아지는 땀에 노안이 침침하여 반각쯤은 평소 혈색으로 돌아오지 않았다는 말이 먼 훗날까지 전해졌다.

착각을 일으킬 만큼 혼비백산한 사마의 모습은 짐작하고도 남는다. 사마의조차 그랬으니 위나라 대군이 치른 희생은 막대했다.

"촉군은 다시 정신없이 후퇴하는 듯하니 이럴 때 진용을 가다듬어 다시 맹추격을 가하면 어떻습니까?"

하후패 형제가 권했지만, 공명이 건재하다며 잠시나마 굳게 믿고 벌벌 떨던 사마의는 쉽게 뜻을 정하지 못한 채 결국 전군에게 철수를 명하고 자신도 지름길을 찾아 허무하게 위수 진으로 발걸음을 옮겼다.

흩어져 달아났던 여러 장수가 차츰 괴어들고 뿔뿔이 도망쳤던 근방에 살던 백성도 하나둘 진영 문에 찾아와 이런저런 이야기를 전했다. 백성들이 보고한 내용을 종합해보니 정황을 간신히 파악할 수 있었다.

촉군 대부분은 벌써 하루 전부터 오장원을 떠났고 강유가 이끄는 병사 한 무리만이 마지막까지 버텼다는 내용이다.

"첫날 촉군이 저녁부터 오장원에서 새까맣게 나와 서쪽 계곡에 모였습니다. 그러고는 하얀 조기와 검은 만장을 가지런히 세우고 영거 하나를 높이 받드니 사람들이 슬피 우는 소리가 동틀 녘까지 끊이지 않았습니다."

특히 백성들이 목격한 그날에 대한 실상을 입을 모아 전했는데 마지막에는 이렇게 덧붙였다.

"사륜거 위에는 공명도 푸른 천을 둘러치고 앉았는데 아무래도 목상 같았습니다."

그 말을 들은 사마의는 비로소 공명의 죽음이 진실이었음을 깨달았다. 병사를 급히 다시 일으켜 먼 길을 추격했지만 이미 촉군이 지나간 자리에는 길게 비낀 구름만이 망망히 산과 들에 드리워졌을 뿐이다.

"이제는 더 쫓아도 무익하다. 이리된 바에는 나도 장안으로 돌아가 오랜만에 편히 쉬어야겠다."

적안파(赤岸坡)에서 돌아오는 길에 공명이 세웠던 진터를 보니 드나든 자취, 모든 문과 병영 흔적 등이 가지런하여 법식에 어긋남이 없었다.

사마의는 오래도록 그 자리를 거닐다가 생전에 겪었던 공명을 회상하며 홀로 중얼거렸다.

"공명이야말로 천하에 뛰어난 기재였다. 아, 이 땅 위에서 다시는 공명 같은 인물을 볼 수는 없으리라…"

소나무는 예나 지금이나 푸르다

1

깃발이 색을 잃고 사람과 말이 소리를 죽이니 촉산으로 난 구불구불한 길을 슬피 걷는 무리는 오장원의 한을 영거에 싣고 허무하게 성도로 돌아가는 촉군 대열이다.

"저 앞에 연기가 보인다. 이 산속에 연기라니 수상하구나. 누 가 보고 오너라."

양의와 강유 두 장군은 척후를 보내고 잠시간 행군을 미뤘다. 길은 이미 거칠고 험준하기로 유명한 잔도(棧道)에 가까웠다.

제1보. 제2보. 정찰대가 잇따라 돌아왔다.

"이 앞에 잔도를 불태우고 길을 막는 군사들이 한 무리 있습 니다. 위연 군입니다."

"그러면 그렇지!"

강유는 주먹을 불끈 쥐고 별렀지만, 양의는 문관이다. 어쩔 줄 몰라 얼굴에 핏기가 가셨다.

"걱정할 것 없소. 시일이 걸리지만 차산(槎山) 쪽 샛길을 더

들어가면 잔도가 아니어도 남곡(南谷) 뒤로 빠져나갈 수 있소이다."

전군은 가파르고 좁은 길을 가까스로 우회하여 남곡을 막은 위연 군 뒤로 전진했다.

가는 길에 양의는 사태에 대한 전말을 성도에 보고했다. 그보다 앞서 위연이 올린 표도 도착한 상태다.

양의와 강유가 승상께서 서거하자마자 병권을 빼앗아 난을 일으키려 하므로 제가 두 사람을 토벌하려 합니다.

위연이 쓴 상주문인데 나중에 전달된 양의가 올린 표는 정반대 실상을 호소하는 내용이다.

공명의 부고가 전해진 성도 궁 안팎은 곡소리와 구슬프고 쓸쓸한 기운에 뒤덮여 황제 유선은 물론 황후조차 밤낮으로 비탄에 잠긴 때니 그 직후에 일어날 이변을 어찌 처리하면 좋을지 판단이 서지 않았다.

그러자 장완이 위로했다.

"승상께서는 멀리 떠나시던 날부터 남모르게 위연이 가진 반골 기질이 근심의 씨앗이라 여기셨습니다. 그만한 통찰력을 갖춘 승상이니 반드시 사후에 생길 일에도 조치를 취해 양의 등에게 대책을 남기고 세상을 떠났을 것입니다. 잠시 다음 소식을 기다리심이 어떨런지요."

장완이 하는 말은 사태를 제대로 파악하고 공명이 남긴 뜻을 알아차린 것이다.

위연은 부하 수천을 부려 잔도를 불태운 다음 남곡을 사이에 끼고 전투태세를 갖추었다.

"양의와 강유가 혼비백산하게 만들겠다."

상대가 샛길을 따라 뒤쪽으로 닥쳐왔다는 사실은 꿈에도 몰랐다.

당연히 위연이 부리는 왕성한 패기와 반골 기질은 일패도지 고배를 마셨다. 병사 태반은 쫓기다가 천길만길 낭떠러지니 떨어져 남은 병사를 이끌고 겨우 목숨을 건져 패주했다.

그 와중에도 당황하지 않고 조용히 위연을 따르는데다 아무런 희생도 치르지 않은 정예병을 부하로 둔 장수는 누구인가. 바로 마대다.

위연은 일찍이 오만불손하게 굴었던 일도 잊고 지금은 마대에게 의지하며 의견을 물었다.

"어찌하면 좋단 말인가. 차라리 위나라에 도망쳐 들어가 조예에게 항복해야 하는가."

"무슨 그런 배짱 없는 말씀을 하십니까? 동서 양천에 사는 인사는 하나같이 공명이 죽으면 위연이야말로 촉나라 장래를 짊어질 장수라며 주목하지 않았습니까? 장군도 그만한 자부심과 신념이 있으니 잔도를 불태우셨을 겁니다."

"맞네. 처음엔 그랬지만⋯."

"어찌 초지일관하지 않으십니까? 미약하지만 이 마대도 있습니다."

"귀공도 마지막까지 함께 행동하겠는가?"

"일단 한 깃발 아래 같은 꿈을 꾼 인연 때문이라도 장군을 떠날 수는 없습니다."

"고맙네, 고마워. 그러면 남정(南鄭)으로 쳐들어가세."

두 사람은 군사를 재정비한 다음 남정 급습을 위해 발걸음을 서둘러 떼었다.

남곡을 지나 위연에게 뼈아픈 타격을 입히고 물러난 양의와 강유 무리는 길을 서둘러 공명의 영거(靈車, 영구를 실은 수레 – 옮긴이)를 남정성에 안치한 뒤 후방군이 도착하기를 기다리면서 위연 쪽 움직임을 물었다.

"뭐라? 여전히 쏜살같이 이쪽으로 진격한다는 말인가? 군사가 적다고는 하나 촉나라에서 으뜸가는 맹장 위연에다 마대까지 위연을 돕고 있다. 방심은 금물이다."

강유가 철통 같은 주의를 주자 양의 가슴에는 바로 이때다 하며 어떤 물건이 떠올랐다. 공명이 임종하기 전에 자신에게 내리며 훗날 위연이 변을 일으켰을 때 열어보라며 유언하고 눈을 감았던 그 비단 주머니다.

2

주머니 안에는 편지가 있었다. 공명이 살아생전에 써둔 글이다. 봉투 겉면에는 이렇게 쓰여 있는 게 아닌가.

위연이 반란을 일으킨 뒤 그 역적을 베어 죽일 날이 오기 전에는 봉투를 열어서 숨겨둔 힘을 흩트리지 마라.

양의와 강유는 주머니 안에 적힌 계책에 따라 부리나케 작전을 바꿨다. 즉시 닫힌 성문을 활짝 연 뒤 강유가 은 갑옷과 무쇠 투구를 갖춰 입은 늠름한 모습으로 붉게 칠한 기다란 창을 옆에 끼고 부하 2000명에게 거침없이 출진 노래를 부르게 한 다음 성 밖으로 나섰다.

위연이 멀리서 그 모습을 보고 마찬가지로 천둥처럼 북을 울리며 진형을 좁혔다. 이윽고 붉은 갑옷에 녹색 띠를 차고 칠흑 같은 흑마 위에 올라 용아도(龍牙刀)를 꼬나들고 뛰어나온 자는 위연이다.

아군이었을 때는 그렇게까지 생각지 않았건만 적으로 돌아서고 보니 다부지고 우람한 체격에 용맹하기 그지없는 모습이다. 강유도 예사로운 강적은 아니라는 사실을 간파하고 마음속으로 공명 넋에 빌며 외쳤다.

"승상 몸이 채 식기도 전에 난을 꾀할 악당은 이 촉나라에 없을 터. 평소에 해오던 행실을 뉘우치고 자진해서 그 목을 영전에 바치러 왔느냐?"

"웃기지 마라, 강유."

위연은 침을 찍 뱉으며 들은 체도 하지 않았다.

"일단 양의를 내놓아라. 양의부터 해치운 뒤에 네 생각이 어떤지 보고 다시 상대해주마."

그러자 후진에 있던 양의가 쏜살같이 말을 달려 나왔다.

"위연! 야망을 품는 건 좋으나 그전에 분수를 알아라. 1말짜리 독에 물 100섬을 쏟아 부으려는 사내가 있다면 바보 천치가 아니고 무엇이겠느냐?"

"옳지, 네가 양의구나."

"분하다면 하늘에 외쳐보아라. 누가 나를 죽이겠느냐고."

"뭐라?"

"누가 나를 죽이겠느냐고 세 번 외친다면 한중은 통째로 네 게 바치겠다. 허나 그 입이 떨어지지 않을 터. 그만한 자신은 아 마 없을 것이다."

"닥쳐라! 공명이 죽은 마당에 천하에 나와 어깨를 견줄 자는 없다. 세 번이 아니라 그 이상이라도 외쳐주마."

위연은 말 위에서 거드름을 피우며 큰 소리로 되풀이했다.

"누가 나를 죽이겠느냐! 누가 나를 죽이겠느냐! 있다면 나와 봐라!"

그러자 위연 등 뒤에서 대갈 호통이 들렸다.

"여기 있는 줄 모르느냐! 이놈, 그 말대로 죽여주마!"

"앗?"

뒤돌아본 위연 머리 위에서 시퍼런 칼날이 번득이며 휙 내려 왔다. 비킬 틈도, 맞받아칠 새도 없었다. 위연 머리는 분수처럼 피를 뿜으며 휙 날아갔다.

와아! 하고 아군이며 적군이며 탄성을 토했다. 칼에 묻은 핏 방울을 흩뿌리며 곧바로 양의와 강유 앞으로 다가온 사람은 마 대다.

공명 살아생전에 마대는 비책을 받은 상태였다. 위연이 꾸미 는 역모는 모든 부하가 품은 본심은 아니어서 병사들은 모두 마대와 함께 투항했다.

하여 공명을 실은 영거는 무사히 성도 땅을 밟을 수 있었다.

사천 땅 산간벽지는 이미 겨울이다. 촉나라 궁궐에 구름이 낮게 드리워 비통한 눈물을 감쌌고 황제 유선 아래 문무백관이 상복을 입고 극진히 맞이했다.

공명 시신은 한중 정군산(定軍山)에 묻혔다. 궁중 장의와 민간 조문은 극진했으나 정군산 묘소는 고인 유언에 따라 묘역을 최소화하고 석관 안에는 평소에 입던 옷 한 벌만을 넣는 등 당시 관례에 비추면 소박하기 그지없는 규모였다고 한다.

"몸은 죽어도 혼백은 천세에 남아 한중을 지키며 중원을 평정하리라."

이것이 바로 공명이 남긴 유지였으리라.

촉나라 조정에서는 충무후(忠武侯)라는 시호를 내렸다. 묘 안에는 후세까지 돌로 만든 거문고가 전해 내려왔다. 진영에서도 즐겨 연주하던 고인 유품이다. 한번 뜯으면 맑고 청아한 음색이 울리니 오랜 시간 간과검극(干戈劍戟) 속에 머물면서도 소박하고 깨끗한 마음과 멋스러운 풍류를 잊지 않았던 승상 모습을 추억하기에 충분했다.

아득한 1700년 동안, 그리고 오늘날까지. 중국 건아들의 심금을 울리는 게 어찌 정군산 거문고 하나뿐이랴. '소나무는 예나 지금이나 푸르다.' 함께 울리고 연주하며 환히 깨달으면 예부터 지금까지 모두가 푸르니 이 윤회하는 세월밖에는 아무것도 없다.

제갈채(諸葛菜)

1

세 나라가 솥발같이 벌여 서게 된 형세는 당시 혼란스러운 세상을 다스리며 일어난 대륙 분권의 자연스러운 풍운(風雲)이었지만 그 발상이 애초부터 제갈공명이라는 인물 가슴속에서 생겨났음은 부정할 수 없다. 스물일곱밖에 되지 않았던 청년 공명이 논밭을 일구는 틈틈이 초려에서 품었던 이상을 실현한 결과다. 그때 세 번이나 공명을 찾아와 유막으로 맞이하고자 했던 유현덕 뜻에 부응해 마침내 초려를 나서리라 맹세하며 건넸던 말이 발단이었던 셈이다.

"이를 주군의 큰 방침으로 삼아야 합니다. 한조 부흥을 위한 기치를 높이 세워 중원을 평정할 수 있는 길은 이것 말고는 없습니다."

결국, 그 이상은 실현되어 현덕이 서촉에 자리를 잡고 북위의 조조, 동오의 손권과 이른바 삼국정립(三國鼎立)을 이루며 시대의 한 획을 긋기에 이르렀지만 진정 그 일이 공명이 바라는 궁극적인 목표는 아니다.

천하를 셋으로 나누려던 공명이 세운 전략은 현덕이 처음부터 뜻을 두었던 한조 통일로 가기 위한 필연적인 과정으로 선택한 길이다.

안타깝게도 현덕은 도중에 세상을 떠났다.

"모든 일을 부탁하오."

어린 황제에게 닥칠 장래와 한조 통일이라는 유업까지 고스란히 공명에게 부탁하고 현덕은 눈을 감았다. 공명이 살아가는 생애와 충정은 분명 그날부터 진면목을 드러냈다 해도 좋다.

주군에게 부탁받은 어린 아들과 달성해야 할 대업. 자나 깨나 '선제가 남긴 유조'를 이루려는 화신으로 변한 모습이야말로 그 이후 공명이 영위하는 모든 생활과 인격을 대변한다.

《삼국지연의》도 공명이 맞이한 죽음 대목에 이르면 아무래도 결말이 났다는 생각이 들고 삼국이 패권을 다투는 일 자체도 멈춘 듯하여 도무지 읽을 마음이 들지 않는다.

분명 독자들도 그렇겠지만, 필자도 공명 사후부터는 갑자기 붓을 드는 재미는 물론 기력까지 떨어지니 어찌할 도리가 없다. 이는 독자와 필자를 불문하고 예부터 《삼국지》를 보는 일반적인 통념인 듯하다.

이 책은 도원에서 결의한 이후부터는 완역을 염두에 두고 옮기는 작업을 했지만, 필자는 결말 부분만큼은 《삼국지연의》에 구애받지 않고 이쯤에서 중단한다. 공명의 죽음을 완결로 삼는다는 얘기다.

《삼국지연의》를 그대로 따르면 오장원 이후, '공명이 계책을 남겨 위연 목을 베게 만든' 위연이 잔도에서 벌인 화공과 얽힌 일화에 이어 위제 조예가 누린 영화와 폭정을 그린 뒤 사마의 부자가 대두한 과정과 오나라가 정세를 펼친 모습을 담아내고, 촉나라가 어떤 과정으로 파멸에 이르렀는지 알 수 있을 것이다. 허나 마침내 진(晉)이 삼국을 통일하기까지 흥망치란을 처음부터 끝까지 자세하게 묘사하는데 이미 시대를 빛내는 주역이라 할 만한 인물이 보이지 않으니 사건 윤곽도 작아지고 웅대함을 잃어 《삼국지연의》 필치도 생기를 잃는다. 요컨대 용두사미에 지나지 않는다.

해서 그 내용까지 완역하는 작업은 마땅치 않다는 게 필자 생각이다. 역사적으로 보아 공명 사후 추이까지 알고 싶은 독자도 적지 않을 테니 남은 이야기는 이 뒤에서 해설하겠다.

그보다 《삼국지연의》조차 누락한 공명이라는 사람이 풍기는 인품에 대해 이야기하고 싶은 내용이 더 남았다. 게다가 연의본(演義本)뿐 아니라 다른 책들도 종합한 뒤 한층 역사적 사실에 기반하여 '공명 유사(遺事)'라 부를 만한 일화나 후세에 떠돌아다니는 논평 등을 한데 모아둔다면 결코 무의미한 일은 아닐 것이다. 이 작업을 통해 완전하게 끝맺지 못한 이 책에서 느낄 수 있는 부족함을 보완하고 전편에 짜놓은 얼개를 조금이라도 완벽에 가까운 모습으로 만드는 건 역자 책임이며 양심이 아닐까 싶다.

다음 이야기는 그런 생각으로 읽어주길 바란다.

2

관복 한번 입어보지 못한 일개 청년, 공명이 출현하는 장면은 조조의 호적수로 떠오를 신인 등장이라 해도 좋다.

조조는 한때 당시 대륙의 8할까지 석권했고 형초(荊楚) 산하 어디든 본인 깃발을 꽂으며 일갈했다.

"오나라 따위는 장강 한 줄기에 기대 지키기에 급급한 나라일 뿐이다. 유랑만 하는 현덕 따위는 말할 필요도 없고."

그 무렵 조조가 내심 품었을 득의양양한 마음 그 자체라 할 만한 기개를 나타낸 말이었으리라.

혜성같이 출현하여 느닷없이 조조를 좌절하게 만든 자가 공명이다. 게다가 천하삼분책(天下三分策)도 거침없이 전면에 부상시킨 장본인이다.

조조가 자신만만하여 출격했던 위나라 대함선단이 오림(烏林)과 적벽에서 패하여 북으로 돌아갔으며 이어서 현덕이 형주를 점령했다는 소식을 들었을 때 조조는 글을 쓰고 있었다.

"그게 사실인가?"

간담이 한 웅큼 되어 자신의 귀를 의심하며 붓을 떨어트렸던 일은 〈노숙전(魯肅傳)〉에서도 찾아볼 수 있는 유명한 이야기다. 이 일화만 보아도 조조가 무적 조씨가 가진 성운(盛運)을 얼마나 자부했는지 짐작할 수 있다.

그 뒤로는 어떤가.

'유비 휘하에 공명이라는 청년이 있다'고 의식한 뒤로는 천하의 조조도 결국 죽는 날까지 매번 자신이 품은 의지를 제대로 한번 펼쳐보지 못했고 위나라 병사에게 강한(江韓) 땅을 밟게 할 수도 없었다.

그렇다 해도 조조라는 인물이 지닌 성격에는 동양적 영걸다운 대표적인 초상이 영락없이 엿보인다. 그 풍채와 용모뿐만 아니라 번개같이 들이치는 행동력, 색을 밝히는 기질과 열정 등 영웅이 지닐 수 있는 장단점을 고루 갖추었으니 '삼국지'라는 대규모 교향악의 서곡부터 중반까지는 어김없이 조조가 하는 행적을 따라 연주한다 해도 과언이 아니다.

서사적으로는 유비, 관우, 장비가 도원에서 결의를 하는 장면에서 《삼국지》 서막이 오른 듯 보이지만 진정한 삼국의 역사적 의의와 재미는 조조가 출현함으로써 시작되며 조조가 주도적으로 역사의 한 부분을 이끌어 나가는 데서 묘미를 느낄 수 있다.

허나 조조의 전성기를 분수령으로 일단 공명이 지면에 나타나는 순간 조조는 돌연 양양 교외에서 나온 일개 청년에게 왕좌라고 할 만한 주도적 인물의 자리를 내어준다.

한마디로 말하면 《삼국지》는 조조에서 시작하여 공명으로 끝나는 2대 영걸이 성패를 쟁탈하는 궤적을 그려냈다 해도 무방하다.

이 두 사람을 문학적 관점에서 들여다보면 조조는 시인이며 공명은 문호이다.

어쩌면 어리석을 만큼, 어쩌면 광기에 가까울 만큼 성격적으로 결함이 다분한 영웅이라는 점에서 공명을 훌쩍 뛰어넘는 인간적인 흥미를 끄는 조조도 오래도록 후세에 추앙을 받는 사람이 누군지에 이르면 도저히 공명을 따를 수 없다.

1000여 년이라는 긴 시간의 흐름은 두 사람이 나눠 쥔 승패라는 현실뿐 아니라 영구적인 생명 가치마저 당연하다는 듯 공명의 까마득한 아래로 조조를 끌어내렸다.

후세 평가를 능가하는 평가는 이 땅 위에 없다.

헌데 공명이라는 사람이 가진 인격을 다양한 각도에서 뜯어보면 대체 실체가 무엇인지 아리송하여 확실히 잡아내기 쉽지 않다.

군략가나 무장(武將)으로 보면 그 모습이 바로 진정한 공명인 듯하고 정치가로서 모습을 떠올리면 도리어 정치 쪽에 공명이 펼친 진수가 있는 듯도 하다.

사상가라고도 할 만하고 도덕가라고도 할 만하다. 문호라고 한다면 그 또한 조금도 부족하지 않다.

물론 공명도 사람인 이상 성격 면에서 지닌 단점은 얼마든지 거론할 수 있지만, '팔면영롱(八面玲瓏, 어느 면으로 보나 아름답게 빛나고 환하게 맑음 – 옮긴이)'이라 표현할 만한 다재다능함, 이른바 현덕이 경애해 마지않았던 큰 재능을 갖추었으니 동양의 고금을 통틀어 유례를 찾아볼 수 없는 훌륭한 원수이리라.

훌륭한 원수.

앞서 기술한 모든 능력을 한몸에 갖춘 공명이야말로 그 말에 꼭 들어맞는 인물이다. 진정으로 훌륭한 원수란 그 정도 큰 그릇이어야 한다.

그렇다고 공명은 성인군자형 인물은 아니다. 공자와 맹자의 가르침을 기본으로 삼았다는 사실은 엿볼 수 있으나 공명이 가

진 진면목은 오히려 충성만을 바치는 평범한 사람이었다는 데
서 찾아볼 수 있다.

3

공명이 평범함을 얼마나 사랑했는지는 공명이 누린 소박한
생활에도 여실히 나타난다.

공명이 일찍이 후주 유선에게 바친 표에도 평소에 하는 생활
태도를 적었다.

성도에 뽕나무 100그루, 척박한 밭 50경(頃, 예전에 중국에서
쓰던 논밭 넓이 단위로, 1경은 100묘畝로 그 넓이는 시대마다 다
름 – 옮긴이)이 있습니다.

그러니 자손들이 입고 먹을 건 자연히 여유가 있습니다. 신은
밖에서 임무를 수행하게 되었습니다. 특별히 조달하지 않아도
되고 몸에 필요한 옷과 음식은 관부에서 지급해 줍니다. 따로
생업에 종사하여 약간의 재산을 만들 이유도 없습니다. 신이
죽는 날까지 집 안에 비단을 여분으로 쟁여두거나 집 밖에 재
산을 남겨두어 폐하를 배반하지는 않을 것입니다.

나랏일을 하는 데 가장 중추적인 위치에 있는 사람이 가진
마음가짐으로서 이 자세를 생활 속에서도 실천했던 것이리라.
후한 이래 무신들이 금전을 탐하는 폐단이 삼국 곳곳에서 끊이

지 않았음이다.

공정과 충직에 대한 귀감을 보이려 노력했던 공명의 마음은 표문에 쓰인 구절 외에도 고스란히 나타난다.

공명은 청렴하며 정직했다. 병사를 부리거나 신통한 계책과 귀신같은 꾀를 써서 적을 속일 때는 겉과 속을 헤아릴 수 없었지만, 전쟁에서 눈을 떼어 공명이라는 인간만을 관찰해보면 미련하다고 할 정도로 정직한 길을 올곧게 걸은 사람이다.

자식처럼 사랑했던 마속 목을 벤 일도 그 성품이 발현된 일례라 할 수 있다.

"내가 남기고 떠날 자식들과 나라 후사를 모두 경에게 맡기겠소. 만약 유선이 몽매하여 촉나라 제왕다운 자질이 없다고 판단되면 경이 제위에 올라 촉나라를 다스려주오."

유현덕이 임종에 즈음하여 이런 말을 했는데도 공명은 털끝만큼도 제위에 대한 야심을 품지 않았다.

그러니 만년에 해를 거듭하며 북벌 원정을 나섰을 때 공명을 따라갔던 병사들이 불귀의 객이 되어 촉나라 땅을 밟지 못했지만, 촉나라에 남았던 전사자 유족들은 결단코 공명을 원망하지 않았다.

그뿐만 아니라 공명이 죽자 촉나라 백성이 사당을 짓고 비석을 세웠는데 공명이 쉬었던 자리와 말을 맸던 나무 등, 나무 한 그루 돌멩이 하나 인연이 닿은 곳 어디든 작은 사당이 되어 그 지역 주민들이 올리는 제사가 끊이지 않았다.

공명은 조정에서든 전장에서든 가리지 않고 상벌에 매우 엄격했으니 공명으로 인해 좌천되거나 궁색해진 자가 상당했지만, 그 누구든 공명이 내린 '사심 없는 처사'에는 원망을 높이지 않았다.

"다시 출세할 희망이 사라졌다!"

오히려 공명이 죽은 뒤에 피해를 본 사람들까지도 이렇게 통탄할 정도였다.

"적어도 한 나라 재상이건만, 밤이 이슥하여 잠들고 아침 일찍 일어나서 시급한 업무와 정무를 돌본 뒤 세세한 인사와 상벌까지 지나치게 자세히 마음을 쓰는 건 진정으로 그릇이 크다 할 수 없으며 촉나라에 충심을 다하려다 오히려 어긋나는 행동이다."

공명에 대한 또 다른 평가다. 후세 역사가는 이 밖에도 공명이 지닌 단점을 여럿 열거하지만 결국 나랏일을 근심하여 몸이 상하고 그 마음마저 병들어 매일 밤낮으로 악전고투를 거듭했던 옛사람을 두고 고생을 모르는 후세 문인이나 이론가가 따뜻한 옷을 입고 배불리 먹으며 시시비비를 논한다 한들 언어유희에 지나지 않으리라.

하물며 만년에 이르러 몇 차에 걸쳐 북위로 진격하여 기산 진영에 머물며 겪었을 고생은 강대한 적이라는 외적인 요인뿐 아니라 촉나라 본국에서도 끊임없이 근심거리가 불거져 나와 쌓여간다는 내부적 위기 탓에 한층 더 이루 말할 수 없었을 것이다.

공명은 몸이 둘이나 셋은 더 있기를 바랐을 것이다. 어쩌면 자신이 누릴 천수가 앞으로 10년은 더 필요하다 생각했을지도 모른다.

무릇 공명의 진정한 벗은 이름 없는 민중이었다. 오늘날 중국 각지에 남은 주마당(駐馬塘)이라든지 만리교(萬里橋), 무후파(武侯坡), 악산(樂山) 등의 이름이 붙은 지명은 공명이 시를 읊었던 유적이라든지 말을 매두었던 제방이라든지 누군가와 이별한 길이라든지 하는 이야기가 전해지는 곳이다. 이 순박한 그리움 속에야말로 있는 그대로의 공명이 세월을 초월하여 영원히 남아 있다.

4

문제는 공명을 너무 추모한 나머지 도가 지나쳐 공명과 관련 있는 모든 것을 신격화했다는 점이다.

두세 가지 예를 들어보자.

《조진관기기사(朝眞觀記記事)》부터 확인해보자.

공명의 딸은 구름을 타고 하늘로 올라갔다. 그분에게 갈녀사(葛女祠)라는 제사를 올린다.

《융주지(戎州志)》는 어떤가.

목우유마는 신들린 듯한 자동 기계로 사람 힘을 쓰지 않고 혼자서 달렸다.

《화이고(華夷考)》에서는 이런 기록을 확인할 수 있다.

공명은 시계도 만들었다. 그 시계는 경(更)마다 북을 울리고 삼경이면 닭 울음소리가 세 번 울렸다.

《단연록(丹鉛錄)》은 이런 기록도 다루었다.

공명이 사용했던 가마는 지금도 물을 부으면 저절로 끓어오른다.

《간보진기(干寶晋記)》는 이 부분을 강조했다.

공명 묘가 있는 정군산에 구름이 내려앉으면 지금도 반드시 북을 치는 소리가 들린다. 한중에서 팔진을 펼친 유적에는 비가 오면 함성이 일어난다.

그 밖에도 찾아보면 이런 종류의 구비 전설이 셀 수 없을 만큼 많다. 순박하고 사랑스러운 내용이 있는가 하면 개중에는 풍자적인 이야기를 다루기도 하였다. 《삼국지연의》는 역사적 사실과 전설을 자세히 파악하면서도 민중이 하는 말과 생활 속에 전해지는 공명 모습까지 너그러이 수용하였고 나아가 이를 문학적으로 신격화한 작품이다. 공명이 펼친 전략과 병법을 논할 때 육정육갑술을 첨가하고 팔문둔갑이라는 귀신을 부리는 수법을 묘사하는 모든 대목이 그렇고 특히 천문과 기상과 관련

한 내용은 중국에서 오래전부터 전해 내려오는 음양오행과 천체력에 근거했다.

허나 오행관이든 점성술이든 중국 대륙에 사는 서민들이 오랜 세월 굳게 믿었던 근본적인 우주관이며 그에 따른 인생관이기도 하므로 이를 부정하면《삼국지연의》는 성립하지 않는다. 민중들이 오랜 세월 전해 읽지도 않았음이 분명하다.

해서 필자가 이번에 새로 번역한《삼국지》도 구비 전설에 막힐 때마다 적잖이 애를 먹었다. 어떻게 옮겨도 요즘 독자가 보기에는 기이한 초능력에 지나지 않는다. 이 난관에서 구제를 받을 수 있는 길은 오직 하나, 시화(詩化)뿐이다. 이 점은《삼국지연의》에서도 무척 신경을 쓴 부분인 듯한데 필자도 일종의 민족적 시극(詩劇)을 그릴 생각으로 집필했다. 동시에 괴이한 채색, 음악, 배경 등을 삭제하지 않고 원서 그대로 한 올 한 올 풀어 나갔다.

이야기가 잠시 샛길로 빠졌지만, 중국 민중이 시간이 흐를수록 공명을 얼마나 신격화했는지는 당나라 시대에 널리 퍼진 이야기를 들여다봐도 알 수 있다.

당나라 무렵에 어떤 도둑이 있었는데 선대 군주가 잠든 능을 도굴했다. 도둑은 여럿이었다. 다 같이 들어가니 사람들이 모여 있었는데 등불 아래 마주 보고 바둑을 두는 사람이 둘, 옆에는 호위하는 장수가 수십인 듯했다.

순간 도둑이 두려워하며 넙죽 절했다. 앉은 사람이 돌아보며 도둑에게 물었다.

"너희는 술을 할 줄 아느냐?"

모두에게 맛난 술을 한잔씩 먹이더니 옥으로 장식한 허리띠를 여러 개 내어 나눠 주었다.

도둑이 겁에 질려 벌벌 떨며 재빠르게 구멍에서 나와 서로 얼굴을 돌아보며 말을 하려 들자 입술이 옻으로 봉해져 열리지 않았고 손에 든 옥 허리띠를 보니 하나같이 무시무시한 구렁이였다. 나중에 마을 사람들에게 물으니 그 능은 제갈 무후가 만든 곳이라 했다.

이 이야기는 《담총(談叢)》에서 찾아볼 수 있는 글이다.

책 이야기가 나온 김에 공명이 쓴 저작에 대해 논하자면 병서, 경서, 유표(遺表)에 적은 문장 등 공명 붓을 거쳤다고 전해지는 글이 상당하다. 아쉽게도 대부분은 후세 사람이 뜻을 바꾸거나 대신 만든 작품이다.

그 가운데 공명이 쓴 대표 병서라 불리는 《제갈량 5법 5권(諸葛亮五法五卷)》은 일본에도 전해져 후세의 구스노키(楠) 군학(軍學)이나 고슈(甲州)의 군사학 서적 등과 어깨를 나란히 하는데 이 저서도 공명이 썼다고 확신할 수는 없다.

공명이 진영에서 거문고를 즐겨 탔다는 이야기에서 거문고에 대한 연혁과 7현 음보를 다룬 《금경(琴經)》이라는 책도 남아 전해진다. 진위는 알 수 없으나 공명이 멋을 즐기는 풍류객이었다는 점은 사실에 가까운 듯하다.

제갈 무후 부자는 그림에 능했다.

《역대명서보(歷代名書譜)》에서 표현한 말로 그 밖의 서적에
도 공명이 그림에 뛰어났다고 기술한 점은 일치한다. 공명이
그린 그림이라 믿을 만한 작품은 물론 전해지지 않는다.

5

공명은 무슨 일에든 빈틈이 없었다.

공명이 군마를 주둔시켰던 진영과 망루 터를 보면 우물, 아
궁이, 장벽, 하수 등 설계가 규칙에 정확히 맞아 질서정연했다
고 한다.

관부, 차사(次舍, 휴게소 - 옮긴이), 교량, 도로 등 도시 경영에
도 위생을 으뜸으로 중시하고 시민을 위한 편리와 조정이 지니
는 위엄을 고려했는데 그 시설이 당시로서는 꽤나 과학적이었
던 듯하다.

공명 스스로 다음 세 가지를 생활신조로 삼은 듯하다.

'근신'.

'충성'.

'검소'.

근신하여 공무를 받들고 충성으로 왕실을 섬기며 검소하게
몸을 거둔다. 이 세 가지를 거스르지 않도록 스스로 경계하며
평생을 보냈다.

이러한 품격을 갖춘 인물에게 간혹 보이는 단점이란, 스스로
에게 엄격하여 타인을 꾸짖을 때도 자연히 지나치게 치밀하고

과하게 가혹한 경향이 있다는 점이다. 결벽은 차라리 공명이 지닌 작은 결점이었다.

이를테면 도요토미 히데요시 같은 인물은 물소의 눈과 날카로운 의지를 가지고 때로는 엄혹하고 때로는 격렬했으며 날카롭기도 하고 빈틈이 없었던 영웅이지만 한편으로는 개방적인 면을 지녔다. 동서남북 4문 가운데 하나만큼은 인간적인 어리석음이나 미련함도 보이고 때로는 어리숙한 모습도 드러난다. 도요토미 히데요시 주변에 있던 제후들은 그 하나의 문으로 다가와 친분을 쌓고 호의를 바라기도 하며 인연을 맺었다.

안타깝게도 공명은 공적인 생활뿐 아니라 일상적인 사생활도 빈틈없었다. 어딘지 무턱대고 가까이 다가가기는 어렵게 느껴진 것이다. 공명의 문에는 언제나 맑고 깨끗한 모래가 넓게 깔려 있어 그 위에 함부로 발자국을 남기기가 꺼려진다는 느낌을 당시 촉나라 사람들도 품었으리라.

공명이 유지했던 신념은 팔문둔갑으로 귀신을 부린 듯 일상생활 등 어디에도 허술한 곳이 없었다. 보통 사람이 편히 쉴 만한 개방성이 없었다는 얘기다. 이 점이 바로 공명이 지닌 확실한 단점이 아닐까. 위나라와 오나라에 견주어 촉나라 조정에 인물이 적었던 것도 의외로 공명이 지닌 이러한 단점이 원인이었을지도 모른다.

촉군이 결국 위나라를 상대로 완벽한 승리를 거두지 못한 패인은 어디에 있는가? 공명이 지닌 단점을 거론하는 김에 필자는 그 원인 가운데 하나로 유현덕 이래 촉군이 전쟁 목표로 주창한 '한조 부흥'이라는 기치가 과연 적당했는지, 모든 중국 땅에 사는 수많은 민중이 대의명분으로 수용하기에 충분했는지 과히 의심스럽다.

중국에서 황제를 옹립하거나 왕실을 교체할 때 왕도를 이상으로 삼기는 하지만 역사가 보여주듯 언제나 권모나 무력으로 천하를 지배한 세력이 흥망을 반복한 탓이다.

그러니 한조 역시 후한 광무제(光武帝)가 분연히 일어나 전한의 황위를 찬탈한 왕만(王莽)을 토벌하여 다시 평화로운 정치를 펼쳤을 때까지만 해도 '한(漢)'이 지닌 위엄과 덕망이 민심에는 뿌리내렸겠지만 촉제와 위제 이후에 후한이 다스리는 치세를 대하는 천하에 흐르는 신망은 곤두박질치고 민심은 한조에서 점점 멀어졌다.

유현덕이 처음으로 '한조 부흥'을 외치며 떨쳐 일어났던 시대는 바야흐로 한조 말기였다. 현덕으로서는 광무제가 펼친 옛 지략을 본받으려 노력했을지 모르지만, 결과적으로는 한번 후한을 떠난 민심은 아무리 부르고 손짓해도 엎지른 물은 다시 주워 담지 못하는 상황으로 치달았다.

그러니 현덕에게 인망이 있는데도 쉽게 대업을 이루지 못하고 악전고투만을 계속했던 까닭도 돌아보면 부분적인 민심은 이어졌을지언정 천하는 여전히 한조 부흥을 진심으로 환영하지 않은 탓이었으리라.

유비가 세상을 떠난 뒤 한조 부흥이라는 대의명분을 선제 유업으로 계승했던 공명에게도 그 화근은 고스란히 영향을 끼쳤다. 공명이 품은 이상이 성공하지 못한 채 끝났던 근본적인 원인도 촉나라가 인재가 유독 부족했던 점도 이러한 연유에서 비롯되었다.

6

《삼국지연의》에서 간혹 묘사한 공명의 풍채를 기억하는가. '학창의를 입고 윤건을 썼으며 손에는 백우선을 들었다'는 부분은 그야말로 뭐라 형용할 수 없는 운치가 깃든 시적 표현이다.

언제나 칡으로 짠 모자를 쓰고 흰 무명이나 삼베로 지은 옷을 걸치며 아무 색도 칠하지 않은 목재로 만든 가마나 바퀴가 넷 달린 수레를 탔다.

공명이 영위했던 간소한 생활 일면을 이 묘사에서 엿볼 수 있다.

공명에게는 자식이 없었다.

하여 형 제갈근의 둘째 아들 교(喬)를 양자로 삼았다. 제갈근은 오나라 중신이었으므로 당연히 주군 손권에게 허락을 받은 뒤에 촉나라에 있는 아우에게 차남을 보냈을 것이다.

제갈교는 숙부와 아버지가 지닌 뛰어난 면모를 이어받았고 장래를 촉망받으며 촉나라 부마도위(駙馬都尉)에 임명되어 때로는 양부 공명을 따라 출정한 적도 있으나 안타깝게도 25세에 병사했다.

공명 가정에는 한동안 다시 적막함이 감돌았는데 공명이

45세 되던 해에 처음으로 친아들 첨(瞻)을 보았다. 만년에 얻은 첫아들이었던 만큼 공명이 얼마나 기뻐했을지는 상상하고도 남는다.

게다가 제갈첨은 영재였는데 건흥 20년, 오나라에 있는 형 제갈근에게 보낸 공명이 쓴 편지에서도 엿볼 수 있다.

첨이 벌써 8세입니다. 총기 있고 지혜로워 사랑스럽습니다. 허나 너무 조숙하여 혹여 커서 큰 인물이 되지 못할까 걱정스럽습니다.

공명은 여덟 살 먹은 아이조차도 국가적인 관점으로 바라보았다.

그해에 공명은 정벌을 떠난 전장에서 세상을 떠났다. 생전에 아끼던 서재에서 '아이를 훈계하는 책'이 나왔다.

후에 제갈첨은 17세에 촉나라 황제 누이동생과 결혼하여 한림중랑장(翰林中郎將)에 오른다.

아버지가 남긴 덕은 아들을 도우니, 공명이 펼친 어질고 바른 정치가 전부 첨이 이룬 듯 평가를 받았다. 허나 그 명성은 과찬이었을지 모른다.

'이 아이는 어쩌면 큰 인물이 되지 못하리라.'

공명이 살아생전에 헤아렸듯 이 말이 제갈첨이 지닌 실제 모습이었으리라.

촉나라가 멸망하는 해에 제갈첨은 37세로 전사했다.

제갈첨의 아들 상(尚)은 열예닐곱에 위군에 뛰어들어 고군

분투한 끝에 전장에서 용감하게 죽음을 맞았다.

결코, 국가에 공헌할 만한 큰 그릇은 아니었지만, 공명 뒤를 이은 아들과 손자 모두 국난 속에 순절했고 부친과 조부 이름을 더럽히지 않았다.

제갈상 아래로도 어린 아우가 있다는 말이 있지만 전해지는 이야기는 없다. 공명이 다른 부인을 두었다는 설도 있지만, 그 진위 여부도 확실치 않다.

하여 공명 가계는 초야에 묻혔는데 삼국 시대에 제갈씨라는 집안에서 장상을 셋이나 배출했을 뿐 아니라 각각 위, 촉, 오에서 눈부신 활약을 했다는 점이 기이한 광경이다.

공명은 촉나라에, 형인 근은 오나라에, 사촌 탄(誕)은 위나라에서 활동하였다. 제갈탄에 대해서는 그다지 알려지지 않았지만, 어느 책에서 다룬 내용은 혹평이다.

제갈 집안의 형 근, 아우 탄은 나란히 명성을 얻었다. 각각 다른 나라에 있지만 인물을 말한다면 촉나라는 용을 얻었고 오나라는 호랑이를 얻었건만 위나라는 개를 얻었다.

제갈탄은 분가한 집안 아들로 일찍부터 위나라를 섬긴 장수였는데 공명과 제갈근처럼 친교가 없어 《삼국지》에서도 비중이 꽤 낮았다. 나중에 위나라를 빼앗은 사마진(司馬晉)에게 거역했다가 실패한 일로 진나라 사람 붓끝에서 평가 절하되었던 것이다.

제갈탄에 대해 전해지는 이야기는 여럿이지만 본론에서 지나치게 벗어나므로 생략한다. 공명 사후 촉나라가 어땠는지 궁금한가. 조금만 더 참으시기 바란다. 공명이 세상을 떠난 뒤 30년이나 촉나라가 타국으로부터 침략을 받지 못했던 까닭은 공명이 남긴 법과 남은 덕이 사후에도 여전히 나라를 지킨 덕분이라 해도 과언은 아니다.

7

라이 산요(賴山陽, 일본 에도 시대 후기 시인이자 유학자 – 옮긴이)가 지은 시 〈중달, 무후 진영의 터를 살피네〉를 읊어보겠다.

적과 원수가 내린 평가만큼 공정한 건 없다.

지당한 말이다. 라이 산요는 사마중달이 퇴각한 촉군 진영 터에 서서 이렇게 격찬했다고 전한다.

공명은 천하에 이름 높은 기재였다.

위에 적은 시구는 이 말을 가리켜 썼다. 더는 공명을 논하고 시시비비를 가릴 필요는 없지 않은가 하며 이론을 좋아하는 세간에 일침을 놓았다 할 만하다.

사족을 단다면 나는 이렇게 말하고 싶다. 중달은 '천하의 기재'라고 표현했지만 나는 '위대한 보통 사람'이라고 칭송하고 싶다. 공명만큼 정직한 사람은 적다. 성실하고 정직했다. 공자나 맹자 같은 성현처럼 원만한 사람도 아니었고 언행이 기발하고 쾌활한 사내도 아니었다. 그 평범함이 세상에서 흔히 접할 수 있는 평범함과 달리 몹시 위대했다.

공명이 진영을 옮겨 어느 지점에서 다른 지점으로 이동하면 반드시 병영을 구축하면서 부근에 눈에 띄는 빈 땅에 무(만청蔓菁이라고도 부름 – 옮긴이)씨를 뿌리게 했다고 한다. 무는 춘하추동 언제 어디서나 잘 자라며 토양을 가리지 않는다. 뿌리에서 줄기와 잎까지 날로도 먹고 익혀서도 먹으니 군사들 식량과 부식으로는 안성맞춤이었다.

이 점까지 살피는 세세함은 호쾌하고 영웅적인 인물이 가진 두뇌에는 바랄 수 없다. 정직하고 성실한 사람이라야 생각이 미치는 부분이다. 특히 채소에서 얻어야 하는 영양분이 결핍되기 쉬운 진영 내 먹거리에 무는 적지 않은 보탬이 되었으리라. 진영을 버리고 전진해야 할 때 그대로 버리고 가도 아쉽지 않으며 다음 지역 땅에서도 곧 수확할 수 있다. 그러므로 만청 씨를 뿌리는 일은 여러 지역 사람들 먹거리에도 차차 전파되어 지금도 촉나라 강릉(江陵) 지방 사람들 사이에서는 무를 '제갈채(諸葛菜)'라 부르며 즐겨 먹는다고 한다.

더 재밌는 이야기를 들려줄까? 촉나라가 위나라에게 멸망당한 뒤 그 위나라를 정벌하기 위해 환온(桓溫)이 성도로 쳐들어갔던 시기 일이다. 그 무렵 100여 살쯤 되는 고령으로서 유선 황제 시대를 경험한 노인이 있었다.

환온은 그 노인을 불러 물었다.

"그대는 100살이 넘었다는데 그만한 나이면 제갈공명이 살았던 시절을 알 터이다. 공명을 본 적이 있느냐?"

노인은 자랑스럽게 답했다.

"네, 있고말고요. 젊고 관직이 낮을 때 일이지만 똑똑히 기억합니다."

"그래? 공명이라는 자는 대체 어떤 사람이었나?"

"글쎄요….'

환온이 하는 질문에 노인이 난처한 표정을 지으니 환온이 당시부터 현재까지 내로라하는 영웅이나 위인 이름을 대며 거듭 물었다.

"이를테면 누구와 비슷한 인물이냐? 누구와 비교하면 닮은 듯하냔 말이다."

"제가 기억하는 제갈 승상은 남과 다른 점이 그다지 없었습니다. 지금 장군 좌우에 보이는 대장님들처럼 엄청나 보이지 않았습니다. 승상이 돌아가신 뒤로는 어쩐지 그런 분은 이 세상에 없을 듯한 생각만 들었습니다."

중달이 한 말도 정확히 공명을 칭찬했고 산요가 지은 시도 지당한 말이 분명하지만 나는 이 노인이 한 말에 오히려 있는 그대로의 공명이 깃든 듯하다.

승상 사당을 어디서 찾을까(丞相祠堂何處尋)
금관성 밖 잣나무 우거진 숲이로구나(錦官城外柏森森)
섬돌에 빛나는 푸른 풀은 절로 봄빛이요(映階碧草自春色)
잎 사이 노란 꾀꼬리 부질없이 곱게 우네(隔葉黃鸝空好音)

삼고초려한 번거로움은 천하를 위한 계책이요(三顧頻煩天下計)
두 왕조 열고 닦음은 늙은 신하 마음이었네(兩朝開濟老臣心)
출사하여 성공하지 못하고 몸이 먼저 죽으니(出師未捷身先死)
후세 영웅들이 길이길이 옷깃에 눈물 적시네(長使英雄淚滿襟)

공명을 노래하는 후세 시인들 가운데 대표적인 두자미(杜子美, 당나라 시인 두보杜甫 - 옮긴이)가 지은 시 〈촉상(蜀相)〉이다. 면양 사당 앞에 후주 유선이 심었다고 전해지는 잣나무가 당나라 시대까지도 무성한 모습을 보고 읊은 시라고 전해진다.

후촉 30년

1

공명이 죽은 뒤 촉나라 30년 역사는 어떠했는가.

그때까지 촉나라는 공명 한 사람이 국운을 책임졌다 해도 과언이 아니었으므로 공명의 죽음은 곧 촉나라 멸망과도 같았다.

공명은 그러한 앞날은 자신의 불충이라 여겼고 남모르게 근심하기도 했다.

해서 사후에 대비하며 생각이 미치는 모든 일을 유언과 유훈으로 남겼다.

이후 촉나라 제국이 30년이라는 긴 시간을 버틸 수 있었던 까닭도 안으로 나라를 다스리고 밖으로 침략을 막을 때마다 '죽어서도 죽을 수 없는 공명의 가호'를 입은 덕분이다.

공명이 죽은 다음 해, 촉나라 건흥 30년에 어떤 일이 벌어졌는가. 촉군이 총 철수를 할 때 험준한 잔도에서 야심가 위연이 저지른 죄를 꾸짖고 토벌했던 양의는 관직을 박탈당하고 관가(官嘉)에 유배되어 그곳에서 자살했다.

위연은 양의를 적대시했고 양의는 위연을 곱게 보지 않아 두 사람은 공명이 살아 있을 때부터 사이가 좋지 않았는데 도량이 넓은 공명이 표면에 드러내지 않고 두 사람을 솜씨 좋게 기용했을 뿐이다.

공명이 죽자 두 사람 다 은근히 '나야말로 촉나라 승상이 될 재목'이라 생각하며 후계자를 둘러싸고 대립하며 어지간히 다투었던 것이다.

일찍이 오나라 손권은 촉나라에서 온 사자에게 공명 주위에 중신이 누가 있는지 물었다.

"허허. 양의와 위연을 양 날개 삼아 싸운대서야 공명도 뼈가 녹아나겠구려."

손권이 사자가 하는 대답을 듣고는 동정 어린 말투에 위연과 양의가 가진 인물됨을 비웃었다는 이야기도 있다. 어찌 보면 그 둘은 촉나라 진영에서도 골칫덩어리였다.

"위연은 자만심이 강하고 양의는 고집이 세다."

공명이 생전에도 했던 혼잣말이다.

그런 까닭에 공명은 둘 중 누구에게도 후사를 맡기지 않고 도리어 평범하지만 온건한 장완과 비위에게 공사를 위촉했다.

양의가 실각한 일도 불평이 끊이질 않아 일어났을 것이다. 양의는 성도에 돌아오자마자 자기에게 어명이 하달되리라 자신했건만 요직은 장완에게 돌아갔고 본인은 중장군사(中將軍師)에 오르는 데 그쳤다. 그 뒤로 분을 가라앉히지 못해 자꾸 이기죽거리며 심지어 불온한 행동에 나서려는 분위기마저 감도니 촉나라 조정은 한발 앞서 결단을 내려 관직을 박탈한 뒤 관가 땅으로 귀양 보냈다.

공명 사후에 성도에서 일어난 첫 사건이다. 기둥을 잃으면 반드시 내분이 일어난다는 전례는 나라와 집안 할 것 없이 차이가 없다. 촉나라도 예외는 아니다.

장완은 매사에 적절한 방법으로 공명정대하게 일을 처리했으며 과오를 저지르지 않았다. 상서령에 올라 주어진 나랏일을 처리했는데 뭇사람은 장완을 이렇게 평가했다.

"저 사람은 평범한데, 평범하면 평범한 대로 으스대지 않고 행동거지를 꾸미지도 않으니 참으로 좋다."

공명이 장완을 추천했던 까닭도 그 특징 없는 점을 특징으로 인정한 탓이리라.

건흥 13년 4월.

장완이 대장군 상서령에 올라 그 뒤로는 비위가 대신하여 취임했다. 오의는 거기장군(車騎將軍) 자리에 올라 한중을 총괄했다.

원정군 대부분이 철수했지만, 한중은 여전히 촉나라에서 중요한 전방 호위 기지다. 여전히 많은 국방군이 한중에 주둔했다. 오의가 부임한 까닭이다.

순식간에 급변한 나라는 동맹국 오나라다. 오나라는 공명이 죽자마자 노골적인 태도를 드러냈다.

"자, 서둘러 구하지 않으면 촉나라는 위나라에게 침략당할 것이다."

이 명목으로 오나라는 병사 수만을 이끌고 촉나라와 국경에 해당하는 파구(巴丘)로 나왔다. 이 위험천만한 구원군에 대항하여 촉나라도 즉시 병사를 파병했다.

"친절은 고맙지만 일단 이 방면에 위기가 닥치지도 않았으니 철수하기 바란다."

오나라와 대치하여 진을 편 후에 외교 교섭에 힘쓰니 오나라도 결국에는 불난 집에 들이친 도둑 같은 손을 뻗지 못하고 국경에서 병사를 물렸다.

2

건흥 15년, 촉나라는 '연희(延熙)'로 개원했다.

그해에 장완은 위나라를 토벌하고자 군사를 일으켰고 한중으로 나가 은밀히 위나라 정세를 살폈다.

유현덕 이래 중원 진출이라는 야심 찬 뜻을 이루겠다는 맹세는 공명이 죽은 뒤에도 촉나라에 남은 여러 신하 사이에서 확고했음을 알 수 있는 대목이다.

장완은 공명이 언제나 군량을 원활히 확보하는 문제에 대해 고민했다는 사실을 정확히 꿰뚫어보아 이번에는 수로를 이용하여 위나라로 쳐들어가자고 건의했다.

"북쪽으로 흐르는 물을 이용하여 전진하면 진입하기 좋은 길이지만 퇴각하려면 흐름을 역류해야 하는 난관에 부딪친다."

이런 이유로 촉나라 조정에서는 장완이 올린 건의를 끝내 받아들이지 않았다. 작전을 반대할 뿐 아니라 이제는 원정을 바라지 않는 분위기가 팽배해졌다.

"수호할 것인가, 공격할 것인가?"

촉나라 여론은 몇 년 동안 그 어느 쪽에도 다다르지 못하고 시간만 죽였다.

연희 7년 3월, 위나라는 촉나라가 가진 약점을 다시 한번 노렸다.

"지금이라면 일격에 무찌를 수 있다!"

즉시 조상(曹爽)이 총지휘관에 올라 병사 수십만 대군을 이끌고 장안을 나와 낙구(駱口)를 거쳐 오랫동안 엿보던 한중으로 일거에 돌격했다.

촉군은 아직 쇠하지 않았다. 촉나라는 위군이 쳐들어오는 길목에서 맞받아치며 위나라를 고전하게 만들었다.

비위가 지휘하는 지원군이 신속하게 도착한데다 부(涪) 방면에 배치한 촉군이 충분해 도처에서 순식간에 위군을 붙잡아 치명적인 타격을 가했고 촉나라 특유의 험로를 이용하여 적에게 가차 없이 고통을 안겨주었다.

"안되겠다. 아직 공명의 기풍이 살아 있다."

조상은 순순히 퇴각했다.

연희 8년, 촉나라 장완이 이 세상을 떠났다.

촉나라에서 훌륭하다 손꼽히는 장수는 한 명 한 명 새벽녘 별처럼 모습을 감추었다. 사람 힘으로는 어쩔 수 없는 무언가가 해마다 촉나라 부고(訃告) 기록을 늘려갔다.

장완은 승상 자리에 오르지 못했지만, 공명이 세상을 뜨며 했던 당부를 저버리지 않았던 충사였다.

연희 8년 12월, 상서령 동윤이 한 줌 흙이 되었다. 동윤은 장완 뒤를 잇는 중신이며 강직하기로 널리 알려져 장완의 죽음 이상으로 안타까워하는 사람도 적지 않았다.

"우리 세상에 드디어 봄이 왔다."

장완과 동윤이 운명을 달리하자 어떤 세력이 대두되었는가 하면, 환관 황호(黃皓)를 중심으로 한 무리다. 황호는 평소 황제로부터 받은 총애를 등에 업고 으스댔는데 정치에 참견하려 든 때가 바로 이 시기다. 절개가 굳은 충신이 잇따라 세상을 뜨는 대신 이 사악한 무리가 내정에서 외무까지 새로 얼굴을 내밀면 그 나라 운명은 뻔하다.

여전히 촉나라를 위해 미력하나마 의지를 굳히는 신하도 찾아볼 수 있다. 비위와 강유 두 사람이 건재했다. 이후 두 사람이 마음을 단단히 먹고 국정에 뛰어드니 쇠망기에 접어든 국가를 지탱하고 죽은 공명이 남긴 유지에 부응하려던 노력은 눈물겨울 정도였다.

결과론이지만 강유에게 치명적인 결점이 있었는데 본인이 공명의 재능과 기략에는 도저히 미칠 수 없다는 사실을 알면서도 맹세가 너무 크고 임무가 과중한데다 공적에 조급하다는 점이다. 강유가 가진 이 단점은 되레 촉나라가 와해하는데 박차를 가했다.

강유는 무인이었으며 공명이 남긴 유일한 병법서를 직접 전수받은 인물이다.

'깨끗이 죽을 것인가, 뚫고 나갈 것인가…'

강유로서는 이 두 방법만을 내세워 처음부터 끝까지 적극적으로 나서야만 살아가는 보람을 느낄 수 있었으리라.

그러므로 일찍이 양주 지방에 날뛰던 강족을 회유했던 강유는 강족을 이용해 위나라로 진격할 계책을 세웠다.

이를 간파한 위나라 곽회와 진태(陳泰) 등이 방어전에 나섰고 각지에서 격렬한 전투를 벌였는데 결국 촉나라는 위나라 여러 군(郡)을 짓밟는 선에서 퇴각해야 했다. 위나라가 퇴로를 막은데다 부하들이 상당히 탈주해서다.

3

엎친 데 덮친다고 촉나라에 불행이 닥쳤다. 비위가 유명을 달리한 것이다.

뭇사람들도 공명 뒤를 이을 큰 인재라면 비위라고 보았건만 느닷없이 부고가 알려지자 온 나라는 슬픔에 휩싸였다.

사인도 직후에는 비밀이었는데 나중에 자연히 알려졌다. 어느 저녁, 촉나라 장군들과 환담을 나누던 연회 자리였는데 돌연 위나라에서 투항한 장수 곽순(郭循)이라는 자가 찔러 죽인 것이다.

어쩔 수 없이 비위가 죽은 뒤로 강유 혼자 양어깨에 촉나라 운명을 걸머졌다.

연희 18년 8월, 강유는 위나라 왕경(王經)과 조서(洮西)에서 싸워 오랜만에 제법 괜찮은 전과를 올렸다. 그 섬멸전에서 위병 1만여 명을 베어 조서 산하를 붉게 물들였다고 전해진다.

덕분에 강유는 대장군에 올랐다.

바로 직후 치른 전투에서는 위나라 명장 등애(鄧艾)와 단곡(段谷)에서 맞닥뜨려 반대로 참패를 당했다.

젊은 시절부터 공명을 본받으려 부단히 애썼건만 공명과 닮았으되 공명에 이르지 못했으니 그 인격이나 역량 등 어찌할 수 없는 선천적인 기량 차이가 군사를 움직일 때마다 뚜렷한 결과로 나타났다.

연희 20년, 강유는 진천(秦川)을 공격했다.

위군이 한중 방면으로 이동해 그 허를 치려는 작전이었다.

위나라 등애와 사마망(司馬望)이 이끄는 군대는 강유의 날카로운 기세를 피하며 굳이 맞서지 않았다. 강유는 이래저래 도발했지만, 병력을 소모하는 데 그치고 이렇다 할 전과도 얻지 못한 채 끝나버렸다.

강유가 공명이 남긴 유지를 이어 끊임없이 적극적으로 행동했지만, 조정에서는 황호 무리가 부전론을 주장하는 분위기가 점차 고조되었다.

그러니 강유도 마음먹은 만큼 싸울 수 없었다. 해가 거듭할수록 국가로서 참으로 위험한 상황에 처했다.

'연희'라는 연호는 20년으로 끝나고 새롭게 '경요(景燿)' 원년이 밝았다. 황제 유선은 그 무렵부터 국정에 지쳐 밤낮으로 연회에 빠져들었다. 혼란스러운 시국을 감당할 만한 자질이 없었던 촉제를 안일과 환락으로 끌어들인 무리가 황호 등의 환관들이었음은 말할 나위도 없다.

"아아, 나라가 위태롭다…."

"이래서야 촉나라라는 해가 지는 것도 시간문제다."

의식 있는 사람들은 개탄했다.

그렇다고 황제의 총애와 그 위세를 자랑하는 황호에게 맞설 사람은 없었다.

오직 강유만이 위험을 무릅쓰고 몇 번이나 간언했다.

"간신을 멀리하셔야 합니다."

강유는 황제 유선이 현명한 판단을 내리기를 바랐다.

썩은 과일 바구니 속에 있으면서 과일 하나만 썩지 않았을 리 만무하다. 황제 마음은 감언이설만을 기뻐했다. 아침에 아리따운 아가씨들 어깨에 솜처럼 흩날리는 버드나무 꽃을 털어내고 저녁에 좋은 술을 유리잔에 따라 풍악에 취하는 귀와 눈으로는 충신이 하는 간언이 쓰디쓰게 느껴질 뿐이다.

"촉나라는 바람 앞의 등불이다."

강유는 개탄했다.

"때가 왔다!"

아니나 다를까, 위나라는 이 상황을 정확하게 간파했다.

경요 6년 가을, 단숨에 촉나라로 쳐들어가 멸망시키겠다며 위나라는 등애와 종회(鐘會)를 대장으로 삼아 무려 수십만 대군을 이끌고 한중으로 진격했다.

촉나라 전방 호위선은 종잇장처럼 무너졌다.

강유는 검각 쪽 험준한 땅에 웅거하며 국난을 몸바쳐 막았다.

검각은 역시 호락호락하게 함락되지 않았다.

한편, 음평 쪽으로 우회하여 험하고 좁은 길을 돌파한 등애군은 촉나라 온 영토를 차례차례 석권하며 즉시 성도로 진격, 또 진격했다.

"성도. 아아, 성도⋯."

촉나라 사람들은 성도에서 위나라 병사를 보리라고는 꿈에도 생각지 못했다.

"여기가 정녕 이승인가?"

세차게 몰려드는 위나라 대군을 직접 보고 나서야 비로소 허둥지둥할 정도였다.

물론 성곽 방비는 무엇 하나 제대로 이루어지지 않았다. 알아야 했다. 거리낌 없이 함부로 날뛰는 적군이 저지르는 잔혹한 모습을. 위나라 병사에게 유린당해 비명을 지르며 달아나는 부녀자와 노인, 어린아이가 겪는 비참함을.

이 와중에 끄떡없이 서 있는 도읍 성문과 저택이 자랑하는 규모와 아름다움도, 온갖 고귀함을 존중하는 문화도, 평소 이론이나 탁상 위에서 지은 문장도 결국 아무런 도움도 되지 않았다. 백성은 재앙이 맹위를 떨치고 적군 병사가 활보하는 가운데 덧없이 바들바들 떨 뿐이다.

4

촉궁은 그야말로 혼란스러웠다.

일찍이 낙양 부나 장안 도읍에 펼쳐졌던 풍경이 촉나라에서도 현실이 되고야 말았다.

황제 유선은 이렇다 할 계책도 세우지 못했고 과감한 결단을 내리지도 못했다. 황후와 함께 울며불며 내관 곁에서 갈팡질팡

할 뿐이다.

위군은 이미 성하에 밀려 들어와 개선가를 불렀다.

촉나라는 망했다. 촉나라는 이미 멸망했다. 오직 성문을 활짝 열어 위나라 깃발 아래 무릎 꿇는 일만 남았다.

"어쩌면 좋단 말인가. 그대들 의견을 따르겠네. 그저 짐을 위해 어떻게 좀 처리해주게."

유선은 고작 이 말만 되풀이할 뿐이다. 밤새 이어진 중신 회의에서도 결론을 내리지 못했다. 창백한 얼굴로 술에 젖어 헤어나지 못할 뿐이니 누구 얼굴에도 생기는 없었다.

"오나라에 의지합시다. 어가를 지키며 오나라로 달려가 훗날 재기를 도모하면 언젠가 다시 촉나라 도읍으로 환궁할 날이 반드시 올 것입니다."

"아니오! 오나라에 기대기는 어렵소. 오나라는 촉나라가 멸망하는 것을 기뻐할망정 촉나라를 위해 위나라와 싸울 만한 신의가 없다는 사실은 공명 승상이 돌아가셨을 때부터 확실히 알았지 않소?"

"음, 그렇다면 남쪽으로 피난하시는 편이 가장 안전합니다. 남쪽은 풍속이 순박하고 백성 사이에 공명 승상이 펼친 덕이 잔재합니다."

여러 사람이 낸 의견이 이처럼 제각각이다.

황제는 머릿속이 뒤죽박죽이어서 생각이 도무지 떠오르지 않았다.

그때 중신 초주(譙周)가 서투른 말투로 마지막에 간신히 입을 열었다.

"모든 일에는 처음이 있고 끝이 있으며 중간이 있습니다. 처음이나 중간에 일어나는 일이라면 일시적인 이변이므로 만회하기 위해 여러 궁리를 모색할 수 있고 다시 시작할 수도 있으나 오늘 닥친 변고는 공명 승상이 서거한 후 모든 일이 귀착된 결과입니다. 천수의 귀결입니다. 더는 어쩔 도리가 없습니다. 오나라를 향해 달리는 것도 어리석은 계책이며 남쪽으로 피난하는 것도 추태를 더하는 일밖에 되지 않습니다. 촉나라 제국이 최후를 맞으며 가능한 한 선제가 남기신 덕을 더럽히지 않고 세상의 웃음거리가 되지 않는 길, 그것만을 바라야 합니다."

"그렇다면 그대는 촉성을 열고 위나라에 항복하는 편이 좋다는 말인가?"

"신하 된 몸으로 입에 담을 수 없지만, 천명에 따르려 하신다면 다른 길은 없습니다."

뜻밖에도 유선은 선뜻 답했다.

"그리하겠네. 초주가 하는 말이 가장 낫군."

오히려 한순간에 표정이 밝아지는 듯이 보이기도 했다.

중신은 하나같이 통한에 찬 눈물에 목이 멨다. 아무도 초주가 낸 의견이 나쁘다고는 생각지 않았다. 체념 밑바닥에서 침묵했다.

초주와 관련된 유명한 이야기가 전해진다.

초주가 처음 촉궁에 불려 왔던 시기는 건흥 초년 무렵으로 공명이 세상에 있을 때였다.

공명은 초주가 가진 학식과 달견을 일찍이 들었으므로 황제에게 권하여 시골 출신의 일개 학자를 권학종사(勸學從事) 자리에 등용했다.

처음 황제를 알현하던 날, 초주의 시원치 않은 풍채와 지나치게 수수하고 어눌하여 무슨 질문을 해도 더듬거리며 학식 있는 말이나 장소에 맞는 대답을 하지 못하는 모습을 보며 조정 관료들이 낄낄거리며 실소를 터트렸다.

"저리 소양이 없어서야 조정 의례와 용체를 심히 문란케 할 것입니다. 웃음을 터트린 사람을 처벌해야 하지 않겠습니까?"

조정을 감찰하는 관리가 이를 문제 삼아 공명에게 상의했다.

"나 역시 견디기 어려웠네. 하물며 주변 사람들이야…"

공명은 더는 문제 삼지 않았다.

웃지는 않았지만, 공명 역시 마음속으로는 우습다 생각했던 것이다.

본인조차 참기 어려웠던 상황을 문제 삼아 남에게 죄를 묻는 건 법의 정신에 어긋났으리라.

공명이 전장에서 죽었다는 소식을 들었을 때 초주는 그날 밤중으로 성도를 떠나 아득히 먼 길까지 조문하러 한달음에 달려 나갔다. 이후에 도읍을 떠난 자는 관리에게 적용하는 복무규정을 어긴 과오를 추궁당했지만 가장 앞서 갔던 초주만은 문책을 받지 않았다.

중론에 얽매여 유선에게 성문을 열자고 권했던 초주는 이런 인물이다.

5

"성문을 열겠다."

촉나라 신하들은 위군에게 통지했다.

성 밖에는 위군이 울리는 풍악과 만세 소리가 끊임없이 터져 나왔다. 촉궁 곳곳에는 항복을 알리는 깃발이 내걸리고 황제는 비빈과 신하를 이끌고 성 밖으로 천천히 나왔다. 그러고는 위나라 장군 등애에게 군문에서 복종하며 항복을 맹세하는 굴욕을 겪었다.

이렇게 촉나라는 성도에 부를 연 이래 2대에 걸친 43년의 마지막 날을 고했다.

소열묘(昭烈廟, 현덕을 기리는 사당 – 옮긴이)가 자리한 송백 숲 깊은 곳에서 이날 바람은 어떻게 슬픔을 달랬을까?

정군산 높은 곳에 흘러가는 구름은 공명의 눈을 어떻게 가렸을까?

관우와 장비, 수많은 아버지, 수많은 아들, 무수한 영웅과 충신, 의로운 마음을 품은 사람들은 황천에서 그 원통함을 어찌 가라앉힐까?

일찍이 촉나라 땅을 위해 목숨을 바쳐 뼈를 묻고 땅속에서 촉나라 만세를 기원했으련만 지금 땅 위는 위군이 짓밟는 흙발에 울리고 하늘은 위나라 깃발로 물들었다.

"처음부터 누가 지은 죄인가…."

온 촉나라 사람은 누구나 이렇게 한탄했으리라.

이때, 여전히 유씨 집안 피를 자랑한 황자가 있었다. 황제 유선의 다섯째 아들 북지왕(北地王) 유심(劉諶)이다. 황자는 처음부터 몽진(蒙塵)하는 일은 물론 성문을 여는 일에도 극구 반대했다.

"촉궁을 무덤 삼아 최후의 최후까지 위나라와 정정당당하게 싸워야 합니다."

이렇게 주장했지만 종당에는 아무도 유심이 하는 말을 귀담아듣지 않았고 함께 싸우다 죽겠다는 열사도 나서지 않았으니 분연히 홀로 조부 소열묘로 가 처자식을 먼저 죽이고 자신도 깨끗하게 자살했다.

촉한이 쓴 마지막 역사는 이 황자가 있었기에 인심이 지닐 수 있는 참된 아름다움과 인업의 장엄함을 잃지 않았다.

검각이 자랑하는 험준한 땅에 주둔하며 종회와 대치하던 강유도 성도에서 성문을 열었다는 소식을 듣고 칙명을 접하자 어쩔 수 없이 위군에 굴복했다.

"무기를 버려라."

강유의 명을 받고 부하들은 위군 앞에 투항병으로 섰다.

"원통하다!"

그때 모두 칼을 빼 들고 돌을 내리쳤다고 전해진다.

그러니 촉나라 사람들이 지닌 기개와 전투 의지가 이미 땅에 떨어졌다고만은 볼 수 없다. 오히려 공명 사후 30년 동안 해마다 먼저 공격하는 기개를 적에게 보였다.

'공격이 수비'라는 적극적인 계책을 유지해온 기력은 오히려 놀라울 정도다.

강유가 선보인 의기는 높이 살 만하지만, 그 탓에 비위가 하는 말에 대부분은 귀를 기울이지 않았고 일부러 약점을 만들면서까지 서두르는 바람에 국가에 닥칠 위기를 앞당겼다는 사실도 부정할 수는 없다.

비위는 살아생전에 강유에게 간곡히 당부한 적이 있었다.

"우리는 아무리 호의적으로 보아도 돌아가신 승상에 미치려면 한참은 부족한 사람들이오. 그런 승상조차 중원을 정복하지 못하셨건만 하물며 우리 같은 자들은 어떨지 통감할 수밖에 없소. 그러니 당분간은 내정을 단단히 다스리고 사직을 지키며 법령을 바로잡고 나라를 부강하게 가꾸는 일이 우리 한계가 아니겠소. 국외 공격은 공명 같은 능력을 지닌 사람을 기다려야 비로소 바랄 수 있는 일이오. 요행을 기대하며 단번에 성패를 가르고자 하지 않도록 모쪼록 서로 삼가야 하오."

어떤 면에서는 가르침이 되는 좋은 말이다.

강유는 강유대로 포부를 견지했다. 어느 쪽이 옳았고 어느 쪽이 그를까? 이 문제에 대해서는 오히려 초주의 마지막 말을 경청한 자가 많았다.

과거를 천지의 위대한 시(詩)라는 관점에서 보면 강유의 다정다감하고 열정적인 심성은 촉나라 역사의 꽃이라 할 수 있다. 강유는 굴욕적인 무인이 되었다는 사실을 오래 참지 못했고 나중에는 위나라 종회에게 거듭 반항하다가 그 손에 붙잡혀 처자 일족과 함께 목이 베였다. 강유가 흘리는 피가 위나라 칼날을 물들이리라는 사실은 처음부터 약속된 결과인 듯했다.

6

위나라가 성도를 점령함과 동시에 촉나라 조정이 위군 측 등
애에게 넘겨준 재산 목록은 이렇다.

세대수 28만 호
남녀 인구 94만 명
갑주를 갖춘 장병 10만 2000명
관리 4만 명
금은 2000돈
온갖 비단 20만 필
쌀 44만 곡(斛, 곡식 분량을 헤아리는 데 쓰는 그릇으로 스무 말
들이와 열닷 말들이가 있음 – 옮긴이)

이 밖의 재화와 보물도 짐작할 만했다.

국력은 상당히 피폐했으리라. 촉나라 장군이 펼치는 기개도
이미 옛날에 비할 바가 아니었다. 황제 이하 문무백관이 성을
나와 위나라 진영 문 앞에 무릎 꿇고 성문 아래에서 맹세를 바
쳤다. 어떠한 국가도 멸망에 이르면 맥없이 무너지는 법.

촉나라 몰락을 불러일으킨 원인은 무엇인가? 황제 유선이
지닌 어리석고 겁이 많은 천성, 동윤과 장완의 죽음, 비위에게
닥친 화 등 국가적으로 적지 않은 변고가 거듭되었다.

최후에는 유선이 직접 정사를 돌보며 환관 황호가 권세를 쥐
고 뒤흔들면서 쇠퇴로 접어드는 길에 박차를 가했다. 멸망하는

국가가 말기에 반드시 보이는 징후는 환관에 의해 일어나는 내부 분쟁과 동반하는 폭정, 대립, 사적인 향락 등이다. 촉나라가 끝날 무렵에도 예외는 없었다.

특히 촉나라를 약화시킨 원인은 촉나라에서 연구하던 학자들이 일으킨 사상 분열이다. 학자들 가운데는 세 나라와 균형을 이루려는 계책도, 대륙을 통합하려는 시도에도 거의 아무 흥미를 느끼지 못한 사람이 상당했다. 사조는 전쟁을 등한시하고 부정하기 시작했던 것이다.

문을 걸어 잠그고 고상한 양 점잔을 떨던 두경 등도 《춘추참(春秋讖)》에 적힌 글귀를 들먹이며 아무렇지 않게 지껄였다.

"한은 당도고(當塗高)가 대신하리라."

'당도고'란 위나라를 가리켜 하는 말이다. 위(魏)라는 글자는 '높은 전각'을 의미한다. 그러니 당도고란 길 중간에 마주 닿아 높은 것이라는 뜻으로 '위'라는 글자를 대신해 적은 문자다. 촉나라 밥을 먹으면서 어찌 이럴 수 있단 말인가.

대학에서 연구하는 학자 가운데 훨씬 정도가 심한 주장을 퍼트린 자가 있었다.

"선제 이름은 비(備)다. '비'는 준비하다 또는 갖추다를 뜻한다. 후주 시호는 '선(禪)'인데 선위한다는 뜻이다. 유씨는 오래 가지 못하고 마땅히 갖추어 물려주어야 한다."

내부에서 이러한 학자를 배출하던 국가가 안으로 병들지 않을 리가 만무하다. 최후에 나타나는 '맥없는 모습'은 촉나라라는 육체에 이미 위험 징후가 나타났음에도 평소에 눈을 감은 탓이다.

한편, 항복한 유선은 어떻게 여생을 보냈을까? 위나라로 옮긴 옛 촉나라 신하는 대부분 위나라에서 새로운 관직을 하사받았고 그 아래 예속되어 만족하며 지냈다. 유선도 위나라 낙양으로 옮긴 뒤 안락공(安樂公)에 봉해져 평범한 나날을 보냈다.

　어느 날 유선의 심중을 염려한 위나라 사람이 유선 집에 발걸음 하여 시험 삼아 물었다.

　"위나라에 오셨는데 일상생활에 불편한 점은 없으십니까? 촉나라에 계시던 시절을 떠올리면 아무래도 비탄에 잠길 때도 있으시겠지요."

　그러자 평범하고 변변치 못했던 유선은 아무 감흥 없이 대답했다.

　"천만에요. 위나라가 맛있는 것도 풍부하고 날씨도 좋으니 촉나라가 생각날 일은 그다지 없소."

　무심함이 깨달음을 애써 표현하지 않은 것이었다면 대단한 일이지만, 유선은 아무 과장 없이 말한 그대로 생각했을 테니 참으로 딱하다고 말할 수밖에….

위나라에서 진나라까지

1

공명이 죽은 뒤에 위나라는 비로소 베개를 높이 하고 잠들 수 있었다.

해마다 계속되던 외적 침입은 어느새 잊히고 온 나라에 평화가 넘쳐흐르자 그 반동으로 자연스럽게 화려함과 향락이 출현했다.

그 조짐은 당연히 아래보다는 위에서 먼저 시작되었다. 대위황제 이름으로 첫 삽을 뜬 낙양에서 이루어지는 대규모 토목공사가 가장 두드러졌다.

조양전(朝陽殿), 대극전(大極殿), 총장관(總章觀) 등을 축조하였다.

이런 높고 커다란 누각 외에도 숭화원(崇華園), 청소원(青宵院), 봉황루(鳳凰樓), 구룡지(九龍池) 등 숲과 샘이 딸린 정원, 별장 등을 아낌없는 노동력과 국비를 투자하여 조성하였다. 공사에 동원한 인원은 천하에서 유명한 장인 3만여 명, 인부 30만명이라 전해진다.

이는 국가 재산을 낭비하는 일이다. 조예만 한 명군마저 그 지경에 이르렀음은 약해지기 쉬운 인간 본성은 누구든 같다는 뜻일까? 아니면 문화가 자연스럽게 순환하는 과정이라 봐야 할까?

아름답게 조각한 들보, 곱고 화려한 기둥, 눈부시게 푸른 기와, 화려한 금빛 벽돌 등은 보는 눈마저 물들일 지경이었다. 그 호사스러움과 웅대함은 이 세상에서 비유할 만한 것도 없다.

순식간에 다른 일각에서 피폐한 백성이 내지르는 어두운 신음이 사회 한구석에서 땅거미처럼 감돌기 시작했다. 거리에 흘러넘치는 원망도 물론 수반되었다.

"방림각(芳林閣)을 개수하라."

그 뒤로도 조예는 관리를 재촉하여 민간에서 거목을 징발하고 바위와 기와와 흙을 끄는 소를 운반하기 위해 백성의 힘과 땀을 한없이 남용했다.

"아아, 무조 조조께서도 이 정도 사치와 폭정은 휘두르지 않으셨습니다…."

간언한 신하도 더러 있었다. 물론 조예는 수긍하지 않았다. 그뿐만 아니라 일부는 참수하기도 했다.

반대로 감언이설을 상주하는 자도 나타났다.

"사람은 일정월화(日精月華, 해의 정기와 달빛 – 옮긴이) 기운을 입어야 언제나 젊음을 유지하며 천수를 누릴 수 있습니다. 지금 장안에 있는 궁 안에 백량대(栢梁臺)를 세우고 구리로 사람 형상을 만들어 손에는 승로반(承露盤, 하늘에서 내리는 장생불

사의 감로수를 받아 먹기 위해 만들었다는 쟁반 – 옮긴이)을 받치게
하십시오. 그러면 쟁반에는 매일 삼경 무렵 북두에서 내린 이
슬이 자연히 모입니다. 이를 천장(天漿)이라 부르는데 천감로
(天甘露)라 일컫기도 합니다. 만약 그 찬 이슬에 아름다운 옥가
루를 섞어 아침마다 복용하시면 폐하 수명은 100년이 더해지
고 용안에 윤기가 돌아 젊어질 것입니다."

이런 말을 기쁘게 받아들이는 조예 앞날도 알 만했다.

그래도 위나라 국운은 여전히 융성했다. 이는 필시 훌륭한
신하와 지식인이 풍부한 덕분이었을 터인데 조조 이래 위나라
는 정예 병력이 굳건했으며 부강했다.

특히 사마의는 당대 으뜸가는 원로다. 자연히 사마의 일문은
승승장구했고 대단한 기세와 위엄을 떨쳤다.

연희 14년, 위나라 가평(嘉平) 3년.

중달이 죽으니 국장에 해당하는 예를 갖추어 후히 장례를 치
렀고 중달이 남긴 직책과 훈등, 작위는 그대로 장남 사마사가
이어받았다.

사마사도 얼마 지나지 않아 세상을 떠났다. 아우 사마소가
대를 이었다.

사마소는 한동안 막강한 위세를 떨치며 대위대장군(大魏大
將軍)에 올랐으며 다시 진왕(晉王)에 오르고 구석(九錫)을 받더
니 제왕 자리에 버금가는 위세를 떨쳤다.

사마소 시대가 끝나자 아들 사마염(司馬炎)이 왕의 작위를
이었다. 위나라 조정은 이때 이미 원제(元帝) 시대로 접어들었
는데 사마염은 원제를 폐하고 스스로 황제가 되어 새로운 국가

를 건설했음을 선언했다.

사마염이 바로 진(晉) 무제(武帝)다.

위나라는 조조 이래 5대에 걸친 누린 홍망성쇠를 46년째에 마감했다. 촉나라가 멸망한 후 겨우 3년이 되던 해였다.

위나라와 촉나라를 합쳐 '진'이라는 한 몸을 이룬 이 나라가 여전히 오나라를 남겨둔 까닭은 오나라에 빈틈이 없어서다. 오나라 손권도 세상을 뜨고 다음 대인 손호(孫皓)가 휘두른 악정 탓에 남쪽 땅 각지에서 폭동이 일어나기 전에는 험준한 장강과 강동 해남 땅을 차지하며 얻은 부강함, 건업성 안에 훌륭한 지략과 충성스러운 무용을 갖춘 신하들이 건재했다.

오나라 패망은 급격히 이루어졌다.

4대 52년에 걸친 오나라 건업도 손호가 생애 반을 폭정으로 보내자 하루아침에 멸망했다.

육로로, 선로로, 북쪽에서 남쪽으로, 남쪽에서 북쪽으로 거침없이 침범해 들어오는 자는 하나같이 진나라 깃발을 들었다.

마침내, 삼국은 '진'이라는 한 나라가 되었다.